KB237185

홍익

혼인

초판 1쇄 찍은 날 ㅣ 2013년 11월 04일
초판 4쇄 펴낸 날 ㅣ 2014년 05월 20일

지은이 ㅣ 시월야
펴낸이 ㅣ 서경석

편 집 장 ㅣ 권태완
편집책임 ㅣ 손수화
편   집 ㅣ 장미연

펴낸곳 ㅣ 도서출판 청어람
등록번호 ㅣ 제1081-1-89호
등록일자 ㅣ 1999. 5. 31
어람번호 ㅣ 제5-0351호

주소 ㅣ 경기도 부천시 원미구 심곡2동 163-2 서경B/D 3F (우) 420-822
전화 ㅣ 032-656-4452 팩스 ㅣ 032-656-4453
http://www.chungeoram.com
E-mail ㅣ chungeoram@chungeoram.com

ⓒ 시월야, 2013

ISBN 978-89-251-3547-2 03810

혼인

시월야 장편 소설

Chungeoram romance novel

목차

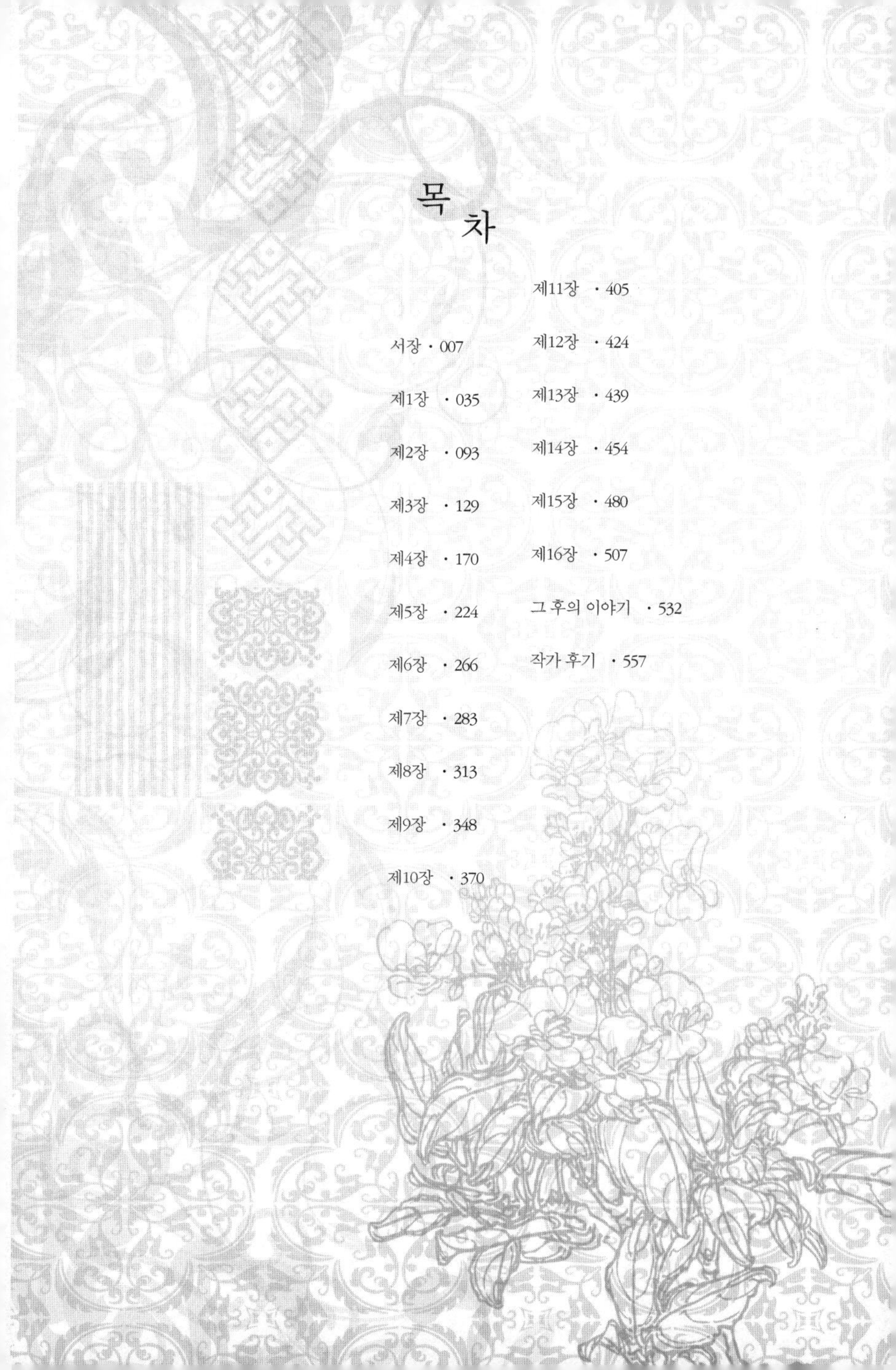

서장

흔들리는 가마 안에서 효진은 울렁거리는 마음을 애써 가라앉히려 노력하고 있었다. 이제 이 가마에서 내리게 된다면 자신은 자신의 운명을 양부의 손에 맡기게 되는 것이었다.

애써 붉게 칠한 입술이 행여나 지워지기라도 할까 입술을 깨무는 버릇조차도 나오지 않았다. 처음 입어보는 화려한 비단옷이 구겨질세라 양손만 맞잡은 채로 힘을 주고 있을 뿐이었다. 긴장을 해서인지 꼭 잡은 손끝이 저려왔다. 핏기 하나 없어 보이는 손가락 마디마디가 꼭 비어버린 자신의 심장인 것 같았다.

"아기씨, 거의 다 왔습니다. 준비하시지요."

밀양댁의 말이 밖에서 들려오자 효진은 아득해지려던 정신을 다 잡았다. 이제부터 시작이었다. 아직 시작도 하지 않은 일에 벌써부터 이리 겁을 먹을 수는 없었다.

"꼭 혼인을 하자는 확답을 받아와야 한다. 알겠느냐? 그 자리에서 옷고름을 푸는 한이 있더라도 꼭 확답을 받아야 이 집 문턱을 넘을 수 있을 것이야!"

집을 떠나면서 들었던 양부의 서늘한 음성이 귓가에 울리는 것 같았다. 지금 자신은 온몸을 받쳐서라도 이 혼담을 성사시켜야만 했다. 그 사실이 너무나 절망스러웠지만 이대로 포기할 수는 없었다. 지금 이 고비를 넘기지 못한다면 아마도 더 힘든 일들이 기다리고 있을 터였다. 효진은 지금 이 시간 이후로 아무리 어이가 없는 일이 자신에게 생기더라도 미련 없이 웃어넘기리라 다짐에 다짐을 했다.

이윽고 가마의 문이 올라가고 효진이 야무진 표정으로 밀양댁의 손을 잡고 가마에서 일어났다. 혹여나 가마를 타고 오는 동안 치맛자락이 구겨졌을세라 밀양댁이 옷매무새를 다시금 만졌다.

가마꾼들은 효진의 얼굴을 차마 올려다보지 못한 채 고개를 숙이고 있을 뿐이었다. 하지만 효진은 그들이 자신을 쳐다보지 않더라도 그들의 머릿속을 맴돌고 있을 생각들을 미루어 짐작할 수 있었다. 그런 생각이 들자 허리에 힘이 저절로 들어갔다.

미미하게 떨리는 손으로 검은 사라(紗羅)로 지은 멱리(冪䍜:여성의 외출용 쓰개 중 하나)를 머리에 썼다. 그나마 얼굴이 가려진다고 생각하니 이 얇은 비단이 마치 보호막이라도 되는 양 기분이 좀 나아졌다.

[芙蓉閣:부용각]

기루임을 알리는 홍등과 청등이 걸린 화려한 대문과 현판을 보니 다시금 무릎이 무너질 듯 휘청거렸지만 효진은 애써 걸음을 떼었다. 밀양댁이 얼른 걸음을 먼저 떼며 앞서 나가 부용각의 입구에서 대문을 지키는 사내에게 다가갔다.

"거 뉘시오?"

"예조참판 댁에서 왔습니다."

밀양댁은 행여나 누가 들을세라 조용조용 청지기에게 말을 건넸다.

"안 그래도 미리 연통을 받았습니다. 안으로 들어오십시오."

부용각의 살림을 맡아보는 중년의 사내는 밀양댁의 몇 발자국 뒤에 서 있는 효진에게 급하게 허리를 숙이며 부용각 안으로 안내를 했다.

효진은 떨리는 걸음으로 한 걸음 한 걸음 부용각 안으로 발을 내디뎠다. 자신과 전혀 인연이 없을 것 같은 기루에 발을 들이게 되다니, 현실이 차갑게 느껴졌다. 혹시나 뉘에게라도 얼굴이 보일세라 멱리로 얼굴을 가리고 안내를 하는 사내를 따라가는 자신의 모습을 힐끗거리는 기생들의 모습이 스쳐 지나갔다. 효진은 자신을 이렇게까지 바닥에 떨어뜨린 장본인에게 이 빚은 두고두고 갚아주리라 마음속으로 곱씹었다.

효진은 사내의 안내에 따라 비교적 안쪽에 위치한 전각에 밀양댁과 함께 도착했다. 전각의 밖에는 호위무사들로 보이는 칼을 찬 무사 둘이 문 앞을 지키고 있었다. 그들의 눈빛이 날카로워 등골이 서늘한 기분이 들었다. 예조참판인 자신의 양부도 이런 호위무사를 거느리지 않는데, 한 사람을 지키기 위해 호위무사가 둘이나 전각

밖에서 버티고 있는 모습을 보자 그제야 자신이 만나려는 사내가 얼마나 대단한 사람인지 실감이 났다.

‘조양상단 대행수 김준수.’

효진은 다시 한 번 사내의 이름을 곱씹었다. 지금 자신을 이토록 수치스럽게 만든 장본인이자 자신이 혼인을 해달라 구걸해야 하는 오만한 사내의 이름이었다.

그들이 전각 앞으로 접근하자 호위무사들이 들고 있던 검을 들어 그들의 진입을 막아섰다. 발검(拔劍)을 하지는 않았지만 그 기세가 자못 날카로웠다. 그들의 제지에 전각 앞으로 자신을 안내했던 사내가 호위무사에게로 다가가 몇 마디 말을 건넸다. 그러자 호위무사들은 서 있는 효진을 향해 절도 있는 목례를 하고는 양옆으로 비켜섰다.

“대행수님, 예조참판 댁 소저께서 오셨습니다.”

그들이 비켜서는 것과 동시에 사내가 공손한 어조로 효진이 도착했음을 안에 있는 사람에게 알렸다.

“안으로 뫼시어라.”

방 안에서 낮은 음색의 사내 목소리가 들렸다. 효진은 그 목소리에 입술을 꼭 깨물었다. 저 안에는 지금 자신을 이곳에 있게 한 장본인이 들어 있었다. 앞으로 벌어질 일들이 암담했지만 침착하게 숨을 골랐다.

안으로 들어가려던 밀양댁은 호위무사에게 제지당했다.

“소저께서만 안으로 들어오시라는 대행수님의 명이 있으셨습니다.”

효진은 그런 그들의 기세에 더럭 겁이 나긴 했지만 애써 아무렇지 않은 척 도도하게 고개를 끄덕였다. 밀양댁의 불안한 눈빛을 뒤로한 채 효진은 호위무사가 열어주는 방문 안으로 발걸음을 떼었다.

"아, 아기씨."

밀양댁의 불안한 눈빛에 효진은 그녀를 잠시 돌아보며 말했다.

"내 괜찮으니 여기서 기다리세요."

단호하게 돌아서는 효진의 뒷모습을 밀양댁은 불안한 눈빛으로 바라보았다.

기루에 오는 것도, 보는 것도 처음인 효진의 눈에 생소한 방 안 풍경이 펼쳐졌다. 술자리가 있었던 듯 방 안 가득 알싸한 술 내음과 함께 여인들의 지분 냄새가 풍겼다. 아마도 자신이 도착하기 전까지 기생들이 들어 있었던 모양이다. 자신을 오라고 해놓고도 술판에 기생까지 불러 판을 벌인 무도한 자라고 생각하니 눈살이 찌푸려질 것 같았지만 애써 참고 한 걸음씩 방 안으로 걸음을 옮겼다.

방 안으로 들어서자 중간에 발이 내려져 있고 그 발 너머로 한 사내의 모습이 보였다. 비록 발 때문에 사내의 외양은 짐작할 수 없으나 푸른빛 도포를 입은 사내는 그녀의 생각보다 건장해 보였다. 앉아 있는 것만으로도 묘한 압박감이 드는 사람이었다. 그녀가 미리 준비된 방석 가까이 다가서자 사내가 말했다.

"어서 오십시오. 이렇게 늦은 시각에 이런 곳에서 모시게 되어 송구합니다. 김준수라고 합니다."

사내의 목소리는 크지 않았지만 비교적 발음이 정확한 것으로 보아 술에 취하지는 않은 모양이었다. 효진은 술에 취하지 않은 것만으로도 다행이라고 생각했다.

"오시는 길이 힘들지는 않으셨습니까?"

사내가 그녀에게 안부를 물어오자 효진은 첫 대면에 바짝 얼어 있던 몸과 마음이 조금 이완되는 것 같았다. 양반출신의 상인이라고 하더니 그녀의 생각보다 사내는 예의가 바른 이 같았다. 그녀가 여인이었기에 예의를 차려 중간에 발을 친 것만으로도 겉보기엔 크게 흠잡을 것이 없는 손님맞이를 하고 있었고, 그녀의 안부까지 물어오는 것으로 보아 꽤나 자신이 이곳에 오는 것에 신경을 쓰고 있다고 느껴지게 만들었다.

비록 만남의 장소가 기루라는 것이 그녀의 자존심을 땅바닥까지 떨어지게 했지만 말이다.

"네, 힘들지는 않았습니다."

"앉으시지요."

효진은 사내의 권유에 조용히 쓰고 있던 멱리를 벗어 잘 갈무리한 다음 자리에 사뿐히 앉았다.

"제가 하는 일이 바빠 실례인 줄은 알지만 소저의 방문을 청했습니다. 소저께는 정말 송구합니다. 부디 넓은 마음으로 양해를 부탁드립니다."

"알겠습니다."

방 안에 효진의 낭랑한 목소리가 울려 퍼졌다. 그의 사과를 받아서인지 처음 부용각에 발을 내디딜 때보다 기분이 나아졌다. 굳었던 표정이 자연스럽게 풀어지는 것 같았다.

하지만 그 표정은 오래 유지되지 않았다.

"그럼 사전에 사과는 충분히 드렸으니, 제가 소저를 여기까지 오시라고 한 이유에 대해 말씀을 드려야겠군요."

상대방의 말투에 묘하게 비틀림이 있다는 생각이 들자 효진은 경계심이 들어 긴장감에 치맛자락을 움켜쥐었다.

아니나 다를까, 발 건너편에 있던 사내가 갑자기 자리를 털고 일어나더니 두 사람 사이의 발을 걷어내고 효진의 앞으로 성큼 걸어나왔다. 효진은 그야말로 놀라서 숨이 멎을 것만 같았다.

미처 다른 판단을 하지 못할 정도로 순식간에 벌어진 일이었다. 무슨 일이라도 곧 벌어질 듯 아슬아슬한 분위기라는 생각이 들기는 했지만 이렇게 숨 고를 틈도 없이 사내가 움직일 거라고는 전혀 생각지 못했던 일이었다.

놀란 눈으로 고개를 들자 사내와 시선이 마주쳤다. 찰나의 순간 눈이 마주치자 아무런 생각의 여지 없이 사내의 눈만 보였다. 차분하게 가라앉아 있는 사내의 눈빛이 자신을 옭아매는 것 같다는 생각마저 들게 했다. 그녀는 그 눈빛에 숨이 막히는 기분이었다.

사내가 한 걸음 더 움직여 자신 쪽으로 다가오자 그제야 효진은 그에게서 멈춰졌던 시선을 애써 돌리고 정신을 차렸다. 어느 정도 마음이 정리되자 효진은 사내를 향해 시선을 들어 올렸다. 처음 눈빛만 마주쳤던 것과는 다르게 사내의 전체적인 윤곽이 보였다.

이립(而立)에 가깝다던 사내의 나이 때문일까, 영준한 모습이기는 했으나 그 눈매가 차갑고 표정의 변화 또한 한 점 읽어낼 수 없는 모습이었다. 푸른빛의 비단도포를 걸친 체격이 좋은 사내가 자신의 앞에 서 있자 효진은 더럭 겁이 나기도 했다. 그녀는 무언가 단단한 벽이 자신의 앞에 있는 것 같은 기분이 들어 점점 숨을 쉴 수가 없었다. 나라를 뒤흔드는 대상(大商)이라더니 역시나 평범한 사내는 아니었다.

사내가 무엇인가 감별이라도 하는 듯 자신을 바라보는 차가운 눈빛에 오금이 얼어붙을 것만 같았다.

'정신을 똑바로 차리지 않으면 그야말로 이곳으로 발걸음을 한 것보다 더 치욕스러운 상황이 생기게 될지도 모른다. 난 기필코 지금 이 상황에서 살아남아야 한다.'

위기감이 들자 효진은 그 순간 어머니와 헤어지던 날 밤 자신의 귓가에 절절이 와 닿던 애끓는 어머니의 목소리가 번뜩 떠올랐다. 어머니와 생이별을 해야만 했던 이유도 떠올랐다. 이 사내를 사로잡아 혼인을 하지 못하면 모든 일들이 다 의미가 없게 된다.

효진은 애써 놀란 마음을 가다듬고 겉으로는 평온한 표정을 지었다. 그러고는 자신을 뭔가 마음에 안 든다는 눈빛으로 바라보는 준수를 똑바로 쳐다보았다. 애써 떨리는 목소리를 누르며 담담한 목소리로 사내에게 말을 걸었다.

"저를 이곳으로 와달라고 청한 그 연유를 말씀해 주십시오."

"생각보다는 담대하시군요. 더 큰 반응을 기대했었는데 말입니다."

사내는 효진을 바라보며 그전까지 하던 말들이 모두 가식이었던 것마냥 숫제 시비조로 말을 내뱉었다.

'이 사내는 나를 보고자 이곳에 와달라고 청했던 것이 아니구나. 명백한 거절의 의미였음이야. 그런데도 그 끈을 놓지 못해 수치스럽게도 반가의 혼인하지 않은 처녀의 몸으로 기루로 오다니……'

효진은 그제야 이 기루로 자신을 보자고 청했던 이유가 짐작되었다. 설마 했던 일이 이 사내의 진심이었을 줄이야. 그의 양부도 그녀도 짐작은 했지만 믿고 싶지 않았던 이유였다. 효진은 그의 행동에 대한 이유를 파악하자 정신이 아득해지려는 것을 간신히 가다듬으며 조용히 그의 말에 뒤를 이어갔다.

"생각보다는 대담하고 거침없는 분이시군요."

부드럽게 말하는 것 같지만 자신의 행동을 질타하는 말이 효진의 입에서 나오자 그가 즐겁다는 듯 웃음을 터뜨렸다.

"하하. 소저께서는 보기보다 솔직한 성정을 가지고 계시는군요. 그리고 들리는 풍문보다 훨씬 미인이시기도 하고. 뭐, 예조참판이 다 장성한 수양딸을 몇 년 전에 들였다고 할 때 그 용도가 어떨 것이라는 건 짐작을 하긴 했었지만 말입니다."

그의 입은 웃고 있었지만 눈은 웃고 있지 않았다. 사내의 말에 효진은 벌컥 울화가 치밀어 올랐지만 애써 표정을 담담하게 지었다.

도대체 이 사내가 왜 자신을 이렇게까지 자극하고 무례하게 대하는 것인지는 모르겠으나, 이렇게 나온다고 해서 자신의 생각처럼 그렇게 화를 벌컥 낼 수도 없는 입장이었다.

"그렇게 제 모습이 궁금하셨다면 미리 언질을 주시지 그러셨습니까? 그렇다면 찬찬히 보실 기회를 드렸을 텐데요."

그녀는 그를 향해 톡 쏘아붙이고는 시선을 그에게서 빗겨 돌렸다. 잠시 시간을 두고 마음을 다스려 말을 하기는 했으나 잘 갈무리가 되지 않았음인지 자신의 생각보다 말투가 더욱 맵찼다.

하지만 이미 말을 내뱉어 버린 효진이었다. 그녀는 아마도 사내가 자신에게 화를 낼지도 모른다고 생각했다. 온순하게 굴어도 모자랄 상황에 사내를 자극하는 말을 하고야 말았으니 순간 더럭 겁이 나기도 했다.

심장이 두근두근하며 불안감이 고조되었다. 지금이라도 말이 뾰족하게 나와 송구했노라고 정정해 볼까 하는 마음이 들기도 했지만 이미 엎질러진 물이었다.

이제 와서 후회를 하기엔 늦었다. 그런 생각이 들자 효진은 애써 아무렇지 않은 척, 의연한 척하며 떨리는 마음으로 그를 바라보며 앉아 있을 뿐이었다.

잠시 동안 두 사람 사이에 침묵이 흐르고 사내가 자신을 향해 화를 낼지도 모른다는 효진의 생각과는 달리, 사내는 그녀의 앞으로 한 발자국 더 다가와 긴장으로 미미하게 떨리는 그녀의 손목을 낚아채어 자신의 앞으로 당겼다.

"얼굴이야 마음만 먹으면 얼마든지 볼 수 있는 일이니 그럴 작정이었다면 이렇게 기루로 부르지도 않았을 겁니다. 제 용무는 다른 곳에 있지요."

사내의 손이 닿은 손목이 화끈거렸다. 처음 느껴보는 외간 남자의 손길에 얼굴은 홍옥처럼 붉어졌고, 몸은 사시나무처럼 덜덜 떨려왔다.

'정신을 차려야 한다. 지금 이렇게 넋을 놓고 있다가는 정말 무서운 일이 일어날지 몰라.'

효진은 다급한 상황에 달아나려는 정신을 가다듬었다. 잡힌 손목이 화끈거리는 것 같았다.

"이 손 놓으십시오!"

그녀는 화를 억누르며 사내에게 잡힌 손목을 빼기 위해 팔을 비틀어 당기며 소리쳤다. 하지만 사내의 힘이 강해 꿈쩍도 하지 않았다. 반대쪽 손으로 사내에게 잡힌 손목을 빼내려 했지만 사내의 힘에 당할 수가 없었다.

아무래도 자신의 힘으로 잡힌 손목을 빼는 것은 무리라는 생각이 들자 효진은 팔에 힘을 빼버렸다. 그러고는 이내 흥미로운 듯 눈을 반짝이며 담담하게 자신의 행동을 보고 있는 사내를 쏘아보았다. 사내에게 잡힌 손목이 불에라도 덴 듯 화끈거렸다.

"이 손 놓아주십시오. 아직 혼인을 하지도 않은 여인을 이리 희롱하시는 이유가 무엇입니까? 이런 모욕을 주고 혼담을 거절하고자 하신 것이라면 이미 충분히 그 뜻을 이루신 것 같습니다. 하니, 그만 이 손을 놓아주십시오."

효진은 자신이 말을 내뱉고도 그 말투가 너무 차가워 사내의 심기를 더욱 건드린 것은 아닌지 순간 더럭 겁이 났다.

'아, 일을 그르치고 말았던가?'

후회감이 밀려왔다. 이런 상황에서 사내의 심기를 건드려서 좋을 것이 하나 없었다. 양부의 말대로 혼인을 하자 청을 한 번 더 해도 모자랄 판에 이렇게 거절의 뜻을 완벽하게 받아들였다고 시인을 했으니, 이 쏟아진 물을 어떻게 주워 담아야 할지 앞이 막막해졌다.

"저는 소저에게 혼담에 관해 한마디도 말하지 않았는데 어찌 그리 판단하십니까?"

그녀의 행동에 불같이 화를 내거나, 방금 전의 상황보다 더한 모욕을 당하게 될지도 모른다고 염려했던 것과는 달리 의외로 사내는 차가운 음성으로 대꾸했다.

"하면, 혼인을 하지 않은 여인에게 이리 하시는 나리의 행동을 제가 어찌 받아들여야 한다는 말씀이십니까?"

다소 당돌한 효진의 눈빛이 사내의 얼굴에 내리꽂히는 듯했다.

"그저 줄기차게 혼담을 청하는 쪽의 사정을 보아 계속 이유 없이 거절할 수 없어 한 번 상대를 보고자 한 것일 뿐 다른 의도는 없었습니다. 뭐, 덕분에 소저가 이 자리에 나오신 진심도 알게 되었으니 피차 서로 피곤한 일을 만들지 않는 것이 좋을 듯합니다."

효진은 그의 대답에 그 자리에서 입이 딱 벌어질 지경이었다. 이 것은 그야말로 효진을 이용하여 사내 자신이 원하는 대답을 듣고자 벌인 일이 아니고 무엇이란 말인가? 효진은 그 순간 손목을 사내에 게 잡힌 것보다 더한 모욕감에 얼굴이 붉어졌다.

사내는 그런 그녀의 심정을 아는지 모르는지 그때까지 빠져나 가지 못하게 꼭 잡고 있던 그녀의 손목을 느슨히 풀어주었다. 효 진은 그야말로 맵차게 그의 손안에 잡혀 있던 손목을 빼어내었다.

'내 꾀에 내가 넘어간 것인가? 그저 이 사내가 하는 대로 가만있 었다면 이런 일이 일어나지 않았을까?'

수만 가지 생각들이 머릿속을 스쳐 지나가 정신이 어지러웠다.

"소저의 아버지께 전하시오. 난 인생을 살면서 혼인 따위는 하지 않겠다고 생각했고, 그 생각 변하지 않았다고 그리 전하시오."

패배감에 젖은 그녀의 심정은 아랑곳하지 않고 사내는 자신이 할 말만 내뱉고 그녀가 대답도 하기 전에 몸을 돌려 버렸다.

'참으로 무서운 사람이 아닌가? 아무런 말도 하지 않고 자신이 원하는 바를 이루어냈으니. 하지만 아무리 그렇다 하더라도 이렇게 돌아설 수 없는 것 또한 내 운명이 아니던가.'

돌아서는 사내의 뒷모습에 효진은 하늘이 무너지는 것 같았다. 이대로 돌아간다면 아마도 자신은 영원히 어머니와는 만날 수 없게 될지도 몰랐다. 불안감이 극에 다다르자 효진은 저도 모르게 돌아 서는 사내의 옷자락을 잡았다.

"하면, 저와 혼인을 하고자 하는 마음이 정말 없으신 것입니 까?"

결코 하고 싶지 않았던 말이 나오고야 말았다. 하지만 그녀는 지 금 자신의 수치심보다 사내를 놓치지 않는 것이 더 중요했다. 이대

로 이 사내를 놓쳐 버리면 자신의 미래가 더 암담해질지도 모른다
는 생각에 그녀는 남아 있던 자존심과 수치심을 그 자리에서 버려
버렸다.

다행인지 불행인지 그녀의 애원에 사내는 뒤를 돌아보았다. 사
내는 무표정으로 그녀를 한 번 바라보더니 그녀에게 잡힌 자신의
옷자락을 떼어냈다.

"제 뜻은 충분히 전했다고 보는데, 소저에게는 부족하셨나 봅니
다."

"혹시 다시 재고해 줄 수는 없으시겠는지요."

차마 떨어지지 않을 것 같은 말이 입 밖으로 나왔으나 그 용기가
무색하게 사내의 대답은 단호했다.

"없습니다. 하면, 살펴 가십시오. 손님 나가신다, 집까지 잘 배웅
해 드려라."

효진은 이렇게까지 자존심을 내려놓고 혼인을 하자 청했음에도
불구하고 거절당했다는 사실에 기운이 빠져 맥이 탁 풀리고 말았
다. 그제야 얼굴이 화끈거리며 수치심이 올라오고 그에 따라 예전
에 버렸던 눈물이 올라오는 것 같았다. 밀양댁이 서둘러 안으로 들
어와 밖으로 데려가지 않았다면 그녀는 그 자리에서 주저앉아 울어
버렸을지도 몰랐다. 어떻게 가마를 탔는지도 모르게 가마에 올랐
고, 어느새 집으로 향하고 있었다.

자존심 따위 예전에 버린 줄 알았더니 그것이 아닌 모양이었다.
양부의 집에 발을 들여놓는 그 순간, 양어머니의 횡포가 시작되는
그 순간 이미 내려놓았다고 여겼던 자존심이 왜 하필이면 오늘같이
중요한 순간 다시 고개를 든 것인가. 효진은 자괴감에 빠져들었다.
가마의 흔들림마저 느껴지지 않을 정도였다.

‘그깟 손목, 그냥 담담하게 잡혀줄 것을 그랬나 보다. 옷고름을 풀더라도 그 사내에게 혼인에 대한 확답을 받아오라는 명까지 받았건만 이깟 손목에 모든 것을 망치고 말았구나.’

효진은 아직도 사내의 뜨거운 체온이 남아 있기라도 한 것 같은 자신의 손목을 내려다보았다.

“아기씨, 괜찮으십니까?”

가마 밖에서 조심스럽게 묻는 밀양댁의 목소리가 들렸다.

“괜찮네.”

‘아니, 괜찮지가 않아. 이제 어떻게 해야 하는 거지?’

꼭 혼인의 확답을 받아오라던 양부의 추상같은 명이 이렇게 귓가에 울리는데, 자신은 그 사내의 마음을 움직이는 데 실패하고 양부의 집으로 돌아갈 생각을 하니 끔찍했다.

양부는 어쩌면 더 쓸모가 없어진 자신을 핑계로 다른 권력 있는 늙은 대신의 첩실로 자신을 팔아버릴지도 모른다. 자신의 양부라면 그러고도 남을 사람이었다.

‘방법을 찾아야 해. 이대로 집으로 돌아갈 수는 없어.’

이대로 무너질 수는 없었다. 이 정도에 낙담하는 것은 아직 일렀다. 아마 방도가 있을 것이다. 흔들리는 가마에 앉아 생각에 골몰하던 효진은 불현듯 한 가지 묘책이 떠오르자 가마의 창을 열어 밀양댁을 찾았다.

“밀양댁, 혹시 조양상단 대행수의 집이 어디인지 아는가?”

도성 최고의 대상이라고 했으니 아마도 그 사내의 집을 아는 이는 많을 것이라는 판단에서 밀양댁에게 조심스럽게 물어보는 효진이었다.

“아, 알기는 하지만, 그건 왜 물어보십니까?”

“가마를 돌려 그 집으로 가세.”

“아, 아기씨!”

“이대로 가면 여기서 무사할 사람이 없을 것이라는 건 자네도 잘 알지 않는가?”

밀양댁은 효진의 말에 잠시 뜸을 들이더니 이내 고개를 끄덕이고는 가마꾼들에게 일러 행선지를 바꾸었다. 효진의 말대로 이대로 혼인을 하겠다는 약조를 받지 못한 채 돌아간다면 아마도 가마 안에 있는 아기씨는 물론이고, 자신과 저 가마꾼들에게까지 그 화가 미칠지도 몰랐다. 효진 아기씨에게는 지금 이 상황이 모진 상황이지만 여러 사람 생각하면 그래도 주인어른이 흡족해할 만한 결과를 가지고 가는 것이 모두를 위한 일일지도 몰랐다.

“아기씨, 다 왔습니다. 대행수님은 아직 댁에 오시지 않았다고 하시는데요. 오실 때까지 가마 안에서 기다리시지요.”

“아닐세, 안에 있으니 갑갑하구만.”

효진의 말에 밀양댁은 서둘러 가마의 문을 올렸다. 밀양댁의 부축을 받아 가마에서 내리니 달빛에도 반짝거리는 기와를 얹은 고래등 같은 기와집이 보였다.

초대받지 않은 손님이니 주인이 오기 전까지는 집 안으로 들어가기 여의치 않은 상황이라 효진은 아무래도 집주인이 올 때까지 기다려야겠다는 생각을 했다. 마냥 기다릴 수 없는 상황이기는 했으나 이렇게 아무런 소득 없이 집으로 돌아가는 것보다야 조금 더 숙이고 들어가더라도 사내의 마음 한 자락 얻어가는 것이 더 중요했다.

‘무슨 말을 어떻게 해서 마음을 돌려야 하나……’

사내는 이미 장사를 하는 것에 닳고 닳은 사람이라 표정을 숨기는 데 너무나 능숙했다. 그의 표정만 봐서는 도저히 무슨 생각을 하는지 짐작할 수가 없었다. 기루에서의 상황은 효진에게 당혹스러웠지만 그래도 사내와 마주친 시선에서 그리고 그 행동에서 석연치 않은 부분이 있었다.

사내가 자신에게 관심이 없었다면 자신의 얼굴을 보려 하지도, 그녀의 손목을 잡지도 않았을 것이다.

그리고 그 시선은…… 피하지 않았다. 그가 자신을 바라보는 시선이 당혹스럽기는 했지만 그는 그녀가 시선을 피하기 전까지 자신에게서 시선을 돌리지 않았었다. 사내의 표정이 너무 차가워 그 행동의 진의 여부를 알 수는 없는 상황이지만 그래도 아주 희망이 없는 것은 아닌 것 같았다.

비록 남녀 관계에 대해 잘 알지 못하는 자신이기는 하나 그 사내가 보여준 행동 몇 가지에서 희망을 찾아보고자 했다. 미리 포기를 하는 것보다 최대한 노력을 했음에도 불구하고 사내가 혼담을 거절한다면 자신도 양부에게 할 말이라도 있지 않을까 싶은 생각에서였다. 이런저런 생각에 머리가 어지러웠다.

"아기씨, 곧 있으면 인경이 치겠습니다."

밀양댁이 무언가 주저하는가 싶더니 생각에 빠진 효진의 옆에 다가와 슬며시 언질을 주었다.

벌써 시간이 그리 지났던가? 이런저런 생각이 꼬리에 꼬리를 물어 심취해 있었더니 어느새 시간이 많이 지난 모양이었다. 기다리던 밀양댁도 마음이 급했는지 초조하게 효진을 바라보았다. 아무래도 효진이 무슨 결단을 내려주길 바라는 시선이었지만 사실 효진도 지금 이 상황에서는 어떻게 해야 할지 대책이 서질 않았다. 집주인이 와야 사정을 하든지 다른 방법을 강구할 것인데 지금 이 상황은 막막하기만 했다.

　이대로 집으로 돌아가야 하는지에 대해 고민하고 있는 사이에 멀리서 불빛이 보였다. 말을 타고 오는 사내와 아까 보았던 호위무사 둘이 그를 호위하고 있었다. 사내의 등장이 이토록 반갑게 느껴지다니, 뜻을 이루고자 하는 마음이 정말 간절했던 모양이었다.

　"집으로 돌아가셔도 한참 전에 돌아가셨어야 할 양갓집 규수께서 어찌 외간 사내의 집 앞에 서성이고 계시는 겁니까?"

　사내는 자신을 기다리고 있는 효진을 보자 대뜸 서늘한 표정을 지으며 말에서 내렸다. 시선이 다시 한 번 사내와 마주치고 비교적 오래 그를 관찰했지만 효진은 사내의 시선에서 어떠한 생각도 읽을 수가 없었다. 확실한 것은 이번에도 사내는 그녀의 시선을 피하지 않는다는 점이었다. 효진은 그 사실에 희망을 얻어 최대한 공손하게 하려 했던 말을 털어놓았다.

　"아까의 일은 나리께서 청한 일이었고, 지금의 일은 제가 다시 뵙기를 청하는 일입니다."

　"제가 드릴 말은 아까 다 끝났습니다. 그러니 돌아가십시오."

　사내의 딱 자르는 말이 인정 없이 들리기는 했지만 효진은 굴하지 않고 자존심을 버렸다.

　"이제 곧 인경이 칠 시간입니다. 실례인 줄은 알지만 오늘 하루 객으로 받아주시면 안 되겠습니까?"

　"허, 참……."

　사내의 입에서 기어이 실소가 터져 나왔다. 효진은 그나마 자신의 붉어진 뺨이 밤이라 잘 드러나지 않은 것에 감사했다. 이렇게 뻔뻔할 정도로 청하는 것이 여인으로서 얼마나 수치스러운 일인지 잘 알고 있었지만 상황이 상황인 만큼 물러설 수가 없었다. 사내는 가

타부타 말없이 효진을 스쳐 지나갔다.

그녀는 틀렸다는 생각에 낮은 한숨을 내쉬었다. 혹시나 하는 기대를 안고 기다렸건만 사내는 매몰찼다. 쉽지 않을 거라 생각하기는 했지만 이렇게 문전박대를 당할 것이라고는 생각해 보지 않았던 터라 집으로 돌아갈 길이 막막했다. 효진이 집으로 향하기 위해 가마로 가는 사이 사내의 집 대문이 열리며 청지기가 종종걸음으로 나왔다.

"안으로 드시지요."

"주인나리께서 허락을 하시었소?"

청지기의 말에 밀양댁이 눈을 동그랗게 뜨며 그에게 물었다. 그러자 청지기가 고개를 끄덕이며 효진과 그 일행을 집 안으로 안내했다.

어렵사리 사내의 집 안으로 들어간 효진과 일행에게 청지기는 머뭇거림 없이 그들의 처소를 배분했다. 가마꾼들은 따로 행랑채에 딸린 방을 내주어 묵게 하고 효진은 사내가 있는 사랑채로 안내가 되어 사랑채로 향했다. 청지기를 따라 들어가는 걸음에 가슴이 두 근 반 세 근 반 뛰었다.

일이 이렇게 되었으니 아마 이곳을 나갈 때 애초에 목적이었던 혼담이 성사되지 않는다면 자신은 사대부가에 정실로 시집을 가는 것은 틀렸다고 봐야 했다. 어느 양반 댁에서 이토록 요란하게 혼담을 청한 처자를 며느리나 부인으로 삼을 것인가. 사랑채 안으로 향하는 효진의 표정은 자못 비장했다.

사랑채 댓돌에 신발이 없는 것으로 보아 집주인인 사내는 아직 사랑채로 들지 않은 듯했다. 청지기는 그런 효진의 심정을 알아차

렸는지 냉큼 사내의 부재에 관한 이유를 고해왔다.

"주인나리는 아마 씻고 계실 겁니다. 날이 차니 안으로 들어가셔서 기다리시지요."

"아닐세, 주인 없는 방에 들어가는 것은 예의가 아니네."

"이 시각에 연통도 없이 객을 받게 한 것은 예의입니까?"

어느새 편한 복장을 한 사내가 그녀의 말을 퉁명스럽게 받아쳤다. 그러고는 효진이 무어라 입을 떼기도 전에 사랑채로 성큼성큼 걸어 들어갔다.

"저에게 하실 말씀이 있다고 하시니 잠시의 시간은 드리겠습니다. 들어오시지요. 박 서방, 자네는 다과상을 좀 내오라 이르게."

"예, 주인어른."

청지기자 총총히 사라지자 효진은 마음을 가다듬고 조심스럽게 방으로 들어갔다. 사랑채에 딸린 방치고는 작은 편이었다. 효진은 서적이 많고 정갈한 방에 앉아 있는 사내를 보며 세간에 떠돌고 있는 도성에 둘도 없는 한량이라는 소문과는 달라 보인다고 생각했다.

마치 아까 기루에서 자신을 희롱하던 이는 자신이 아니었던 것마냥 고고하게 앉아 있는 모습이 선비라고 볼 수도 있을 것 같았다. 다소 가깝긴 하지만 그래도 멀리 떨어져서 이야기하는 것도 예의가 아니다 싶어 부담스럽긴 하지만 적당한 거리를 두고 앉았다.

"우선 약속도 없이 이렇게 불쑥 찾아온 건 무척 죄송하게 생각하고 있고, 불편을 끼쳐 드려 죄송합니다."

"사과는 받았다 칩시다. 용건이 무엇입니까?"

"지금 이 혼담 다시 한 번 재고해 주실 수는 없겠는지요?"

효진은 간절함을 담아서 사내에게 물었다. 마지막이다. 지금 이 자리에서 다시 한 번 일언지하에 거절을 당한다면 그녀는 차마 또 한 번의 용기는 낼 수 없을 것 같았다.

"저는 혼인이 필요 없다 생각하는 사람입니다. 그리고 혼인을 한다고 해서 저에게 이득되는 것이 아무것도 없는데, 왜 이렇게 여인 된 몸으로 혼인을 계속 청하시는 겁니까?"

말투는 공손하게 들렸지만 내용은 신랄하게 지금 효진의 행동을 비웃는 것 같았다. 효진을 무표정하게 바라보는 모습이 차마 그 속내까지 짐작할 수 없게 만들었지만 사내의 눈빛만큼은 무심해 보였다.

"나리께서 말씀하신 대로 저 또한 이렇게 혼인을 청하는 것이 쉬운 일은 아닙니다. 매우 부끄럽고 민망한 일입니다. 하지만 그만한 사정이 있어 이렇게 청을 드리는 것입니다. 어차피 혼인이 필요 없다 생각하시는 분이라면 한 목숨 살리는 셈치고 저와 혼인해 주십시오. 혼인을 하고 나서는 나리 하시는 일에 일절 참견을 하지도, 말을 하지도 않고 조용히 살겠습니다. 그러니 다시 한 번 생각해 주십시오."

"저는 장사꾼이라 이문이 남지 않는 일에는 투자를 하지 않습니다."

"아버님께 말씀드려 예조에 물건을 납품할 수 있게 도와드리겠습니다."

"이 나라의 모든 물품이 이 조양상단을 거치지 않은 것이 몇 개나 되겠습니까? 그런데 예조쯤이야……."

"하면, 세금을 낮추어달라 청해 드릴까요?"

"지금 내고 있는 세금도 저는 많지 않다고 생각합니다만……."

"하면, 원하시는 것이 무엇입니까? 제가 해드릴 수 있는 일이라면 모두 도와드리겠습니다.”

“……그렇게 저와 혼인을 원하시는 이유가 도대체 뭡니까? 두루 뭉술하게 목숨 운운하지 마시고, 진짜 이유가 무엇입니까? 이유가 합당하다 생각하면 한번 고려해 보겠습니다.”

사내의 눈빛엔 흥미로운 무언가를 발견한 것처럼 반짝임이 있었다. 효진은 무언가 더 들어갈 틈이 있다는 생각에 떨리는 마음으로 그 이유를 이야기하기 위해 입을 떼려 했다. 하지만 갑작스러운 사내의 제지에 가로막혔다.

“하지만 그전에 잠시 하나만 확인하고 듣도록 하지요.”

“무슨…… 흡!”

사내는 효진이 무어라 대답할 틈도 없이 그녀의 팔을 잡아 자신 쪽으로 잡아당겨 자리에 눕혔다. 사내의 얼굴이 가까워진다고 느낀 순간 효진의 입술에 말캉하고 따뜻한 것이 닿았다. 촉, 하고 떨어지는 입술에 효진은 어이가 없어 저항의 말이 나오려는 순간 또다시 입술이 닿더니 잡아먹을 듯 사내의 혀가 그녀의 입술을 가르고 들어왔다.

두근!

분명 화를 내고 사내의 뺨이라도 쳐야 하는 상황인데 몸에 힘이 들어가지가 않았다. 이 무도한 사내의 행동에 제재를 가해야 함에도 불구하고 그녀는 아무것도 할 수 없었다. 그 농밀한 입맞춤에 아무 생각도 나지 않았고, 평온한 자신의 내부를 휘저으며 그녀의 마음을 두근거리게 만드는 움직임과 따뜻함에 아랫배가 조여오는 것 같았다. 능수능란하게 그녀의 입술을 농락하는 사내의 움직임에 그녀의 입에서는 저도 모르게 미약한 신음성이 새어 나왔다.

효진은 소리를 낸 스스로에게 놀라 정신을 차리고 사내를 밀어내려 했으나 사내는 꿈쩍도 하지 않았다. 오히려 그녀의 입술을 더욱 느리게 맛보며 입술을 떼고는 다시 짧게 입을 맞추더니 그녀에게서 떨어졌다.

효진은 사내가 자신에게서 떨어지자 그제야 정신이 번쩍 들었다. 미처 사내를 밀어내지 못했다는 수치심과 당혹스러움에 온몸이 사시나무 떨리듯 떨려왔다.

"아, 아니, 이 무슨 황망한 행동이시란 말입니까?"

무슨 말이든 더 해야 함에도 불구하고 얼굴만 붉힌 채 더 이상 어떤 말도 하지 못하고 입만 뻐끔거리는 효진의 모습을 보고 사내는 오히려 그녀를 안아 일으켰다. 그리고 익숙한 손길로 그녀의 흐트러진 머리카락과 옷매무새를 정리해 주었다. 그 손길이 거침이 없어 효진은 더욱더 기함을 할 수 밖에 없었다.

"이 정도 일에 이렇게 놀라시다니요. 소저께서는 이 늦은 시각 외간 사내의 집에 들어오면서 이 정도의 각오도 없이 오셨단 말입니까? 앞으로 또 다른 혼담의 상대의 집에 이렇게 찾아든다면 지금 이 정도에서 끝나지 않을 텐데 말입니다. 사내를 아직 잘 모르시나 봅니다."

효진은 그의 말에 더욱 충격을 받았다. 자신의 행동에 대한 묘한 질책과 다부지지 못한 태도에 대한 경고의 의미처럼 받아들여지는 사내의 말투에 가슴속에 쌓여 있던 견고한 무언가가 와장창 부서지는 기분이 들었다. 이 집에 발을 들여놓기 전 어떤 각오로 왔던가에 대한 절박한 마음이 다시금 그녀의 머릿속을 환기시켜 주는 듯했다.

효진은 사내의 말에 대한 대답을 하기 위해 입을 떼었다.

"제가, 제가 어찌하면 나리의 마음을 돌릴 수 있겠습니까?"

몸이 떨리고 목이 메어와 목소리가 갈라졌다. 하는 말이 워낙 여인으로서 대담함을 요구하는 말이라 애써 담담하려 했지만 쉬이 마음이 다스려지지 않았다. 차마 그 뒷말을 이어가기가 힘들어 효진은 잠시 뒷말을 쉬어갔다.

"굳이 제가 아니더라도 혼인의 상대를 찾는데 전혀 문제가 없어 보이시는 분이 왜 저에게 혼인을 하자 청하십니까?"

그녀를 바라보는 사내의 눈빛은 자못 날카로웠다. 효진은 대답을 어떻게 해야 할지 막막하기만 했다. 그녀를 당황스럽게 하고, 수치심이 들게 하고, 나아가 여인으로서 자존심을 모조리 내려놓게끔 만드는 사내의 저의가 무엇인지 혼란스러웠다. 자신에게 모욕만을 주고자 했다면 기루에서의 일만으로도 충분했을 텐데, 이 사내는 왜 이토록 오만하게 자신을 밑바닥까지 끌어내리고자 하는지 속이 바짝 타들어갔다.

효진이 무슨 말이라도 하려고 입을 떼려는 찰나 바깥에 인기척이 들렸다.

"주인어른, 다과상 들이겠습니다."

여종이 사내를 향해 말을 고했다.

"들어오너라."

사내의 대답이 떨어지기 무섭게 지체 없이 다과상을 든 여종이 들어왔다. 조심스런 몸놀림으로 다과상을 놓는 여종을 보면서 효진은 그나마 잠시라도 시간을 벌 수 있어 다행이라는 생각이 들었다.

'침착하자. 필시 이 사내가 나를 내치지 않고 시험하듯 하는 것에는 그만한 이유가 있지 않겠는가? 만약 자신의 눈에 차지 않는 상대라 생각했다면 이리 시간을 내어주지도 않았을 터. 생각을 차

분히 해보아야 한다.'

효진은 기억을 더듬었다. 당황스러운 상황들이 연속되어 차마 생각하지 못했던 부분들을 하나하나 꿰맞추듯 생각 속으로 끌어들여 그 이유를 생각해 내려니 머릿속이 복잡했다.

여종이 솜씨 좋게 차를 우려내고 공손히 인사를 하고 방 밖으로 나가자 사내는 효진에게 평온한 표정으로 차를 권했다.

"차드시지요."

"예."

차를 머금는지 마는지 모를 정도로 단시간에 찻잔을 들었다가 놓는 것이 사내의 눈에 걸린 모양이었다.

"차를 좋아하시지 않는 모양입니다?"

"아, 예."

효진은 사내의 말에 다도라는 것을 접한 지 얼마 되지 않았음을 들킨 것만 같아 가슴이 뜨끔했다.

'이 사내는 자꾸만 사람을 당황스럽게 한다. 마치 일부러 그리하는 것처럼…….'

효진은 일부러 자신을 시험하는 것처럼 대한다는 생각에서 무언가 희미한 가닥을 잡았다.

'혹시, 이 사내는 자신이 지금 이 상황을 헤쳐나갈 수 있는지가 궁금한 것이 아닐까? 만약 그렇다면 도대체 자신에게 바라는 행동은 무엇이란 말인가.'

"제 질문에 대한 대답은 생각하셨는지요. 이미 충분한 시간을 드린 것 같습니다만."

효진은 사내의 재촉에 마음을 단단히 먹었다. 이 길이 아니면 천 길 낭떠러지였다. 사내의 말대로 지금 이곳에서 거절당한다면 자신은 지금보다도 더한 상황을 만날 수도 있었다. 지금 이 사내에게 받은 대우보다 더 모진 취급을 받거나, 운이 더욱 좋지 않다면 어느 늙은 벼슬아치의 소실로 들어갈 수도 있는 일이었다. 뒤로 물러설 곳 없이 배수진(背水陣)이 쳐지고 나니 더는 두려울 것이 없었다. 효진은 사내를 뚫어질 듯 바라보았다. 그러고는 담담히 자신이 생각하는 바에 대해 이야기하기 시작했다.

"꼭 나리여야만 하는 이유가 무엇이냐고 물으셨지요? 사실 저에게는 선택권이 없었습니다. 저의 아버님께서 꼭 나리여야만 한다고 정해주셨을 뿐. 그 이유는 나리를 처음 만나고 지금 이 집에 들어올 때까지 변하지 않은 이유였습니다."

"호오, 그렇다면 지금은 뭔가 달라졌단 말씀이십니까?"

사내가 한쪽 눈썹을 치켜뜨며 자못 흥미롭다는 표정을 지어 보였다. 효진은 갑작스러운 그의 표정 변화에 자신이 잡았던 실마리가 전혀 동떨어진 대답이 아니었구나 하는 생각이 들어 자신감에 더욱 눈빛이 반짝였다.

"지금은 제가 나리와의 혼담을 꼭 성사시켜야겠다는 생각이 들었습니다."

"어째서 그런 생각을 하셨는지 모르겠군요."

효진은 자신이 내뱉게 될 말의 파장에 대해 생각했다. 시간의 여유를 벌면서 몇 번을 더 생각했던 말이었다. 만약 자신이 하는 말이 그가 원하는 대답이 아니라면 그야말로 이 자리에서 예의 바른 축객령을 받을 수도 있는 일이었다.

"혼인이라는 것, 저의 입장에서는 피할 수 없는 일입니다. 나리의 말씀처럼 제가 지금 혼담을 거절당한다면 저는 또 다른 혼처를 찾아야겠지요. 그래서 다시 생각했습니다. 만약 그렇다면 저는 조선 최고의 사내와 혼인을 해야겠다는 생각이 들었습니다. 해서 꼭 나리여야만 한다고 생각합니다."

효진이 담담하게 자신의 생각을 또박또박 이야기하자 그 이야기를 듣고 있던 사내는 그녀의 말이 끝나기가 무섭게 웃음을 터뜨렸다.

"하하핫!"

사내를 만나고 거의 처음이다 싶은 시원한 웃음소리였다. 그가 웃고 있는 것은 진심이라고 효진은 생각했다.

사내의 웃음이 멎고 그 대답을 긴장된 마음으로 지켜보는 효진에게 사내는 눈을 반짝이며 씨익 미소를 지었다.

"조선 최고의 사내라는 칭호가 그리 나쁘지는 않군요. 소저 또한 좋은 집안의 썩 괜찮은 혼담의 상대이니 더 미룰 것이 없겠습니다. 혼인하도록 합시다."

효진은 사내의 말에 놀라 눈을 동그랗게 떴다. 실패할지도 모른다고 생각했는데 마치 기적처럼 혼인을 하자고 하는 사내의 말은 다소 의외였다. 효진은 얼떨떨한 표정으로 사내를 바라보았다. 그러자 사내는 그녀의 표정에 의미심장하게 웃으며 대답했다.

"물론, 소저께서 하신 말들이 제가 바라던 대답은 아니었지만 말입니다. 생각보다 엉뚱하신 면이 있으시군요."

"엉뚱하다니요?"

"소저께서 좀 더 솔직하게 자신의 상황에 대해 말씀하실 줄 알았는데 전혀 생각하지 못했던 방법으로 속내를 감추며 상대방을 치켜세우는 모습을 보여주셨으니 제 예상을 빗나가도 한참 빗나갔군요."

"하면, 역시 저를 시험하신 것이 맞으시군요."

효진은 혹시나 하고 짐작했던 말들이 생각보다 어렵지 않게 사내를 통해 술술 나오자 기분이 나빠지면서도 무언가를 통과했다는 생각에 안도감이 들어 마음이 오락가락 진탕되었다.

"우선 소저를 시험한 것에 관해서는 죄송하다는 말씀을 드리겠습니다. 혼인이라는 것이 워낙 인륜지대사(人倫之大事)이기에 함부로 그 상대를 정하는 것은 옳지 않다 생각했기에 실례를 무릅쓰고 자리를 마련한 것이니 부디 마음 많이 상하셨지 않길 바랍니다."

"아, 아니, 괜찮습니다."

불한당과도 같았던 모습과는 달리 무척 예의 바르게 사죄하는 사내의 모습에 효진은 차마 화를 내지도 못하고 전전긍긍하며 마음에 없는 괜찮다는 말을 되풀이했다.

"이왕지사 혼인을 하겠다고 서로 마음을 먹었으니 윤정한 대감과 상의하여 최대한 일을 빨리 진행하도록 하겠습니다. 날이 밝는 대로 매파를 보내도록 하겠습니다."

"……예."

혼담을 허락받기가 이토록 힘들었는데 서로의 이해타산이 맞아 결론을 내리자마자 급속도로 진행되는 것 같아 효진은 괜히 씁쓸해지는 기분이었다. 하지만 이런 상황에 그런 생각이 드는 것도 어설픈 욕심이라는 생각에 이내 털어버렸다. 양부의 당부대로 혼인에 대한 확답을 받았으면 그것으로 된 것이다.

'정혼을 하는 데 있어서 다른 어떤 것을 바란다는 것은 그야말로 헛된 욕심이다. 그걸 잘 알고 있으면서도 포기가 되지 않는 것. 그것이야말로 욕심이로구나.'

그녀는 괜히 가슴이 먹먹해지는 것 같았지만 애써 표정을 감추며 그의 대답에 고개를 끄덕였다.

앞으로의 혼인 생활을 생각하면 가슴이 답답해져 왔지만 효진은 그저 감내해야 했다. 눈앞에 이 사내와 혼인을 하면 어떤 일들이 벌어질지 모르지만 자신이 사내에게 약조한 대로 그녀는 사내에게 아무것도 바라지 않고 요구하지도 않으며 명맥상 부인의 자리를 유지하며 살아야 할 것이다. 세월이 지나 사내의 아이를 낳고 아이가 장성할 때까지 뒷바라지를 하면서 그렇게 보통 반가의 여인들의 삶을 그대로 답습할 것이라 생각하니 숨이 막혀왔다.

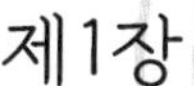

제1장

　얇은 비단을 다림질하는 효진의 손놀림이 익숙하게 뻗어 나갔다. 내일은 꼭 입어야 하는 옷이라며 안채의 하인인 솜이가 내려놓고 간 양어머니 한씨 부인의 저고리였다. 화려한 매화가 촘촘히 수놓아진 것으로 보아 이것 또한 수놓는 것으로는 도성 최고라 칭해지는 종로의 정씨 부인의 솜씨일 것이다. 한 달 안에 몇 벌이나 새 옷을 지어 입을 정도로 유행에 민감한 양어머니시니 하루가 멀다 하고 빨래를 해야 하는 하인들과 그 옷을 다림질하고 옷감을 만져야 하는 효진의 손끝에는 물 마를 날이 없었다. 효진은 끝마무리 다림질을 하고 나서는 그제야 허리를 폈다.

　"아기씨, 이제 좀 쉬세요. 나머지는 제가 하겠습니다."

　밀양댁이 효진을 안쓰럽게 바라보며 그녀가 마지막으로 다림질한 저고리를 가져갔다.

“이제 저녁을 지으러 가야겠구나.”

잠시 양손으로 어깨를 주무르던 효진이 금세 자리를 털고 일어났다.

“밀양댁은 안채로 들어갈 옷을 좀 싸주게. 저녁상을 들이면서 함께 가져가야겠어.”

“예, 아기씨.”

효진이 나가는 뒷모습을 보는 밀양댁이 시선이 짠해졌다. 어쩌다가 이런 댁에 양녀로 들어와서……. 다른 댁 아기씨들은 좋은 혼처를 잡으려 외양을 가꿀 동안 집안일을 하느라 저렇게 동동거리며 뛰어다니시는지.

우리 효진 아기씨. 외양은커녕 효도를 핑계로 안주인이자 그녀의 양어머니인 한씨 부인의 옷이며 음식을 하는 통에 나날이 거칠어져 가는 그녀의 손을 볼 때면 안쓰러워 마음이 짠해지는 밀양댁이었다. 하지만 거칠어지는 손과는 달리 그 용태가 날로 무르익어 가는 중이었다. 효진 아기씨가 처음에 이 집에 들어왔을 때 모습도 그 나이 또래 여자아이치고는 용모가 뛰어난 편이기는 했으나 이 집에 양녀로 들어온 지 삼 년이 지난 지금 효진의 모습은 그야말로 월궁항아(月宮姮娥)가 현신(現身)을 한다면 바로 이 모습이다 할 정도로 아름다워졌다.

삼단같이 윤이 나고 부드러운 머리카락과 뽀얀 살결은 분을 바르지 않아도 잡티 하나 없이 맑았다. 물이 배어 나올 듯한 붉은 입술에 가지런한 흰 치아를 살포시 드러내고 웃을 때면 집 안의 하인들이 시선을 뗄 줄 모를 정도였다. 게다가 그 몸매는 가늘고 낭창했는데 그에 비해 풍만한 젖가슴과 둔부는 밀양댁이 가끔 목욕시중을 들 때마다 감탄을 마지않을 정도였다. 부군(夫君)이 누가 되실지 몰

라도 효진 아기씨를 데려가는 이는 삼대가 덕을 쌓은 이일 것이라
고 밀양댁은 장담하며 이야기할 수 있었다.

하지만 그리 출중한 효진 아기씨에게도 모질게 대하는 이는 있
었다. 바로 양어머니인 한씨 부인이었다.

그녀가 이 댁의 양녀로 들어오면서부터 다른 집 아기씨들이라면
하지도 않을 빨래며 다림질, 그리고 삼시 세끼 양부모님들의 식사 준
비까지 모두가 그녀의 일이었다. 도대체 효진의 무엇이 그렇게 마음
에 들지 않아 그녀를 이리 대하는 것인지는 모르겠으나, 본시 성품이
괴팍하고 참을성이 없는 마님이니 대감마님이 효진을 양녀로 들인
것이 마음에 들지 않은가 보다 사람들은 짐작만 할 뿐이었다.

효진이 부엌으로 들어서자 일하던 하인들이 길을 비켜주었다.

"오늘은 어머니께서 무엇이 드시고 싶다 하신 것은 없었느냐?"

그녀의 말에 나물을 손질하고 있던 솜이가 냉큼 그녀에게 다가
섰다.

"오늘 저녁에 진달래 화전을 올리라 하셨습니다, 아기씨."

"그래? 그럼 진달래꽃을 먼저 따와야겠구나."

담장 밑에 심어놓은 진달래가 흐드러지게 피더니 그 모습을 본
양어머니께서 화전이 드시고 싶다 솜이에게 미리 언질을 주신 모양
이었다.

"저…… 아기씨, 제가 미리 따두었습니다."

솜이가 웃으며 효진에게 진달래를 딴 소쿠리를 내밀었다. 솜이
의 행동에 효진이 활짝 웃었다.

"고맙구나. 솜이 덕에 수고를 덜었어."

"아닙니다, 아기씨."

효진의 말에 솜이가 부끄러운 듯 손사래를 쳤다.

"솜이 뿐만 아니라, 모두들 매번 이렇게 도와주어 고맙구나."

"아닙니다, 아기씨."

그녀의 말에 웃으며 대답을 하는 하인들의 표정이 밝았다. 매사에 짜증을 내고 변덕스러운 한씨 부인과는 달리 효진은 하인들에게 있어서 바람직한 주인이었다. 그러했기에 사람들은 빨리 그녀와 친해지고 매번 반복되는 한씨 부인에게 당하는 효진의 아픔을 같이 공감해 주기도 했다.

저녁 식사를 준비하는 효진의 손놀림이 빨라졌다. 솜씨 좋게 나물을 무쳐 내고 고운 모양으로 화전을 부쳐 내는 솜씨가 나무랄 데 없이 깔끔했다. 효진은 상 세 개를 정갈하게 채우고 나서야 손을 수건으로 닦아냈다. 그녀가 준비한 저녁상이 안채로 옮겨지는 것을 보고는 효진은 밀양댁에게서 손질한 양어머니의 옷을 받아 들었다.

효진이 안채를 향하자 솜이의 입에서 한숨이 터져 나왔다.

"에구, 불쌍한 아기씨."

"어이쿠, 누가 들을라. 그러지 말어. 이유도 없이 당하는 아기씨 심정은 오죽하시려고."

옆에 있던 막녀가 솜이의 손을 툭 치며 그녀가 하는 말을 말렸다. 솜이는 애잔한 표정을 지으며 효진이 지나가는 앞마당을 바라보았다.

"큰 마님께서 작은 마님이라도 안 계셨으면 민기보 나리 얼굴을 봐서라도 저렇게 못살게 구시지는 않았을 텐데. 괜히 작은 마님께 부릴 심술을 우리 아기씨한테 부리고 그러시니 원."

"그만하라니까 그러네."

막녀가 말림에도 불구하고 솜이는 속상한 마음이 들어 한번 쏟아진 말들이 멈추어지지가 않았다.

“내가 틀린 말 하는가? 솔직히 지금 아기씨 입장이 구박받을 입장이냔 말이야. 아기씨가 워낙 순하셔서 그렇지. 따지고 보면 주인마님의 절친한 친우의 집안 사람 아니냔 말이야. 조실부모하신 것도 서러운 일인데 양녀로 들어온 집에서 어머니께 저리 구박을 받으니 안타까워하는 말이 아니야. 에휴, 괜히 민기보 나리 누이인 작은 마님께는 화가 나도 화풀이를 못하시니까 나이 어리고 만만한 아기씨를 잡는 것이 아니냔 말이야. 에그, 속상해.”

“그러게나 말일세. 어쩌겠는가. 주인님들 사정은 사정이고 우리는 천한 상것들이니 그냥 억울해 보여도 입 꾹 다물고 살아야지.”

“얼른 시집이라도 가셔서 마님 손에서 벗어나셔야 할 텐데.”

“착한 아기씨니 시집도 잘 가실 게야.”

“그러기만을 바라야지.”

솜이는 막녀의 말에 한숨을 포옥하고 내쉬고는 남은 설거지를 하기 위해 손을 바삐 놀리기 시작했다.

효진은 조마조마한 심정으로 저녁상을 받는 양부모님의 표정을 살폈다. 맛에 관해서는 워낙에 민감한 한씨 부인이라 항상 상을 올릴 때마다 비록 표정은 덤덤하게 짓고 있으나 심장이 쪼그라들 것 같았다. 게다가 평소에는 같이 상을 받지 않으시던 양부까지 함께 저녁상을 받고 계시니 부담스럽기가 이루 말할 수가 없었다.

효진이 부쳐 낸 화전을 입에 넣은 한씨 부인의 표정이 밝아졌다. 그제야 효진도 안도의 한숨을 내쉬었다. 오늘은 다행히 그녀가 한 음식에 토를 달지는 않으실 모양이었다.

“솜씨가 날이 갈수록 느는구나. 그래야지, 곧 출가를 해야 할 터인데.”

효진은 양어머니의 말에 담긴 묘한 느낌에 가슴이 두근거렸다.

출가(出家)라.

혼인을 해서 이 집을 떠나는 일이라면 몇 번 생각해 보았던 일이기도 했다. 하지만 이렇게 직접적으로 언질을 받은 적은 이번이 처음이었다. 갑자기 이 집을 떠날지도 모른다는 생각을 하니 시원하기도 하고 가슴이 먹먹해지기도 했다. 이 댁의 양녀가 되어서 좋았던 적은 한 번도 없었으나 그렇다고 이 집을 떠난다고 해서 딱히 좋아질 것도 없다는 생각이 들었다.

"아, 그렇지 않아도 혼담을 넣고 있는 이가 있다. 효진이 너도 이제 출가할 때가 되지 않았더냐."

묵묵히 식사를 하던 양부 윤정한 대감이 넌지시 말을 건넸다.

효진은 양부의 말에 숨이 턱 하고 막히는 기분이었다. 한씨 부인의 두루뭉술한 언질과는 다르게 혼담이라고 말을 하는 양부의 말을 들으니 기분이 얼떨떨해졌다. 이렇게 갑자기 혼인에 대한 이야기를 듣게 될 것이라고는 미처 짐작하지 못했던 일이었다. 게다가 이미 혼담을 넣었다고 하니 상대 집안의 승낙이 있으면 그야말로 일사천리로 진행될 것이었다.

그래도 효진은 양부모님이 자신에게 미리 언질을 주는 것이 그나마 다행이라고 생각했다. 자신의 의사와 관계없이 진행되는 혼담일지언정 그래도 혼인을 위한 출가 절차를 밟아준다는 것에 대해 효진은 양부에게 감사했다.

나라의 주인이 바뀐 지 이미 여러 해가 지났다. 형제간에 싸움이 일어나고 피바람이 분 지가 얼마 되지 않은 것 같은데 그래도 제법 나라의 기틀이 서가고 있었다. 하지만 아무리 노력을 함에도 나라의 틀을 바꾼다는 것은 또 다른 어수선함을 야기했다.

이런 어수선함을 틈타 출세를 위해 혹은 집안을 위해 사대부가의 여식들 중에는 공녀로 명나라로 보내지는 이들도 더러 있었다. 들리는 소문에 의하면 그 수가 한둘이 아니라 하니 나라가 바뀌었을지언정 여인네들의 삶이 그리 많이 바뀐 것은 아니었다. 그렇게 각자의 사정을 안고 억지로 만들어진 삶의 길을 따라 그 먼 이역 땅으로 보내지는 이들이 부지기수인데 그래도 자신은 혼담이라 하지 않는가.

"곧 답이 있을 게다. 공을 들이고 있으니."

"휴, 그나저나 걱정입니다. 아직 가르칠 것이 산더미인데 벌써 혼례를 치른다 생각하니 아찔합니다. 빈틈없이 일을 배워야 책잡힐 일도 없을 텐데 말입니다. 혹여나 실수라도 하여 흠이라도 잡히면 그 우세스러움을 어찌 감당한단 말입니까?"

오늘은 한씨 부인이 어찌 잘 넘어가나 했더니 기어이 양부인 정한 앞에서 한마디를 보탰다. 효진을 걱정하는 것처럼 이야기 하다가도 끝내는 그녀를 깎아 내리는 한씨 부인의 말에 효진은 울컥 올라오는 서러운 마음을 숨겼다.

"효진이의 성정이 꼼꼼하니 알아서 잘하겠지요. 부인은 너무 걱정하지 마십시오."

"그래도……."

"그만하십시다."

본인이 원하던 대로 효진을 깎아내리는 것이 성사되지 않자 한씨 부인의 씨근덕거리는 숨소리가 들려왔다. 하지만 정한이 확고히 그만하자는 태도를 취하자 한씨 부인은 입술을 꼭 깨물며 화를 삭였다.

효진은 상황이 정리될 때까지 잠자코 듣고 있었다. 묻고 싶은 말들은 많았으나 차마 입 밖으로 꺼낼 수가 없었다. 혹시라도 혼담을 청했다고 하는 것에 동티가 날까 싶어 궁금한 마음을 꾹 눌렀다. 하지만 아무리 참으려고 해도 꼭 물어보고 싶은 것이 몇 가지가 있었다. 항상 양부모님과 식사를 함께하는 것은 아니니 지금 이 시간이 지나고 나면 정한과 마주 볼 시간이 언제가 될지 알 수 없는 일이었다. 아직도 화가 풀리지 않은 한씨 부인이 걱정되기는 했으나 그 생각은 잠시 밀어 두었다. 지금은 정한을 통해 자신의 궁금증을 해결하는 일이 더 급했다.

"이런 질문을 하는 것이 법도에 맞지 않는 줄은 아오나 아버님 혹시, 제 지아비가 되실지 모르는 혼담의 상대가 누구인지 여쭈어 보아도 되겠습니까?"

"어른들이 하는 일에 그렇게 끼어드는 것은 어디서 배운 버릇이더냐?"

역시나 그녀의 말이 떨어지기가 무섭게 날아드는 한씨 부인의 일갈(一喝)에도 효진은 꼿꼿이 앉아 정한을 바라보았다. 그를 바라보는 시선은 담담했다.

한씨 부인이 자신이 하는 말에 곱지 않은 반응을 보일 것이라는 건 이미 예상하고 있었던 일이기에 애써 그녀의 시선을 무시했다. 그럼에도 불구하고 한씨 부인이 맵차게 노려보는 것을 보니 아마도 내일이면 또 다른 것에 핑계를 달아 자신을 괴롭히고도 남을 것이라는 생각이 들었다. 하지만 잠깐의 괴롭힘을 참고 궁금함을 해결하는 것이 우선이었다. 자신의 미래에 관계된 일이 아닌가. 그러니 잠시의 괴로움은 참기로 했다.

"혼담의 당사자이니 궁금하기도 할 테지. 부인은 너무 그렇게 야단치지 마시구려."

"……."

정한이 제지하며 만류하자 한씨 부인은 더 하려던 말을 멈추었다. 그녀의 얼굴에는 못마땅한 기색이 역력했으나 정한의 만류에 애써 말을 참는 듯했다.

정한이 잠시 동안 골똘히 생각하더니 이내 결심이 섰는지 효진이 궁금해하는 사실에 대해 말을 꺼냈다. 말투에 묘한 설렘이 있는 것으로 보아 그가 이 혼인에 거는 기대가 매우 큰 모양이었다. 효진은 그런 정한의 모습을 보며 조용히 한숨을 삭였다.

"조양상단의 대행수인 김준수라고 들어보았느냐?"

정한의 말에 효진의 얼굴이 굳어졌다. 정한의 입을 통해 나온 그 이름은 익히 들어 알고 있는 이름이었다.

'조양상단 대행수 김준수.'

그가 누구인가?

이 한양 바닥에서 그의 이름을 모르는 이가 없었다. 효진은 자신과 혼담이 오가는 상대가 김준수라는 말에 충격을 받아 정신이 아득해지는 것 같았다.

분명 그 사내라면 정한이 탐을 낼 만도 한 사윗감이었다. 아니, 이 나라에 딸 가진 부모들이 한 번쯤은 탐내는 혼처일지도 몰랐다. 인물이면 인물, 재산이면 재산 어느 하나 나무랄 것이 없으니 아직 혼인을 하지 않은 것이 신기한 일이라고 생각되는 이 중 하나였다.

그 사내가 소문에 몇 가지 흠이 있기는 하지만 그가 가진 재물에 대한 매력은 그 몇 가지 흠을 능히 덮고도 남을 만한 것이었다. 정한의 입장에서 본다면 그야말로 최고의 사윗감인 셈이었다.

그러나 효진은 정한의 말에 눈앞이 어질어질했다. 물론 그녀가 실제로 그 사내를 본 적은 없었다. 하지만 그에 관한 소문이라는 것이 어찌나 고약한지 그 내용에 혀를 내두른 적이 한두 번이 아니었다.

규방(閨房)에만 갇혀 지내는 효진이 안타까웠는지 가끔 밀양댁이나 다른 여자 하인들이 바깥세상에 대한 소식을 전해줄 때가 있었다. 그중에서 빠지지 않고 등장하던 인물이 바로 그 김준수라는 이에 관한 소문이었다.

세상에 그런 사내와의 혼담이라니, 그건 전혀 생각하지 못했던 일이었다.

그녀가 전해들은 소문에 의하면 넘치는 재물과 영준한 용모로는 도성 안에 따라잡을 이가 없다는 사내였다. 하지만 지아비 감으로는 보통의 여인이 도무지 감당할 수 없을 사내이기도 했다. 부용루라는 기루를 제집 드나들 듯 드나드는 것은 물론이거니와 여인 없이 하루도 못사는 난봉꾼이라는 말은 누구나 한번은 들어 봄직한 소문이었다. 뿐만 아니라 시전에 험한 왈짜패들과 어울리는 위험한 사내라는 소문까지 있으니 그야말로 지아비 감으로는 최악의 상대가 아니고 무엇이겠는가?

자신의 혼담 상대에 대해 전해 듣고 충격을 받은 효진의 심정을 아는지 모르는지 정한이 혼담의 진척을 술술 풀어놓는 것을 보니, 아무래도 정한의 마음이 그쪽으로 아주 굳혀진 것 같았다.

"혼담에 대한 답이 올 때까지 효진이 너도 몸과 마음을 정갈히 하고 부지런히 배워 시집가서도 책잡히지 않게 노력해야 할 것이야."

"예, 아버님."

자신의 혼담에 관해 양부모님이 대화하는 목소리가 들리기는 하였으나 효진의 귀에는 두 사람의 대화가 머릿속에 들어오지 않았다. 오로지 그 김준수라는 이에 대해 하인들이 자신에게 하던 말들이 떠올라 정신이 멍할 뿐이었다.

"돈이라면 조양상단의 김준수 대행수만큼 많은 이도 없지요. 한 양 시전이며 지방이며 할 것 없이 그 사람 손길이 닿지 않은 곳이 없다 합니다."

"그렇지만 한량이 그런 한량이 또 없다 합니다. 도성에 있는 기 생들이 그 사람을 보면 눈에 들지 못해 절절맨다 합니다. 그 기생들 과 일들이 얼마나 많은지…… 어이쿠, 아직 성혼도 안 하신 아기씨 앞에서는 차마 말씀드릴 수가 없는 내용입니다요."

"어휴, 또 그 성질머리가 어찌나 매운지 도성의 왈짜패들이 조양 상단은 건드리지도 못한답니다."

"여인 없이는 하루도 혼자 잠을 못 자는 사내라 합니다. 부용각 이라는 도성에서 가장 큰 기루에 아예 그 사내의 전용 전각도 있다 합니다."

밀양댁이며 솜이, 하다못해 안채의 이월이까지 모여서 수군거리 던 말들이 귓가에 맴돌았다.

'내가 과연 그런 사내와 혼인을 하여 잘 살아갈 수 있을까?'

효진으로서는 그 엄청난 소문들의 진위 여부는 알 수 없었다. 하 지만 아무런 이유도 없이 그런 소문들이 만들어질 리가 없으니 아 무래도 그중의 일부분은 사실이라고 봐야 했다. 그 소문들 중 일부 가 사실일 것이라는 생각이 들자 효진은 가슴이 답답해졌다. 상대 를 보기 전에 소문만을 가지고 상대를 평가한다는 것이 너무 섣부 르기는 하나 그래도 사람인지라 혹하는 마음이 들기도 했다.

효진은 저녁 설거지를 마치고 자신의 방으로 돌아와 방 안 한가 운데 앉아 생각에 잠겼다. 양부인 정한이 그렇게 하고자 마음을 먹 었다면 이 혼담은 성사된 것이나 진배없는 일이었다. 어른들이 정한 혼담에 자신이 못하겠다 할 수도 없는 노릇이었다. 이런 현실에서 어설픈 희망을 가지기보다 최악인 현실을 헤쳐 나가기 위해 노력하는 것이 더 나았다.

'분에 넘치는 자리에 앉았으니, 이 정도의 희생쯤 각오하는 것이 옳겠지.'

확실히 지금 그녀의 자리는 분에 넘치는 자리였다. 불과 삼 년 전, 아니, 십여 년 전만 하더라도 자신이 이곳에서 이런 삶을 살 것이라고는 그 누구도 예상하지 못했던 일이었다.

효진은 불현듯 별채에 계실 어머니의 모습이 떠올렸다. 자신이 이 집에 양녀로 들어와서는 어머니와 말 한 번 제대로 나눠본 적이 없었다. 그럼에도 같은 담 안에 살고 있는 것이라며 마음의 위안을 얻곤 했다. 이것이 바로 이 집이라는 곳의 존재 이유였다.

만약에 자신이 출가를 하여 이 집을 떠난다면 그제야 친어머니와 마음 편하게 말을 나눌 날이 올까 싶었다.

하지만 그것은 그야말로 꿈.

아마도 자신의 양어머니께서 살아 계시는 한 그것은 못 이룰 꿈일지도 몰랐다.

십여 년 전, 그녀는 하늘이 무너질 것만 같았던 아버지의 죽음과 그마저도 모자랐음인지 어머니께서 윤정한 대감댁 소실로 재가를 함으로서 어머니와도 생이별을 해야만 했다.

외숙부인 민기보의 집에서 천덕꾸러기 취급을 받던 자신이었다. 비록 우여곡절 끝에 윤정한 대감의 수양딸로 들어오기는 했으나 자신의 신분은 외숙부인 민기보의 먼 친척조카였지 어머니의 딸은 아니었다. 효진의 앞날을 위해 본인을 희생하신 어머니, 본인의 탐욕을 위해 진실을 숨겨버린 외숙부 그리고 이 모든 것을 알고도 함구

하고 있는 양부인 윤정한 대감.

이 세 사람 모두가 그녀의 부모를 모두 돌아가신 것마냥 있는 사실을 덮어버렸다.

정말 운명이라는 것은 알다가도 모를 일이었다. 자신이 어머니를 어머니라 부르지 못하는 일은 미처 짐작조차 못했던 것이었다.

그 모진 운명이 또다시 자신의 뜻과는 전혀 상관없이 흘러서 혼담 역시 그녀와는 별개로 진행이 되고 있다 하니 참으로 인생이 헛헛하다는 마음이 들었다.

혼담의 상대에 낙담하기는 했으나 그래도 아직 아무것도 확실하게 정해진 것이 없는 상태이니 낙담하긴 일렀다. 효진은 처음 아버지께서 돌아가셨을 때와 마찬가지로 무너질 것만 같았던 그 마음을 단단히 동여매어 추스렸다.

하늘이 무너져도 솟아날 구멍은 있다 했으니, 아무리 암담한 현실이라도 뚫고 나갈 길 하나쯤은 있지 않겠는가.

"일단은 기다리자. 조금 더 기다리다 보면 결론이 나겠지."

효진은 아직은 아무것도 판단하지 말자는 결론을 내렸다. 혼담이 곧 결론이 날 것이니 그때 가서 판단해도 늦지 않았다. 그 누구와의 혼인도 피할 수는 없는 일이니 설령 그 상대가 누가 된다 하더라도 마찬가지였다.

'언제가 된다 하더라도 이 집은 벗어나게 되어 있다. 조금만 더 참고 견디면 다른 삶이 펼쳐지겠지. 그때까지 조금만 더 참고 참자.'

효진은 다짐을 곱씹으며 자기 위해 잠자리에 들었지만 쉬이 잠이 오지 않았다. 자신에게 다가올 현실의 무게가 이미 출가를 하기도 전에 자신을 옥죄어오는 것 같았기 때문이다.

 ✳

　준수는 느릿하던 걸음을 빨리하며 주위를 살폈다. 의연한 듯 행동하고 있었으나 자신을 따라붙은 발길에 어떻게 대처를 해야 하는지에 대해 고민을 하며 발걸음을 한 걸음씩 내디뎠다.

　"조심하셔야 합니다, 대행수님."

　상단을 나서기 전 자신을 걱정하며 한마디 말로 더 챙기던 철식의 목소리가 귓전에 들리는 듯했다.

　그의 말대로 조심했어야 했다. 처음에는 자신의 뒤를 따라붙는 발걸음이 가볍다 생각이 되어 어디까지 쫓아오나 볼까 싶은 마음에 그냥 둔 것이 화근이었다. 마치 자신이 가는 길을 염탐이라도 하듯 자신의 뒤를 도둑걸음으로 밟아오는 발걸음이 조심스럽고 적었으나 골목을 돌아 나서자 인기척이 두 배로 늘었다.

　도성의 왈짜패들과 주먹다짐을 하면서도 한 번도 겁이 나지 않았던 그였다. 한데 이번에 자신을 따라붙는 발길이 왠지 석연치 않았다.

　'역시, 무연을 데리고 나섰어야 했나?'

　때늦은 후회가 들었다. 상단에서 가까운 부용각으로 향하는 길이니 호위무사인 무연이 굳이 따라붙지 않아도 상관없을 것이라는 판단에 홀로 길을 나선 참이었다. 그런데 때마침 이런 감시의 눈길이 따라붙을 줄이야. 자신이 너무 안일하게 생각했던 것이다.

　1년쯤 전에 어깨를 다친 곳이 욱신거리는 기분이었다. 그때의 기분도 지금과 비슷했다. 깊은 밤에 자신의 등을 노리던 자객이 자신의 목 대신 어깨를 거두고 그 자리에서 자신의 칼 아래 숨을 거둘 뻔했던 때가 바로 지금과 같은 밤이었다. 준수의 신경이 그때와 같이 팽팽해졌다. 최근엔 누군가의 원한을 살 만큼 일을 진행한 적이 없는데 도대체 누가 이렇게 대담한 일을 벌이는지 짐작되는 바가 없었다.

멀리 부용각 건물이 보이자 준수는 느린 듯 보이지만 빠른 걸음으로 부용각 안으로 들어섰다. 부용각 안은 보안이 철통같으니 아마도 그 안까지는 따라붙지 못할 것이다.

"대행수님, 오셨습니까?"

부용각에 들어서자 자신을 기다리고 있던 부용각 문지기인 삼돌이 준수를 반겼다. 준수는 삼돌의 모습을 발견하고서 그제야 한시름 놓았다.

"그래, 잘 지냈는가?"

"수기생(首妓生)님께서는 모란정(牡丹亭)에 들어 계십니다."

"알겠네. 참, 밖을 좀 살펴주시게나. 귀찮은 것들이 달라붙었어."

"알겠습니다, 나리."

준수는 서둘러 부용각의 수기생 월향(月香)이 있는 모란정으로 향했다. 부용각 중에서도 모란정은 인공연못의 한가운데 있어 보안이 철저한 곳 중 하나였다. 모란정으로 갈 수 있는 길이 하나밖에 없으니 잡스러운 사람들의 출입을 막을 수 있다는 것이 큰 장점이었다.

모란정 앞에는 부용각의 보안을 맡아보는 사내 둘이 그 앞을 지키고 있었다. 사내들은 준수가 다가가자 절도 있게 허리를 숙여 인사를 했다.

"수기생께서 일다경(一茶頃) 전부터 기다리고 계십니다."

"알겠네."

준수가 모란정을 통하는 다리에 발걸음을 내딛자 사내들이 아예 모란정으로 가는 길을 몸으로 막아 봉쇄했다.

"어서 오십시오, 대행수님. 기다리고 있었습니다."

구름과 같이 화려하게 머리를 치장한 고운 여인이 준수가 방 안으로 들어오는 것을 보자 환하게 웃으며 반겼다. 비록 기생의 신분으로 그 꾸밈이 화려하나 천박하지 않은 고고함이 온몸에 감돌고 있는 이 여인은 부용각의 수기생인 월향이었다.

"갑자기 보자고 한 연유가 무엇입니까?"

준수가 자리에 앉자마자 월향은 볼멘 목소리로 그를 보자고 한 연유를 털어놓기 시작했다.

"예조참판 윤정한 대감을 아시는지요?"

월향의 말에 준수는 인상을 찌푸렸다.

"요즘 나를 괴롭히고 있는 인사 중 한 명이지요."

"저도 괴롭습니다, 대행수님."

"그자가 부용각을 드나들며 요즘 사람들을 만나고 다닌다는 것은 저도 익히 들어 알고 있습니다. 그런 일은 비단 그 사람만 하는 일이 아닐 텐데 괴롭다니요."

"대행수님과의 혼담에 사활(死活)을 건 것처럼 아주 부용각이며 온 조정을 들쑤시고 다니는 모양입니다. 어제는 아예 저와 대행수님의 관계를 캐내려 저를 불러다 놓고 연회가 아닌 숫제 고문을 하시더이다. 참, 당상관(當相官:조선시대 문무관중 정3품 이상의 관리를 가리키는 말)이 부르시는데 연회에 빠질 수도 없고, 아주 곤란해서 혼쭐이 났습니다."

월향은 어제의 일에 아직도 분이 가시지 않는 듯 말을 꺼내며 이를 뽀드득 갈았다.

준수는 월향의 말에 곰곰이 생각에 잠겼다. 잠시 윤 대감에게 혼담에 대해 생각할 말미를 달라 했던 것이 너무 길어진 모양이었다.

혼인이라…….

조건만 본다면 윤정한 대감 댁과의 혼사가 준수의 입장에서도 나쁠 것이 없었다.

윤정한 대감이라면 벼슬이 종2품 예조참판이요, 집안 대대로 조정에 발을 들여놓은 덕에 꽤나 많은 재산을 가지고 있는 자였다. 욕심이 조금 많은 것이 흠이라 최근에 번번이 인사에서 미끄러지고 있지만 그래도 무시할 수 없는 존재였다.

벼슬아치들과 혼인관계를 맺게 된다는 건 잘 이용하면 튼튼한 동아줄이지만 잘못 잡는다면 천 길 낭떠러지로 자신을 옭아매어 당겨갈 오랏줄이었다. 그래서 항상 그것이 고민이었다. 자신의 혼기는 이미 차고도 넘은 시점이었다. 그것 역시 인지를 못하는 바가 아니었으나 쉽게 그들의 손을 잡을 수도 없었다.

그래서 표면적으로는 항상 아직 혼인을 하고 싶지 않다는 말로 그들은 아예 자신에게서 밀어내지도 그렇다고 당기지도 않은 입장이었다. 그리고 무엇보다 자신이 아직 혼인을 하지 않은 것은 또 다른 그의 재산이기도 했다.

'허참, 난감하군.'

얼마 전 공조판서 댁 손녀와의 혼담도 거절한 바가 있던 준수였다. 그때도 혼담을 거절하느라 진땀을 빼었는데 또다시 이런 일이 되풀이되니 이제는 더 이상 미룰 수가 없는 건가 싶은 생각이 들었다.

'윤정한 대감의 여식이라…….'

아마도 자신의 기억이 맞는다면 그 여식이 올해 나이가 18세쯤 되었다. 본시 그 출신이 사헌부 감찰(사헌부 정6품의 관직) 민기보의 먼 친척 조카였으나 윤정한 대감이 삼 년 전 수양딸로 삼은 여인이었다. 반가에서 수양딸을 맞이하는 것은 간간이 있는 일이라 그리 특이할 것이 없는 일이었지만, 그 여인의 경우는 특이했다.

윤 대감은 이미 민기보의 누이동생인 민연화를 양첩(兩妾)으로 맞이한 상태였다. 그런데 몇 년 지나지 않아 이제는 그 조카를 수양딸로 삼은 것을 보고 세간에서는 그가 아마도 관직을 더 올리기 위해 명나라에 바치기 위한 공녀(貢女)로 쓰거나 혹은 세를 부풀기 위해 다른 가문의 첩으로 보낼 것이라 갖가지 억측이 돌았다. 하지만 윤 대감은 그리 하지 않았다.

존재감이 미미했던 여인이었다. 그런 여인과의 혼사라니, 생각을 해볼 것도 없었다. 하지만…….

"이제는 혼인을 하실 때도 되었습니다. 언제까지 미루실 수 있는 일도 아닙니다, 대행수님."

월향이 준수의 상념을 깨며 말을 붙여왔다. 그녀의 말에 준수는 미미하게 웃으며 대꾸했다.

"제가 혼인을 하면 월향도 곤란해지지 않겠습니까?"

준수의 말에 월향이 시원스럽게 웃었다. 표면적으로는 여인을 좋아하는 준수가 월향의 정인(情人)이라는 것은 도성 바닥에서 모르는 이가 없는 일이었다. 그러니 준수의 말처럼 그가 혼인을 한다면 그 정인이라 알려진 월향은 물론이고 월향이 운영하는 부용각 또한 추문에 휩싸일 것이다. 하지만 그런 준수의 의도와는 다르게 그의 말을 들은 월향은 뭔가 알고 있는 것 같은 의뭉스러운 미소를 지으며 그를 응시했다.

"사내들이야 혼인을 한다고 해서 기방을 아니 찾는 것도 아니지 않습니까? 제 핑계를 대지 마시고 본인에게 솔직해지시는 것이 어떻겠습니까? 혼인을 한다는 것이 부담스러우신 것 아닙니까?”

“부담스럽기야 하지요. 어쩌면 가장 큰 재산을 걸어야 하는 것일 테니까요.”

“더 큰 재산을 가질 수도 있습니다. 마음먹기에 따라서 말입니다.”

“윤정한 대감 댁 여식이 그리 해줄 수 있겠습니까?”

“그거야 소인도 모르는 일입니다. 단지 해드릴 수 있는 말은 그 댁 소저가 가지고 계시는 조건이 아마도 대행수님께는 최적의 조건이라는 생각이 들어서 말입니다.”

“어떤 조건 말입니까?”

준수가 눈을 반짝거리며 묻자 월향은 그제야 당했다는 생각이 들었다. 준수에게 급히 보자고 연통을 넣은 이유도 이 기회에 고생한 자신을 위해 자그마한 위로의 선물이라던가, 고급 정보를 뜯어내기 위함이었건만 도리어 그에게 또 넘어가고야 말았다.

월향은 또 당했다는 생각에 분한 마음이 들어 몸을 파르르 떨었다. 자신의 살기등등한 눈빛을 담담하게 받아내는 준수를 보자니 더 울컥하고 화가 올라왔다.

“안 알려 드릴 겁니다. 알아서 찾아내십시오.”

“하하, 그러지 말고 월향, 나에게 도움을 좀 주십시오. 그래, 이유가 무엇이란 말씀이십니까?”

팽, 하고 앵돌아진 자신을 달래기라도 하듯이 어물쩍 본인의 속셈을 채우려는 수가 뻔히 보이는 준수의 모습에 월향은 기가 막혔다. 보아하니 아주 날로 드시려고 하는 심보였다. 어떻게 얻어낸 정보인데 이렇게 쉽게 넘겨줄 수는 없었다.

“그냥 알려 드릴 수는 없지요. 시전에 비단가게 있지 않습니까? 그걸 넘겨주시면 혹 모를까.”

"시전? 어느 시전 말이오? 내 비단가게가 한둘이 아니니 도무지 모르겠군요."

"생각이 안 나시면 생각 나실 때 오십시오. 하면 저는 이만 돌아가 보겠습니다."

준수의 딴청에 월향은 치맛자락을 쥐고 자리에서 일어나려 했다. 그녀의 행동이 마음에 들지 않음인지 준수의 한쪽 눈썹이 삐딱하게 솟아올랐다.

"지금 발걸음을 떼시면 아마 비단가게가 아니라 비단 한 필 얻어가시기 힘들 겁니다. 저야 비단가게를 월향에게 넘겨 드리느니 사람을 시켜 그 집에 상주하게 하여 그 삯을 치르는 것이 더 남는 장사가 아니겠습니까?"

준수의 말에 그 길로 나서려던 월향의 걸음이 주춤했다. 그녀는 잠시 생각을 가다듬는 모습을 보이더니 이내 다시 자신의 자리로 가 의자에 앉았다.

"사람을 상주시켜서는 오랜 시일이 걸려도 알 수 없을지도 모르는 일이니, 그 값은 셈해주십시오."

새치름한 표정을 지으며 월향이 다시 흥정에 나섰다. 준수와 상대를 한두 해 한 것이 아니니 그 성향 또한 닮아가는가 하는 생각이 들어 준수는 그런 월향의 태도에 피식 웃음이 났다.

"친우(親友)는 닮는다고 하더니, 어찌 이리 흥정을 잘하게 되셨습니까?"

"서당 개 삼 년이면 풍월을 읊는다고, 대행수님과 안 세월이 얼마인데 그것 하나 못하겠습니까? 셈은 정확히 해주십시오."

"정보가 어떠냐에 따라 그 셈은 정확히 해드리리다. 단, 비단가게까지는 너무 욕심이 과하십니다."

"혼인을 하지 않은 것을 무기 삼아 딸자식 가진 양반 댁을 좌지
우지하는 대행수님만 하겠습니까?"

월향의 이죽거림에 준수가 파안대소를 터뜨렸다.

"하하, 그것도 맞는 말이시오. 하니 비단을 낚으시려면 그만한
대가가 필요하다는 것쯤 잘 알고 계시겠지요?"

월향이 준수의 말에 못 이기는 척 그의 말을 듣는 듯하더니 비단
이라는 말에 눈을 반짝였다. 그러고는 자신이 알고 있는 정보들을
술술 털어놓기 시작했다. 그녀의 말을 듣는 준수의 표정이 자못 진
지해졌다.

무언가 생각을 골똘하게 하고 있는 준수를 보며 철식은 조심스
럽게 몸을 움직였다. 벌써 한 시진째 무슨 고민이 있는지 아무 말
없이 생각에 빠져 있는 준수였다. 그의 옆에서 장부 정리를 하며 물
품의 대금을 맞추어보던 철식이었으나 준수의 표정에 도무지 일에
집중할 수가 없었다. 걱정 되는 마음에 전전긍긍하던 철식이 기어
이 준수에게 말을 걸었다.

"대행수님, 뭔가 고민이 있으십니까?"

"아, 별것 아닙니다."

준수의 뜨뜻미지근한 반응에 철식은 조용히 그의 눈치를 보다가
최근에 그의 주변에서 일어나고 있는 문제에 대해 넌지시 물음을
던졌다.

"저…… 또 혼담이 들어오셨다지요?"

"그렇습니다."

"이제 성혼을 하실 때가 되지 않으셨습니까."

준수의 눈치를 보아 조심스럽게 건넸지만 그 어떤 말보다 뼈 있는 말이기도 했다. 철식의 말에 준수는 작게 한숨을 내쉬었다.

"사실 그 일로 고민을 하고 있습니다."

"공조판서 댁 손녀분은 거절을 한 혼담이니 이미 끝이 난 일이고, 혹시 예조참판 댁 혼담 때문에 그러신 겁니까?"

"모르는 일이 없으십니다."

"저야 항상 대행수님의 일에 촉각을 곤두세우는 사람 아닙니까."

철식의 말에 준수가 웃으며 그의 말이 맞다 긍정의 표시를 했다. 준수의 답이 촉매제가 되었는지 철식은 가슴속에 담아두었던 말을 조심스럽게 꺼냈다.

"저, 제가 얼마 전 그 댁 소저를 뵌 적이 있습니다."

"보신 적이 있단 말입니까?"

"예."

철식의 말에 준수는 귀를 쫑긋 세웠다. 사람을 보는 눈이 틀림없는 분이니 아마도 자신이 원하는 답을 주실 수 있을 것이라 생각되어 그의 입에서 나올 말들이 궁금하기 그지없었다.

그의 대답을 기다리는 준수의 표정을 보자 철식은 짧게 헛기침을 해서 목소리를 고른 뒤 신중을 기해서 입을 떼었다.

"시전에 물건을 사러 나오신 것을 뵈었지요. 혼담이 들어왔다 하여 궁금하기도 해서 시전으로 나오신다는 말을 듣자마자 뵈러 갔었습니다."

"어떻게 보셨습니까?"

"고우시더군요. 외관은 흠 잡을 만한 곳이 없어 보였습니다."

철식의 말에 준수는 잠시 생각하는 것처럼 말을 끊더니 철식에게 다시 물음을 던졌다.

"제가 어찌하면 좋겠습니까?"

"혼인이라는 것이 남녀 사이의 일이니 제가 무어라 말씀을 드릴 수는 없는 일이지요."

"하면, 한 번 보는 것이 나을 것 같다고 생각되십니까?"

"글쎄요. 그건 대행수님께서 판단하실 일 아니겠습니까?"

철식은 웃으며 대답했다. 철식의 말을 들은 준수는 이 혼담의 상대에 대해 고민스러웠다. 혼담이 오가는 당사자들끼리 만난다는 것은 일이 잘 성사된다면 모르겠지만 그렇지 못할 경우 세간에 오르내릴 수 있는 일이었다. 남자인 자신이야 별로 손해 볼 것이 없지만 혼담의 상대라고는 하나 반가의 여인으로서 자신을 만나러 온다는 것이 얼마나 어려운 걸음이겠는가. 하지만 어쩌면 그 걸음이 필요할지도 모를 일이었다.

집으로 돌아온 준수는 지금까지 사람들에게 들었던 이야기들을 다시 꺼내어 생각하기 시작했다. 일단은 철식 어르신의 권유대로 여인을 만나보겠다 마음을 먹었으니 상대에 대해 잘 파악하는 것이 그 우선이었다.

그런 의미에서 월향의 정보는 꽤나 보탬이 되는 이야기였다. 자신에게 셈을 잘하라고 하며 비단가게를 겁도 없이 요구하더니 그에 준할 정도는 아니나 확실히 중요한 정보를 얻은 것 같기는 했다.

"윤정한 대감 댁 사정이 그리 좋지 않다고 합니다. 그 댁 마님 손이 크신 거야 사대부가에서 쉬쉬하고는 있지만 다들 알고 있는 사실이고, 얼마 전에는 아주 크게 물건 대금을 물어주었다 합니다. 하

니 돈줄이 마를 수밖에요. 일이 그쯤 되니 이렇게 혼인을 서두르는
게 아니겠습니까? 그리고 이건 어렵게 얻어낸 정보이온데, 그 댁
마님께서 양녀로 맞이하신 소저를 출가시키기 위해 벌써부터 교육
을 시키고 있다고 소문이 나기는 했으나, 실상은 그 댁 하인들이 하
는 일과 별다른 차이가 없다 합니다. 그러니 양부모라고는 하지만
정이 있겠습니까? 대행수님께서 마음먹으시기에 따라서는 그 관계
를 쥐락펴락하는 것도, 상황이 여의치 않으면 끊어내시는 것도 쉬
울 것입니다.”

　‘내가 쥐락펴락할 수 있는 권세 있는 처가라……. 그것도 나쁘지
않겠군.’
　벼슬아치들과 잘못 엮이는 것만큼 골치 아픈 일도 없었다. 그러
하기에 벼슬아치들과 혼인 관계를 맺는 것이 꺼려지기도 했던 것이
사실이었다.
　하지만 지금의 이 혼담은 무척이나 특이했다. 마음먹기에 따라서
는 친정과의 인연을 잘라내는 것도 못할 일이 아니었다. 그리고 또 마
음먹기에 따라서는 그 여인의 친정이 그에게 있어서는 커다란 뒷배가
될 수도 있었다. 윤씨 가문만으로도 썩 괜찮은 혼처인데, 그 근본 역
시 당상관을 못 내기는 했으나 대대로 관직에서 한자리를 차지하고
있는 민씨 문중이라니 참으로 구미가 당기는 조건이 아닐 수 없었다.
　그러나 문제는 윤 대감이 혼담에 거는 기대가 얼마나 간절한 것
인가였다. 그리고 여인과 집안의 사이를 얼마나 갈라놓을 수 있을
것인가의 문제이기도 했다. 사실을 확인하고 일을 도모하자면 약간
의 술수가 필요했다.
　준수는 윤정한 대감에게 서신을 썼다. 줄기차게 혼담을 밀어붙

이고 있으니 아마도 기다리느라 속이 바짝 타 있을 것이다. 목이 마를 대로 말라야 단비도 효과가 있는 법.

투자를 위한 무리수를 두는 것에 있어 상대가 그 어떤 조건이라도 단숨에 수용할 수 있을 만큼 목을 옥죄는 것이 중요했다.

준수는 바로 지금이 그때라고 생각했다.

준수는 자신이 적은 서신을 갈무리하여 봉투에 넣으며 빙긋 미소를 지었다.

─윤정한 대감님께.

그간 평안하셨습니까.

서신을 받고 바쁘다는 핑계로 이렇게 늦게 답신을 보내게 되어 송구합니다.

다름이 아니오라, 작금의 시점에 상단의 일이 바빠 한시도 자리를 비울 수가 없고 밤으로는 연회를 빠질 수가 없으니 정말 답답한 상황이 아닐 수 없습니다.

혼인을 할 시점이 늦었다고는 하나 사람을 들이는 데 소홀히 할 수가 없는 입장이니 무례하고 힘든 부탁인 줄은 알지만 귀댁의 소저를 뵈옵기를 청하옵니다.

이달 열나흘 날 부용각에서 연회를 기다리는 동안 잠시 시간이 날 것 같으니 가능하시다면 신시(申時)에 방문을 해주셨으면 합니다.

부디 대감의 안녕이 나라의 안녕함이니 항상 건강하시길 바라며 서신을 마무리할까 합니다.

추신: 서신에 전표를 하나 동봉해 드립니다.

무례한 부탁의 사죄의 의미로 약소하나마 받아주시길 간청합니다.

조양상단 김준수 배상.

준수는 과연 윤 대감이 이 서신을 받으면 어떻게 나올 것인가 하는 생각에 입가에 느른한 미소가 지어졌다.

사대부가의 여식을, 그것도 기루에서 보겠다고 청한 것이니 백 번 무례하다고 할 수 있는 일이었다. 하지만 대어를 낚기 위해서는 그만한 배짱과 무리수를 두는 투자가 필요한 법이었다. 서신의 내용에는 펄펄 뛸 것이나 그에 상응하는 떡밥은 던져 줄 터.

준수는 서랍장에 곱게 접어놓은 외상 전표를 꺼냈다.

이틀 전 어렵사리 입수한 윤 대감의 정처인 한씨 부인이 비단가게에 남기고 간 외상 전표였다. 전표에 적힌 날이 때마침 명에서 물건이 도착했을 때라 그 어느 때보다 질 좋은 비단이 많이 확보되어 이문도 그만큼 남긴 장사였다.

'은자 칠십 냥이라……. 나쁘지 않군. 비단의 원가는 비록 아깝기는 하지만 그래도 앞으로의 일을 생각하면 이만큼 다행스러운 일이 있겠는가.'

비단의 원가에 비해 판매가는 부르는 것이 값이었다. 아마 그 원가는 은자 열 냥에 채 미치지 못할 것이나 돌려주는 것이 칠십 냥이니 모양새가 그럭저럭 괜찮을 것이다. 더불어 한씨 부인의 호감도 얻게 될 것이니 그야말로 그럴듯한 떡밥이 아니겠는가.

준수는 서신을 넣은 봉투에 외상 전표를 같이 동봉했다.

낚싯대는 드리웠으니 이젠 그저 물고기가 낚이기를 기다리는 일만 남았다.

아마도 내일쯤 혼담의 당사자인 여인의 귀에도 이 서신의 내용 중 일부는 들어갈 것이다. 비록 윤정한 대감의 양녀라고는 하나 그 근본 또한 사대부가의 여인이니 아마도 이 사실을 듣는다면 모멸감에 양부모와의 사이가 더 벌어지는 것도 충분히 노려볼 수 있는 일이었다. 설사 이 일이 마음에 걸려 혼담을 파한다고 하더라도 준수의 입장에서는 손해 볼 것이 없으니 그 또한 부담 없는 일이었다.

심부름을 보낸 박 서방이 돌아왔다는 말에 준수는 밖으로 걸음을 옮겼다. 준수가 자신을 기다리고 있던 박 서방이 준수가 나오는 것을 보자마자 주위를 살폈다. 그러고는 다소 가깝게 준수에게로 다가왔다.

"윤정한 대감께서 그리 하시겠다고 전해달라고 하셨습니다."

"정말 그 제안에 수락을 했단 말인가?"

준수는 박 서방이 하는 말에 다시 한 번 되물었다. 그의 물음에 고개를 숙이고 있던 박 서방이 자신이 보고 들은 내용을 그대로 다시 대답하기 시작했다.

"분명 나리께서 시키신 대로 나리의 서신과 함께 하신 말씀을 전해 드렸습니다. 그랬더니 돌아오는 열나흘 날 부용각에서 뵙겠다고 전해달라고 하셨습니다."

박 서방이 전해주는 말을 들은 준수의 표정이 느른한 만족감에 풀어졌다. 그 댁 사정이 좋지 않다고 하더니 자신이 청한 일이 무척이나 무례했음에도 불구하고 그 자리에서 승낙을 하다니. 그야말로 자신이 원하는 대로 상황이 척척 흘러가고 있음이었다.

"그래, 수고했군. 그만 물러가 보시게."

"네, 나리."

박 서방이 행랑채 쪽으로 사라지는 것을 보고 난 후 준수는 만족스러운 기분에 고개를 들어 하늘을 보았다. 윤 대감의 권세가 마치 자신에게 입혀진 것만 같은 기분이었다.

'여식을 보내겠다고 했다. 급하시긴 했나 보군.'

물고기가 떡밥을 물었으니 그 가치를 알아보는 것이 우선이었다. 철식 어르신이 괜찮은 아내감이라 칭찬을 하던 상대니 자신의 눈으로 확인을 하고 평가를 한 다음 마음을 결정하는 것도 나쁘지 않은 일일 것이다.

준수의 요구대로 부용각에서 가장 안쪽에 위치한 전각이 비워졌다. 준수가 도착하기 전에 이미 한차례 연회가 지나간 전각이었다. 대충 정리를 하기는 했으나 어질러진 술상과 기생들의 지분 냄새가 전각 안에 파다했다.

준수는 흡족한 표정을 지었다. 그가 부탁한 것과 거의 흡사한 광경을 만들어준 월향의 눈썰미가 돋보이는 자리였다.

이제 기다리는 일만 남았다. 그 여인이 이곳으로 올지 안 올지는 몰랐다. 하지만 자신이 외상 전표를 동봉한 서신을 보내자마자 윤정한 대감이 서신을 보내 두 사람의 만남을 허락하겠다고 확답을 보내왔으니 여인은 모멸감을 참고서라도 이곳으로 올 수밖에 없으리라.

그는 과연 그 여인은 이 안으로 들어서면서 어떤 표정을 지을 것인가 자못 궁금해졌다.

"대행수님, 오셨습니다."

전각 밖에서 호위를 서고 있던 무연의 나직한 보고가 들렸다.

'결국에는 왔군.'

"대행수님, 예조참판 댁 소저께서 오셨습니다."

여인이 도착했다고 고하는 목소리가 들려오자 준수는 저도 모르게 긴장이 되었다. 사람을 대하는 데 긴장이라는 말은 이미 예전에 버린 일인데 몸이 이리 뻣뻣한 것을 보니 긴장이 아닌 기대감인가 하는 생각도 들었다.

"안으로 뫼시거라."

그의 말이 떨어지기가 무섭게 바깥에 사람들이 움직이는 소리가 들렸다. 잠시 출입문에서 여인 혼자 들여보내라고 했던 명에 대한 잡음으로 소란하기는 했으나 곧 잠잠해지고, 사각거리는 비단 자락 스치는 소리가 들렸다. 발걸음 소리가 나지 않는 것으로 보아 몸에 배인 우아함이 느껴지는 걸음이었다.

중간에 걸린 발 너머로 여인의 윤곽이 보였다. 발 때문에 자세히 볼 수는 없으나 호리호리하고 단정한 몸가짐이 눈에 들어왔다.

"어서 오십시오, 이렇게 늦은 시각에 이런 곳에서 모시게 되어 송구합니다. 김준수라고 합니다."

말을 거는 내내 여인의 동태를 살피느라 눈을 가늘게 떴다. 잘 보이지 않는 모습에 더 감질나는 것 같았다. 차라리 이 발을 걷어내고 단번에 보는 것이 나을 것 같다는 생각마저 들었다. 자리에 앉으라고 권하는 그의 말에 이윽고 장막처럼 그녀를 두르고 있던 검은 멱리가 걷어지고 여인의 모습이 드러났다.

준수는 이번에야말로 이 발을 걷어버려야겠다는 생각이 들었다. 이렇게 시야를 가려서야 이곳까지 여인을 오라고 한 보람이 없었다.

긴장을 하고 있는 여인에게 충분한 사과의 말은 건넸다. 그러니 이제는 자신의 용건을 밝힐 차례였다.

"그럼 사전에 사과는 충분히 드렸으니, 제가 낭자를 여기까지 오시라고 한 이유에 대해 말씀을 드려야겠군요."

자신의 행동에 여인이 어떻게 반응할지 보고 싶었다. 준수는 성큼성큼 다가가 발을 호기롭게 걷어젖히고 여인의 앞으로 다가섰다.

자신의 행동을 미처 짐작하지 못하고 가만히 앉아 있던 여인의 놀란 시선과 눈이 마주쳤다.

맑다. 깊이를 알 수 없을 정도로 맑은 눈이었다.

여인은 시선을 돌리지 않고 그를 직시해서 바라보았다. 별로 특이할 것 없는 행동이었지만 준수는 그 순간 숨이 막힐 정도로 여인에게 사로잡혀 버렸다. 불과 잠시 마주친 시선이지만 단번에 자신의 시선을 사로잡는 여인의 눈빛에 빠져들 것만 같아 준수는 애써 마음을 추슬렀다.

시선을 분산시키고자 한 발자국 더 여인에게로 다가갔다. 그의 움직임에 여인이 그제야 시선을 내리깔았다. 마주치던 시선이 엇갈려지자 그제야 여인의 전체적인 모습이 눈에 들어왔다. 준수는 등 뒤로 식은땀이 주륵 흐르는 것 같았다.

'곱다고 하더니, 진정 곱군.'

월궁에 산다던 선녀 항아가 앞에 앉아 있는가 싶을 만큼 고운 여인이었다. 잡티 한 점 없이 뽀얀 피부에 갸름한 얼굴이 눈에 들어오자 준수는 저도 모르게 빠져들 듯 여인을 관찰했다. 여인의 용모 중 가장 으뜸은 별빛 같은 초롱초롱한 눈망울이었다. 그와 더불어 앙증맞은 코와 작은 듯 보이지만 통통한 입술은 머금어보고 싶다는 충동이 들 정도였다.

그가 그녀의 모습에 정신이 빼앗긴 사이 여인은 잠시 당황했던 것이 마치 없었던 일인 양 담담하게 다시 자신을 바라보았다. 표정이 담담해지니 썩 마음에 들지 않았다. 아까 살짝 놀란 표정이 훨씬 더 매력이 있었다.

"그 이유를 말씀해 주십시오."

여인이 올곧게 자신을 바라보는 그 시선과 또다시 시선이 마주쳤다. 수줍게 빨간 입술에 그의 시선이 머물렀다. 작지만 통통해서 먹음직스럽게 보이는 저 입술을 베어 물면 어떤 맛이 날까?

준수는 자신이 생각을 하고도 그 생각에 깜짝 놀랐다. 자신이 이런 생각을 하다니 기가 찰 노릇이었다. 여인에게 이렇게 단번에 시선을 빼앗긴 것이 당황스럽기도 했다. 표정을 감추고 있지만 오래 숨길 수는 없는 감정이었다. 아마 표정은 감추더라도 시선을 통해 다 드러날지도 모른다는 생각이 들자 준수는 생각나는 대로 급히 말을 내뱉었다.

"생각보다는 담대하시군요. 더 큰 반응을 기대했었는데 말입니다."

"생각보다는 대담하고 거침없는 분이시군요."

그의 말을 여인은 만만찮게 받아쳤다.

그래. 이편이 훨씬 마음에 들었다. 아까와 같은 담담한 표정보다 지금이 더 나았다. 준수는 한 번 더 자극을 해볼까 싶은 마음에 못된 말이기는 하지만 미리 준비해 두었던 말을 그녀에게 던지듯 말했다.

"하하. 소저께서는 보기보다 솔직한 성정을 가지고 계시는군요. 그리고 들리는 풍문보다 훨씬 미인이시기도 하고. 뭐, 예조참판이 다 장성한 수양딸을 몇 년 전에 들였다고 할 때 그 용도가 어떨 것이라는 건 짐작을 하긴 했었지만 말입니다."

여인이 그의 말에 잠시 화가 난 것처럼 눈빛이 반짝이는 것 같더니 이내 표정이 고요해졌다.

"제 얼굴이 보고 싶으셨다면 미리 언질을 주지 그러셨습니까? 그렇다면 이렇게 급하게 발을 걷지 않고도 찬찬히 보실 기회를 드렸을 텐데요."

톡 쏘아붙이며 시선을 살짝 내리까는 그 모습이 그의 눈에 무척이나 자극적이었다. 교태라고는 전혀 손톱만큼도 들어 있지 않음에도 불구하고 여인의 모습은 그의 흥미를 과하게 자극하고도 남았다.

'하, 아무것도 모르는 양갓집 규수가 이리 자극적이라니.'

자신의 눈앞에 있는 이 여인을 만져 보고 싶다. 이렇게 충동적으로 생각하는 건 맹세코 처음이었다. 자신이 미처 그 잘잘못에 대한 판단을 하기도 전에 저도 모르게 여인에게 다가가 손목을 낚아채어 자신에게로 당겼다. 조금만 더 팔이 나갔다면 여인을 끌어안을 뻔했던 시도였다. 하지만 준수는 초인적인 인내력으로 그 충동을 참았다. 손안에 잡힌 손목이 어찌나 가는지 조금만 힘을 주어도 꺾어질 것 같아 쉬이 힘을 줄 수가 없었다.

"얼굴이야 마음만 먹으면 얼마든지 볼 수 있는 일이니 그럴 작정이었다면 이렇게 기루로 부르지도 않았을 겁니다. 제 용무는 다른 곳에 있지요."

작정하고 내지르는 그의 도발에 여인은 정말 당황하고 화가 난 것인지 그에게 잡힌 손목을 빼내려 안간힘을 썼다.

"이 손 놓으십시오!"

준수는 자신이 잡고 있는 여인의 여린 손목이 빠져나가려고 하자 저도 모르게 잡은 손목에 힘을 주었다. 그의 완력에 거세게 반항을 하던 그녀가 힘으로는 상대가 되지 않을 것이라 생각했는지 갑자기 팔목에서 힘을 뺐다. 여인의 반항이 멈춘 그때가 되어서야 준수는 혹시 자신의 손힘에 여인의 팔목이 상하지는 않았을까 싶어 잡았던 힘을 살짝 풀었다. 그러자 여인은 담담한 시선으로 준수를 올려다보았다.

"이 손 놓아주십시오. 아직 혼인을 하지도 않은 여인을 이리 희롱하시는 이유가 무엇입니까? 이런 모욕을 주고 혼담을 거절하고자 하신 것이라면 이미 충분히 그 뜻을 이루신 것 같습니다. 하니, 그만 이 손을 놓아주십시오."

여인의 입에서 적당히 완급 조절을 했음에도 불구하고 서늘한 말이 쏟아져 나왔다. 다소 날카롭게 반응하기는 했으나 충분히 준수가 원했던 반응이었다.

자신도 모르게 본능에 이끌려 엉뚱한 방법으로 상대를 건드려 자극한 탓에 반응이 격렬하기는 했다. 하지만 그런 것치고 결과가 나쁘지 않으니 이 또한 다행한 일이었다.

"저는 소저에게 혼담에 관해 한마디도 말을 하지 않았는데 어찌 그리 판단하십니까?"

준수는 모든 것이 그녀의 책임이라는 듯 일부러 얼굴 표정을 굳히고는 딱딱한 반응을 보였다.

"하면, 혼인을 하지 않은 여인에게 이리 하시는 나리의 행동을 제가 어찌 받아들여야 한다는 말씀이십니까?"

다소 당돌한 여인의 눈빛이 준수의 얼굴에 내리꽂히는 듯했다. 여인이 의도하지는 않았겠지만 그 눈빛 하나하나가 가슴에 날아드는 것 같았다. 하지만 아름답기만 해서는 일반 꽃과 다를 것이 없었다. 그가 바라는 것은 단순한 관상용 꽃이 아니었다. 자신과 함께 생을 살아갈 반려(伴侶)가 필요했다.

비록 여인이 아름답기는 하나 자신의 부인이 될 사람이라면 아무리 당황스러운 상황일지라도, 아무리 헤어나지 못할 상황일지라도 그 속에서 기지(奇智)를 보이길 바랐다.

"그저 줄기차게 혼담을 청하는 쪽의 사정을 보아 계속 이유 없이 거절할 수 없어 한 번 상대를 보고자 한 것일 뿐, 다른 의도는 없었습니다. 뭐, 덕분에 소저가 이 자리에 나오신 진심도 알게 되었으니 피차 서로 피곤한 일 만들지 않는 것이 좋을 듯합니다.”

여인은 그의 말에 당황한 듯 그에게 잡힌 손목이 파들파들 떨리며 얼굴이 붉어졌다. 준수는 그 모습을 바라보다 그때까지 빠져나가지 못하게 꼭 잡고 있던 그녀의 손목을 느슨히 풀어주었다. 그러자 여인이 그야말로 맵차게 그의 손안에 잡힌 손목을 빼내었다.

이 정도로는 부족했다. 준수는 조금의 무리수라고 생각되기는 했지만 그만큼 여인이 더 절실하게 되면 무슨 행동을 더 보여주지 않을까라는 기대감이 들기도 했다. 그런 판단이 들자 그는 망설임 없이 자신이 계산했던 대로 차갑게 여인을 향해 준비한 말을 내뱉었다.

“소저의 아버지께 전하시오. 난 인생을 살면서 혼인 따위는 하지 않겠다고 생각했고, 그 생각 변하지 않았다고 그리 전하시오.”

자신의 말에 굳어진 여인의 표정이 보였다. 그랬다. 방금 자신이 이 여인에게 한 말은 명백한 축객령이었다. 준수는 여인의 대답 따위는 듣지 않으려는 듯 단숨에 돌아섰다. 준수는 뒤돌아서면서 내심 여인이 자신을 잡길 바랐다. 그래야 일을 좀 더 수월하게 진행할 수 있을 터였다. 자신이 거세게 거부할수록 저자세로 나와야 하는 여인의 입장에서 양부모에 대한 원망을 커져 갈 테니 말이다.

“부디 저와 혼인해 주십시오, 제발!”

자신의 옷자락을 잡으며 여인이 절박한 표정으로 자신에게 애원을 했다. 묘한 승리감이 들었다. 자신의 옷자락을 잡은 작은 손이 이토록 고맙게 느껴질 줄이야.

이전에 무수하게 자신의 옷자락을 잡던 여인들의 손길과는 다른 손길이었다. 훨씬 더 기분 좋고 절박한 손놀림이었다. 하지만 준수는 다소 잔인하다고 느껴질 정도로 자신의 옷자락을 잡은 여인의 손을 떼어냈다.

"제 뜻은 충분히 전했다고 보는데, 소저에게는 부족하셨나 봅니다."

"혹시, 다시 재고해 주실 수는 없으시겠는지요."

차마 떨어지지 않을 것 같은 말이 입 밖으로 나왔으나 그 용기가 무색하게 준수는 대답을 단호하게 내뱉었다.

"없습니다. 하면, 살펴 가십시오. 손님 나가신다, 집까지 잘 배웅해 드려라."

그의 말에 충격이 컸음인지 곧 쓰러질 것처럼 휘청거리는 여인의 모습이 보였지만 그는 애써 시선을 외면했다. 파리하게 질린 안색이 안타까웠지만 지금은 이대로 이 여인을 집으로 돌려보내야 했다. 벼랑 끝까지 다다라야 훨씬 더 좋은 결과를 낼 수 있을 것이라는 상인으로서의 계산이었다. 하지만 그 파리하게 질린 안색이 계속해서 머릿속을 떠나질 않았다.

'내가 너무 심했음인가?'

때늦은 짧은 후회가 들었지만 어차피 이틀 내로 일을 마무리할 것이니 죄책감이 드는 것은 한순간일 뿐이었다. 이 여인이 이곳으로 자신을 찾아왔다는 소문은 윤정한 대감 댁에서 아무리 숨기려 해도 부용각의 기생들을 통해 날개 달린 듯 소문이 날 것이니 여인은 이제 다른 혼처를 찾을 수 없을 것이다. 게다가 자신이 혼인에 대해 허락을 하지 않은 상태이니 아마도 곧 몸이 단 윤 대감이 다른 경로를 통해 혼담을 다시 저자세로 청해올 것이라는 생각이 들자 다른 의미로 마음이 뿌듯해졌다.

다음날 새벽부터 안동으로 떠날 물품들을 점검하고 나니 시간이 훌쩍 지나 있었다. 준수는 이제는 그만 집으로 가야겠다는 생각에 상단 건물을 나섰다.

무연과 진양이 자신을 따라붙었다. 얼마 전 부용각을 향할 때 따라붙던 움직임이 하도 수상해 그 이후로는 거의 하루 종일 붙어 있다시피 하는 세 사람이었다. 누가 자신을 이토록 위험하게 따라붙는 것인지는 모르겠지만 조심해서 나쁠 것은 없었다.

곧 인경이 칠 시간이었다. 서둘러 집까지 가지 않으면 꼼짝없이 순찰을 도는 포졸들에게 걸릴지도 몰랐다. 말을 모는 몸놀림이 급박했다.

'저 사람들은 누구인가?'

준수는 자신의 집 앞에 모여 있는 사람들을 보며 의문에 가득 차 그들을 바라보았다. 가마가 덩그러니 있는 것으로 보아 일행 중에 분명 여인이 있는 것 같았다. 사람들에게 가까이 다가간 준수는 가마꾼들과 여인 둘의 모습을 보고는 기가 탁 막혔다.

설마 하는 마음에 자신의 눈을 의심하기까지 했다. 이런 야심한 시각에 도대체 저 여인은 자신의 집으로 향하지 않고 왜 이곳에 있는 것인가. 전혀 예상하지 못했던 상황이라 곤란하기도 했고 당혹스럽기도 했다. 그의 표정이 굳어졌다. 불쑥 복잡한 심경이 올라와 여인을 바라보는 표정이 서늘했다.

"집으로 돌아가도 한참 전에 돌아가셨어야 할 양갓집 규수께서 어찌 외간 남자의 집 앞에서 서성이고 계시는 겁니까?"

준수는 자신을 기다리고 있는 여인을 향해 대뜸 말을 하고는 다소 빠르게 말에서 내렸다. 그가 주시하고 있는 눈길 끝에 자신의 말에는 아랑곳하지 않는 담담한 여인의 눈망울이 보였다.

"아까의 일은 나리께서 청한 일이었고, 지금의 일은 제가 다시 뵙기를 청하는 일입니다."

"제가 할 말은 아까 다 끝났습니다. 그러니 돌아가십시오."

"이제 곧 인경이 칠 시간입니다. 실례인 줄은 알지만 오늘 하루 객으로 받아주시면 안 되겠습니까?"

"허, 참……."

곤혹스럽기는 했지만 내칠 수도 없는 노릇이었다. 이대로 이곳에 있다가는 꼼짝없이 야간 순찰을 도는 포졸들에게 잡혀 난감한 상황이 될 수 있는 일이었다. 준수는 미처 생각하지 못했던 상황을 수습하려면 성가시게 되었다 싶어 일단은 청지기인 박 서방을 찾았다. 그가 두어 번 큰 소리로 부르자 대문 안쪽에서 중년의 사내가 뛰듯이 밖으로 나왔다.

"어이구, 나리 오셨습니까?"

"박 서방, 밖에 있는 손님들 안으로 뫼시게, 하룻밤 이곳에서 유하실 것이니 처소도 마련해 주도록 하게."

"예, 나리. 다른 이들은 행랑채로 모시면 될 테지만 저기 저 소저는 어디로 모셔가야 할까요?"

박 서방의 말에 준수는 곤란한 표정을 지었다. 준수의 시선이 대문 밖에서 꼿꼿하게 서 있는 여인에게 닿았다. 아직은 이렇다 할 말이 오간 것은 아니니 박 서방의 입장이나 자신의 입장이나 그녀의 처소를 어디로 정할 것인지 난감하기는 매한가지였다.

"일단은 사랑채로 뫼시게. 하실 말씀이 있다고 하시니. 처소는 별당을 치워…… 아니지 별당은 안 쓴 지 오래되지 않았던가."

"하면, 아직 정리가 되지는 않았사오나 안채로 뫼실까요?"

"……."

박 서방이 곰곰이 생각에 잠긴 준수의 눈치를 보더니 슬쩍 안채 이야기를 꺼냈다. 안채는 그가 이사를 온 이후로 사람의 손길이 거의 닿지 않은 곳이라 해도 무방할 정도였다. 실제로 안채를 쓸 여인이라고는 없는 살림살이였다.

그의 어머니는 일찍 작고하셨고, 그 또한 아직 혼인을 하지 않았으니 안채를 쓸 사람은 지금까지 없던 실정이었다. 그런데 박 서방이 안채 이야기를 꺼냈다.

원래는 거의 버려지다시피 한 안채였으나 최근 혼담이 계속해서 들어오는 것이 심상치 않다고 하인들이 느꼈던 모양이었다. 준수는 언젠가 박 서방을 통해 집에 있는 여자 하인들이 삼삼오오 혹시나 언제나 오실지도 모를 안채의 주인을 위해 청소를 천천히 하고 있다고 하던 이야기를 얼핏 들었던 기억이 났다.

안채라는 말에 준수의 시선이 꽂혀들자 박 서방은 이내 고개를 숙이고 속사포처럼 말을 늘어놓았다.

"그렇다고 행랑채로 모실 수는 없는 분이지 않습니까? 별당은 쓰는 이가 없으니 아예 아무것도 없고 청소도 새로 해야 하지만 그래도 안채는 얼마 전부터 손을 보았으니 그래도 묵으실 만하실 것 같아 아뢴 것입니다, 나리."

"허, 참."

"그곳이 아니면 사랑채 안에 작은 방으로 모셔야 합니다. 어느 쪽이 나으시겠습니까?"

박 서방이 곤란하다는 얼굴로 자신에게 물어오자 준수 또한 난감했다.

"일단은 내 명이 있을 때까지 기다리게. 아직 아무것도 정해진 것이 없으니.”

“예, 나리.”

대답을 하고는 바삐 손님맞이를 위해 나가는 박 서방의 뒷모습을 바라보며 준수는 마음이 심란해졌다.

‘안채라……’

아직 이렇다 할 이야기도 하지 않은 입장에서 덜렁 안채를 내어줄 수도 없는 노릇이었다. 자신의 마음을 돌리려 바짝 독이 올라 찾아왔으니 덜컥 안채를 내어주면 모든 것을 다 이루었다는 생각에 자만심을 선물로 줄지도 몰랐다. 그렇다고 해서 그 여인에게 사내들이 묵거나 기거하는 사랑채를 내어주자니 그것도 아니라는 생각이 들었다.

일단은 그 여인과 이야기를 해보고 나서 결정해도 늦지 않을 것 같아 준수는 서둘렀다. 일을 마치고 온 참이니 그대로 여인을 맞을 수가 없어 하인들이 준비해 놓은 물로 몸을 정갈히 했다. 낮 동안 땀이 배어났을 테니 손님을, 그것도 여인을 맞이하기에는 한참은 무례한 일이었다. 몸은 닦아 내리는 손길에 근심이 가득했다.

여인을 맞이하기 위해 부지런히 몸을 놀리는 동안 일을 어떻게 풀어가야 할까 고심을 했던 것과는 달리 막상 마당 밖에서 차마 자신이 없는 사랑채에 들어가지 못하고 유려하게 기다리고 있는 여인의 모습을 보자 준수는 가슴이 선덕선덕해졌다.

여인의 옆을 지키고 있던 박 서방이 여인을 설득하는 목소리가 들렸다.

“주인어른은 아마 씻고 계실 겁니다. 날이 차니 안으로 들어가서 기다리시지요.”

“아닐세, 주인 없는 방에 들어가는 것은 예의가 아니네.”

두 사람의 실랑이를 지켜보던 준수는 본심과는 다르게 퉁명하게 말이 나왔다.

"이 시각에 연통도 없이 객을 받게 한 것은 예의입니까?"

입을 꼭 다물며 그의 말에 가만있던 여인이 무어라 대답을 하기 전에 그는 사랑채로 성큼성큼 걸어 들어갔다.

"저에게 하실 말씀이 있다고 하시니 잠시의 시간은 드리겠습니다. 들어오시지요. 박 서방, 자네는 다과상을 좀 내오라 이르게."

"예, 주인어른."

온전히 자신만의 공간인 사랑채였다.

자신의 손때가 묻은 책들과 서랍장 탁자 등이 놓여 있는 공간에 여인이 들어와 앉자 기분이 묘했다. 가만히 여인이 방 안에 앉아 있는 모습을 눈으로 쓸어보았다. 그는 이제 보니 이 여인이 이 방 안에 썩 잘 어울린다는 생각마저 들었다. 작은 손으로 그러쥔 다홍빛 치맛자락이 눈부실 지경이었다.

준수는 애써 자신의 마음을 티 내지 않고 무표정하게 자리에 앉았다.

그가 자리에 앉자마자 여인은 또다시 혼인을 하자 청했다. 이미 여인이 그 말을 하기 전부터 한쪽으로 쏠려 버린 마음이었으나 여인을 시험해 보고 싶은 못된 마음에 다소 자극시킬 만한 말들이 쏟아졌다.

"저는 혼인이 필요 없다 생각하는 사람입니다. 그리고 혼인을 한다고 해서 저에게 이득이 되는 것이 아무것도 없는데 왜 이렇게 여인 된 몸으로 혼인을 계속 청하시는 겁니까?"

그의 말에 그녀는 그와 시선을 피하지도 그렇다고 동정심에 호소하지도 않았다. 비록 여인의 입에서 나오는 말들이 하나같이 자신의 마음을 움직이려 쏟아내는 말이었지만 그런 말을 하는 여인의 표정은 말을 하는 내내 담담하고 신중했다.

"나리께서 말씀하신 대로 저 또한 이렇게 혼인을 청하는 것이 쉬운 일은 아닙니다. 매우 부끄럽고 민망한 일입니다. 하지만 그만한 사정이 있어 이렇게 청을 드리는 것입니다. 어차피 혼인이 필요 없다 생각하시는 분이라면 한 목숨 살리는 셈치고 저와 혼인해 주십시오. 혼인을 하고 나서는 나리 하시는 일에 일절 참견을 하지도, 말을 하지도 않고 조용히 살겠습니다. 그러니 다시 한 번 생각해 주십시오."

그리고 그와의 팽팽한 기 싸움에 밀리지 않으려 노력하는 모습이 보이자 준수는 그제야 단단히 무장했던 마음이 스르르 풀리는 것 같았다.

'보면 볼수록 괜찮군.'

어설프긴 하지만 자신을 향해 흥정을 시도하려는 여인의 시도는 더더욱 흥미로웠다. 그 눈 안에 반짝거림이 그의 마음을 동하게 했다.

"아버님께 말씀드려 예조에 물건을 납품할 수 있게 도와드리겠습니다."

"이 나라의 모든 물품이 이 조양상단을 거치지 않은 것이 몇 개나 되겠습니까? 그런데 예조쯤이야……."

"하면, 세금을 낮추어달라 청해 드릴까요?"

"지금 내고 있는 세금도 저는 많지는 않다고 생각합니다만……."

"하면, 원하시는 것이 무엇입니까? 제가 해드릴 수 있는 일이라면 모두 도와드리겠습니다."

"……그렇게 저와 혼인을 원하시는 이유가 도대체 뭡니까? 두루

뭉술하게 목숨 운운하지 마시고, 진짜 이유가 무언입니까? 이유가 합당하다 생각된다면 한번 고려해 보겠습니다.”

그가 여인의 숨통을 슬쩍 틔워주자 여인은 맹렬하게 표정으로 그의 말에 반응했다. 얼굴에 올라온 미미한 홍조가 여인의 뺨을 쓸어보고 싶게 만들었고, 자신을 향해 속사포처럼 말을 쏟아내는 그 입술도 머금고 싶어 참을 수가 없었다.

마음속에서 미묘한 열기의 불꽃이 올라왔다. 아직 시기상조라는 생각을 하지 않은 것은 아니었다. 하지만 그 이성적인 판단과는 다르게 저도 모르게 여인을 향해 손을 뻗었다. 손을 대고 나면 마음속을 떠도는 이 작은 열기가 조금은 해소되지 않을까 싶은 마음이었다. 이 여인에게 손을 대어 막상 다른 여인과 다른 것이 없다고 생각된다면 좀 더 여유로운 시각에서 상황을 판단을 할 수 있지 않을까라는 말도 안 되는 구실을 붙여가며 준수는 저도 모르게 여인에게 손을 뻗었다.

“하지만 그전에 잠시 하나만 확인하고 들도록 하지요.”

여인을 낚아챈 손에 힘이 들어갔다. 삼킬 듯이 머금은 여인의 입술은 단물이 배어 나오기라도 하듯 달큰하게 입맛을 자극했다.

촉⋯⋯.

그의 입술이 닿았다가 떨어지자 놀란 토끼눈이 되어 그 눈동자에 자신의 모습을 담은 모습이 보였다.

‘이건, 정말 좋군.’

손만 대어보고자 했던 것이 입술을 머금었다. 그러자 한 번으로는 만족할 수가 없었다. 놀란 여인의 입술을 달래고 달아나려는 작은 혀를 말아 올리자 어쩔 줄 몰라 하는 모습을 보니 더욱 욕심이 솟아났다. 저도 모르게 다시금 그 입술을 찾아들었다. 정신없이 그 여린 입술을 탐했다. 기교라고는 전혀 찾아볼 수 없는 여인의 입술은 그를 안달 나게 했다. 더욱더 갖고 싶어 몸부림치게 했다. 그의 맹목적인 몸짓에 여인의 미약한 신음성과 반항이 느껴졌지만 아무래도 좋았다. 그저 자신의 품 안에 있는 여인을 안고 있는 것만으로도 황홀했다.

정신없이 여인의 입술을 탐하던 그때 귀에 익숙한 자박거리는 발걸음 소리가 들리자 그제야 준수는 정신이 들었다.

'아차, 다과상을 들이라 명했었지. 큰 실수를 할 뻔했군.'

그는 그제야 정신이 번뜩 들었다. 하마터면 자신도 모르게 이 자리에서 이 여인을 가질 뻔했다. 정신이 아찔해졌다. 혼인을 하자는 말도 꺼내기 전에 여인을 품어버릴 뻔했다. 이 자리에서 여인의 옷고름을 풀었다면 아마도 자신은 그야말로 윤 대감에게 한 수 지고 들어가는 것이 아닌가. 순간 판단력이 떨어져 큰 실수를 저지를 뻔했다.

자신의 품 안에서 흐트러진 여인의 모습이 보였다. 저 보기 좋게 부풀어진 입술도 자신이 한 일이었다. 다시 한 번 자제심이 무너지려 했지만 준수는 가까스로 자신의 행동을 저지했다. 아직은 아니었다. 혼례를 치른 연후에 여인을 탐하는 것이 서로에게 나은 일이었다.

"아, 아니, 이 무슨 황망한 행동이시란 말입니까?"

갑작스러운 상황에 많이 당황한 듯 얼굴을 붉힌 채 애써 말을 꺼내는 여인의 모습을 보고 그는 오히려 태연을 가장하여 그녀를 안아 일으켰다. 빠른 손길로 그녀의 흐트러진 머리카락과 옷매무새를 정리해 주었다. 손에 닿는 살결이 보드라워 자신도 모르게 다시 또 손이 가는 피부였다.

그는 자신이 속수무책으로 그녀를 탐해 버린 것에 대한 당황을 숨기려 오히려 여인의 탓이라는 듯 퉁명스럽게 말을 하기 시작했다.

"이 정도 일에 이렇게 놀라시다니요. 소저께서는 이 늦은 시각 외간 사내의 집에 들어오시면서 이 정도의 각오도 없이 오셨단 말입니까? 앞으로 또 다른 혼담의 상대의 집에 이렇게 찾아드신다면 지금 이 정도에서 끝나지 않을 텐데 말입니다. 사내를 아직 잘 모르시나 봅니다."

여인은 오히려 적반하장(賊反荷杖)인 그의 말에 충격받은 듯 크게 숨을 들이마셨다. 준수는 그럼에도 불구하고 오히려 더 뻔뻔해지기로 마음먹고 여인을 뚫어지게 바라보았다. 여인은 그런 이 상황에 무언가 생각하는 듯 한 숨 쉬어갔다.

"제가, 제가 어찌하면 나리의 마음을 돌릴 수 있겠습니까?"

'그렇지. 좀 더 절박함이 필요하기는 하지만 이 정도로 말을 해준 것만으로도 여인으로서는 대단한 용기가 아닌가?'

여인의 떨리는 목소리가 애처롭게 느껴졌으나 모든 것에는 확실한 것이 중요했다.

"굳이 제가 아니더라도 혼인 상대를 찾는 데 전혀 문제가 없어 보이시는 분이 왜 저에게 혼인을 하자 청하십니까?"

여인이 자신의 대답에 어떻게 반응을 해야 할지 갈피를 못 찾는 것처럼 보이더니 금세 무언가 골똘히 생각하는 모습을 보였다. 준수는 한 치의 틈도 보이지 않고 여인이 하는 행동을 관찰했다. 앞으로의 여인의 반응이 궁금하기까지 했다. 다소 과하기는 했지만 충분히 필요한 작업이었기에 모든 것에 허투루 반응할 수 없었다. 하지만 촉각을 곤두세우고 기다리고 있는 찰나 바깥에서 인기척이 들렸다.

"주인어른, 다과상 들이겠습니다."

'그래, 숨 쉴 틈을 주는 것도 나쁘지는 않겠지.'

일의 흐름이 끊어지는 것이 그다지 기분 좋은 상황이 아니기는 했지만 밖에서 기다리던 여종이 지금까지 기다려 준 것을 보면 이 것 또한 여인의 복이었다.

"들어오너라."

그의 대답이 떨어지기 무섭게 지체 없이 다과상을 든 여종이 들어왔다. 여종이 차를 준비하는 도중에도 준수는 조심스럽게 여인의 반응을 살폈다. 저 작은 머릿속에서 어떤 말들이 나올지 자못 궁금해졌다.

여종이 솜씨 좋게 차를 우려내고 공손히 인사를 하고 방 밖으로 나가자 그는 여인에게 평온한 표정으로 차를 권했다.

"차 드시지요."

"예."

적당히 시간을 주었다 싶었다. 타는 목을 축이기 위한 차를 마시는 시간까지 주었으니 제법 자신이 한 일치고는 많은 시간을 준 편이었다. 준수는 지금이야말로 마지막으로 전력을 다해야 할 때임을 직감했다.

"제 질문에 대한 대답은 생각하셨는지요. 이미 충분한 시간을 드린 것 같습니다만."

눈동자를 또르르 굴리며 고심하던 방금 전 상황과는 달리 여인은 무슨 생각이라도 난 듯 담담하고 직설적인 시선으로 그를 바라보았다. 참으로 흥미로운 상황이었다. 여인은 생각보다 담담하게 자신이 생각한 바를 이야기하기 시작했다.

"꼭 나리여야만 하는 이유가 무엇이냐고 물으셨지요? 사실 저에게는 선택권이 없었습니다. 저의 아버님께서 꼭 나리여야만 한다고 정해주셨을 뿐. 그 이유는 나리를 처음 만나고 지금 이 집에 들어올 때까지 변하지 않은 이유였습니다.”

“호오, 그렇다면 지금은 뭔가 달라졌단 말씀이십니까?”

자신의 반응에 탄력이라도 받은 듯 여인의 눈빛이 반짝였다.

“지금은 제가 나리와 혼담을 꼭 성사시켜야겠다는 생각이 들었습니다.”

“어째서 그런 생각을 하셨는지 모르겠군요.”

이 여인이 도대체 어떤 말로 자신의 마음을 돌리려 할 것인가 기다리는 준수도 기대감에 심장이 두근거렸다. 이윽고 여인의 입에서 대답이 쏟아져 나왔다.

“혼인이라는 것, 저의 입장에서는 피할 수 없는 일입니다. 나리의 말씀처럼 제가 지금 혼담을 거절당한다면 저는 또 다른 혼처를 찾아야겠지요. 그래서 다시 생각했습니다. 만약 그렇다면 저는 조선 최고의 사내와 혼인을 해야겠다는 생각이 들었습니다. 해서 꼭 나리여야만 한다고 생각합니다.”

“하하핫!”

다소 의외의 대답이라 웃음이 터졌다. 하지만 나쁘지 않았다. 정말 나쁘지 않은 대답이었다.

사실은 조금 더 절절히 자신의 현 상황을 털어놓거나 그도 아니면 절박하게 여인이 매달려 오기를 바랐던 자신이었으나 이토록 특이하게 상황을 풀어나갈 것이라고는 전혀 생각하지 못한 일이었다.

마치 자신에게 흥정이라도 하듯 상대를 치켜세우면서 혼인에 대한 당위성을 제시하다니, 참 놀라운 발상이었다. 그래서 여인의 말을 듣고 터진 그의 웃음은 진심이었다.

이 여인은 꽤나 귀여운 구석마저 보였다. 자신의 진심을 쏘옥 빼놓고 겉으로 보이는 것에만 저렇게 여인으로서 하기 힘든 말들을 해가면서도 결코 비굴하지 않았다. 그 모습이 그의 눈에 흡족했다. 이쯤 되면 항복을 해주는 것도 나쁘지 않은 선택이 될 것 같았다.

"조선 최고의 사내라는 칭호가 그리 나쁘지는 않군요. 소저 또한 좋은 집안의 썩 괜찮은 혼담의 상대이니 더 미룰 것이 없겠습니다. 혼인하도록 합시다."

이에는 이, 눈에는 눈이라 했던가? 여인이 진심을 쏙 빼놓은 대답을 했다면 자신도 혼담을 승낙하는 이유에 진심을 담아 돌려줄 필요는 없었다. 아직은 적당한 것이 좋았다.

한 번 보아서 알 수 없는 것이 사람이었다. 그녀가 매우 마음에 들었음을 미리 알려줄 필요는 없었다. 차차 알아가는 것도 나쁘지는 않을 것 같았다.

자신의 반응에 지금까지의 일이 어쩌면 시험이었을지 모른다는 생각이 들어 기분이 상한 듯했으나 깍듯한 사죄로 일을 매듭지었다.

혼인을 하기로 마음먹었으니 이왕 정한 것, 빠르면 빠를수록 좋았다.

"이왕지사 혼인을 하겠다고 서로 마음을 먹었으니 윤정한 대감과 상의하여 최대한 일을 빨리 진행하도록 하겠습니다. 날이 밝는 대로 매파를 보내도록 하겠습니다."

아까와는 다른 그의 태도에 여인은 적지 않게 당황한 모양이었다. 그는 그 모습을 보면서 당황하는 모습마저 곱다고 느껴져 스스로도 흠칫 놀랐다. 여인과 혼인을 한다고는 하지만 이 여인의 집안에 끌려다니지 않기 위해서는 조절을 잘해야 할 것이다. 그녀의 양

부인 예조참판이라면 조금만 자금력과 힘을 실어준다면 능히 예조
판서를 넘어 정승을 넘볼 수도 있을 것이다. 그리 한다면 자신은 더
욱더 탄탄한 세를 구축을 하게 될 것이었다.

하지만 인간의 습성 중에서도 가장 그 질이 나쁜 습성이 자신에
게 우호적인 이가 계속 잘해줄 때 처음에는 그 행동이 고맙다가 나
중에는 그것이 당연한 자신의 권리쯤이나 되는 것으로 착각하는 일
이다. 이 여인의 양부인 윤정한은 어쩌면 그 습성을 너무나도 잘 보
여주고 있는 인물이니 자신이 숙이거나 이해하려 한다면 아마도 자
신의 호의가 그의 권리쯤 된다고 생각하게 될 것은 자명한 일이었
다. 그런 이를 웃어른으로 모시는 것은 분명 피곤한 일이겠지만 그
만큼 얻게 되는 것도 많을 것이다.

용의주도하게 일을 끌고 간다면 빠르지는 않겠지만 천천히 자신
이 원하는 바를 이룰 수 있을 것이다. 그런 생각이 들자 준수는 기
분이 한없이 좋아졌다.

좋은 조건에 미인인 여인이라. 이처럼 기분 좋은 조합이 또 있겠
는가?

여인이 방 밖으로 나가는 모습을 보면서 준수는 내일 날이 밝는
대로 진행해야 할 일들을 머릿속에 차곡차곡 정리해 가기 시작했
다.

＊

효진은 거의 뜬눈으로 지새다시피 하며 새벽을 기다렸다. 아직
시기가 이르다는 생각이 들었지만 덜컥 안채를 내어주는 사내의 행
동에 도무지 좌불안석이라 잠을 이룰 수가 없었다.

그녀는 파루 치는 소리가 멀리서 들려오자 서둘러 집으로 가겠다며 사내에게 통보하다시피 말을 건네고는 그 집을 나섰다. 발걸음은 재촉하여 이내 집에 당도하자 그제야 숨이 제대로 쉬어지는 것 같았다.

그녀가 당도했다는 말에 윤정한 대감이 의관을 다 정제하지 못한 모습으로 사랑채에서 나왔다. 자신의 소식이 궁금하기는 정말 궁금했던 모양이라고 효진은 생각했다.

"그래, 일은 성사시켰느냐? 그랬기에 이렇게 새벽에 당도한 것이 아니더냐?"

"아침에 일찍 매파를 보낸다 하셨습니다."

"허허, 역시 내가 보는 눈이 맞았군. 내 이렇게 성사가 될 줄 알고 있었다. 고생했구나. 얼른 들어가 쉬어라."

양부의 웃는 얼굴을 보니 효진은 그제야 안도의 한숨이 나왔다. 마치 자신이 장기판의 말처럼 느껴지는 이 정략혼의 의미가 더욱 가슴을 시리게 만들었다. 그래도 일이 성사되어 다행이었다. 자신의 앞길은 더욱더 미궁 속으로 빠져들었지만 어쨌든 산을 하나 넘었다 생각하니 피곤이 몰려들었다.

'어머님은 잘 계시겠지?'

자신은 혼인을 하지만 어머니는 아마 남의 입을 통해 딸이 혼인한다는 소식을 듣게 되실 것이다. 자신의 입으로 그 말을 전해줄 수 없는 현실이 너무 가슴 아팠다.

효진의 시선이 버드나무가 서 있는 별채 쪽으로 머물렀다가 이내 다시 고개를 내렸다. 너무 많이 그립고 보고 싶은 어머니였지만 집안 사람들에게 들킬 수 없는 노릇이었다.

'어머니도 저도 참 박복한 인생입니다. 이렇게 같은 집 안에 있

으면서도 서로 안부를 물을 수조차 없느니 말입니다. 제 혼인 소식
도 양아버지 아니면 하인들을 통해 들으시겠지요? 또 얼마나 마음
이 아프실까요.'

같은 집 안에서 살고는 있지만 지금까지 꾹꾹 참고 있는 그리움에
대한 감정이었다. 양녀로 이 집에 오자마자 별채에 계실 어머니가
너무 그리워 찾아갔던 그날, 별채의 담 너머에서 숫제 애원조로 이
야기하시던 어머니의 젖은 음성이 아니었다면 자신은 아마도 남들
눈에 아랑곳하지 않고 어머니를 찾아 별채의 문턱을 넘었을 것이다.

"효진아, 내 딸. 부디 어미를 어미라 부르지 마라. 네 어미는 네
아버지께서 돌아가시던 그날 함께 죽은 것이라 생각하거라. 지금
그대로 네가 자란다면 너는 이 댁의 수양딸이지만 네가 나를 어미
라고 부른다면 너는 이 댁 소실의 딸이 되는 것이다. 내가 너의 인
생에 앞길을 막을 수는 없지 않겠느냐? 그러니 제발 나를 어미라 부
르지 말고, 바라보지도 말아라. 그것이 너와 내가 사는 길이란다."

어머니의 말에 가슴이 무너져 숨죽여 울기만 했을 뿐 아무런 말
도 더 할 수 없었다. 어머니의 이야기를 듣고 있는 자신도 이렇게
아픈데 그런 말을 해야만 하셨던 어머니의 마음은 어떠셨을지. 그
상심의 깊이를 차마 짐작조차 할 수 없었다.

그때의 기억이 떠올라 그녀는 눈가에 눈물이 차올랐지만 꾹 참
았다. 기다리다 보면 좋은 날이 있을 것이다. 이 집을 벗어나게 되
었으니 사람들의 시선도 느슨해질 것이고, 그리 지내다 보면 어머
니를 뵐 수 있는 날이 올 것이다.

희망을 가져 보았다. 그 희망이 이루어질 수 있을지는 모르겠지

만 그래도 희망이 없는 것보다는 나았다.

그녀는 희망을 꿈꾼다. 그리하였기에 살아온 날들이 평탄지만은 않았어도 다시 힘을 내고 또 낼 수 있었다. 자신이 포기하지 않고 다시 힘을 내 살아간다면 언젠가는 어머니와 함께 그 옛날 아버님 께서 살아 계실 때처럼 다정하게 개울도 거닐고 산과 들을 거닐 수 있을 것이다.

*

도성 최고의 기루인 부용각 안에는 꽤나 큰 연못의 가운데 전각이 있었다.

모란정(牧丹亭).

그 모란정으로 붉은 비단옷을 입고 구름처럼 머리를 틀어 올린 월향이 작은 다과상을 들고 사뿐한 걸음으로 전각의 입구를 통과해 들어갔다. 방으로 들어가기 전에 월향은 한 손으로 머리카락을 쓸어 올리며 자신의 차림이 흐트러지지 않았는지를 확인했다.

"대행수님, 월향입니다. 잠시 들어가겠습니다."

"들어오십시오."

장부를 정리하고 있던 준수가 피곤한 얼굴로 월향을 맞았다. 월향은 그런 준수의 모습에 살포시 웃어 보이며 가져온 다과상을 탁자 위에 올려놓았다.

"명(明)에서 이번에 들여온 물건 중에 가장 품질이 좋아 한번 가져와 보았습니다."

섬섬옥수로 찻잔에 차를 따르는 자태가 그린 듯이 고왔다. 그녀의 곱지 않은 성격을 떠나 차를 내는 모습만 보면 그래도 봐줄 만하다는 생각에 눈요기를 했을 법한 모습이었다.

하지만 준수의 생각은 다른 곳을 향해 있었다. 얼마 후면 혼례를 치르고 그의 부인이 될 여인의 모습이었다.

'그러고 보니 그날 이후 한 번도 보지 못했군.'

바쁘기도 했고 무엇보다 여인을 보기 위해서라지만 윤정한 대감 댁으로 찾아가는 것이 영 마뜩잖아 차일피일 미루다 보니 어느덧 시간이 많이 흘러가 버렸다.

비록 시간이 오래되기는 했지만 꼭 어제 일인 것처럼 그를 향해 발갛게 상기된 얼굴로 고개를 가로젓던 여인의 모습이 눈앞에 그려 졌다. 그리고 충동적으로 그녀의 입술을 훔치던 때가 생각나 피식 웃음이 났다.

"무슨 좋은 생각을 하시기에 앞에 이런 미인을 두고 그렇게 혼자 웃으십니까?"

"아무것도 아닙니다."

"표정을 보아하니 아무래도 대행수님이 좋아하시는 돈은 아닌 것 같고, 아무래도 여인에 대한 생각인 것 같습니다만."

"앉아서 천 리를 내다보시는군요."

준수의 말에 월향이 입을 삐죽거리며 미미하게 웃었다.

"사내란 다 그렇지요. 대행수님도 다른 이들과 별다를 것이 없다 는 것이 근래 들어 드는 생각입니다. 요즘 이런 일들이 잦으셨다는 것 알고 계십니까?"

월향의 말투로 보아 준수의 시선에 자신에게 닿지 않은 것이 못 내 기분이 상한 모양이었다.

"그렇게 서운하십니까?"

"서운하기보다는 혼인을 생각하시고 여인을 생각하시는 대행수님이 부러워서 그러는 것입니다. 대행수님은 이제 혼인을 하시는데 저는 좋아하는 사내에게 좋아한다 말 한마디 못하는 신세가 아닙니까? 이 심정을 대행수님은 모르실 겁니다.”

“정 그러면 태암에게 운이라도 떼어보시던가요. 혹시 압니까?”

“그분에게 말을 꺼내면 십 리 밖으로 도망을 가서서 이 부용각으로는 발걸음도 안 하실 분입니다. 친우라 하시면서 그것도 짐작을 못하십니까?”

월향이 속이 타는지 얼마간 식은 차를 단숨에 들이켰다.

“참, 그분은 언제 도성에 당도하십니까? 이번 배편으로는 오시는 게지요? 대행수님 혼례에는 참석하실 것이 아닙니까?”

월향이 준수가 미처 대답을 하기도 전에 질문들을 주르르 늘어놓기 시작했다.

준수는 그런 월향을 보면서 미미하게 미소를 지었다. 아무래도 자신의 혼인이 월향에게는 많은 부담을 주었던 것 같았다. 그러니 평소에는 마음에 있어도 속으로만 끙끙 앓던 자신의 친우인 태암의 소식을 이렇게 대놓고 꼬치꼬치 물어대는 것이 아닌가.

“아무래도 혼례 전에는 도착할 것으로 생각됩니다. 그러고 보니 태암을 못 본 지도 꽤 오래되었군요.”

“오래되었다 뿐입니까? 이 월향이 병이 날 지경입니다. 대행수님도 참, 상단이 명으로 떠날 때 일행에서 그렇게 그분만은 빼주십사 부탁을 드렸건만 제 청은 귀에 들어오지도 않으셨지요?”

“하하, 이거 태암이 멀쩡히 오지 않으면 앞으로 이 부용각에 발도 못 붙이게 할 것처럼 그러십니다.”

“뿐입니까? 대행수님 몰래 이 부용각을 팔아버릴지도 모릅니다. 애지중지하시는 모란정과 함께 말입니다.”

월향은 정말 화가 났는지 앞에 있는 탁자를 탁탁 치며 준수에게 으름장을 놓았다. 어차피 주인인 자신 대신 대내외적으로는 월향이 부용각의 주인이고 자신은 그 정인이라 장안에 소문이 파다하니 월향이 마음만 먹는다면 못할 것도 없었다.

안 그래도 혼례 날을 잡아놓고 월향이 혼인을 하는 자신이 부러워 강새암을 간혹 부리기는 했으나 그녀의 심정을 생각해서 곧잘 받아주던 준수였다. 자신의 혼례로 인해 한창 콧대가 높던 월향의 고고한 자존심이 바닥에 떨어졌으니 그러는 것도 무리는 아니라는 생각에서였다. 속사정은 어찌 되었거나 조양상단 김준수의 바람기를 잡고 있는 것이 부용각의 월향이라는 소문이 전 도성에 파다했었으니, 그의 혼례 소식에 월향은 때 아닌 벼락을 맞은 것과 다름없었다.

결국에는 기생 팔자가 기생 팔자였다는 둥, 이제 월향은 한물간 것이라는 둥의 소문 덕에 월향이 화를 참지 못해 소리를 지른 건 두말할 것도 없었다.

준수는 자신의 혼례로 인해 월향이 손해를 보는 것이 많으니, 그녀가 뜻하는 바를 이루게 해주는 것도 나쁘지 않을 일이겠다는 생각이 들었다. 자신이 혼례를 치르고 나면 아무리 도성 최고의 기루이기는 하나 조양상단과의 인연의 끈이 끊어졌다 생각해서 사람들이 부용각과 멀어질 수도 있었다. 그렇게 된다면 가장 큰 이문이 남는 정보력에서 다른 상단에 밀리게 될지도 모르는 일이었다. 그렇게 되기 전에 다른 방법을 강구해야 했다.

월향이 저렇게 노골적으로 마음을 피력하니 다른 어떤 방법을 동원하는 것보다 그녀의 마음에 있는 태암과 염문이 나는 것도 나쁠 것이 없을 듯했다. 다른 이도 아닌 태암이라면 조양상단에서 자신의 오른팔 격인 사람이니 그와의 염문이라면 자신만큼은 아니더라도 충분히 영향력이 있을 것이다.

아마도 두 사람의 염문이 솟아난다면 세간 사람들은 아직도 조양상단과 부용각의 관계가 끊어지지 않았다고 생각할 것이다.

그렇게 생각하기는 했지만 자신의 이런 판단이 친우인 태암에게는 미안한 일이었다.

상단의 일이라고 하면 두말하지 않고 월향과 대내외적인 관계를 맺을 우직한 위인이지만, 그가 마음에 없는 그런 인연은 만들어주고 싶지 않았다. 하지만 준수는 월향을 믿어보기로 했다. 월향의 성격이 목표가 있으면 자신만큼이나 집요해지고 수단방법을 가리지 않는 위인이니 그 꼿꼿한 태암이라도 넘겨 버릴 여인이지 않은가? 자신과 일적인 관계를 생각하여 지금까지 자신의 마음을 내리누르고 있던 사람이니 그 마음의 고삐가 풀린다면 어찌 될지 장담을 할 수 있는 이는 아무도 없을 터였다.

"내 태암이 들어오면 조만간 자리를 마련해 보겠습니다. 조선 최고의 기생답게 그 사람을 꼭 잡아보십시오. 내 물심양면으로 지원해 드리겠습니다."

"참말이십니까? 호호호."

월향은 준수의 말에 마음에서 우러나오는 웃음을 지었다. 저 무뚝뚝한 김준수의 입에서 자신이 원하는 대답이 나오다니. 그녀는 뛸 듯이 기뻤다. 분명 자신에게 약조를 하였으니 저 우직한 사람은 약조를 지키기 위해 자신의 친우를 어떻게든 밀어줄 것이 분명했다. 하기야 자신이 이런 수모를 겪고 있는데 이런 약조라도 받아야지 분이 풀릴 것이 아닌가?

월향은 자신이 원하는 대답을 얻어내자 그제야 나긋나긋하게 표정이 온화해지고 목소리가 부드러워졌다. 마음의 여유가 생기니 자연히 그의 혼인에 대한 궁금증도 솟았다.

"그나저나 혼인을 이렇게 빨리 하시겠다고 하실 줄을 몰랐습니다. 적어도 며칠은 더 윤 대감의 속을 태우실 줄 알았는데 너무 갑작스러우셔서 이 월향이 얼마나 놀랐는지 모릅니다."

"그러게 말입니다. 어찌하다 보니 그렇게 되었습니다."

"공조판서 댁 소저가 더 나은 자리임에도 거절하시고 윤정한 대감의 여식을 선택하신 것을 보면 소문대로 그 댁 소저가 그리 미인이시란 말이 사실이었나 봅니다."

"미인이라……. 미인이긴 미인이죠."

월향은 자신에게 대답을 하면서 준수의 표정이 미미하게 느른하게 풀리자 의미심장한 미소를 지었다.

"흐응, 굳이 미색 때문만은 아니란 말이시지요? 어떤 소저이기에 콧대 높은 조양상단 대행수의 마음을 녹이셨을까요? 한번 뵙고 싶네요. 아, 물론 그 소저께서는 저를 죽어도 보고 싶지 않으실 테지만요."

월향의 말에 준수는 뜨끔했다. 아무래도 혼인 전에 소문이 소문이다 보니 자신에 대해 곡해를 하고 있다고 해서 뭐라 할 말은 없었지만 억울한 기분이 드는 것도 사실이었다. 그때 그렇게 눈빛만 마주치지 않았어도 그렇게 충동적으로 혼인을 하겠다고는 하지 않았을 텐데.

그 묘한 눈매가 마음을 울렸었다. 그동안 삶을 살아오면서 그 여인보다 더 미색이 고운 기생도 안아보았고, 더 정숙한 양갓집 여식들도 많이 보았건만 이상하게 처음 눈이 마주쳤을 때 그 여인의 눈빛에 마음이 혹했다. 자신을 향해 혼인을 해달라 청하는 그 고집스럽고 투명한 눈동자와 꽉 깨문 입매가 조금 더 윤 대감의 애를 태우고자 했던 그의 마음을 허물게 했다.

어쩔 수 없는 일이다 생각했다. 혼인을 하겠다고 마음을 먹어서였을까. 자신을 향해 조곤하게 말을 하는 그 입술을 보다 보니 자신도 모르게 그녀의 입술을 탐하고 있었다. 한팔에 쏙 들어오는 가는 몸피가 여인에게 반응하게 만들었다. 몸으로 느껴지는 여인의 부드러운 살결이며 마른 듯 보였지만 풍만한 몸매가 자신의 몸에 맞춘 듯 마음에 쏙 들었다. 자신의 행동에 놀란 그 머루같이 검은 눈망울에 말캉한 입술의 달콤함이 그의 이성을 날려 버렸다. 정신없이 여인을 탐하던 와중에 누군가 다가서는 기척을 동물적인 감각으로 느끼지 않았다면 그대로 여인을 가졌을지도 몰랐다.

그때를 생각하니 앞섶이 부풀어 오르는 것 같았다. 준수는 이내 사태를 파악하고는 다시 무표정한 가면을 썼다. 항상 매사에 냉정한 판단을 하던 자신이 다른 이도 아닌 월향을 두고 이런 추태라니, 등 뒤로 땀이 흐르는 것 같았다.

'죽겠군.'

"참 인생 오래 살고 볼 일입니다. 대행수님이 이렇게 갑자기 혼인을 다 하시고 말입니다. 제가 그렇게 넘겨보려 애를 써도 안 넘어오시더니 어떻게 그렇게 한 번 본 규수에게 맥을 못 추십니까? 아무튼 다른 이도 아닌 그 탐욕스러운 윤정한 대감 댁 규수와 혼인을 하신다고 하니 이 월향은 놀라울 따름입니다."

"항상 말을 하지만 월향은 처음 볼 때부터 저에게는 여인으로 보이지 않았습니다."

"그 발언이야말로 오늘 저에게 하신 말들 중에서 가장 제 기분을 상하게 하는 말입니다."

“하하하, 마음 푸십시오. 저보다는 태암이 훨씬 사람이 된 사람입니다.”

“그거야 두말할 것도 없는 사실이지요. 아무튼 태암 나리께서 돌아오시면 그때 다시 뵙지요.”

월향이 밉지 않게 으름장을 놓고는 언제 화를 내었냐는 듯이 도도한 걸음으로 방을 나갔다. 아무래도 월향이 자신에게 차를 주러 온 것이 아니라 흥정을 하러 온 모양이라는 생각이 들자 준수는 고개를 절레절레 저었다.

‘이렇게 하시니 어떻게 여인으로 보였겠습니까?’

준수에게 있어서 월향은 여인이라기보다 동료에 가까웠다. 가장 가까운 동료이자 삶에 있어서 일종의 스승과도 같은 존재였다. 어서 태암이 돌아와 그 사람을 월향에게로 보내주어야 월향의 외로움이 덜어질 것이라는 생각에 준수는 누구보다 태암의 무사귀환을 바랐다.

제2장

　효진은 화려하게 치장을 한 자신의 모습을 동경에 비추어 보았
다. 밀양댁이 솜씨 좋게 머리를 땋아 올려 족두리를 드리웠다. 꽤나
신경 쓴 장인의 솜씨에 족두리의 보석들이 반짝였다. 녹색 원삼에
얼굴은 분으로 화장을 하고 액막이로 연지곤지를 찍으니 그제야 자
신이 시집을 가는구나라는 생각이 들었다.

　시집가기 전 마지막 단장은 어머니와 함께하고 싶었는데 현실
속에 보이는 건 부산하게 움직이는 밀양댁의 뒷모습이었다. 효진은
멍하니 밀양댁이 움직이는 모습을 바라보았다. 실감이 나지 않는
혼인이었다.

　혼인을 하기 전 자신의 지아비가 될 이는 일이 바빠 잠시 들렀을
때도 자신이 아닌 양부모님을 뵙고 돌아갔을 뿐이었다. 그마저도 시
간이 짧아 양부모님이 효진을 불러들일라 치면 여지없이 집을 나서

는 바람에 그녀와는 돌아가는 길에 잠시 인사만 나누었을 뿐이었다.

원래 정략적인 혼인이란 이런 것인가.

다른 이들의 말을 들어보면 혼인을 하기 전 서로 친해지기도 할 겸해서 만나기도 하고 때로는 집 밖에서 만나는 이들도 있다고 하던데, 자신의 지아비 될 이는 무엇이 그리 바쁜지, 아니면 자신에게 관심이 없는 것인지 처음 만났을 때와는 다르게 거리감을 두었다.

그나마도 그가 다녀가면 집 안에 냉랭한 분위기가 흘렀다. 사랑채 하인들의 말이 돌고 돌아 밀양댁이 전해준 소식에 의하면, 분가(分家) 문제로 그가 잠시나마 시간을 내어 찾아와 그 문제를 지속적으로 요구하고 있다고 했다.

분가라는 것이 이제 막 혼인을 앞 둔 상황에서는 어불성설(語不成說)이었다. 원래의 예법대로라면 혼례를 치른 뒤 친정에서 남편과 함께 아이를 낳고 자랄 때까지는 지내야 했지만 혼인의 상대가 상대이다 보니 지아비 측에서 분가를 하겠다고 했다고 했다. 일이 그렇게 흘러가니 양부모님의 입장에서는 그 일이 못마땅할 수밖에 없었다. 더불어 그 일을 계기로 그가 조실부모(早失父母)했다는 사실도 귀동냥으로 알게 되었다.

양부모님의 입장에서는 양가 집안에 어른이 자신들밖에 없다는 사실에 그를 마음대로 쥐락펴락할 수 있을 것이라고 생각하고 있던 모양이다. 그런 와중에 분가를 운운하니 분통이 터져 그가 가고 나면 못마땅함에 집 안 분위기가 냉랭해지는 것은 당연한 일이었다.

하지만 냉랭함도 잠시였다. 무슨 조화를 부린 것인지 냉랭하기만 하던 분위기가 혼례를 얼마 앞두지 않고 그 전세가 역전이 되었다.

역정을 내시던 양부모님께서 무슨 이유인지 두 사람의 분가를 허락하셨다. 효진은 갑작스러운 그 결정에 의아한 마음이 들었지만 어른들이 하시는 일이기에 모르는 척 그전과 다름없이 귀를 닫고 입을 닫았다.

그래서 친정집에서 있기로 한 시간은 단 사흘이었다.

혼례를 치른 후 그 사흘이 지나면 자신은 그의 집으로 가야 했다. 너무 갑작스러운 결정이라 다소 의아하기는 하지만 그래도 사흘만 더 참으면 불편한 양부모님께 매일 아침 안부 인사를 드리지 않아도 되는 출가한 신분이 된다. 또한 자신의 일인 양 도맡아 하던 한씨 부인의 옷가지를 정리하고 바느질을 하는 일도, 그녀의 폭언과 괴롭힘에서도 벗어날 수 있다고 생각하니 그 사흘 또한 참을 만했다.

"아이고, 아기씨, 참으로 고우십니다."

밀양댁이 입이 마르도록 칭찬을 했다. 워낙에 어여쁜 얼굴이기도 했지만 이렇게 한껏 꾸며놓으니 더욱더 고운 모습에 괜히 자신이 배 아파 낳은 자식이라도 된 것마냥 시집을 보내기가 아까웠다.

동경을 보며 앉아 있는 효진의 눈매가 쓸쓸한 것으로 보아 오래전에 돌아가셨다던 부모님을 생각하는 모양이었다. 그 어린 나이에 조실부모하여 먼 친척인 민기보 나리 댁에 얹혀사셨다더니 가슴속에 그 한이 오죽 하겠는가?

'쯧쯧, 그분들은 뭐가 그리 급해서 이리 고운 딸 시집가는 것도 못 보고 가셨나. 에고, 불쌍한 아기씨…….'

밀양댁은 축 처져 있는 효진의 모습에 마음이 울컥했다. 자신이라도 아기씨를 잘 모셔야겠다는 생각이 절로 들었다. 싸늘하기만한 주인마님을 모실 바에야 유연하면서도 강단 있는 아기씨를 모시게 된 것이 감사할 따름이었다.

"아마 지금쯤이면 주인나리 일행이 도착하셨을 겁니다. 하늘이두 쪽 나더라도 시간 약속은 칼같이 지킨다고 하시니 벌써 도착을하셨겠네요."

"나가세."

"참, 아기씨. 여쭤어보기 송구스럽지만 혹시 마님께서 초야(初夜)에 관해 미리 알려주신 것이 있으신지요?"

밀양댁은 왠지 효진의 눈치를 보듯 조심스럽게 물었다.

밀양댁의 말에 효진은 며칠 전 양어머니께서 싸늘한 얼굴로 나타나 잠시 그녀의 방에 들렀다 간 기억을 떠올렸다. 금세 나갈 것처럼 못마땅한 표정을 짓던 양어머니는 효진이 안절부절못하는 사이대뜸 초야에 대해 말을 꺼내기 시작했다.

"얌전한 고양이가 부뚜막에 먼저 올라간 것인지는 알 수 없지만그래도 어미 된 입장에서 그냥 가만있을 수는 없으니 한마디 하겠다. 초야 땐 그냥 지아비가 하는 대로 가만있어라. 천박하게 어떤소리도 내지 말고 그냥 하는 대로 두면 된다. 김 서방이 어련히 알아서 잘하겠지."

효진은 차마 할 말을 찾지 못해 한씨 부인이 하는 말을 그대로듣고 있었을 뿐이었다.

"그럼 쉬어라. 내일은 혼례를 치르고 손님맞이를 하자면 정신이없을 테니."

그녀가 무어라 말도 더 붙이기 전에 한씨 부인은 마치 못 올 곳이라도 온 듯 단숨에 일어나 방 안을 나가 버렸다. 한씨 부인이 양녀인 자신을 위해 해준 말이라고는 그것이 전부였다. 그래서 그 말이 초야에 관한 것의 전부라 생각했는데 밀양댁이 느닷없이 초야에 대해 물어오자 효진은 밀양댁의 손을 덥석 잡았다.

"어, 어머니께서는 그냥 가만히 소리 내지 말고 있으라고 하셨네. 참말로 그렇게 있으면 되는 겐가?"

그녀에게는 낯선 초야에 대한 두려움이 있기는 했지만 막상 물어볼 곳도 없어 애써 태연한 척했던 효진이었다. 정말 양어머니께서 하신 말씀처럼만 하면 되는 것인지 걱정이 되기도 했다.

효진의 행동에 밀양댁은 어제 찬바람을 풀풀 날리며 다녀가던 주인마님의 뒷모습이 떠올랐다. 아무리 마음에 차지 않는 양녀라지만 그런 이야기조차 제대로 해주지 않으시니 그녀의 마음 또한 상했다. 자신의 마음이 이리 속상한데 효진 아기씨의 마음은 오죽할까 싶어 마음이 애잔했다.

"저…… 사람마다 다르기는 하지만 처음에는 아프실 수도 있습니다. 하지만 그것은 차차 좋아지실 것이니 너무 걱정하지 마십시오. 합환주는 꼭 드시는 것이 도움이 되실 겁니다. 제가 문밖에 있을 터이니 혹시나 불편한 일이 생기시면 주인나리가 잠이 드실 때 저를 조용히 불러주십시오."

"고맙네."

최대한 조심스럽고 찬찬히 일러주는 밀양댁의 말에 효진은 고개를 끄덕였다. 그래도 이 삭막한 집에서 밀양댁이 있어 다행이었다. 그녀에게 따뜻하게 대해줄 사람이 한 명은 있으니 숨을 쉴 수가 있었다.

*

　반듯하게 단령을 입고 사모와 관대를 갖춘 헌헌장부인 자신의 지아비가 될 준수의 모습이 보였다. 좋은 날이라 적당히 미소를 띤 모습으로 서 있는 모습에 효진은 가슴이 두근거렸다. 비록 정략혼일지라도 그렇게 싫지 않게 시작하는 것이 다행이라 위안하며 정신없는 시간들을 버텨냈다.

　절은 어떻게 했는지 사람들은 얼마나 왔는지도 모를 만큼 정신없이 복잡한 식이 끝났다. 번잡한 것은 싫다는 준수의 의견대로 둘의 혼례는 그나마 간소하게 치러졌다. 효진의 양부모님들은 그것을 불만스러워 하긴 했지만 효진의 입장에서는 정말 다행이었다. 가뜩이나 기운이 빠지는 일인데 길어지기라도 했다면 그녀는 그 자리에서 혼절을 했을지도 모르는 일이었다.

　효진은 혼례를 올리고 나서 밀양댁의 손에 이끌려 어느새 신방으로 꾸며진 자신의 방으로 돌아왔다. 의자에 앉아 방 안을 둘러보니 이제는 익숙해질 법도 하건만 밀양댁의 솜씨로 여러 가지 꽃이며 비단으로 장식한 방은 낯설게만 느껴졌다.

　잠시 쉬는 사이 문밖에서 인기척이 났다. 효진은 두려움이 앞서 가슴이 두근거렸다. 심장이 밖으로 튀어나올 것만 같이 세차게 뛰었다.

　혼례복 차림의 준수가 방 안으로 들어오고 그 뒤를 따라 밀양댁이 소박한 술상을 가지고 안으로 들어왔다. 효진은 밀양댁의 움직임을 보면서 마음으로는 그녀가 더 오래 머물렀으면 했으나 밀양댁은 술상만 내려놓고는 조심스레 인사를 한 뒤 밖으로 나가 버렸다.

이제 온전히 준수와 둘이 남은 상황이었다. 이렇게 마주 보고 있으니 숨이 턱 막혀오는 것 같았다. 이제는 그가 자신의 지아비가 되었으니 그때 그날처럼 자신에게 손을 뻗어온다고 해도 거부할 수 없는 입장이었다. 그녀가 긴장한 것을 눈치챘는지 그가 제법 부드러운 말투로 그녀의 안위를 물어왔다.

"오늘 많이 힘드셨지요?"

"예? 아, 아닙니다."

효진은 밀양댁이 하던 말들이 귓가에 맴돌아 이 다음에 벌어질 일들이 왠지 무섭고 부끄러워 얼굴을 들 수가 없었다.

"처음에는 아프실 수도 있습니다."

혼인을 한 여인이라면 겪어야 할 일이라고 했다. 처음에야 힘들고 아프겠지만 차차 좋아진다고 했으니 밀양댁의 말을 믿어볼 수밖에 없었다.

쪼르륵.

준수가 술잔에 술을 따라 효진에게 건넸다. 효진은 술잔을 받아 들고는 주저하다가 준수가 술을 마시는 것을 보고는 얼른 따라 마셨다.

"으……."

쓰기도 쓰거니와 목이 타들어가는 것 같은 통증에 절로 신음성이 나왔다.

도대체 사람들은 왜 이 쓴 술을 먹지 못해 안달이란 말인가? 인상이 절로 찌푸려지는 맛이었다. 준수는 효진의 표정을 보고는 피식 가볍게 웃더니 다시 술을 한 잔 따라주었다.

"보기보다 술을 잘하시는군요. 이 독한 술을 한 번에 드시다니. 한 잔 더 받으시지요."

"아, 아니, 저 술은 처음 마셔보는 거라……."

"그러니 한 잔 더 드셔보시지요. 술을 마신다는 건 처음만 힘들지 익숙해지면 꽤 사람의 기분을 좋아지게 만듭니다. 단, 과음하시는 건 말리고 싶군요."

준수의 권주에 효진은 마지못해 그가 따라준 술을 들이켰다. 두 번째 잔이나 첫 번째 잔이나 쓰기는 매한가지요, 목이 타들어가는 느낌도 똑같았다. 절대 좋아질 수가 없는 맛이었다.

효진이 인상을 찡그리며 술의 여운을 떨쳐 내는 사이 준수가 곁으로 다가왔다. 효진은 그의 움직임에 놀라 몸을 주춤거렸다. 그녀의 긴장을 알아챘는지 준수의 손길이 조심스러웠다. 그녀의 머리를 내려주는 준수의 손길은 진중했다.

효진은 그가 가까이 있어서 그런 것인지 아니면 술을 마셔서인지 준수의 손길에 몸이 홧홧해지는 것 같았다. 약간 어지러운 것도 같으면서 더워지는 기분이었다. 그녀의 머리장식이 하나둘 떼어지고 부끄럽게도 그의 손에 옷이 한 겹씩 벗겨질 때마다 열기와 어지러움은 더해졌다.

하얀 적삼과 속곳을 제외하고는 모든 것이 그의 손에 의해 벗겨졌다. 효진은 자신도 모르게 마주 잡은 두 손마디가 하얗게 될 정도로 온몸에 힘이 들어가고 떨려왔다. 하나 남은 적삼마저 그의 손에 의해 벗겨지자 두려움은 배가되어 떨림이 진정되질 않았다.

"두려우십니까?"

효진은 목이 메어 차마 대답이 나오질 않아 입술만 꼭 깨물고는 고개를 끄덕였다. 준수는 팔을 뻗어 효진을 끌어안았다. 효진의 몸이 준수의 품 안에서 뻣뻣하게 굳었다.

"예."

"마음을 편하게 하고 계시면 됩니다."

그녀의 긴장을 풀어주려 하는 말인 것 같았으나 효진은 그런 그의 말에 더욱 뻣뻣하게 몸이 굳어갔다. 귓가에 속삭이는 그의 음성이 왠지 나른하고 조급하게 들리는 듯해 효진은 어쩔 줄 몰라 울고만 싶었다. 그러는 사이 그의 입술이 뺨에 닿고 입술에 닿았다.

어떤 소리도 내지 말라는 양어머니의 목소리가 생각이 나 아무 말도 할 수가 없었다. 그때 그의 입술이 떨리는 그녀의 입술을 삼켜버릴 듯이 겹쳐 왔다. 그녀의 숨을 앗아가기라도 할 듯 입술을 가르고 들어와 마치 제 것인 양 그녀의 혀를 휘감고 쓸며 그녀의 혼을 쏙 빼놓을 듯 움직였다.

거침없이 그녀의 앞가슴을 파고드는 그의 손길에 움츠러들었다. 그녀의 가슴을 부드럽게 만지며 유두를 손가락으로 휘감아 자극하는 손놀림에 낯선 감각이 피어났다. 긴장되기도 하고, 기대되기도 하고, 흥분되기도 하는 지아비의 손길에 효진은 어찌해야 할 바를 몰랐다.

언제 침상으로 옮겨진지도 모를 정도로 그녀를 향한 그의 입술과 손길은 거침이 없었다. 하나 남았던 속곳은 언제 벗겨졌는지, 분명 혼례복 차림이던 준수는 언제 옷을 벗었는지 모를 정도로 효진은 정신이 없었다. 그의 손길이 그녀의 양 허벅지 사이 예민한 속살을 파고들어오자 효진은 본능적으로 다리를 오므렸다. 몽롱하던 정신이 번쩍 드는 기분이었다. 그녀가 미약하게 반항을 하자 그는 다시금 그녀의 입술을 앗아갔다.

"초야라 힘이 들 것이나 최대한 노력할 것이니 긴장 푸십시오."

다소 열에 들뜬 것 같은 저음의 목소리가 귓가에 들리자 효진은 어쩔 수 없다는 심정으로 그의 손이 들어오지 못하게 막던 다리에 힘을 풀었다. 그는 그녀가 긴장을 풀자 그녀의 허벅지를 매만지며 정점으로 손을 뻗어갔다. 그녀의 꽃잎을 달래듯이 어루만지며 파고드는 손길에 온 정신이 아래쪽으로 쏠렸다.

한 번도 닿지 않았던 자신의 은밀한 곳에 그의 손길이 닿자 부끄럽고 수치스러워 죽을 것만 같았지만 피할 수 없다는 걸 알기에 효진은 마음을 단단히 먹었다.

자신의 온몸 구석구석 그의 손길이 닿지 않은 곳이 없었다. 처음엔 무섭던 그의 손길이 이제는 닿을 때마다 불이 지펴지듯 달아올랐다. 집요하게 그녀의 하얀 가슴을 만지며 입 맞추던 입술이 다시금 맞닿아지며 그의 손이 그녀의 손에 깍지를 꼈다.

그가 어느새 자신의 다리를 벌리고 가운데에 자리를 잡았다. 그녀의 꽃잎 사이에 단단한 무언가가 잇대어졌다. 그러고는 한 번의 침입으로 깊숙이 파고들었다.

효진은 갑작스럽게 밀려든 거대한 고통에 비명이 절로 나왔지만 그의 입술에 막혀 비명 소리가 흘러나오지는 않았다. 마주 잡은 손이 파르르 떨리며 온몸에 힘이 들어갔다.

효진이 고통에 몸서리를 치며 온몸에 힘을 주자 억눌린 그의 신음성이 터져 나왔다. 처녀의 몸이라 좁을 것이라 예상은 했지만 그 저항이 거세어 준수도 난감하긴 매한가지였다.

일부러 그녀의 긴장을 풀어주려 노력을 했음에도 불구하고 그녀의 안은 저항이 심했다.

“아파요…….”

날카로운 통증에 온 정신이 그곳으로 집중이 되어버린 것 같았다. 다행히 그녀가 통증을 호소한 후에 그가 가만히 있어서인지 통증이 더 심하게 지속되지는 않았지만 몸을 갈라지는 것 같은 기분에 눈물이 절로 흘러나왔다.

그가 움직임이 없자 끝이 난 것인가 싶어 그녀가 긴장을 푸는 것이 느껴졌다.

준수는 그제야 잔뜩 성이 난 자신의 분신을 달래기 위해 몸을 움직였다.

맙소사! 그녀의 안으로 들어가기를 고대하며 그 순간이 좋을 것 같다는 생각은 했으나 이렇게 좋은 느낌이라니……!

그는 처음인 그녀를 배려하고자 하던 마음과 함께 여유가 사라지는 것을 느꼈다. 그의 손에 꼭 맞아 넘치지 않을 만큼 풍만한 가슴과 가는 허리에 이어지는 둔부의 곡선이 그의 이성을 달아나게 했다. 보드라운 살결은 그전에 손목을 잡았을 때도 느꼈지만 녹아날 듯 부드러웠다.

의도치 않은 선물을 받은 듯 그의 기분은 최고조에 다다랐다. 처음이라 저항감이 심했지만 그것조차 그를 흥분시켰다. 참으려고 해도 참을 수가 없을 만큼 흥분감이 그의 온몸을 지배했다. 그녀의 몸속을 파고들수록 그의 만족감은 더욱 커져 갔다.

효진은 그가 움직일 때마다 아파왔지만 애써 입술을 꼭 깨물고 비명을 삼켰다. 이렇게 아픈 걸 어찌 여인들은 참는단 말인가? 정말이지 도망치고만 싶었다. 영원히 이어질 것 같던 그의 거센 움직임이 어느 순간 그녀의 몸 깊숙이 파고들며 억눌린 낮은 신음과 함께 멈추자 그녀는 그제야 안도의 한숨이 나왔다. 그녀의 몸 위로 놀려지는 듯한 그의 무게가 낯설고 무겁게 느껴졌다. 쿵쿵거리는 그의 심장박동 소리가 느껴져 기분이 이상해졌다.

"아씨, 이제 일어나십시오. 해가 중천입니다."
자신을 부르는 소리인가 싶은 익숙한 목소리가 귓가에 들렸다. 아기씨가 아닌 아씨라는 소리가 설핏 들리자 밀양댁의 목소리가 자신을 부르는 것 같지가 않았다. 그녀는 다시 한 번 일어나라 재촉하는 밀양댁의 목소리에 간신히 눈을 떴다. 온몸에 힘이 없어 축 늘어졌다. 그녀가 눈을 뜨자 밀양댁이 걱정 어린 눈빛으로 효진을 바라보고 있는 모습이 보였다. 몸 전체가 몽둥이로 맞은 것처럼 쑤셨다. 게다가 다리 사이에 이 끔찍한 통증이라니, 도대체 자신에게 무슨 일이 일어난 것인지 머리가 멍했다.

"아씨, 평소보다 기침이 늦으셔서 걱정했습니다. 나리께서는 아침에 급히 상단에 일이 있어 대감마님께 아침 인사만 드리고는 출타하셨습니다. 나리께서 아씨께서 곤하실 테니 깨우지 말라 하셔서 지금까지 기다렸습니다."

밀양댁이 하는 말이 얼른 머리로 들어오지 않았다. 도대체 그녀가 하는 말들은 무엇이며 자신에게 아기씨가 아닌 아씨라고 하다니 이건 또 무슨 일인가 싶은 효진이었다.

"아씨라니……?"
"이제 혼인을 하셨으니 아기씨가 아닌 아씨라 불리시는 게 맞습니다."

효진의 물음에 밀양댁이 조근하게 자신이 하는 말을 설명했다. 그 이야기를 들으면서 안개가 낀 머릿속이 정리가 되며 밀양댁의 말이 머릿속에 인지가 되었다.

'아…… 나는 어제 혼인을 하였지…….'

멍한 머릿속으로 어제 있던 일들이 스쳐 지나갔다. 바쁜 사람이란 말만 들었지 이렇듯 초야를 치르고도 바로 다음날부터 일에 쫓기는 사람인 줄은 미처 몰랐었다. 아니, 오히려 잘된 일이라 효진은 생각했다. 아마도 아침에 일어나서 눈을 마주쳤다면 자신은 시선을 어디에 둬야 할지 어떤 말을 해야 할지 머릿속이 하얗게 변했을지도 몰랐다.

"대감마님께서도 아씨께서 일어나시면 잘 챙겨 드리라 신신당부를 하시고는 입궐하셨습니다."

잘 챙겨 드리라 신신당부를 하였다는 밀양댁의 말에 효진은 실소가 배어 나왔다. 자신이 이 집에서 그분께 이런 말을 듣게 되리라고는 상상도 못한 일인데 불과 얼마 되지 않은 시간에 이런 일이 생기고 나니 갑작스럽기도 하고 당황스럽기도 한 이상한 기분이었다.

밀양댁의 도움을 받아 간단히 씻고 머리를 틀어 올렸다. 혼인 예물로 받은 떨잠이며 머리장식들로 단장을 하고는 안채로 향했다.

남편이 있다면 같이 인사를 드려야 옳은 일이지만 사정이 이렇다 보니 양어머니께 홀로 인사를 갈 수밖에 없었다. 항상 자신을 달갑지 않게 보던 분이라 오늘은 또 무슨 말로 제 기를 죽여놓을지 두려웠다.

하지만 이 아침 문후도 사흘이지 않는가? 사흘 동안의 문안이라면 참을 수 있었다.

"늦게 인사를 드려 죄송합니다, 어머니."

"아니다, 피곤할 텐데 더 쉬지 그랬느냐."

"아닙니다. 제가 평소보다 늦어 죄송합니다."

"김 서방은 무슨 급한 일인지 조반을 들기도 전에 인사를 올리고 상단으로 갔다고 하더구나. 간밤에 잠을 잘 잔 얼굴이긴 한데 이렇게 바쁜 사위를 둬서야, 원."

무슨 이유에서인지 평소와는 다르게 부드러운 양어머니를 보는 마음이 더 부담스러워지는 효진이었다. 눈빛이 매섭던 어른이 정말 딸이라도 대하는 양 하는 모습을 보니 효진은 행동이 더 조심스러워졌다.

짧은 대화를 마치고 방을 나서자 밀양댁이 효진 가까이 다가섰다.

"아씨, 혼례 때 나리께서 가지고 오신 패물이며 지참금이 헉 소리가 날 정도로 많았다고 안채의 솜이가 그러더군요. 그래서 마님께서 매우 흡족해하셨다고 합니다."

안채를 나서며 이상한 마음에 고개를 갸웃거리는 효진의 마음을 읽었음인지 밀양댁이 그 궁금증을 풀어주려 넌지시 말을 건넸다.

솜이 그 아이에게서 나온 말이라면 틀림없을 것이다. 황금은 귀신도 부린다더니 양어머니께서 저렇게 부드러워지실 줄은 몰랐다. 하지만 그만큼 많은 재물을 들여 자신을 데려가는 자신의 지아비를 생각하자 또다시 마음이 무거워졌다. 자신의 어깨 위에 지아비의 재물이 빚으로 쌓이는 것 같아 불편하고 무거웠다.

"아씨, 그 길은 별채로 향하는 길입니다."

자신의 처소를 향해 걸음을 옮기던 효진은 밀양댁의 말에 걸음을 딱 멈추었다. 저도 모르게 발걸음이 별채로 향했던 모양이었다. 효진은 아무런 사심 없이 자신에게 일러주는 밀양댁의 말에 다소 어색한 미소를 지었다.

"내가 딴생각을 하다 보니 그랬군."

효진은 애써 자신의 행동을 덮으려 담담하게 대꾸를 하며 상황을 무마했다. 그래도 시선의 끝에 별채의 지붕 위의 모습이 담겼다. 이 담 너머 계실 어머니의 생각에 울컥 목이 메어왔다. 아마도 어머니께서는 외로이 자신의 소식을 듣고 혼자 감내하고 계실 것이다. 이 현실이 그 누구도 아닌 어머니의 선택이었으니 효진은 다만 참을 뿐이었다.

'오늘 같은 날 사위와 딸의 문안인사를 받는 것은 어머니셨어야 할 텐데 그럴 수가 없는 현실이 참 슬픕니다.'

짐을 싸는 손길이 부산스러웠다. 딱히 가져가고 싶은 물건은 없었지만 밀양댁이 야무진 솜씨로 효진이 소소하게 사용하던 물건들을 싸서 마차에 실었다.

지아비인 준수는 그날 출타를 하여 해가 떨어질 무렵에야 집으로 돌아와 효진과 함께 장인, 장모께 인사를 드렸다. 그리고 저녁 식사를 하자마자 일이 있다고 나가더니 효진이 그의 본가로 가는 날인 오늘까지 얼굴을 볼 수가 없었다. 다정하지 않은 이라는 것은 짐작하고 있었지만 무엇이 그리 바쁜지 소식 한 자락 없어 효진은 내심 서운한 마음이 들었다. 그래도 워낙에 바쁜 사람이라고 하니 다 사정이 있을 것이라는 생각에 애써 서운한 마음을 내색하지 않으려 애를 썼다.

"나리께서 짐꾼들을 보내셨네요. 아씨, 너무 섭섭하게 생각하지 마세요. 도성에서 가장 바쁜 사람이 누구냐고 물으신다면 아마 우리 나리라고 말씀드릴 겁니다. 오늘은 집으로 들어가시는 날이니 늦게라도 꼭 오실 겁니다.”

밀양댁이 낯빛이 좋지 않은 효진을 달래듯이 말을 건넸다.

그래, 바쁜 와중에 잊지 않고 이렇게 짐을 옮기라고 사람도 보내준 지아비가 아닌가? 효진은 짐을 실어 나르는 일꾼들을 보면서 괜찮다며 스스로를 위안했다.

짐들이 마차에 다 오른 것을 확인한 효진은 그제야 지아비의 집으로 향하기 위해 가마에 올랐다. 낯선 곳으로 향하는 마음이 불안함으로 떨렸다.

＊

“밀양댁과 함께 지낼 수 없다니요?”

효진은 방금 집의 청지기인 박 서방의 말을 이해할 수가 없었다. 짐을 옮기는 것까지는 좋았다. 하지만 그 짐은 안채로 들어가기 전에 여종 세 명이 나와 일꾼들에게서 그녀의 짐을 받아갔다. 그러더니 송구스럽지만 필요 없는 물건은 들이지 말라는 주인나리의 명이 있었다며 그녀에게 양해를 구하고는 정성스럽게 싼 짐을 모조리 풀어 분리를 하기 시작했다. 그중에 들여갈 수 있는 물건이라며 골라 내놓은 것이 혼인에 앞서 받은 패물이며 장신구, 옷 등이었고 나머지 짐은 꼼꼼히 싸서 창고로 향했다.

그것도 기가 막힐 노릇인데 박 서방은 자신의 수발을 들어줄 밀양댁마저 돌려보내라는 명이 있었다고 하며 그 길을 막았다.

“밀양댁은 줄곧 나와 함께 있던 사람입니다.”

“마님께서 부리실 아이는 이미 주인어른께서 특별히 뽑아 안채에서 마님께서 오시기를 기다리고 있습니다. 하니, 밀양댁은 댁으로 돌려보내십시오. 저희는 그렇게 명을 받은 입장이라 마님께서 저희에게 하문하신다고 하더라도 더 드릴 말씀이 없습니다."

"아, 아씨."

밀양댁은 박 서방의 말에 울상을 지으며 효진을 바라보았다.

"마님, 댁에서 가져오신 어떤 것도 안채에 들이지 말라는 추상같은 명이 있으셨습니다. 이대로 밀양댁을 안채에 들이시는 걸 주인 나리께서 아시기라도 하는 날이면 저는 죽습니다."

숫제 사정을 하는 박 서방의 말에 효진도 밀양댁도 당황스럽기는 마찬가지였다. 하지만 미리 명이 있었다고 하니 남편을 만나지 않고서는 어떻게 해볼 방법이 없었다.

효진은 박 서방에게 하루만 사정을 봐달라 청해 일단 밀양댁을 이 집 하인들이 머무는 행랑채에 머물게 했다. 행랑채에 밀양댁을 두고 안채로 들어가는 마음이 좋지 않았다. 그녀가 치밀어 오르는 화를 억지로 가라앉히며 안채로 들어가니 영민해 보이는 젊은 여인이 효진을 보자마자 뛰어나왔다.

"마님, 오셨습니까? 소인 다름이라 하옵니다."

안채를 청소하고 있던 중년의 아낙 둘도 효진을 보고는 허리 숙여 인사를 했다.

"많이 피곤하시지요? 안으로 드십시오. 제가 시원한 화채를 올리겠습니다."

다름이라고 자신을 소개한 여인은 뭐라 할 틈도 없이 효진을 안채로 이끌었다. 안채로 들어가니 그전 풍경과는 다르게 정성 들여 꾸민 것같이 보이는 화단이 눈에 들어왔다.

"꽃들이 참 예쁘지 않습니까? 주인어른께서 혼담이 오가자마자 안채를 정리하라고 하셔서 열심히 정리하고 가꾼 것입니다. 혹시나

마음에 들지 않는 것이 있으시면 말씀해 주십시오. 얼른 마님께서
원하시는 대로 바꾸겠습니다.”

효진의 상한 기분을 짐작하고 풀어주려 작정이라도 한 듯이 다
름이는 효진이 무슨 반응을 보이든 방긋방긋 웃어가며 조잘조잘 말
을 이어갔다. 척 보기에도 영민해 보이는 아이는 그녀의 지아비가
고른 것임이 틀림없어 보였다.

효진은 그의 세상에 발가벗고 발을 들여놓은 기분이었다. 밀양
댁마저 없다면 완벽한 친정과의 단절이었다. 과연 그것을 염두에
두고 이런 상황을 만든 것인지는 모르겠지만 일단은 지아비인 준수
가 와야 물어도 물어볼 일이었다.

준수는 해가 질 무렵이 되어서야 집으로 귀가했다. 준수가 귀가
를 했다는 말을 듣자마자 효진은 벌떡 일어나 사랑채로 향했다. 다
름이 잽싸게 효진을 뒤따랐다.

“사흘 만에 뵙습니다.”

막 문을 열고 들어오는 준수를 보며 효진이 평온을 가장한 음성
으로 안부의 인사를 건넸다. 말투는 조용조용하지만 말끝에 실려
있는 무게가 효진이 얼마나 화가 났는지를 짐작하게 했다.

“이런, 부인께서 뭔지 모르게 화가 단단히 나신 모양입니다.”

“우선은 고단하실 테니 씻고 오시지요. 저녁상을 준비하겠습니
다.”

“그럼 부인, 있다가 봅시다.”

효진은 멀어져가는 준수의 뒷모습을 바라보았다. 그를 보자마자
하고 싶은 말이 많았지만 일을 마치고 온 지아비에게 자신이 하고
싶은 대로 따지고 물을 수는 없는 노릇이었다. 그가 씻고 나서 숨을

돌리고 난 후에 오늘의 일을 하나하나 물어 보고 방법을 찾아야겠
다는 생각이 들었다.

　조용한 가운데 저녁 식사가 이루어지고 효진은 체할 것 같았지
만 억지로 저녁 시간을 버텨냈다. 이윽고 상을 물리고 다과상이 들
어오자 효진은 그제야 입을 떼었다.
　"드릴 말씀이 있습니다."
　"무슨 말씀입니까?"
　분명 효진이 무슨 말을 할지 짐작을 하고 있으면서 준수는 시치
미를 뚝 떼며 무슨 일이냐고 물어왔다. 효진은 화가 치밀어 올랐지
만 애써 참으며 조근하게 말을 이었다.
　"밀양댁은 제게 꼭 필요한 사람입니다. 그 사람만은 같이 있게
해주십시오."
　또다…….
　감정을 읽을 수 없는 표정과 눈빛으로 자신을 바라보는 준수를
보며 효진은 자신의 부탁이 결코 쉽게 수락될 수 없을 것 같다는 예
감이 들었다. 단단한 벽을 대하는 듯 강경해 보이는 그의 태도에 효
진은 가슴이 답답해져 왔다.
　"제게 혼인을 하자 청할 때 하셨던 말씀이 있으시지요? 제가 무
엇을 원하든 전부 들어주겠다고요. 저는 부인이 친정과 관련된 모
든 것을 버리고 오시길 원합니다."
　쿵 하고 심장이 떨어졌다. 모든 것을 다 버리고 오라는 말이 왠
지 무섭게만 느껴졌다. 자신과 혼인을 하며 생각보다 바라는 것이
없어서 다행이다 싶었는데 모든 것을 다 버리고 오라는 말을 들으
니 새삼 그가 무서워졌다.

"왜…… 그렇게 해야 하는지 연유를 여쭈어보아도 되겠습니까?"

"저는 부인의 친정이 싫습니다. 물론 부모님이기 때문에 천륜을 끊으라는 것은 아닙니다. 하지만 내 집에서 일어나는 모든 일에 눈이 달리고 귀가 달리는 일이 싫다는 말입니다."

"아……."

미처 그 생각을 하지 못했다. 밀양댁이 좋기는 했지만 그녀의 친정과 어쩌면 가장 긴밀한 연락책이 될 수도 있음을 간과하고 있었다. 하지만 직접적으로 자신의 친정이 싫다 말을 하며 친정과의 연락할 방편마저 끊으라 하는 준수의 말을 들으니 서운해지는 것도 사실이었다.

"저는 장사꾼입니다. 장사꾼에게 가장 중요한 덕목이 무엇인지 아십니까? 신용? 물론 중요하지요. 자금? 그것도 당연한 말입니다. 하지만 그것보다도 중요한 것은 기밀유지입니다. 어떻게 하면 내가 가진 패를 들키지 않고 잘 유지해서 이문을 보느냐가 바로 장사의 관건이기 때문입니다."

효진은 자신이 말을 한마디 더 보탠다고 하더라도 그의 마음을 돌릴 수 없음을 그의 무표정한 얼굴을 통해 짐작할 수 있었다. 비록 정략결혼이었지만 혼인마저 장사하는 것마냥 이야기하는 지아비의 그 말투가 미워지려고 했다. 따지고 보면 집안 서로간의 실리를 위해 선택한 혼인이었지만 속상한 마음은 감출 길이 없었다.

"다른, 다른 무엇도 바라지 않습니다. 제가 바라지 않겠다고 약조를 드렸으니까 말입니다. 하지만 밀양댁만은 곁에 두게 해주십시오."

“미안합니다. 그건 허락해 드릴 수 없습니다.”

간결한 그의 대답이 돌아왔다. 효진은 그 말을 듣는 순간 가슴에 생채기가 났다. 하지만 애써 내색하지 않았다. 두 번 거절을 당했으니 밀양댁과 함께 지내는 것은 포기해야 할 일이었다. 가슴이 허해지는 것 같았다.

“알겠습니다.”

한 번 더 청해보고 싶은 욕구가 올라왔으나 애써 그 마음을 내리눌렀다. 이 이상은 안 된다. 지금도 충분히 자신의 지아비를 자극한 상태였다. 그 이상 더 밀어붙일 수는 없는 일이었다.

“지금은 밤이 늦었으니 내일 아침 날이 밝는 대로 친정으로 돌려보내겠습니다.”

“그러십시오.”

한 치의 물러남도 없는 그의 말에 효진은 힘없이 몸을 돌렸다. 이 넓은 곳에 아무도 없이 오롯이 자신 혼자라 생각하니 막막하고 슬퍼 가슴이 저릿하게 아파왔다.

“역시나 신경이 쓰이는군.”

준수는 한숨을 내쉬며 셈을 하던 장부를 내려놓았다. 저녁때 부인이 친정에서 데려온 하녀를 돌려보내라고 한 일로 말미암아 창백해진 부인의 낯빛이 떠올라 도무지 신경 쓰여 일을 할 수가 없었다.

그때는 당연히 안 될 일이라 생각하고 강경하게 반응했었는데, 다시 생각해 보니 자신이 너무 심하게 한 것은 아닌가 하는 후회가 들었다. 좀 더 부드럽게 설명을 해주었어도 좋았을 것을. 안 그래도 낯선 곳에 적응을 하려면 적지 않게 마음 고생을 할 텐데 처음부터 자신이 너무 몰아붙인 것 같아 마음이 좋지 않았다.

고민을 하던 준수는 그대로 그 자리에서 일어났다.

'아무래도 부인에게 다녀와야겠군.'

이대로 그냥 넘어가기에는 마음에 걸렸다. 부인의 얼굴을 보고 위로의 말이라도 한마디 건네주어야 마음이 편할 것 같았다.

안채로 들어서니 다름이 마당에서 서성거리는 모습이 보이자 준수는 의아한 생각이 들었다. 혹시 부인이 다름에게 무슨 말이라도 한 것인가 싶어 궁금증이 일었다.

"나리, 오셨습니까?"

"어째서 서성거리고 있느냐? 마님께서는 안에 계시느냐?"

"저, 그것이……."

"어허, 무엇 때문에 대답하는 것을 망설이느냐?"

난처해하는 다름의 표정을 보니 무언가 일이 있었음이 틀림없다는 생각이 들어 준수는 그 일이 무엇인지 꼭 알아내야겠다고 생각했다.

주저하며 망설이던 다름이 준수가 짐짓 엄한 표정을 짓자 그제야 미주알고주알 그간 있었던 일에 대해 털어놓기 시작했다.

"마, 마님께서 기분이 매우 안 좋으셨던 모양입니다. 그 친정에서 데려오셨던 하인 일로 말입니다. 그래서 기분 전환이라도 되십사 하고 목욕물을 받아드렸는데 혼자 있고 싶다 하시며 제 시중을 아니 받겠다고 하셨습니다."

"그런데?"

"그리고 나서 탕에 들어가신 지 꽤 오래 시간이 흘렀는데도 나오질 않고 계십니다. 쉰네가 밖에서 마님을 재촉할 수도 없고 그렇다고 그냥 들어갈 수도 없고 해서 이렇게 마님이 찾으실 때까지 서성거리는 중입니다, 나리."

"시간이 얼마나 되었더냐?"

불쑥 나쁜 생각이 들어 다름에게 물어보는 목소리가 급하게 나왔다.

"저, 정확히는 모르겠으나, 한 식경은 넘은 것 같습니다."

"이런."

한 식경이면 이 날씨에 물이 식고도 남을 시간이었다. 안에서 무슨 일이 일어나고 있는지 빨리 눈으로 확인해야 했다.

준수는 급히 몸을 놀려 효진이 들어가 있는 문 앞에서 헛기침을 했다.

"어험."

안에서 기척이 없자 준수는 더욱 불안한 마음이 들었다. 준수는 안의 상황을 확인하는 것이 급선무라는 생각에 일단 문고리를 잡고 살며시 잡아당겼다.

수증기가 왈칵 밀려 나왔다. 효진의 뒷모습이 보였다. 안에 사람이 있는 것을 확인하자 준수는 다행이라는 듯 한숨을 내쉬며 문을 닫으려 했다.

그런데 그 순간 무언가 이상한 낌새를 눈치챈 것인지 효진의 목소리가 들려왔다.

"다름이냐?"

"……"

다소 날카로운 목소리였다. 준수는 이러지도 저러지도 못하는 상황이라 주저하다가 가만히 문을 닫고 나가려 했다.

"기척을 좀 하지……. 에구머니!"

효진이 그를 보고 놀라 양팔로 앞가슴을 감싸 안았다. 문을 연 이가 다름인 줄로만 알았지 그녀의 지아비일 줄이야, 누가 짐작이나 했겠는가? 많이 놀랐음인지 효진의 얼굴이 발갛게 달아올랐다.

준수는 효진의 반응에 더욱 무안하고 당황스러운 마음에 손사래를 쳤다.

"훔쳐보려 했던 것은 아니었소. 몇 번이나 괜찮으냐고 물어보아도 대답이 없기에……."

물론 물어보지 않고 헛기침을 한 번 한 것이 다였으나 차마 이실직고할 수는 없어 거짓을 조금 보태어 상황을 모면하려 애를 썼다. 변명을 하느라 등에 식은땀이 흐르는 것 같아 온몸이 화끈해졌다.

"아, 아무리 그래도 기척도 없이…… 너무하십니다."

그의 시선을 피하기 위해 고개를 살짝 돌린 효진의 모습을 본 준수는 그녀의 시선이 자신에게서 벗어나자 그제야 당혹스럽던 마음이 가라앉았다. 한데, 사람이 참 이상한 것이 당혹스러운 마음이 가라앉으니 앞에 놓인 상황이 너무나도 눈에 선명하게 들어오는 것이 아닌가.

양팔로 젖가슴을 가리기는 했지만 가녀린 어깨선이며 물기가 묻어 있는 하얀 목덜미를 보고 있으려니 자신도 모르게 하반신이 딱딱하게 반응을 해오기 시작했다. 가뜩이나 일이 바빠 혼인을 하고도 며칠 동안 본의 아니게 떨어져 지낸 터라 품고 싶은 마음이 가득했다.

그녀의 붉어진 입술이 당혹스러움을 이기지 못해 하얀 치아에

베어 물리는 것을 보니 더는 참을 수가 없었다. 하지만 자신의 집으로 온 첫날인데 이런 곳에서 안을 수는 없는 노릇이었다.

준수는 그녀가 고개를 돌리고 있는 사이 욕조 옆에 놓인 마른 포를 가지고 다가갔다.

"그만 탕에서 나오시지요. 다름이 말로는 탕 안으로 들어간 지 한 식경도 넘었다 했습니다. 너무 오래 물속에 있는 것도 좋지 않으니 그만 일어나시오."

"다, 다름이를 불러주십시오. 정리하고 나가겠습니다."

"다름이도 고단할 것이라 생각되어 처소로 돌려보냈습니다. 하니 더 지체하지 말고 일어나십시오. 정히 부끄러우시다면 제가 고개를 돌리고 있겠습니다."

마음이 급하니 밖에서 눈이 빠져라 기다리고 있을 다름도 말로는 이미 처소로 돌려보낸 준수였다. 자신이 들어가는 것을 보았으니 눈치 빠른 녀석이 알아서 자리를 피했을 거라 믿기는 했지만 설사 그렇지 않다 하더라도 눈치껏 돌려보내면 될 것이다.

"그럼 저 혼자 하겠으니 그만 나가주십시오. 아무리 내외간에 가릴 것이 없다고는 하나 그래도 아직은 제가 마음의 준비가 되지 않았습니다."

다소 쌀쌀맞은 반응이었다. 하지만 준수는 그에 굴하지 않고 오히려 성큼 욕조 쪽으로 더 다가섰다. 효진으로서는 더욱 기함할 일이었다. 그녀가 무어라 더 말을 이어가기도 전에 그가 마른 포를 펼쳐 욕조 안에 앉아 있던 효진을 감싸 안아 일으켰다.

이 상황에 놀라 눈을 동그랗게 뜬 효진과 그런 그녀를 바라보는 준수의 시선이 마주쳤다. 자신을 뚫어져라 바라보는 그의 시선에 그녀는 시선을 피해 또다시 고개를 돌렸다. 무엇인가 불안하고 부끄러웠다. 마치 첫날밤 자신을 바라보던 그의 시선과 닮아 있는 눈빛이 그녀를 불안하게 만들었다. 그녀를 포에 감싸 안은 그가 성큼성큼 안채로 걸음을 옮겼다.

서늘한 바람이 불어와 갑자기 닿은 찬 공기에 온몸이 오소소 떨렸다. 그녀가 추워하는 걸 알아챘음인지 그녀를 안은 준수의 팔이 더욱 단단히 그녀를 끌어안았다.

"하인들이 봅니다. 내려주십시오."

밖으로 나오자 남들의 시선을 두려워했음인지 효진이 나지막하게 내려달라 준수에게 청했다.

"볼 이는 없을 테니 안심하십시오."

준수는 성큼성큼 걸음을 걸어 순식간에 안채의 문을 열고 들어섰다. 방 안의 훈기가 몸을 감싸자 그제야 효진은 긴장감으로 인해 굳어졌던 숨이 쉬어지는 것 같았다. 그의 품에서 내려와 두 발로 설 수 있게 되자 효진은 분한 마음에 그사이 참았던 말들이 목까지 차올랐다.

하지만 그녀가 무어라 말을 내뱉기도 전에 준수가 효진의 앞으로 성큼 다가왔다. 효진은 자신도 모르게 뒤로 몸을 내빼려 했지만 준수의 손이 더 빨랐다. 효진의 허리를 감아 당기는 손길에는 거침이 없었다.

"자, 잠시만요. 흡!"

효진이 무어라 할 틈도 없이 그의 입술이 맞대어져 왔다. 자신을 바라보던 눈빛을 보며 설마 했던 예상이 빗나가지 않았다. 자신의 지아비는 자신과의 관계를 원하는 것이었다. 초야의 고통이 떠올라 자꾸만 도망가려고 하는 그녀의 몸을 그가 자신의 팔 안에 가두었다. 그리고 허리를 안은 팔은 더욱 잡아당겨져 준수의 품속으로 한 치의 틈도 없이 밀착되어 서로의 몸이 포개졌다.

기세등등하게 따지고 들려던 생각과는 다르게 흘러가는 이 상황에 효진은 반항의 표현으로 양팔로 그를 밀어내려 했으나 힘으로는 당해낼 수가 없었다. 게다가 눈 깜짝할 사이에 그녀를 감싸고 있던 포를 풀고 그녀의 가슴에 손을 대는 그의 손길에 화닥화닥 가슴이 뛰었다.

어느새 바닥에 눕혀진 효진은 자신의 뺨을 쓸어내리는 준수의 손길에 말 한마디 못하고 그의 얼굴만 쳐다보았다. 천천히 그의 얼굴이 가까워질수록 눈을 마주칠 수가 없어 효진은 눈을 질끈 감았다.

"사내 된 입장에서 잠시도 그냥 보고만 있을 수가 없더군요, 부인."

방금 전의 진한 입맞춤으로 숨이 차 가쁘게 숨을 고르는 효진의 귓가에 나른한 저음이 들려오자 그녀는 얼굴이 붉다 못해 터질 것만 같았다. 아무 생각도 할 수가 없었다. 다시금 겹쳐 오는 입술이 그녀의 대답을 앗아갔다. 그녀의 몸을 어루만지던 손길이 그녀의 허벅지를 벌리고 그 속에 숨은 샘을 찾아들었다.

효진은 초야의 고통이 떠올라 몸이 굳어졌다. 그 고통이 다시 닥칠 것이라 생각하니 두려운 마음마저 생겼다. 그때의 날카로운 통증의 잔재는 이틀 동안 자신을 괴롭혔었다. 이제 살 만하다 싶었는데 또다시 이렇게 자신을 만져 대며 몸을 열어주길 바라는 그의 행동에 효진은 어찌할 바를 몰라 했다.

"초야처럼 아프지는 않을 겁니다. 그러니 힘을 푸세요."

전혀 믿음직스럽지 않은 말이었지만 그 목소리만은 믿고 싶게 만드는 힘이 있는지 안도감이 들었다. 그녀의 가슴을 만지던 그의 손이 그녀의 허리로 내려와 둔부를 감싸 돌았다. 부끄럽고 두근거리는 마음에 심장이 터질 듯했다. 느린 듯 빠른 듯 그녀의 꽃샘을 어루만지는 그의 손길에 처음엔 부끄럽다가 슬슬 열이 나는 듯했다. 머리가 어질어질했다. 정신이 혼미할 만큼 쏟아지는 입맞춤에 그의 입술이 닿지 않은 곳이 없었다. 단단한 그의 남성이 잇대어져 오는 것 같더니 그녀가 두려움에 몸을 빼기도 전에 밀려들어 왔다.

"훗, 아파!"

"곧 괜찮아질 겁니다, 잠시만……."

그녀에게 적응할 시간을 주듯 잠시 행동을 멈추었던 그가 조심스럽게 몸을 움직였다. 그녀의 아픔이 섞인 투정은 맞닿은 입술에 묻혀 사라졌다. 처음만큼 날카로운 통증은 아니었지만 묵직한 통증이 그가 움직일 때마다 전해져 절로 인상이 써졌다. 인상으로 주름진 미간에 그의 입술이 닿았다.

노도와 같은 그의 움직임에 간신히 호흡을 맞추어 어서 그가 끝내주기만을 기다리던 효진은 그와 닿은 저 밑에서부터 무언가 간질간질한 감각이 올라오자 저절로 아래쪽에 힘이 들어갔다. 그의 입에서 억눌린 신음이 흘러나왔다. 또다시 그가 움직이자 묘한 감각이 조금 더 강해지는 기분이었다. 효진은 저도 모르게 그의 팔을 잡고 있던 손과 몸에 힘이 들어갔다.

"하…… 죽겠군."

왠지 달뜬 것같이 탁한 그의 목소리에 효진은 무언가 속에서 작은 불꽃이 당겨진 듯 기분이 이상해졌다. 미묘하게 인상을 썼지만 상기된 그의 얼굴을 바라보자 그 감각은 더욱 진하게 올라왔다.

"흐윽……!"

자신도 모르게 탄성이 올라왔다. 잠자리에서 어떤 소리도 내지 말라는 양어머니의 충고가 떠올라 잠시 주춤거렸지만 그녀의 신음성에 탄력받은 듯 거칠어지는 그의 숨소리와 움직임에 효진은 그와 함께 몸이 달아올랐다. 도대체 이 감각은 무어란 말인가? 생각할 겨를도 없이 하얗게 밀려드는 쾌감에 효진은 정신을 차릴 수가 없었다. 모든 것을 태워 버릴 듯 그의 움직임이 어느 순간 그녀의 몸속으로 깊숙하게 파고들더니 일순 멈추어졌다. 그리곤 이내 그녀의 위로 체중을 묵직하게 실어왔다.

여운이 남아 서로의 몸이 닿아 있는 것만으로도 온몸이 저릿한 기분이 들었다. 그녀의 뺨과 입술에 입을 맞춰주는 준수를 보며 효진은 자신이 어떻게 해야 할지 갈피를 잡을 수가 없었다. 기분이 무어라 표현하기조차 애매할 정도로 묘해졌다. 그녀가 고민하고 있는 사이 그가 나지막이 말을 붙여왔다.

"친정 하인의 일은 미안합니다. 하지만 제 입장에서는 어쩔 수 없는 일입니다. 하니 너무 속상해하지 않으셨으면 합니다."

"……."

"다름이가 부인을 모시는 데 소홀하지 않을 것입니다."

대답이 없는 그녀를 그가 감싸 안았다.

효진의 작은 머릿속은 복잡하기만 했다. 밀양댁의 이야기를 할 때 냉정하기만 하던 이였다. 그 사실만 보면 그가 자신에게 바라는 것이 단지 자신의 배경인가 싶은 마음이 들기도 했다. 하지만 그 와중에도 자신을 품는 것을 보면 딱히 그런 것도 아닌 듯 싶어 혼란스러웠다.

효진은 자신의 지아비가 무슨 생각을 하고 있는 것인지 도무지 알 수가 없었다. 서늘한가 싶다가도 어떤 때는 무척이나 열정적인

이였다. 그의 마음을 가늠할 수가 없으니 효진은 말도 행동도 조심
스러워질 수밖에 없었다. 눈을 감고 자신의 등을 쓸어주는 그는 어
찌 보면 자신에게 관심이 있는 것 같기도 하고 그녀의 거듭된 부탁
을 일언지하에 거절하는 것을 보면 그렇지 않기도 했다.

그녀의 심사가 점점 복잡해졌다.

낯선 잠자리에 낯선 이와 함께 잠이 들려니 쉬이 잠이 오지 않는
효진이었다. 새벽녘에 잠깐 겨우 잠이 든 것 같은데 눈꺼풀이 너무
무거웠다. 밖이 환한 것으로 보아 또 시간이 많이 지나갔음을 느끼
며 효진은 눈을 질끈 감았다.

이 모든 것이 다 그 때문이었다. 밤사이 전전반측(輾轉反側)하며
잠을 못 이루다가 겨우 새벽녘에야 잠이 들었는데, 아침에 다시 자
신의 몸을 열고 파고드는 준수에게 시달리다가 마지막엔 결국 혼절
해 버렸다. 결국 그녀는 아침나절이 훌쩍 지나고 해가 중천에 뜨고
나서야 힘들게 눈을 뜬 것이다.

효진이 눈을 뜨자마자 다름이 득달같이 부엌에서 전복죽을 내어
왔다. 나리께서 아씨 눈을 뜨자마자 챙겨 드시게 하라 했다는 말에
어영부영 귀한 전복죽을 먹고 나니 그제야 정신이 들었다.

"혹시 어제 나와 친정에서 같이 온 밀양댁은 어찌 되었느냐?"

"마님과 같이 오신 아주머니는 오늘 새벽에 날이 밝자마자 댁으
로 돌아가셨습니다."

"그래? 인사도 못했는데 너무 급하게 가셨구나."

"많이 섭섭해하셨습니다. 그래도 마님께서 잘 적응하실 거라고
저에게 잘 보살펴 드리라고 신신당부를 하고 가셨습니다."

효진은 밀양댁이 가는 모습을 보지 못한 것이 마음이 아팠다. 자

신이 양아버지 댁 양녀로 들어가자마자 자신의 수발을 들며 지금까지 함께 지내며 자신의 손발이 되어준 밀양댁이었다. 어떤 때는 어머니처럼, 또 어떤 때는 동무처럼 다정다감한 이였다. 그런데 그런 사람과 이제 함께할 수 없다는 사실이 너무나 마음이 아팠다. 밀양댁만은 함께 이 집에서 지내야 숨이 트여질 것 같은데 그럴 수 없는 현실이 서글펐다. 자신의 입으로 바라지 않겠다고 약조를 했으니 한입으로 두말할 수는 없는 일이었다.

"마님, 제가 앞으로 마님을 잘 모시겠습니다. 하니 너무 속상해하지는 마십시오. 주인어른께서도 일부러 그렇게 하신 건 아닐 겁니다."

다름이 효진의 어두운 얼굴에 안절부절못해했다. 아직은 그런 다름이 눈에 들어오지 않는 효진은 반사적으로 고개를 끄덕이기는 했지만 어제의 일들로 머리가 복잡해졌다.

혼인을 한 지 며칠 되지 않았지만 이젠 알고 있었다. 혼인을 한 뒤에도 역시 포기해야 할 것들이 생긴다는 걸. 지금까지의 삶에서 자의든 타의든 포기해야 하는 것이 많은 삶이기는 했지만, 삶의 터전을 옮겨서도 되풀이되는 처지가 더없이 서럽고 설자리를 잃어가는 것 같아 마음이 비참했다.

"신혼이시라 그런지 이곳에 오시는 발걸음도 뜸해지셨습니다."

오래간만에 장부 정리며 서류를 분리하던 준수는 가볍게 들리는 월향의 말에 미간이 찌푸려졌다.

"또 무슨 말이 하고 싶은 건가?"

"아니, 별다른 뜻은 없습니다. 하지만 아이들의 말로는 행수님의 혼인을 기점으로 예조참판의 콧대가 하늘을 찌를 듯하다는 소문이 있어서 말입니다. 아주 본인이 차기 정승이라도 될 것마냥 기세등등하다는군요."

준수는 월향의 말에 들고 있던 서류를 내려놓았다. 예상은 했던 일이었지만 생각보다 일찍 우려하던 일들이 생겨나기 시작했다.

"앞으로 자주 부용각에 들르시지요. 그 편이 행수님께도 나으실 겁니다."

"그러도록 해야겠군요."

자신이 부용각을 다시 제집 드나들 듯 한다면 아마도 세상 사람들은 역시 제 버릇 개 못 준다 하며 자신을 질타할지도 몰랐다. 하지만 장인어른인 윤정한 대감에게 그 기세가 밀리지 않기 위해서는 그가 부인과 지내는 시간이 너무 많아지지 않아야 했다.

'어쩌면 기분이 상할지도 모르겠군.'

준수는 의도치 않게 또 자신의 부인이 희생되어야 한다는 생각에 잠시 못마땅한 생각이 들어 이맛살을 찌푸렸다.

친정에서 함께 온 여종을 돌려보내는 일로 서로의 기분이 상하기는 했지만 그래도 크게 나쁘지 않은 부부 사이였다. 오늘만 하더라도 아침까지 그녀를 탐했던 자신이었다. 자신의 부인은 그 행동을 일부러 유혹적으로 꾸미는 것은 아니나 눈에 담을수록 매혹적이었다.

자신의 부인이라는 지각이 생겨나서인지 아니면 원래 의도하지 않아도 유혹을 하는 천부적인 재능이 있는 것인지, 본래 의도와는 상당히 동떨어지게 될 정도로 자신의 부인은 탐스러웠다. 아직은 너무 가까이하는 것이 독이 된다는 것을 알고 있었지만 그래도 쉬이 멀리할 수 있는 존재가 아니었다.

윤 대감의 기세를 꺾기 위해 자신이 부용각을 예전처럼 드나든다면 아마도 윤 대감과 더불어 자신의 부인도 그 소문을 듣게 될 것이다. 그렇게 된다면 그 소식에 아무래도 적지 않게 마음이 상할 것이라 생각하니 지금의 상황이 못마땅했다. 하지만 그 사정을 이야기하기엔 아직 그녀를 믿을 수 없었다. 혼인을 한 지 얼마 안 된 지아비보다는 아무리 피가 섞이지는 않았다 하더라도 처녀 시절을 지내던 그곳이 더 가까울 것이다. 효진이 상처받는 것은 원하지 않지만 이 일은 어쩔 수가 없었다. 다만 소문이 그녀의 귀까지 들어가지 않게 집안 단속을 철저히 해야 할 것이다.

"주제 넘는다 하실지 모르겠지만 마님께 잘하십시오. 여인의 마음은 여인이 아는 법입니다. 혼인한 지 얼마 되지 않은 지아비가 기루를 들락날락거리는 것을 참아줄 여인네는 이 세상에 아무도 없습니다. 이건 오랫동안 행수님을 지켜본 우정에서 드리는 말입니다."

"우정이라……. 그 말 명심하겠습니다."

"그리고 한 말씀 더 드리지요. 저와 하신 약조는 언제 지키실 겁니까?"

날큼하게 준수를 향해 불만이 있는 듯 눈을 치켜뜨며 묻는 월향의 말에 준수는 뜨끔했다. 그녀와 약속했던 태암의 일이 혼례를 치르느라 정신이 없던 탓에 잊고 있었다. 월향의 성격에 벌써 몇 날 며칠 닦달을 해도 모자랄 판이었지만 그래도 정신없는 자신의 사정을 봐서 지금에서야 이야기하는 것이리라. 그러고 보니 태암이 본가에 들렀다가 다시 상단에 복귀할 때쯤이 된 것 같았다.

'큰일이군.'

그 대쪽 같은 태암이 과연 월향에게 넘어갈 일이 있을까만은 자신이 그렇게 해주겠다 약조를 했으니 최대한 월향에게 협조하는 수밖에 없었다. 부친의 영향으로 고지식하기가 이루 말할 수 없는 태암이니 과연 월향이 목적을 달성할 수 있을까 고민이 되었다.

"조만간에 내 자리를 마련해 보겠습니다."

"부디 제가 기다릴 수 있을 만큼만 기다리게 해주십시오."

"성격도 급하시긴."

"대행수님에 비하겠습니까?"

"허허, 참."

"그 급한 성격에 기름 좀 부어드릴까요?"

월향의 다소 짙은 농에 준수는 애써 웃으며 넘어가려 했다. 그런데 월향의 눈빛이 자못 진지해지며 목소리가 낮아졌다.

"진가상단에서 이번에 명에서 비단을 2천 필을 들여온다는 소문이 있습니다. 말이 2천 필이라고는 하나 어디 비단뿐이겠습니까? 그자들이야말로 비단 속에 무엇을 숨겨올지 알 수 없지 않습니까."

"확실한 정보입니까?"

"진가상단에 심어놓은 사람들로부터 전해온 소식입니다."

월향의 말을 전해 들은 준수의 표정이 심각해졌다. 진가상단의 대행수인 진해주의 기름진 얼굴이 머릿속을 스쳐 지나갔다. 진가상단은 조양상단에 비할 바는 아니나 어떤 면에 있어서는 참으로 장사를 잘하는 상단이었다. 그중에서도 대행수인 진해주는 허허실실한 외모와는 달리 그 속을 알 수 없는 이였다. 그랬기에 그 움직임이 이상하다는 월향의 말에 준수의 신경이 곤두섰다.

진가상단에서 지난해에는 피륙을 필요 이상으로 사 모으고, 그것도 모자라 나라 안에 그 희소가치가 높은 호피(虎皮)까지 사 모으더니 기어코 그 많은 물량을 어디로 소비를 했는지 오리무중으로 만들었다. 그들이 항간에는 왜(倭)와 거래를 한다는 소문이 있기는 하나 확인된 바는 없었다. 그 꼬리를 잡으려 하면 자취를 감추어 버리니 참으로 골머리를 썩게 만드는 사람이었다. 아무리 밀거래가 횡횡한다고 하더라도 그 많은 물량을 한 번에 다 소진할 수는 없었을 텐데 신기한 일이었다. 그런데 그런 자가 난데없이 비단이라니. 이번에는 또 무슨 일을 꾸미려 하는 것인가?

준수는 이번 명에서 들여온 상단의 구매물품 중에 비단이 몇 필인가 셈을 해보았다. 안 그래도 이번에 명에서 교역이 끝난 배가 들어오면서 비단을 적지 않게 들여온 상태였다. 아마도 진가상단과 조양상단이 거래를 할 일은 없겠지만 그래도 자못 찜찜한 구석을 만드는 소식이었다.

"비단 값이 오를 것이라 소문을 내어주세요. 아무래도 기분이 찜찜합니다."

"여부가 있겠습니까, 대행수님."

비단의 값을 후려치려 하는 것인지 알 수는 없지만 그래도 조심을 해두어 나쁠 것은 없었다. 지난번 일로 관(官)에서도 진가상단을 예의 주시하고 있으니 여차하면 관의 힘을 조금은 빌려볼 일이 생길지 알 수 없는 노릇이었다.

준수의 지령을 받은 월향이 고개를 끄덕이며 방 안을 빠져나갔다. 월향이 나가는 뒷모습을 보면서 준수는 또다시 생각에 빠져들었다.

혹시 최근에 자신의 주위를 맴도는 이들이 진가상단에서 꾸민 일인가 싶은 생각이 들기도 했다. 진가상단과 원한을 진 일이 없는

데 그렇게 생각하는 것까지는 자신이 너무 앞서 가는 것이 아닌가 싶었다. 하지만 그래도 매사에 조심해야 하는 것이 이 일이었다. 조금만 예측을 벗어나거나 일의 도모를 망설여도 크게 손실을 볼 수 있는 것이 바로 이 일이지 않은가. 준수는 아무래도 자신이 나서서 일을 알아보아야겠다고 생각했다.

제3장

　효진은 분주하게 저녁 준비를 하던 도중 오늘도 상단의 일 때문에 집에 들어올 수 없다는 준수의 전갈을 받고는 들고 있던 그릇을 탁자 위에 놓았다. 그러다가 다시 그릇을 들었다.

　사람이 그리워서인가? 아니면 마음 나눌 사람이 없어서인가. 외롭기 그지없는 하루하루였다. 지아비는 일이 바빠 대화를 할 시간조차 여의치 않을 때가 대부분이었다.

　혼자 저녁상을 받으니 여느 때보다 더 식욕이 당기지 않았다. 같이 식사를 한 일이 몇 번 없음에도 불구하고 그녀가 집으로 온 뒤 함께 저녁 시간을 보내다 보니 그 일에도 익숙해진 모양이었다. 처음 며칠은 함께 식사를 하는 것이 어색하더니 이제는 식사를 같이하지 않는 것이 외롭다고 느껴졌다. 몇 숟가락 뜨지 않고 저녁상을 물리니 다름이 상을 내어가면서도 걱정 어린 시선으로 효진을 바라보았다. 무언가 참는 기색을 보이던 다름이 애써 밝은 표정을 지어 보였다.

"마님, 이렇게 안 드시다가는 더 마르시겠습니다. 요즘 입맛이 통 없으신 모양입니다. 전에 드시던 전복죽이라도 해 올릴까요?"

"아니다, 식욕이야 요즘 갑자기 날이 더워져서 없는 것 같으니 차차 좋아지겠지."

"잠자리를 봐드릴까요?"

"서책을 볼 참이다."

"하면 미리 자리는 봐놓겠습니다."

분주하게 움직이는 다름의 모습을 보며 효진은 최근 들어 재미를 붙인 서책을 펴 들었다. 친정에서도 볼 수 없었던 서책을 이곳에서 볼 수 있을 것이라고는 생각지도 못했던 일이었다.

아버님께서 살아 계시던 어린 시절에야 집은 곤궁했어도 항상 아버님의 글 읽는 소리와 책장을 넘기는 소리가 자장가마냥 익숙했었다. 그녀의 기억 속 아버지의 모습은 항상 자상한 모습이셨다. 어린 그녀를 자신의 무릎에 앉히고는 한 자 한 자 손수 글을 가르쳐 주시던 아버지의 모습이 아직도 눈에 선했다. 그때는 모든 것이 평화롭던 시절이었다. 하지만 아버님이 작고하시고 어머님께서 세간 살림을 정리하여 어머니의 친정인 외숙부님 댁으로 들어간 이후로는 통 서책을 가까이할 수가 없었다.

그리고 나서 양부모님 댁으로 수양딸이 되어 들어온 다음에는 더욱 상황이 좋지 않았다. 자신의 행동 하나하나에 트집을 잡지 못해 안달이 난 양어머니의 눈에 그런 모습을 보일 수 없었을뿐더러 책은 구할 수조차 없는 상황이었다. 그러했기에 몇 년 동안 멀리하던 서책이었다. 하지만 자신의 지아비의 사랑채에는 그녀의 눈이 확 커질 만큼 책이 많았고, 어렵사리 말을 꺼낸 끝에 그의 책을 보는 것을 허락받을 수 있었다.

깊어가는 밤의 깊음만큼 서책을 읽어 내려가는 효진의 눈망울이 더욱 초롱초롱해졌다.

人必自侮然後人侮之(인필자모연후인모지)

家必自毁而後人毁之(가필자훼이후인훼지)

國必自伐而後人伐之(국필자벌이후인벌지)

사람은 반드시 스스로를 업신여긴 후에야 남이 그를 업신여기고

가문은 반드시 그 스스로가 망친 뒤에야 남이 그 가문을 무너뜨리며

나라는 반드시 스스로가 멸망시킨 뒤에야 남이 그 나라를 멸망시키는 것이다.

太甲曰(태갑왈)

天作孼猶可違自作孼不可活(천작얼유가위자작얼불가활)

此之謂也(차지위야)

'태갑'편에서 말하기를

하늘이 내린 재앙은 그래도 비껴갈 수가 있으나, 자신이 만든 재앙에서는 살아날 수가 없다고 하였으니

이를 두고 하는 말이다.

＊

준수는 늦게까지 부용각 안의 모란정에서 업무를 보다가 늦은 밤에야 집으로 돌아왔다. 일단은 부인과 거리를 두기로 했으니 안채로 향하는 걸음은 당분간 자제를 해야 했지만 그래도 혹시나 깨어 있을

까 싶은 마음에 안채로 걸음을 옮겼다. 늦은 시각이라 자신의 발걸음에도 다름이가 뛰어오지 않는 것을 보니 곤히 잠이 든 모양이었다.

준수는 너무 늦었던가 싶은 마음에 발걸음을 다시 돌리려다 안방에 불빛이 있는 것을 보고는 안채 마당 안으로 걸어 들어갔다. 부인이 잠을 이루지 못하고 있었나 싶어 한 걸음씩 다가서는 걸음이 조심스러웠다. 준수는 귓가에 와 닿는 목소리에 가던 걸음을 멈추었다.

낭랑하게 글을 읽는 소리가 안채에 울려 퍼졌다. 글을 읽어 내리는 것에 거침이 없는 것으로 보아 혼인하기 전에도 상당히 글을 많이 접했음을 짐작할 수 있었다.

'맹자(孟子)를 읽고 있는군.'

책을 빌려달라고 청했을 때도 당혹스러웠던 준수였다. 과연 자신의 서재에 부인이 읽을 만한 책이 있을까 싶은 의문이 들기는 했지만 굳이 말릴 만한 이유도 없었기에 허락을 했던 일이 있었다.

'공맹(孔孟)을 입에 담고 그 읽는 목소리가 저렇게 익숙하고 낭랑하니 이미 그 지식의 수준이 매우 높은 것이 아닌가.'

자신의 부인이 보통 반가의 여인들마냥 가벼운 책을 읽을 것이라고 생각했던 준수로서는 매우 뜻밖의 일이었다.

준수는 가만히 마당에 서서 효진이 글을 읽어 내려가는 음성을 듣고 있었다. 애초에 방해할 생각은 없었다. 얼마나 글에 심취해 있는지 음성만으로도 알 수 있는 일이었다.

그녀의 음성을 듣던 준수는 자신이 부인에 대해 아는 것이 없구나 하는 생각이 들었다.

혼인을 할 때 조건을 중시하였지, 부인인 효진이 무엇을 좋아하는지 혹은 싫어하는지, 어떤 것을 즐겨하는지 궁금했던 적이 없었다. 혼인을 한 이후에도 부인에게 개인적인 일을 물어본다던가 그녀에 대해 궁금증이 일었던 적은 없었던 것 같다. 하지만 이렇게 의외의 모습을 보이는 그녀의 모습을 문 너머로 훔쳐보면서 준수는 많은 생각을 하게 되었다.

그와 부인은 서로를 은애하여 맺어진 사이는 아니었다. 어쩌면 자신의 입장에서 철저히 계획과 계산에 의해 맺어진 부부의 연이었다. 그러다 보니 어여쁜 외양에 관심이 더 높았을 뿐 부인이 어떤 생각을 하는지, 어떤 삶을 살아왔는지에 대해서는 무심했던 준수였다. 그래서인지 오늘 본 효진의 모습이 많은 의미로 다가왔다.

'하지만 천천히 가도 될 일. 아직은 그 시기가 아님을 잘 알고 있지 않은가.'

준수는 혹시나 자신의 걸음이 들키면 그녀에게 누가 될까 싶은 생각이 들어 조용히 발걸음을 돌렸다. 생각 같아서는 안채로 들어가 부인을 끌어안고 잠들고 싶었으나 본능보다 이성이 더 앞섰다. 이참에 얼마간 거리를 두기로 했으니 그대로 돌아서는 것이 맞았다.

달빛을 초롱으로 삼아 사랑채로 걸어가는 발걸음이 무거웠다. 묘한 들뜸이 가라앉아 있기도 했다. 무언가 작게 일렁이는 듯 느껴지는 이 감정이 무슨 의미인지는 모르겠지만 내디디는 발걸음에 복잡한 심정이 달려 있었다.

"마님, 마님, 기침하셨습니까?"

다름의 목소리에 효진은 무거운 몸을 일으켰다. 어젯밤 너무 서책에 심취하여 늦게 잠이 들었더니 잠이 부족해서인지 몸이 무거웠다.

"무슨 일이냐?"

"어제 나리께서 늦게 집에 들어오셨다고 합니다."

"곧 나가도록 하마. 조반상을 준비해야 하니 준비를 좀 해두거라."

효진은 급한 손놀림으로 옷을 입었다. 어제 들어올 수 없다고 전갈을 받았는데 기척도 없이 도대체 언제 들어오신 건지.

아무리 늦게 집으로 돌아와도 꼭 맞이하던 지아비였다. 혹시나 잠을 자고 있더라도 다름이가 깨워 그 맞이함에 한 치의 소홀함도 없었는데, 어제는 지아비가 집으로 돌아온 줄도 모르고 태평스럽게 잠을 자고 있었다니 그가 알면 얼마나 미련하다 하겠는가 싶었다. 자신이 집 안에서 하는 일이라고는 그야말로 집안일이 전부인데 군식구처럼 느껴지지는 않았을까 싶어 준비하는 손길이 바빴다.

그나저나 아무리 늦게 집으로 돌아와도 쭉 안채에서 주무시던 분이었는데 도대체 어디서 주무셨단 말인가?

'사랑채'라는 말이 그녀의 머릿속에 떠오르자 효진은 갑자기 찬물을 맞은 것처럼 정신이 들었다. 부부 사이이기는 하나 같이 잠자리에 들지 않는 부부들은 많았다. 회임이 가능한 날을 받아야만 잠자리를 같이하고 같은 방에서 자는 부부들도 주변에 심심치 않게 있었다. 그런 사람들에게 미루어보아 그래도 지아비가 자신과 안채에서 꼬박꼬박 잠을 자는 것이 다행한 일이라고 생각했던 효진이었다.

하지만 그것 역시 기한이 다 되었는가 싶어 가슴이 철렁 내려앉았다.

'단지 하루일 뿐인데 너무 깊게 생각하지 말자.'

효진은 솟아오르는 불안감을 애써 내리누르며 부엌으로 향했다.

조반상을 사랑채로 들이는 마음이 불안했다. 혼인을 하고 나서 사랑채로 조반상을 내어가는 것은 처음 있는 일이었다. 아마도 처음이라 어색해서일 거라고 효진은 애써 생각했다.

의례적인 아침 인사가 오간 다음 식사를 하는 와중에도 그는 말이 없었다.

"어제 늦게 귀가하셨나 봅니다."

"일이 많아 좀 늦었습니다."

효진이 가라앉은 분위기에 애써 말을 걸어보았지만 그는 대답을 마치고는 다시 식사하는 데 열중할 뿐이었다.

확실히 그는 변했다. 무엇이 그를 변하게 했는지는 몰랐다. 얼마 되지 않은 신혼생활이 그 끝을 보기 위해 시들었는지, 아니면 일이 너무 많아 피곤해서 그런 것인지는 몰라도 조짐이 좋지 않았다.

평소에도 자신에 대한 말은 아끼는 편이었던 그였다. 그리고 자신에게 또한 잠자리를 제외하고는 크게 관심이 있다는 것을 표현한 적도 없는 이였다. 그러했기에 그의 변화가 더욱더 체감이 되었다.

조반상을 물리고 나자 그가 말을 걸어왔다.

"당분간은 좀 늦거나 못 들어오는 날이 많을 것입니다. 하니 제 걱정은 마시고 부인께서는 평소처럼 편하게 지내길 바랍니다."

"그러하십니까."

"일이 좀 많습니다."

같이 지낼 때는 몰랐던 벽이 중간에 생겨나는 기분이었다. 효진은 애써 아무렇지 않은 표정으로 고개를 끄덕였다. 아마도 자신은 다른 반가의 여인들과 똑같은 수순으로 자신의 지아비와 멀어지고 있는 것 같았다. 아직은 이렇다 할 무언가가 있는 것은 아니었다. 하지만 그녀의 육감이 그 심증이 맞다 외치고 있었다.

따가운 시선이 느껴졌다. 효진은 의아한 기분이 들어 고개를 들어 그를 바라보았다. 그녀와 시선이 마주치자 그가 은근슬쩍 시선을 피했다. 분명 자신을 뚫어져라 쳐다보았던 것 같은데 빨리 시선을 피해서인지 그것이 확실하지가 않았다. 또다시 생각이 흐트러졌다. 자신의 지아비는 혼인을 하고 나서 항상 그랬다. 무언가 감정의 자락을 내비치는가 싶으면 어느새 없어지고 말아 자신을 혼란스럽게 만들었다.

"혹여나 답답하시면 박 서방과 다름이를 대동하고 밖으로 다니셔도 됩니다. 단, 항상 조심하시기 바랍니다."

"예."

효진은 준수가 서둘러 차비를 하고 행랑채에 머물고 있던 호위 무사 둘을 대동하고 나서자 조용히 문 앞에서 그들을 배웅했다.

그들이 사라지는 모습을 보며 효진은 안채로 향해 걸음을 돌렸다. 좀 전까지 준수와 있을 때는 몰랐으나 막상 눈앞에서 그가 사라지자 긴장이 풀리는 것인지 몸이 좋지 않았다. 머리가 지끈거렸다. 게다가 어제 서책을 읽느라 늦게 잠자리에 든 것이 한몫을 하는지 몸이 찌뿌듯했다.

"마님, 어디 불편하십니까?"

"아니다. 어제 잠자리에 늦게 들었더니 곤해서 그런 모양이야."

다름이가 걱정스러운 눈빛으로 효진을 바라보았다.

"괜찮다. 조금 쉬면 나아지겠지."

"그래도…… 마님 안색이 하얗게 되셨습니다."

"그래?"

"좀 쉬시는 것이 좋겠습니다. 제가 자리를 다시 봐드리겠습니다."

다름의 걱정 어린 말을 들어서 그런 것인지 아니면 정말 심신이 곤해서 그런 것인지 피로감이 밀려오는 효진이었다. 별다른 일이 없었는데도 몸이 축축 처지는 것을 보니 자신이 아침부터 신경을 많이 써서 그런 모양이었다.

억지로 봐둔 자리에 다름의 성화에 못 이겨 누웠음에도 심신이 편해지지 않았다. 참으로 이상한 일이었다. 자신이 신경을 쓰는 것이 이렇게나 많은 것인가 싶었다. 머릿속이 어지럽고 복잡해 쉬이 잠이 오지 않았다.

✳

준수는 상단으로 향하기 전 항상 해오던 대로 시전으로 말 머리를 돌려 사람들의 동태를 파악했다. 항상 활기가 넘치는 아침의 시전 풍경이라지만 하루하루 관찰을 하다 보면 그 활기에도 정도가 있었다. 묘하게 들떠 있는 듯 사람들의 표정이 상기되어 있는 모습을 보면 준수 역시 기분이 좋아졌다. 그만큼 사람들의 힘이 넘쳐흐른다는 것은 좋은 조짐이었다. 특히나 비단가게가 유달리 주문이 많음인지 주문한 비단을 지게에 지고 가는 일꾼들의 모습을 흐뭇하게 바라보다 상단으로 걸음을 돌렸다.

아침 시찰을 마치고 준수가 상단 안으로 들어서자 마치 기다렸다는 듯이 철식과 태암이 달려 나와 그를 맞았다. 상단의 사람들이 어수선하게 다니는 것이 꼭 무엇인가 일이 벌어지기라도 한 것처럼 조짐이 좋지 않았다.

"대행수님, 오셨습니까?"

"대행수님, 오셨습니까?"

준수는 상단 사람들이 스쳐 지나가며 하는 인사에 고개를 끄덕이며 철식과 태암이 있는 곳으로 빠르게 걸어 들어갔다.

"무슨 일입니까?"

"마침 늦으시면 연락을 드릴까 했습니다."

철식이 고개를 조아리며 안으로 들어가자는 손짓을 했다. 태암마저 준수에게 아무 말 없이 상단에서 회의를 하기 위해 쓰이는 방을 가리키는 손짓으로 사안이 심상치 않음을 표했다.

준수는 서둘러 방 안으로 걸음을 옮겼다. 일행 모두가 안으로 들어서자 철식이 방문을 닫았다. 태암이 준수가 자리에 앉자마자 그가 없던 사이의 일을 털어놓기 시작했다.

"아침에 시장의 문을 열자마자 비단들이 마치 누군가 긁어모으기라도 하듯 팔리고 있습니다. 조짐이 심상치 않아 일단은 이번에 수입해 온 물건들을 준비는 해놓은 상태입니다."

"도대체 누가 그런 짓을 한단 말입니까?"

태암의 말을 전해 듣는 준수의 표정이 굳어졌다. 아침에 비단가게에서 비단을 지고 가던 일꾼들의 모습이 떠올랐다. 단순히 장사가 잘되어서 그런 줄 알았더니 그것이 아니었던 모양이다.

"처음에는 비단이 들어왔다는 소식에 마침 비단을 기다리던 몇몇의 중소 상단들이 일을 벌인 것이라 생각했었습니다. 그래서 아무 의심 없이 물건을 내어주었는데 그 수가 줄지 않고 계속 늘어나니 이상하다며 진상을 파악해 달라는 비단가게 상인들의 청이 있었습니다. 아무래도 이상하다 싶어 진가상단에 심어둔 연락책에게 연락을 해보았더니 어제 늦은 밤 상인들이 여럿 상단으로 은밀히 다녀갔다는 말이 있었습니다."

철식의 말에 준수는 맥이 탁 풀리는 기분이 들었다가 분노가 치밀어 올랐다. 진해주의 얼굴이 눈앞을 스쳐 지나갔다. 음흉하고 속을 알 수 없는 이이기는 했으나 이런 일까지 벌일 것이라고는 전혀 생각하지 못했던 일이었다.

"진해주, 내 이놈을 당장!"

금방이라도 방을 뛰쳐나갈 만큼 감정이 격해졌다. 준수가 지금까지 물건을 매매하면서 이렇게 이들처럼 상도(商道)를 벗어난 행동은 한 적이 없었다. 그런데 지금 자신을 향해 전면전을 하자는 것이나 다름없는 상인들의 행동에 준수는 기가 막혔다.

"물건을 구매하는 데 있어서 형평에 맞게 그 수를 조절하는 것이 하루 이틀의 일이 아닌데 난데없이 이런 기가 막힌 경우라니!"

준수는 탁자를 탁 하고 내려쳤다. 작은 상단들에게 압박을 가할 만큼 크게 물건을 움직인 적도 없던 준수였다. 이번 비단이 다소 양이 많기는 했지만 그래도 한 번에 풀어 가격을 좌지우지할 욕심도 없었던 일이었다.

"대행수님, 일단을 비단들을 어찌하실까 싶어 준비는 해두었습니다. 그들이 그 많은 비단을 다 구매하는 것은 무리일 것입니다. 어찌할까요?"

태암이 차분하게 준수의 의도를 물었다.

"일단은 그대로 두십시오. 물건은 풀지 않겠습니다. 도대체 어디까지 가려는지 구경 한번 해보도록 하지요."

"하면, 개인적으로 비단을 구매하려는 이들이 문제가 되지 않겠습니까?"

"그 비단, 도대체 어찌 쓸 것인지 궁금하지 않으십니까? 저번에 피륙 건도 그러했지요. 진가상단에서 피륙을 한 번에 쓸어가는 바람에 그 겨울 피륙 값이 천장부지로 솟지 않았습니까? 그럼에도 불구하고 그들이 구매를 해갔던 물건들은 풀리지 않았습니다. 이번에는 비단이라고 하니 어디, 무슨 일을 벌이는지 한번 구경이나 해야겠습니다."

“대행수님의 뜻이니 일단 준비해 놓은 비단은 다시 창고로 들이겠습니다.”

태암이 준수의 말에 고개를 끄덕이더니 밖으로 나갔다. 태암이 나가자마자 철식이 근심 가득한 표정으로 준수를 바라보았다.

“전면전을 벌이시는 것이 아닌가 하는 노파심이 듭니다, 대행수님.”

“그들이 원하는 것이 무엇인지 알아야겠습니다. 단순히 저의 숨통을 죄어볼 심산이었다면 이런 방법 말고 다른 방법을 썼겠지요. 단순한 일은 아닌 것 같아 하는 말입니다. 그 많은 비단을 어디로 가져갈까요? 그리고 어디에 쓰겠습니까? 일단은 혹시나 있을지도 모를 진가상단의 배후를 조사해 주세요. 아무래도 꺼림칙합니다.”

“네, 대행수님.”

철식이 긴장된 표정으로 방을 빠져나갔다.

준수는 붓을 들어 일필휘지로 서신을 한 장 급하게 썼다. 겉으로만 드러난 상황이 이러한데 다른 일들에 있어서도 걸림돌을 마련해 놓았을지 모를 일이었다. 신중을 기해야 했다.

“밖에 조 서방 있는가?”

“예, 대행수님.”

준수는 평상시에도 자신의 심부름을 도맡아 하던 조 서방이 한걸음에 달려오자 그에게 방금 적은 서신을 내밀었다.

“이것을 부용각의 수기생인 월향에게 전해주게.”

“예, 대행수님.”

준수에게서 서신을 받은 조 서방이 총총걸음으로 상단의 입구를 벗어나는 것을 확인한 준수는 그 길로 상단 내부 점검에 나섰다. 자신들이 사람을 심어놓은 것처럼 아마도 진가상단에서 심어놓은 사람이 있을지도 몰랐다. 동요하는 모습을 보일 수는 없었다. 그들이 궁극적으로 원하는 목적이 무엇인지는 정확히 모르겠으나 그들 앞에서 흔들리는 모습을 보여주어 좋을 것이 없었다.

준수는 평소와 같은 걸음으로 상단 내부를 꼼꼼하게 순시하며 일을 지시하기 시작했다.

＊

준수는 휘청거리는 몸을 애써 가누며 술자리에서 일어났다. 상단의 상황이 썩 좋지 않아 이런 연회 자리를 마련하는 것이 부담스러운 일이었으나 그래도 이런 상황일수록 조정 관리들과의 친분을 돈독히 하는 것이 중요했다.

월향에게 부탁을 했던 대로 좌의정 송익을 초대해 그가 좋아하는 기생들과 좋은 술로 녹진하게 녹여놓았으니 이만하면 그 술고래인 양반을 상대로 나름 선전한 것이었다.

술은 많이 마시지 않으려 했으나 거듭되는 권유에 어쩔 수 없이 한두 잔씩 받아 마시다 보니 평소보다 많이 마신 모양이었다.

방문을 벗어나니 무연과 진양이 기다렸다는 듯이 다가왔다.

"괜찮으십니까?"

"조금 과했을 뿐이야."

무연의 우직한 얼굴에 걱정스러운 표정이 스치자 준수는 피식 웃으며 그 걱정이 기우라도 되었던 것마냥 계단을 걸어 내려갔다.

"좌의정 대감은 별채로 모셨으니 심려치 마십시오. 요즘 마음에 들어하는 애심이를 붙여 드렸으니 아마도 흡족하실 겁니다."

월향이 나긋한 걸음으로 소반에 꿀물을 받쳐 들고 준수에게로 걸어왔다.

"무슨 술을 이리 많이 드셨답니까. 평소에는 잘 조절하시던 분께
서 이리 취하시다니요."

"오늘따라 좌의정 대감이 집요하시더군요."

"그래도 자리가 잘 끝났으니 다행입니다. 자리를 봐드릴까요?"

준수는 월향의 말에 잠시 멈칫했다. 그러고는 자신이 고민을 하
는 것을 들키지 않으려 월향이 소반에 받쳐 온 꿀물 잔을 들어 천천
히 삼키면서 왜 자신이 월향의 말에 고민하는가에 대해 다시 한 번
생각했다.

당분간은 부인과 거리를 두어야 하겠다고 생각하던 것이 바로
아침의 일이었다. 그런데 막상 월향의 말에 고민을 하고 있는 자신
이 이해가 가지 않았다. 자신이 술을 마셔서 그런 것인가 아니면 그
간 집으로 꼬박꼬박 들어가 부인을 끌어안고 잠들던 것이 버릇이
되었음인가. 머리는 분명 부용각에서 잠을 자야겠다고 생각하지만
마음이 선뜻 내키지 않았다. 아침에 부인의 얼굴빛이 그다지 좋지
않았던 것이 떠오르자 준수는 저도 모르게 고개를 가로저었다.

"집으로 가야겠습니다."

"그리 하시지요."

월향이 석연치 않은 표정을 짓기는 했으나 준수가 가겠다고 하
는데 굳이 잡아놓을 이유는 없었기에 고개를 끄덕였다.

"조심해서 가십시오. 좌의정 대감은 아침에 섭섭지 않게 배웅해
드리겠습니다."

"고맙습니다, 월향."

"별말씀을요. 그런 말씀을 하시는 것을 보니 술이 과하셨나 봅니
다."

월향이 웃으며 준수의 가는 길을 배웅했다.

말 위로 올라타자 살짝 어지러운 기운이 들기는 했지만 운신을 하지 못할 정도는 아니었다. 집으로 향하면서 왜 자신이 굳이 지금 이 시각에 집으로 가겠다고 충동적으로 결정을 했는지는 모르겠지만 막상 집으로 향한다고 생각하니 평온해지는 기분이었다.

'어느새 내가 집이 편하다고 느끼게 되었던가.'

집이라고는 하지만 혼인을 하기 전까지만 하더라도 자신이 집으로 들어가는 것은 그야말로 잠을 자기 위한 것이 전부였다. 구색을 맞추어 하인들을 몇 두기는 했지만 그 넓은 집에 기거하는 하인들 치고는 그 수가 매우 적은 편이었다. 집에 사람들이 있기는 하나 항상 혼자 지내야 하니 집은 잠을 자는 곳 그 이상의 의미는 없었다. 그런데 요즘 집으로 향하는 것이 마치 당연한 일상처럼 변해갔다. 그리고 항상 집에 들어갈 때면 자신을 맞이해 주는 부인이 있어서인지 집에 있는 것이 그렇게 외롭지 않았다.

어떻게 보면 지독히도 외로운 길을 걸어온 자신이었다. 항상 혼자였던 자신에게 같은 공간에서 삶을 살아가는 누군가가 생겼다는 것이 처음에는 무척 낯선 일이었는데 이제는 당연하게 느껴지는 것을 보니 자신이 혼인을 하긴 한 것이구나 하는 생각이 들었다. 술을 한잔하고 주변이 조용하니 갖가지 생각들이 머릿속을 떠다녔다.

그때였다. 이런저런 생각을 하던 차에 갑자기 등이 화끈해지며 생살을 불로 지지는 것 같은 엄청난 통증이 올라와 숨이 턱 막혔다.

"헉……!"

"대행수님! 괜찮으십니까? 웬 놈이냐!"

"괜찮으십니까, 대행수님!"

무연과 진양이 말 위에서 쓰러지려는 준수를 급하게 받쳐 안아

세웠다. 고꾸라지는 준수의 등을 보니 꽤나 큰 표창이 박혀 있었다. 그 모양이 예사롭지 않게 날카로운 것을 보고 무연이 다급하게 준수의 말 위로 옮겨 타 그를 엄호했다. 그 모습을 본 진양은 서둘러 둘의 뒤를 엄호하며 주위를 둘러보았다.

쉭—

무언가 재차 자신을 향해 날아오는 것을 본 무연이 급히 말고삐를 잡아 틀었다. 날아오던 표창이 땅에 꽂혔다. 무연은 등골이 서늘해지면서 팽팽한 긴장감이 온몸으로 충만해졌다.

누군가 자신들을 노리고 있었다. 아니, 정확하게 이야기하자면 자신의 주인을 노리고 있었다.

"저쪽입니다. 제가 쫓겠습니다. 이랴!"

엄호하며 주위를 살펴보던 진양이 무엇인가 발견했는지 한달음에 말 위에서 뛰어내려 골목 끝으로 달리기 시작했다. 무연은 진양이 달려가려는 것을 보고는 급히 그를 불렀다.

"진양, 쫓아가지 말게!"

진양이 그의 말에 의아한 표정으로 무연을 바라보았지만 무연은 고개를 가로저을 뿐이었다. 장정이 셋이라고는 하나 자신의 주인인 준수가 이미 당했으니 한 명이 지켜 서야 했다. 혹시나 진양이 자객을 쫓아 자리를 비운 사이 무슨 일이 벌어진다면 그야말로 감당할 수 없는 상황이 전개될지도 모르는 일이었다.

물론 무연 자신 혼자라면 열 명이라도 상대할 수 있겠지만 다친 주인이 함께 있으니 자신의 능력을 십분 발휘할 수 없었다. 이럴 때는 자객을 쫓는 것보다 주인인 준수의 안전을 지키는 게 더 시급했다. 혹시나 모를 2차 암습에 대처하기 위해서라도 진양이 자리를 비우는 것은 최대한 막아야 했다.

다행히 그의 뜻을 진양이 알아챘는지 자객을 쫓으려던 진양이 긴장으로 딱딱해진 표정을 지으며 다시 되돌아왔다.

"덩치가 작은 이였습니다. 검은 야행복을 입고 몸놀림이 빨랐습니다. 등에 무언가 번뜩이는 것으로 보아 칼을 차고 있었던 것 같습니다. 한데 그 칼이 쌍검인 듯했습니다."

자객을 더 쫓지 못한 것이 마음에 남은 듯 진양이 부르르 떨면서 말했다. 무연은 그런 그의 말을 머릿속에 단단히 새겨 넣었다.

'덩치가 작고 마른 이라……. 게다가 쌍검을 등에 달고 있었다?'

진양이 땅에 박힌 표창 두 개를 갈무리했다. 아무래도 모두에게 암습을 하려 했던 것이 목적이었으나 몸놀림이 빠른 자신들은 피했으나 술에 취한 자신의 주인은 미처 피하지 못한 것이 이번 암습에 최대의 피해였다. 아마도 모두 표창을 맞았다면 그 상태에서 자객이 칼을 뽑아 덤벼들었을지도 모를 일이었다.

"일단 대행수님 댁으로 가세. 그 편이 더 급하네."

조선 최고의 검이라고는 할 수 없겠지만 그래도 자신의 이름을 들으면 웬만한 자객들도 쉬이 덤비지 못할 텐데, 도대체 어떤 간 큰 놈이 이런 일을 벌인 것인지 누군지 알아내는 즉시 숨통을 끊어버릴 것이리라 다짐하는 무연이었다.

준수를 말에서 내려 둘러업은 무연이 다급하게 대문을 두드렸다.

"뉘시오?"

"박 씨 어르신, 무연입니다."

다급히 문의 빗장을 푸는 소리가 나고 청지기인 박 서방이 대문을 열었다.

"아니, 이게 무슨!"

“쉿!”

박 서방이 무연의 등에 업힌 준수의 모습을 보고 놀라 머뭇거리는 사이 무연이 급하게 그의 말을 막았다.

“주인님이 당하신 것을 아는 이가 많아서는 안 됩니다. 우선은 사랑채로 가겠습니다.”

박 서방이 고개를 끄덕이며 주위를 휘휘 살피더니 대문을 얼른 닫았다.

“어서 가게, 어서 가.”

박 서방은 덜덜 떨리는 손으로 대문의 빗장을 채웠다. 벌써 두 번째 겪는 일이지만 그 충격이 감해지지는 않았다. 우선은 그전처럼 상처를 확인하는 것이 급선무였다. 급하게 사랑채로 향하려던 박 서방은 안채로 시선을 두며 멈칫했다.

‘이 일을 어쩐다.’

안채에 계실 마님 생각이 번뜩 났다. 나리께서 혼인을 하시기 전이야 자신과 무연이 입을 다물면 해결되었을 일이지만 이제는 마님이 계시니 아니 알릴 수도 없었다.

‘그래도 어쩔 수 없지. 알려야 할 건 알려야 하지 않겠는가?’

박 서방은 여리여리하게 보이는 마님의 모습을 떠올렸다. 주인 나리께서 표창에 맞았다는 말을 들으시면 혹시나 혼절이라도 하지 않으실까 걱정이 되었다.

그래도 아니 알릴 수는 없는 일. 박 서방은 다급하게 안채로 발걸음을 옮겼다.

“마님, 마님.”

“무슨 일인가?”

효진은 오늘도 늦어지는 준수의 귀가에 일이 바빠 들어오지 못하시려나 싶어 서책을 꺼내 읽고 있던 참이었다. 그런데 조급해 보이는 박 서방의 목소리가 들리자 불안한 마음에 읽고 있던 책을 접고는 방문을 열고 나섰다.

초조해 보이는 박 서방의 모습이 보였다. 항상 있는 듯 없는 듯 본인의 일에 충실하던 이가 이렇게 당황하는 모습은 이 집으로 온 이래 처음 보는 일이었다.

"저…… 사랑채로 가보셔야 할 것 같습니다, 마님."

"나리께서 오셨는가?"

"예."

박 서방의 대답에 효진은 가슴 한구석이 선뜩한 기분이 들었다. 불안한 기운을 읽은 효진이 급히 댓돌 위에 올려진 신을 신고 박 서방을 따라나섰다. 그녀의 뒤로 다름이가 잽싸게 따라붙었다.

사랑채 바깥에 댓돌에 신이 어지러이 널려 있었다. 효진은 그제야 자신이 불안한 기분이 들었던 것이 그 이유가 있었구나 하는 생각이 들었다.

"저, 마님."

두근거리는 마음으로 사랑채로 올라서려는 효진을 박 서방이 망설이며 불렀다. 효진이 고개를 돌려 바라보자 박 서방은 주저하다가 나지막한 목소리로 조분하게 말했다.

"혹시라도 안의 상황에 너무 놀라지 마십시오. 아직 잘은 모르겠으나 나리께서 암습을 당하신 듯합니다."

박 서방의 말에 효진은 가슴이 철렁 내려앉았다. 아무리 은애하지 않는 사이라고는 하나 그래도 한평생을 함께할 지아비였다. 효진은 놀란 마음에 손끝이 부들부들 떨리고 몸이 멈칫했으나 애써 마음을 추스르고는 박 서방을 향해 이내 고개를 끄덕였다. 사랑채를 향해 뒤돌아서자 효진의 눈빛이 사정없이 흔들렸다. 입안이 바싹 말라오는 것 같았다.

'내가 동요하는 모습을 보인다면 하인들이 얼마나 불안해하겠는가?'

효진 자신도 불안하고 놀란 마음에 수습이 되지 않는 상태였지만 그래도 흔들리는 모습을 보일 수는 없었다. 효진은 잠시 문 앞에서 숨을 골랐다. 사랑채의 문을 바라보는 눈빛 속에는 오만 가지 생각이 들어 머릿속을 둥둥 떠다녔으나 꼿꼿한 허리를 유지하며 마음의 평정을 되찾으려 애를 썼다. 손을 문고리로 향하며 효진은 마음을 단단히 먹었다.

"하인들 입단속 철저히 시켜주시게."

방문을 열기 전 박 서방을 향해 나직하지만 힘 있게 명을 내리는 효진의 모습에 박 서방은 고개를 조아렸다.

혹시나 그의 말에 마님께서 혼절을 하지 않을까 걱정했던 것은 그야말로 기우였다. 파리한 안색이기는 하지만 번뜩이는 눈빛으로 그에게 경고를 하는 것까지 마다하지 않는 서늘한 마님의 태도에 박 서방은 고개를 조아릴 수밖에 없었다.

방문을 여는 손길이 아무렇지 않아 보였지만 효진은 가늘게 떨렸다. 안의 상황을 어찌 마주해야 할지 앞이 캄캄했다. 자신의 지아비가 그야말로 상인이라는 생각만 했지 이런 위험한 상황에 처할 것이라고는 상상도 해보지 못했던 일이었다.

방문을 열자마자 피비린내가 훅 끼쳤다. 효진은 그와 함께 눈앞에 펼쳐지는 광경에 놀랐으나 입술을 꼭 깨물고는 안으로 들어섰다.

"마, 마님, 오셨습니까?"

"마, 마님……."

들키지 말아야 할 일이라도 들킨 것마냥 무연과 진양이 상처를 보려 그의 상체를 걷어낸 것을 자신들도 모르게 몸으로 가렸다.

효진은 방 안의 상황이 자신이 감당할 수 없을 정도라 보고 기진이라도 하면 어떻게 하나 걱정했는데 막상 눈으로 지아비의 모습을 보고 나니 눈이 번쩍 떠지고 마음이 이상하리만치 차분하게 가라앉는 것 같았다.

"많이 다치셨는가?"

"표창을 맞으셨습니다. 오늘 연회 자리에서 술을 과하게 드셔서인지 평소와 다르게 피하지 못하셨습니다."

"보여주시게."

효진의 파리한 안색을 보며 머뭇거리던 두 사람이 서로 눈빛을 교환했다. 아무래도 자신의 주군의 상황을 그녀에게 보여주어도 되는지 가늠하는 것 같았다. 효진은 그 모습을 보며 담담하게 다시 청했다.

"비켜주시게."

거듭된 효진의 말에 무연과 진양이 머뭇거리며 준수를 가리던 몸을 비켜섰다.

차라리 눈을 감아버렸으면 싶었다. 등에 길쭉한 표창이 박힌 채로 죽은 듯이 있는 지아비의 모습을 보는 효진의 심장이 덜컥 내려앉는 것 같았다. 피가 흘러나와 헤쳐진 옷 위로 스미듯이 젖어들어 흥건했다.

효진은 다시금 휘청거리는 마음을 다잡았다. 각오는 하고 있었지만 그 모습이 무척이나 충격적이었다. 하지만 동요하는 모습을 방 안에 있는 이들에게 보여줄 수는 없었다. 출혈의 양이 많아 혼절이라도 한 것처럼 간간이 통증을 호소하기는 하나 미동 없이 파리한 안색의 준수의 모습이 효진의 걱정을 더욱 깊어지게 만들었다.

그녀는 급하게 생각을 하기 시작했다.

"저…… 것을 뽑아내고 지혈을 해야 하지 않겠는가? 의원을……
아니지, 의원도 알면 아니 되는 일인가?"

사람들이 은밀하게 진행하던 일이니 혹시나 의원을 보이는 것이
그가 하는 일에 좋지 않은 영향을 미칠까 싶어 무연의 의견을 묻는
효진이었다. 걱정스러운 마음에 성큼 준수에게로 다가섰다.

"다행히 깊게 들어가지 않아 속까지 많이 상하지는 않으신 것 같
으나 그래도 표창에 독이라도 발려지지 않았을까 걱정입니다. 출혈
도 많으시니…… 대행수님께서 의원을 자주 찾지 않으시기는 하나
이번에는 의원이 필요할 듯합니다, 마님."

무연의 마님이라는 말이 효진의 어깨를 무겁게 내리눌렀다.

그랬다. 그들이 주군이라고 부르는 이는 자신의 지아비였고, 그
들의 주군인 준수가 다친 상황이니 모든 의사 결정의 권한은 부인
인 자신에게 넘어온 것이다. 이 집에 있는 모든 이들이 효진 자신만
을 바라보고 있다는 생각이 들자 효진은 놀라움에 흔들리는 머릿속
을 차분하게 식혔다. 잠시 숨을 고르니 그나마 지아비가 상한 것에
놀란 마음이 다잡아지는 것 같았다. 익숙하지 않으나 이제는 익숙
하고 대범해져야 할 자신의 자리였다. 자신의 지아비가 명을 내릴
수 없는 상황이니 자신이 그 자리를 대신해야 했다.

"그동안 집으로 불러 모시던 의원이 없으신가?"

"……잿골에 김 의원이 있기는 합니다만 이런 상황에서 본 일은
없던 터라 그 입을 장담할 수가 없습니다."

"입이 가벼운 자인가?"

"아닙니다. 하나 대행수님께서 원래 이런 모습을 타인에게 보여
주는 것을 극히 꺼리십니다."

　무연의 대답에 효진은 두말할 것 없이 박 서방을 불러 잿골의 김 의원을 불러오라 명을 내렸다. 효진의 행동에 사람들 모두 당황하기는 했으나 내색은 하지 않았다. 지금 주인인 준수가 맑은 정신이 아니라 그의 부인인 효진의 명을 받기는 했으나 과연 자신들의 주인이 이 사실을 알게 된다면 가만있을 것인가가 걱정이었다.

　문을 지키던 박 서방이 자리를 비웠으니 누군가 들어온다면 제지할 사람이 필요했기에 진양이 문 앞을 막아섰다.

　효진은 무연에게 조심스럽게 김 의원에 대해 질문을 던졌다. 자신이 불러오라 명을 내리기는 했으나 이 일이 밖으로 새어 나간다면 그것 역시 낭패였다.

　"혹시…… 그 김 의원이라는 자가 좋아하는 것이 있는가?"

　"워낙에 돈을 좋아하는 자이기는 합니다."

　"자식은 있는가?"

　"투전판을 전전하는 아들이 있기는 합니다만 워낙에 파락호인지라……."

　"그 돈은 어디서 나오는가?"

　"김 의원의 주머니에서 나오는 것이 답니다. 파락호이긴 하나 그래도 남의 등을 치는 행동은 하지 않는 이입니다."

　효진은 무연의 말에 고개를 끄덕였다. 자신이 원하는 답은 알아내었다. 문제는 의원이 오는 시간 동안의 출혈을 준수가 버티는 것이 관건이었다. 효진의 시선이 준수의 등에 꽂힌 표창으로 향했다. 지속해서 상처에서 출혈이 되고 있었다. 준수의 파리해지는 안색이 그 출혈이 얼마나 심한가를 대변하고 있었다.

　"표창을 뽑아야겠습니다."

　"하나 의원이 올 때까지 기다리는 것이 좋지 않겠는가?"

“혹시나 표창에 독이라도 묻어 있다면 그 편이 더 위험합니다, 마님.”

“그, 그러한가?”

“예, 마님.”

효진은 무연의 말에 갑작스러운 상황에 아둔해진 자신의 머리를 탓했다.

“그럼 뽑아주시게, 내 얼른 눌러 지혈을 할 테니.”

효진의 말에 무연이 몸을 움직였다. 망설임 없이 빠르게 준수의 등 뒤에 있던 표창을 뽑았다. 울컥하고 핏물이 배어 나왔으나 효진이 재빠르게 그 자리에 체중을 실어 깨끗한 천으로 눌렀다. 무연이 표창을 갈무리하며 손을 바꾸기 위해 준수의 등으로 시선을 옮겼다. 힘을 주고 있음인지 아니면 놀란 마음을 추스르고 있는 것인지 마님의 손가락이 하얗게 질려 떨리고 있었다.

그제야 무연은 마님에게로 시선을 옮겼다. 처음 부용각에서 뵐 때부터 그 자리에 온 것만으로도 대단하다는 생각을 하긴 했었지만 새삼 그녀의 담대함이 존경스러웠다. 다른 여타의 여인들이라면 피를 보고 혼절을 하거나 울며불며 난리가 났을 터인데 침착하고 담대했다. 여리하게 보이는 외양과는 달리 침착해 보이는 눈빛은 흔들림이 없었다. 많이 당황하셨을 텐데 이렇게 담담하게 보이는 것도 아무나 할 수 있는 일이 아니었다.

“제가 누르겠습니다.”

“괜찮으시겠는가?”

“괜찮으실 겁니다. 너무 걱정하지 마십시오. 더한 상황에서도 버텨내신 분입니다.”

무연은 효진과 손을 바꾸어 상처 부위를 압박했다.

"김 의원은 약과 침을 잘 쓰기는 하나 이런 상처를 잘 볼 수 있을 지는 모르겠습니다."

"혹시 내 도움이 필요한 것이 있는가?"

"아마도 의원 당도하면 상처를 봉합하려 할 것입니다. 마님, 독한 술이 필요합니다. 깨끗한 천도 미리 준비해 주시면 좋을 것 같습니다."

"준비하겠네."

효진은 밖에서 발을 동동 구르고 있던 다름을 불러 무연이 필요하다 말한 것들을 가져오라 일렀다.

✳

김 의원은 잠이 들려던 찰나에 들이닥치다시피 자신을 찾아온 조양상단 댁 청지기인 박 서방을 따라나섰다.

참으로 모를 일이었다. 그 댁에서 자신을 찾은 적이 한두어 번 있을까 말까 한 일이었다. 마지막으로 자신이 본 것이 1년 전쯤인가? 조양상단 대행수가 기력이 쇠하여 몸을 보한다고 하여 진맥을 하고 약을 처방해 준 것이 전부였다. 그런데 이렇게 갑자기 들이닥쳐 자신을 끌고 가다시피 하니 이상한 기분이 드는 것이, 가는 길이 영 꺼림칙했다. 팔자에도 없는 말을 타는 일까지 해가면서 도둑괭이 들듯이 대문을 통과해 가는 길이 영 주눅이 들었다.

집의 사랑채로 향하는 길에 여종을 거느린 여인과 마주쳤다. 김 의원은 직감적으로 저 젊은 미인이 이 댁에 안주인임을 알아보고는 급히 허리를 숙였다.

이 댁 나리가 예조참판 댁 여식과 혼례를 치른 지 얼마 되지 않았다는 것은 풍문을 통해 들은 참이었다. 혼례 전에도 예조참판 댁 소저가 곱다고 하더니 직접 눈으로 보니 참말로 미인이었다. 파리한 안색이 조금 거슬리기는 하지만 그래도 그 미색을 가리지는 못했다.

"고개를 드시게."

"예, 마님."

김 의원은 마님의 말에 고개를 들었으나 눈을 마주치지는 못했다. 바람결에 피비린내가 훅 끼쳐 왔다. 김 의원은 흠칫 놀라 저도 모르게 그녀와 눈이 마주쳤다. 그녀가 자신을 바라보는 눈빛이 몸이라도 꿰뚫을 듯 날카로웠다. 난데없는 피비린내에 저런 눈빛이라니, 김 의원은 손에서 식은땀이 배어 나왔다. 손이 덜덜 떨려와 들고 있던 침통을 싼 보자기를 떨어뜨릴 것 같았다. 잠시나마 미색에 혹했던 생각이 싸늘하게 식었다. 보이는 것이 전부가 아닌 여인이었다.

"의원은 환자에 관해서는 입이 무거워야 하네."

"자, 잘 알고 있습니다, 마님."

"그 입, 잘 간수해 주면 그에 상응하는 대가를 치를 것이나, 이 일이 잘못 새어 나간다면 나도 여러 목숨 보장할 수가 없네. 알겠는가?"

"여, 여부가 있겠습니까."

"자네 아들이 잿골 주막의 붙박이라지?"

김 의원은 그녀의 말에 놀라 숨을 헛 하고 들이켰다. 규방에 있는 부인이 그런 일은 또 어찌 알았단 말인가? 싸하게 스치는 여인의 눈빛이 폐부를 가를 듯 숨통을 조여왔다.

"나는 그냥 거기까지 알고 있네."

"명심하겠습니다, 마님."

김 의원의 대답을 들은 여인의 표정이 언제 그랬냐는 듯이 풀렸다. 그제야 김 의원은 숨통이 트이는 기분이었다. 참말로 숨이 꽉 막혀 버릴 것같이 힘들었던 순간이다. 그 순간이 지나가자 숨을 쉬는 여유가 달디달게 느껴졌다.

"내 지아비께서 몸이 좀 상하셨네. 급하게 상처를 치료했으나 그래도 도성 최고의 의원이라는 김 의원의 고명한 의술이 필요하니 부디 최선을 다해주시길 바라겠네."

좀 전의 태도와는 다르게 예의 바른 태도이기는 했으나 이미 첫 대면에 효진에게 기가 질린 김 의원은 덜덜 떨리는 손으로 침통을 부여잡고 여종이 알려주는 대로 허겁지겁 사랑채의 방으로 향했다.

효진은 김 의원이 사랑채로 들어서는 것을 보고는 그제야 긴장이 풀렸다. 지혈을 하느라 피가 범벅이 된 손을 미처 씻기도 전에 의원이 당도했다는 말에 나머지 처치는 무연에게 맡기고 김 의원을 만나기 위해 나온 참이었다. 다행히 자신의 어설픈 협박이 효과가 있었는지 의원의 넙죽거리는 대답을 듣고 나니 긴장이 훅 풀어지는 기분이었다.

'양어머니께서 나에게 도움을 주실 때도 있구나.'

자신에게 야단을 치던 양어머니의 모습이 생각나 그 모습을 그대로 따라 한 것이 효과가 제법 컸던 모양이다. 의원의 얼굴빛이 변한 것을 보고 효진은 처음으로 양어머니인 한씨 부인에게 고마움을 느꼈다.

"마님, 우선은 씻으시지요."

다름의 말에 효진은 고개를 끄덕이며 걸음을 옮겼다.

'이제 의원이 왔으니 되었다.'

효진은 긴장이 풀렸는지 걸음이 휘청했다. 아니지. 아직 안심하기에는 일렀다. 등의 상처를 의원이 살펴주는 것을 보고 나서야 한시름 놓을 것 같다는 생각이 든 그녀는 피범벅인 손을 씻자마자 서둘러 방 안으로 발걸음을 옮겼다.

방 안에서는 한창 상처를 봉합하는 의원의 뒷모습이 보였다. 상처가 깊은 등 뒤로 바늘이 들어갈 때마다 그의 얼굴이 찌푸려졌다. 혼절을 하다시피 한 상황임에도 통증이 느껴지는 모양이었다. 그 모습에 효진은 가슴이 조마조마하고 긴장되는 마음에 마주잡은 두 손이 덜덜 떨렸다. 다시 피를 보아서인지 차분했던 마음이 다시금 요동쳤다. 동요하는 마음을 달래느라 안간힘을 쓰면서 기어코 상처 치료를 마무리하는 모습까지 보고 나서야 효진은 안도의 한숨을 내쉬었다.

＊

끝없이 혼자 길을 걷고 있었다. 지독한 한기가 몰려왔다. 준수는 추위에 옷깃을 여몄다. 왜 자신이 여기에 있는 것인지, 왜 자라지 않은 아이의 모습인지 도무지 모르겠다. 단지 춥고 추울 뿐이었다.

"아버지."

살을 에일 것 같은 추위가 몰려왔다. 그는 이 추위를 기억하고 있었다. 이건 그 밤의 추위와 흡사했다. 표면상으로는 어머니였지만 서먹했던 그분마저 돌아가신 그 겨울밤. 홀로 방 안을 지키고 있던 자신을 에워싸던 그 추위였다.

그 눈길을 뚫고 어찌 소식을 들었는지 자신을 찾아와 안아주던 철식의 손길이 곧 있을 법도 한데 자신은 혼자였다.

서글퍼졌다, 여태 혼자인 자신이. 아무도 거두어주지 않는 자신이. 너무나 서러워 눈물이 났다. 어른이었다면 흐르지 않았을 눈물이 아이의 몸이라 그런지 자신도 모르게 흘러내렸다.

"아버지, 어머니, 어디 계십니까?"

주위를 둘러보았으나 앞에 놓인 길 이외에 암흑이었다. 주륵 흘러내리는 눈앞의 시야가 뿌옇게 흐려졌다. 한참을 울고 있는데 손이 따뜻해지는 기분이 들었다. 처음에는 한쪽만 따뜻하던 손이 양쪽 모두 따뜻해지면서 계속 흐르던 눈물이 그쳤다. 신기한 일이었다. 아까까지만 하더라도 살을 에일 듯이 춥던 겨울이었는데 지금은 왠지 모르게 몸이 훈훈했다.

"……님, 서방님."

어렴풋이 누군가의 목소리가 들려왔다. 가늘게 들리는 것이 여인의 목소리 같았다. 묘하게 익숙하게 들리는 목소리가 그의 청각을 자극했다.

까맣게 자신의 주위를 감싸고 있던 어둠이 깨어지며 환하게 빛이 들어오듯 사방이 하얗게 변했다.

"서방님, 정신이 드시옵니까?"

또렷이 목소리가 들렸다. 준수는 눈을 뜨려 했으나 떠지지 않아 저도 모르게 앓는 소리를 냈다. 다시 한 번 힘을 주어 눈을 뜨니 그제야 흐릿하게 사람의 얼굴이 보였다. 시선의 초점이 흐려지다가 다시 한곳으로 향했다.

까만 별빛과 같은 눈동자였다. 근심 어린 눈빛으로 자신을 바라보는 부인의 모습이 보였다. 손도 따뜻했다. 시선을 내려 보니 자신도 모르게 부인의 손을 잡고 있었던 듯 자신의 손안에 부인의 작은 손이 쏙 들어와 있었다.

“이제 정신이 드십니까? 정말 다행입니다.”

부인의 눈가에 물기가 차오르는 것 같았다. 준수는 자신이 보고 있는 상황이지만 도무지 무슨 상황인지 짐작이 되지 않았다.

몸을 일으키려 하자 끔찍한 통증이 왼쪽 등에서부터 퍼져 왔다. 억눌린 신음성이 터져 나왔다.

‘왜 등이⋯⋯.’

의식을 잃기 전의 단편적인 장면이 머릿속을 스쳐 지나갔다. 귓갓길에 등에 무언가를 맞았던 것 같다. 의식이 까무룩해지기 전 부인의 목소리를 들었던 것 같기도 했다.

“일어나지 마십시오. 등에 상처가 나 봉합을 하였습니다. 움직이시면 상처가 도지십니다.”

효진의 부축을 받아 자리에 다시 눕자 익숙한 모양의 천장이 보였다. 안방인 모양이었다. 방 안의 풍경이 눈에 들어오자 자신이 그제야 무사하다는 생각이 들었다. 하지만 무연과 진양은 어찌 되었던가? 자신과 함께 있던 이들이 떠오르자 준수는 효진을 향해 물었다.

“다른 이들은 무사합니까?”

“네, 무사합니다. 통 의식이 돌아오지 않으셔서 얼마나 마음을 졸였는지 모릅니다.”

담담하게 자신을 걱정했다는 듯 그늘진 표정을 짓는 효진의 모습을 보니 가슴이 따뜻해져 오는 준수였다. 그러고 보니 그녀의 얼굴이 많이 상한 것 같았다. 안 그래도 작은 얼굴이 그야말로 반쪽이 되어 있는 모습에 미안한 마음이 들었다. 갑자기 그런 모습을 보였으니 여인의 몸으로 얼마나 놀랐겠는가.

준수는 걱정스러운 표정으로 자신을 바라보는 효진을 향해 미안한 표정을 지었다.

"많이 놀라셨겠습니다."

"아닙니다."

"제가 얼마나 의식을 잃었습니까?"

"하루가 채 되지 않습니다. 그래도 피를 많이 흘리셔서 기력이 많이 쇠하셨을 겁니다."

"그럼 지금 몇 시경입니까?"

"오시쯤 되었을 겁니다."

"상단은……."

준수는 저도 모르게 효진에게 상단의 일을 물어보려 하다가 그녀가 아무것도 모른다는 사실에 입을 다물었다.

"상단에서 철식이라는 분이 다녀가셨습니다. 걱정을 많이 하시더군요."

효진의 말에 준수가 눈을 치켜떴다. 철식이 다녀갔다는 것은 사안이 급한 일이 있다는 것일지도 모르는 일이었다. 그의 마음을 눈치채었는지 효진이 조심스럽게 철식이 전해주고 간 말을 전했다.

"상단은 걱정하지 말라고 하셨습니다. 걱정이 많이 되셨는지 한참을 지켜보다가 돌아가셨습니다. 그리고 집 안에 경계를 서는 이들이 다섯이나 늘었습니다. 또한 암습을 한 배후도 찾고 있다 하셨습니다."

"상단에 나가봐야겠습니다."

철식이 한참을 지켜보고 갔다 하니 그 걱정이 매우 클 것이다. 성치 않은 몸이기는 하나 그래도 얼굴을 보이는 것이 그의 불안감을 덜어줄 것이라는 생각에 준수는 몸을 일으키려 했다. 그 모습을 본 효진이 그를 말렸다.

"그보다 몸을 보하시는 것이 우선입니다. 미음이라도 들고 기력을 차리면 움직이십시오. 어지러우실 수 있습니다."

한마디 한마디 걱정 어린 효진의 말이 준수의 가슴에 와 박혔다. 자신을 누가 이렇게 걱정해 준 적이 있던가. 철식이나 태암, 월향을 제외하고는 누구도 자신을 이렇게 걱정해 주는 이가 없었다.

준수는 다시금 효진을 바라보았다. 그의 시선이 자못 따갑게 느껴졌음인지 효진이 슬며시 고개를 돌렸다.

"걱정하셨습니까?"

"……피를 하도 많이 흘리셔서 혹시나 정신을 차리지 못하실까 걱정했습니다. 의원의 말로는 다행히 몸을 상하게 한 표창에 독은 없는 것 같다 했습니다."

그녀의 말에 준수의 눈썹이 못마땅한 듯 치켜 올라갔다.

"의원이오?"

"잿골에 김 의원이라고, 서방님을 치료해 준 분입니다."

준수는 잿골의 김 의원이라는 사람을 떠올렸다. 담도 약한 이라 자신을 진맥하는 것도 손을 떨던 위인이었다. 실력은 근처에 있는 의원 중 가장 나은 이이기는 하나 그런 이가 어찌 자신의 상처를 돌보았을까 싶었다.

"담이 작아 이런 상처는 못 볼 이인데 어찌……."

"상처를 단단히 봉합해 주었습니다. 상처가 꽤 깊어 실혈을 보하는 약을 같이 처방해 주고 돌아갔습니다."

준수는 그녀의 말에 가슴이 먹먹해졌다. 자신이 이토록 정신을 잃고 있을 동안 집 안에서 이 모든 상황을 감당했을 부인에게 미안하고 고마운 마음이 들었다. 그동안 잠을 잘 자지 못했는지 많이 여윈 얼굴이 자신으로 인해 만들어진 것이라 생각하니 더욱 미안한 마음이 들었다.

"심려를 끼쳐 드려 송구합니다."

"아, 아닙니다."

그의 사과에 오히려 당황하여 고개를 가로젓는 모습을 보니 어여쁘다는 마음에 설핏 웃음이 새어 나왔다.

그야말로 죽을 고비를 넘겨서인지 아니면 오늘따라 부인이 더 아름다워진 것인지 모르겠지만 이상하게 그녀를 보고 있으니 마음이 따뜻해졌다.

욱신거리는 등이 거슬렸지만 준수는 몸을 일으켰다. 그 모습에 효진이 놀랐음인지 눈을 동그랗게 뜨고 어찌할 바를 몰라 빤히 그를 바라보았다. 상처를 자극하지 않기 위해 상의를 벗겨놓아 그가 일어남과 동시에 맨 가슴이 드러나자 효진은 시선을 급하게 돌렸다.

아무리 잠자리를 함께한다고는 하나 이런 대낮에 이토록 적나라하게 지아비의 벗은 몸을 보는 것은 처음이었다. 놀란 심장이 콩닥거리며 뛰었다. 뒤이어 허리를 감아오는 준수의 손길에 그야말로 화들짝 놀라 무어라 말을 할 틈도 없이 주르륵 그의 가슴에 안겼다. 부끄러워 얼굴이 터질 것만 같았다.

"고맙습니다, 부인."

"……예."

가만히 등을 쓸어주는 손길이 묘하게 다정했다. 효진은 걱정으로 범벅되었던 마음이 한결 놓이는 것 같았다. 처음에 사랑채 안에서 그의 모습을 보았을 때는 그야말로 앞이 캄캄했었는데, 이렇게 작게나마 자신을 향해 웃어주고 안아주는 준수의 모습이 낯설기도 하고 가슴이 두근거리기도 했다. 그전에 항상 냉랭하고 무덤덤한 모습과는 별개로 다른 이를 보고 있는 것처럼 그의 모습이 그녀의 마음을 두드리는 것 같았다.

준수는 사람들의 만류에도 상단으로 나갈 차비를 하여 밖으로 나섰다. 해결해야 할 일이 산더미였다. 무슨 의도로 누가 이런 일을 벌인 것인지는 모르지만 이대로 가만있어서는 안 될 일이었다. 당한 것은 그대로 갚아주는 것이 맞는 일이었다.

술에 취한 밤이라 그토록 어설프게 당했지만 아마 그런 상황이 아니었다면 자객의 뒤를 바짝 추격해서 그 꼬리를 잡아냈을 것인데 참으로 안타깝게 되었다.

준수는 묵묵하게 주위를 살피며 자신의 가마를 호위하는 무연의 옆모습을 바라보았다. 이번 일로 자존심이 많이 상했을 무연이었다. 그러하기에 아마도 자신보다 더 치밀하게 자객을 찾기 위해 두 눈에 쌍심지를 켜고 있을 것이다. 다만 시간이 문제가 될 뿐이지 찾기만 한다면 그냥 넘어갈 성정이 아니었다.

"그래도 자네와 진양 덕에 목숨을 구했네. 혼자였다면 그야말로 객사(客死)했을지도 모르는 일이 아닌가?"

"오히려 저희가 죄송합니다. 대행수님이 다치셨으니 면목 없습니다."

"아닐세, 나는 자네들이 같이 있었다는 것만으로도 충분히 고맙네."

준수가 파리한 안색이지만 자신들의 걱정을 덜어주려 미소를 지으며 고맙다고 말을 하니 무연은 더욱 그 자객놈을 잡고야 말겠다는 투지를 불태웠다.

상단에 도착을 하자 철식과 태암이 한달음에 달려와 준수를 맞았다.

"괜찮으십니까?"

"괜찮으십니까, 대행수님?"

"괜찮습니다. 그 뒤의 일은 어찌 되었습니까?"

태암이 그의 말에 기다렸다는 듯이 대답을 했다.

"비단을 사려는 상단들이 계속해서 접촉을 해오기는 하나 물건이 없다며 돌려보냈습니다. 그런데도 아직까지 계속 요구를 하고 있습니다."

"오늘 아침부터 말입니까?"

"시전이 열리기도 전부터 기다리던 이들도 있었다고 합니다."

태암의 보고를 받던 준수가 철식을 보며 물었다.

"아침에 상단을 어슬렁거리던 이들은 없었습니까?"

"아직 눈에 띄게 보이는 이들은 없었습니다."

준수는 철식의 말을 듣고는 고개를 갸웃거렸다. 그렇다면 자신을 암습한 자객을 보낸 이들과 지금 비단을 가지고 난리법석을 벌이는 이들이 같은 이들이 아니란 말인가. 그렇다면 문제는 더 심각했다. 다수의 누군가가 자신을 노리고 있다는 말밖에는 이 상황을 설명할 말이 없었던 것이다. 자신이 누군가에게 이토록 원한을 살 만한 행동을 한 적이 있던가에 대해 곰곰이 생각을 해보았지만 아무리 생각해도 그런 일은 없었다.

"태암은 이번에 명에서 들여온 비단 중 능사(綾紗:명주실로 짠 성기고 얇은 비단)를 골라 시전에 푸십시오."

"하나 능사라 함은 그 쓰임이 한정적이라 그들이 과연 매수를 하겠습니까?"

"무슨 용도로 쓰려 하는지 일단은 알아봐야겠지요. 만약 그 능사가 다 나간다면 그때는 그 반대되는 두께의 비단순으로 풀 겁니다."

"다 매수를 할 수도 있지 않겠습니까?"

"할 수 있다면 다 풀어버릴 참입니다. 과연 그 돈을 다 감당할 수 있을지가 의문이지만 말입니다. 단, 그 비단이 우리 상단에서 나온 것이라는 표식은 해야겠지요. 그래야 꼬리를 잡을 것이 아닙니까."

"알겠습니다, 대행수님."

"한눈에 보아도 우리 상단의 물건이라는 것이 드러나야 합니다."

"여부가 있겠습니까."

"그 물건이 팔리면 변복을 한 포도청의 포졸(捕卒)들이 따라붙을 겁니다."

"하면 어제 부용각으로 가신 것이 그 이유셨습니까?"

"좌의정이 영 사람을 괴롭혀서 말이지요. 받아드신 것이 있으니 움직여 주실 겁니다."

태암은 준수의 말에 고개를 끄덕이며 비단의 작업을 지시하기 위해 밖으로 나섰다.

"몸은 정말 괜찮으신 겁니까?"

태암이 나가자 철식이 걱정스러운 얼굴로 준수의 안위를 살폈다. 눈빛이 애참하고 얼굴에 그늘이 진 것이 준수의 걱정을 많이 했음을 미루어 짐작할 수 있는 모습이었다.

"괜찮습니다."

"어떤 쳐 죽일 놈이 이런 일을 벌였단 말입니까."

"무연이 감을 잡은 것 같으니 조만간 소식이 있겠지요. 너무 심려치 마십시오. 건강 해치십니다."

"대행수님, 부디 몸을 소중히 하십시오."

“잘 알고 있습니다, 그 마음.”

철식의 눈가가 붉어졌다. 차마 말을 잇지는 못했으나 얼마나 속이 상했을지, 준수의 마음이 좋지 않았다.

“곧 밝혀질 겁니다.”

준수는 일을 이렇게 만든 이를 절대로 가만두지 않을 것이라 다짐했다.

*

흑립을 쓴 무연은 그동안 멀리했던 연락책을 만나기 위해 잠시 준수에게 고하고 자리를 비웠다. 저벅저벅 걸어가는 발걸음이 자못 비장했다.

‘도대체 어떤 놈인지 밝혀내기만 한다면 내 그놈의 뼈를 갈아 마시고야 말리라.’

거리를 이리저리 골목길로 빠져 들어갔다가 나오기를 다섯 번 반복하며 미로와 같은 골목길의 끝에 환하게 켜진 주(酒)라고 적힌 등을 발견하고는 망설임 없이 무연이 주막을 향해 들어갔다.

음습하고 차갑게 내려앉은 분위기이기는 했으나 평소와 다름없이 겉보기에는 여느 주막과 다름없는 곳이었다. 이미 두 자리는 각각의 무리들이 차지하고 앉아 국밥에 탁주를 곁들여 거나하게 먹고 마시는 듯했으나 자신에게 신경이 팽팽하게 곤두서 있음이 피부로 느껴졌다. 실로 오래간만에 느끼는 긴장감과 살기였다.

“아이고, 무연이 어찌 오랜만에 걸음을 하셨소?”

화장을 진하게 한 몸이 통통한 주모가 배시시 웃으며 무연을 반겼다. 겉보기에는 사람 좋은 주모이나 뒷골목 소문에서만큼은 부용루의 월향에 못지않은 정보력을 가진 양이였다. 다소 과하게 몸을 부비며 붙여오는 양이를 적당히 밀어내며 인상을 쓰는 무연을 보고 그녀는 자지러지게 웃었다.

"무슨 일이실까? 내가 점을 쳐볼까?"

"소문이 얼마나 빠른지 들어보지."

"당신 주인에 관한 일이신가? 아니면 도둑괭이 때문이신가?"

느릿느릿하나 다른 자리에는 들리지 않을 정도로 속삭이다시피 말을 하며 몸을 밀어붙이는 양이를 무연은 이번에는 밀어내지 않았다.

"빈 방이 있는가?"

"우리 주막에 남는 게 빈방이지 않겠수?"

"방 하나 주시게."

"호호호, 급하셨구랴? 잠시만 기다리시오. 어이쿠, 이 양이 인생에 이런 날도 있네."

신명이라도 난 듯 엉덩이를 실룩이며 움직이는 양이의 뒷모습에 무연은 고약하다 싶었지만 그래도 이런 점이 양이의 주막을 찾는 이유이기도 했다. 모든 사실을 가볍게 덮어버리고 마는 양이의 천박스러움이 이 주막이 주는 무게와 반비례했다.

무연이 양이가 안내해 준 방 안으로 성큼 들어서자 양이가 뉘에게 보일세라 수줍은 모양새로 따라 들어왔다. 무연이 자리에 정자세로 앉자 그제야 양이의 느른하게 풀렸던 눈매가 또렷해졌다.

"급하셨나 봅니다. 이곳을 떠난 지 오래되셨는데 기별도 없이 찾아오시고 말입니다."

좀 전까지의 가벼움이라고는 손톱만큼도 찾아볼 수 없을 만큼 낮고 카랑한 목소리였다.

"사람을 찾고 있네."

"그게 맨입으로 되겠소?"

양이의 입꼬리가 비웃듯 치켜 올라갔다. 무연은 품에서 꾸러미를 하나 양이 앞으로 밀어주었다. 제법 두툼해 보이는 모양새라 양이의 표정이 단번에 밝아졌다. 무연이 밀어준 꾸러미를 냉큼 잡아채어 그 액수가 얼마쯤 될 것인가 가늠한 양이의 말투가 봄바람처럼 하늘하늘했다.

"확실히 이야기하지만 이 양이의 주막에서 일을 받은 적도 없고 소개를 한 적도 없소."

"그럴 테지. 상대는 키가 작고 날렵한데다가 흔히 쓰지 않는 쌍검을 쓰는 자요."

"쌍검이라……."

양이는 무연의 말에 무언가 짚이는 것이 있는지 무연에게 바싹 다가와 낮은 목소리를 더욱 낮추어 알고 있는 바를 털어놓기 시작했다.

"키가 작고 쌍검을 쓰는 자는 제가 모르는 새로운 이가 아니면 타국 사람일 가능성이 크겠습니다. 대륙 쪽이라기보다는 왜인일 가능성이 높습니다. 왜인들이 몸집이 작기도 하거니와 최근에 진가상단에서 왜와 거래를 트고 있다는 소문이 있더군요. 하니, 왜인을 한둘쯤 들일 수 있지 않겠습니까?"

"왜인이라."

무연은 양이의 말에 더욱 곤혹스러운 심정이었다. 왜인이라니. 전혀 생각해 보지 않았던 일이었다. 양이는 무연의 표정에 웃으며 다른 가능성을 조곤하게 말했다.

"여인일 가능성도 있습니다. 하나 여인의 몸으로 쌍검을 쓰기에는 체력이 아무래도 무리가 아니겠습니까? 몸집도 작았다고 하시는데 작은 몸으로 쌍검을 쓰기는 쉽지 않을 겁니다."

"진가상단에 대해 알아봐 줄 수 있겠나?"

"어떤 분의 부탁이라고 제가 거절하겠습니까? 소식이 들어오는 대로 기별을 드리겠습니다."

"고맙네."

"별말씀을요."

무연이 볼일이 끝나고 자리에서 일어나자 양이가 재빨리 일어나 방 뒤의 쪽문을 열었다. 무연은 고개를 끄덕이고는 쪽문을 통해 방을 빠져나갔다. 들어왔을 때와는 전혀 다른 골목이 드러났다. 무연은 마치 무슨 일이 있었냐는 듯 절도 있는 걸음으로 골목길을 빠져나왔다.

✳

준수는 좌의정 송익이 인편을 통해 보내온 서신을 읽어 내리고는 비릿하게 미소를 지었다.

'드디어 꼬리를 잡았군.'

준수는 읽은 서신을 불에 태우며 뻐근하고 화끈거리는 등의 느낌을 음미했다. 숨이 턱, 하고 막히던 순간이었다. 자신이 그리 당했으니 그들에게도 똑같이 갚아주는 것이 당연한 일일 것이다.

"진가상단 진해주의 묵인하에 객주들이 벌인 일이라. 게다가 내 상단의 숨은 쥐새끼가 있을 줄이야."

읊조리는 말소리가 한마디 한마디 서리 내리듯이 서늘했다.

"무연, 자객의 꼬리는 잡았느냐?"

"아무래도 국내에 있는 이가 아닌 것 같습니다."

"타국의 사람이다? 짐작 가는 곳이라도 있느냐?"

"수소문을 해보았습니다만 자객을 쫓던 진양의 말로는 몸집이 작고 날랬으며, 등에 쌍검을 차고 있었다 하니 왜의 자객인 것 같습니다.”

“왜인이라······.”

준수의 표정이 미묘해졌다. 참으로 딱 맞아떨어지지 않는가. 방금 전 좌의정 대감의 서신에서 말한 바와 같이 이번 일을 사주한 자들의 존재를 알아내는 것도 모자라 왜와 거래를 트고 있는 진가상단과 자객이 밀접한 관련이 있을 것 같다는 직감이 들었다. 진해주 놈을 치고 그 뒤를 물어 캐보아도 늦지 않은 일일 것이다. 이 싸움의 승패는 이미 자신의 손에 달려 있었다. 꼬리를 잡았으니 수괴를 잡아들이는 것도, 자신을 해한 존재를 찾아내는 것도 그의 손바닥 안에 있음이었다.

준수는 급하게 서신을 적어 내려갔다. 최대한 공을 들여 서신을 적은 것을 밀봉한 준수는 인편으로 포도청으로 보냈다.

“기다려 보거라. 왜가 아니라 명이라 하더라도 내 그 자객놈과 그를 사주한 놈을 잡아 가만두지 않을 것이다. 감히 나 김준수를 죽이려 들다니.”

준수의 말에 무연이 다부진 표정으로 고개를 끄덕였다.

“포도청에서 의금부로 넘어가면 아무리 좀도둑이라도 나라를 팔아먹은 죄인이 될 테니 그 꼬리를 잡을 수 있지 않겠느냐.”

밖을 내다보는 준수의 얼굴엔 표정이 없었으나 그 기도는 형형했다. 감히 자신을 건드렸으니 그 빚은 톡톡히 받아낼 작정이었다.

제4장

'오늘은 잠시라도 오시려나.'

효진은 안방 창 너머로 보이는 담을 바라보며 작게 한숨을 내쉬었다. 그렇게 다치시고도 상처가 채 아물기도 전에 상단으로 나서던 지아비의 모습이 떠올라 걱정이 이만저만이 아니었다. 직접 눈으로 보지 못했으면 모를까, 그렇게 힘들게 고비를 넘기는 상황을 지켜본 그녀로서는 바쁜 일에 정신없이 몰두하고 있을 준수가 걱정이었다.

"마님, 마님."

다름이 호들갑스럽게 효진을 찾는 소리가 들렸다. 효진은 무슨 일인가 싶어 옷매무새를 정리하고 방을 나섰다.

"무슨 일이냐?"

급하게 뛰어오기라도 한 듯 숨을 고르던 다름이 효진의 모습을 보자마자 활짝 웃으며 말을 속사포처럼 털어놓았다.

"마님, 나리께서 오셨습니다. 어서 나가보시지요."

"서방님께서 오셨다고?"

효진은 다름의 말에 혹시나 머리카락이 흐트러지지는 않았을까 싶어 머리를 쓸어 올리며 빠른 몸놀림으로 신을 신고 다름을 따라 안채를 나섰다.

며칠 만에 본 준수는 수척해 보이는 모습이었다. 하지만 그래도 형형한 눈빛만큼은 살아 있어 그나마 안도의 한숨의 내쉬는 효진이었다. 그런 마음을 아는지 모르는지 준수는 효진을 보고는 고개를 끄덕여 보였다.

"그간 잘 지내셨습니까, 부인?"

"예, 저는 잘 지냈습니다. 서방님께서는 몸은 좀 어떠신지요."

"많이 좋아졌습니다."

"예."

다과상을 앞에 두고 효진은 다시 한 번 준수의 안색을 살폈다. 등의 상처에 고초가 깊었음인지 얼굴이 많이 상한 모습이었다. 저렇게 성치 않은 몸인데도 일을 하는 모습을 보니 안쓰럽다는 생각도 들었다.

"제 걱정 많이 하셨습니까?"

효진이 자신을 이리저리 뜯어보는 것에 신경이 쓰였음인지 준수가 미미하게 웃으며 말을 건넸다.

"예, 걱정이 되었습니다."

"걱정하지 마십시오. 부인께서 제 몸 걱정을 해주는 것은 좋으나 지나친 걱정은 걱정하는 이를 상하게 합니다. 저는 잘 지내고 있으니 심려치 마십시오."

"그래도……."

준수가 그녀의 손을 잡아왔다. 손을 쓸어내리는 손길이 따뜻했다. 체온이 닿으니 그제야 괜찮다고 하는 말이 아예 거짓은 아니구나 싶어 마음이 놓이는 효진이었다.

"일이 너무 많으신 것 아닙니까?"

"아, 요즘에 성가신 일이 하나 있어 그것을 해결하느라 조금 바쁩니다. 곧 마무리가 될 테니 그때가 되어야 발을 뻗고 편하게 쉴 수 있을 것 같습니다."

"아, 예."

그의 말에 동조하듯 고개를 끄덕이는 효진을 향해 시무룩해 보이는 얼굴로 그녀를 바라보았다.

"왜 그러십니까? 어디 불편하십니까?"

"그게 아닙니다. 제가 부인께 부탁 하나 드려도 될까요?"

"부탁이라니요? 말씀해 보십시오. 제가 들어드릴 수 있는 것이라면 들어드리겠습니다."

"조금만 제 쪽으로 가까이……."

효진은 무언가 긴한 이야기를 하려나 싶어 준수에게 조금 더 다가갔다. 방금 전까지도 손을 잡을 수 있을 만큼 충분히 가까운 거리였으나 조금 더 다가서니 몸이 닿을 듯했다. 효진은 조금 불편한 마음이 들기는 했으나 그를 향해 귀를 가까이 가져갔다. 그 순간 준수의 팔이 효진의 허리를 휘감아 자신의 쪽으로 당겨갔다.

"에구머니."

그의 품에 폭 안겨 버린 효진이 바동거리는 사이 준수가 더 깊이 그녀를 끌어안았다.

“잘 지내고 계셔서 다행입니다.”

그의 목소리가 효진의 귓가에 울렸다. 그녀는 바동거리는 것을 멈추고 가만히 그의 품에 안겨들었다. 효진을 품에 안으며 준수는 그녀의 건강한 모습을 볼 수 있어서 다행이라는 생각이 들었다.

차마 그녀에게 말을 할 수는 없었다. 자신이 얼마나 밤잠을 설쳐가며 자신을 습격한 이가 누구인가를 찾고 있는지를, 그리고 혹시나 집에 있는 그녀에게 해코지를 할까 싶어 집을 경호하는 인력을 두 배로 늘렸다는 것을.

아직은 이것만이 전부였다. 좀 더 그녀에게 다가가고 싶고, 자신이 걱정하고 있다는 것을 전하고 싶었지만 아직은 너무 일렀다. 그래서 더 미안하고 고마운 마음이었다.

＊

나라 안의 상단들이 불에 들쑤셔진 것처럼 하루가 멀다 하고 휘청거렸다. 포도청의 포졸들은 때와 장소를 불문하고 상단의 행수들을 불러 치죄하고 있었다. 건국 이래 최대 규모의 상인들을 압박하는 사건이었다.

담합을 하여 비단의 물가를 조작하고 상법을 어지럽혀 백성들을 도탄에 빠뜨렸다는 것이 그 죄였다. 연류된 상단이 제법 그 수가 많아 나라 차원에서 그 뿌리를 뽑아야 한다는 목소리가 높아 그 시시비비를 가리니 하루가 멀다 하고 포도청에서 곡소리가 났다.

게다가 그래도 제법 그 규모가 크다고 이름이 났던 진가상단도 왜와 내통을 했다는 혐의를 받아 쑥대밭이 되었다. 상단의 대행수인 진해주는 억울하다고 호소하였지만 이미 여죄가 있는 그의 말을 들을 사람은 아무도 없었다. 몇 년 전에 일어났던 피륙의 건이 채 아물기도 전에 터진 비단 사건의 수괴 혐의와 더불어 왜와 내통을 했다는 제보로 인해 아예 의금부로 그 죄가 옮겨져 이미 며칠째 치죄를 받고 있는 실정이었다.

효진이 규중에 있어 자세한 내막을 모르나 요즘 일어나는 일들에 조양상단과 그 대행수인 김준수가 깊이 연류되어 있다는 소문을 어디서 듣고 온 다름이 무료한 틈을 타 전해주었다.

최근에 부상을 당한 후 효진의 만류에도 일이 바쁘다며 상단에서 밤을 새기 일쑤인 준수였다. 그 모든 일들이 벌어지고 있다고 하니 그가 귀가를 하지 못하는 것이 그럴 법도 하다 생각이 들기도 했다.

저녁 무렵이 되어서야 준수가 사람을 보내왔다. 상단에서 심부름 온 이가 전해주는 서신을 받으며 효진은 기분이 착잡해졌다. 규방에만 있으니 세상살이가 어찌 돌아가는지 알 수가 없고 가뜩이나 성치 않은 몸으로 연일 무리를 하는 준수가 걱정이었다.

"상단의 일은 아직도 바쁜가?"

"요즘 주변에 상단들이 쑥대밭이 된 터라 정신없이 바쁩니다요, 마님."

"그러한가?"

다름이를 시켜 심부름 온 이에게 간식거리를 챙겨 보내며 효진은 한숨을 내쉬었다.

전에는 늦더라도 서신을 보내거나 하지 않던 분이 요즘은 무슨 심경의 변화가 있었음인지 부쩍 자신의 소식을 전해왔다. 내용이 길거나 미사여구가 섞인 서신은 아니었지만 그래도 그 바쁜 와중에 챙겨주는 지아비가 고맙다고 해야 할지 갈피를 잡을 수가 없는 효진이었다.

서로 은애하는 처녀 총각 사이도 아닌데 이렇게 서신을 챙겨 보내주는 것이 지아비의 원래 버릇인 건지 아니면 다른 뜻이 있어서인지 도무지 알 수가 없었다. 부부 사이라 하더라도 이토록 많은 서신을 보내는 것도 드문 일이었다.

서신을 통해 자신이 하고 있는 일들이며 사소한 일들을 간단히 적어 보내는 것이 처음에는 무척 낯설었지만 이제는 제법 적응이 되었다. 아니, 오히려 귀가가 늦으면 기다려지는 것이 그의 서신이었다.

부부 생활에 별 미련도 기대도 없었건만 처음 준수의 무심한 반응이 최근 들어 부쩍 달라지고 있었다. 기대를 가지면 안 된다는 것을 알지만 자신도 여인이기에 지아비의 이런 행동에 가끔 가슴이 두근거리는 것을 막을 수가 없었다.

✳

"요즘, 부쩍 달라지셨습니다."

월향이 찻잔을 내려놓으며 냉큼 준수의 앞자리를 차지하고 앉았다.

"무엇이 말입니까?"

"신혼이신 것 같다는 말씀입니다."

"무에 그리 보이는지 모르겠군요."

준수는 갑작스러운 월향의 말에 고개를 갸웃거리며 보던 장부를 다시 셈을 하기 시작했다.

"날마다 집으로 서신이 간다고 하더군요."

월향의 말에 준수가 보던 장부를 탁 하고 내려놓았다. 소소한 일까지 월향의 귀에 들어갔다는 생각이 들자 불쾌해지는 준수였다.

"소문을 나르는 쥐새끼 먼저 손을 봐야겠군요."

"심부름을 하는 이가 애심이의 오라비이지 않습니까. 애심이가 넌지시 제 걱정이 되었는지 이야기를 하기에 입을 다물라 했습니다."

"해서 제가 부용각을 날마다 드나들지 않습니까?"

"요즘 표정도 좋아지셨습니다. 다 마님 덕분이십니까?"

월향의 말에 준수의 표정이 퉁명스러워졌다. 마님 덕분이라니. 벌써 집에 들어가지 못한 것이 언젯적인지 셈이 안 될 정도였다. 월향의 말을 들으니 마지막으로 보았던 효진의 모습이 불쑥 떠올랐다. 요즘은 이상하게 시도 때도 없이 부인의 모습이 떠올랐다. 효진의 모습이 떠오르면 저도 모르게 집으로 보낼 서신을 쓰고 있었다.

'은애하는 이도 아니고 매일 서신을 써 보내고 있다니.'

자신이 생각해도 지금까지의 자신과는 전혀 다른 행동을 하고 있었다. 거리를 멀리 두고자 했던 부인이었다. 그런데 지난번 일이 도화선이 되었음인지 한창 상단이 바쁜 와중에도 짬을 내어 서신을 쓰고 있으니 자신도 이해하지 못할 행동이었다.

최근 들어 진가상단이 해체되고 그 대행수인 진해주가 의주로 귀향을 갔다. 물론 그가 도성에서 가장 먼 제주가 아닌 추운 의주로 귀양을 간 것에는 준수의 입김이 컸다. 안 그래도 왜와 내통을 하고 있다는 죄명으로 가는 것인데 왜와 가까운 제주로 보내 버린다면 그다음 일을 장담할 수 없다는 것이 그 이유였다.

　그리고 비단 건에 연루되었던 상단의 행수들에게 충성서약을 받았다. 생각 같아서는 그 행수들과 다시는 마주하고 싶지 않았으나 항상 냉혹할 수는 없었다. 그들의 수괴인 진해주를 귀양 보냈으니 그에 연류된 이들까지 냉혹하게 대했다가는 그들의 마음이 돌아설지도 모르는 일이었다. 이러저러한 일로 그동안 상단 일이며 조정 대신들을 상대하느라 혼이 난 상태였다.

　대충 모든 일들이 정리되고 나서야 짬이 나 남들의 이목도 생각할 겸 부용루로 매일같이 들르는 준수였다. 물론 이 사실을 집에 있는 효진이 안다면 자신에게 실망을 하겠지만 그래도 어쩔 수 없는 일이었다. 모든 것은 적당한 것이 좋았다. 가끔 집으로 향하고 싶은 발걸음을 억지로 돌릴 때도 있었지만 그것이 서로를 위해 좋은 일이라 생각하는 준수였다.

　"무슨 생각을 그리 하십니까?"

　"사람의 마음이 참 어렵다는 생각을 했습니다."

　"마님의 마음이오?"

　"왜 모든 일을 그 사람과 연관 지으십니까?"

　준수의 말에 월향이 까르르 웃었다. 월향의 표정으로 보아 무언가 하나 끈을 쥐고 알아낸 것 같은데 그것이 무엇인지 전혀 짐작이 되지 않는 준수였다.

　"여인의 마음이란 어렵지요. 하지만 가장 쉬운 것도 여인의 마음이랍니다."

　'어렵고 쉬운 것이 여인의 마음이라…….'

　준수에게 효진은 어쩌면 어려운 존재였다. 자신의 대외적인 지어미로서는 손색이 없는 사람이었다. 아니, 더없이 잘 어울리는 여인이었다. 하지만 그만큼 차갑고 속 모르게 느껴질 때도 있었다. 처

음이야 감정적인 문제는 배제하고 맺은 인연이라 그 부분은 신경을
쓰지 않은 것이 사실이었다. 그녀가 어떤 생각을 하든지 그다지 신
경 쓸 필요가 없다고 느껴졌었다. 하지만 요즘은 그 마음이 알고 싶
었다.

정확하게는 자신이 자객에게 피습을 당한 이후부터였다. 가장
약한 부분을 보였기 때문인지, 아니면 자신의 옆을 지키며 간호를
하고 있던 부인의 모습을 보았기 때문인지 이상하게 효진을 생각하
는 일이 많아졌다.

부인이 자신의 품 안에서 어떻게 피어나는지 약한 부분은 어디
인지는 정확하게 짚어낼 수 있으나 부인이 무슨 생각을 하는지에
대해서는 도무지 알 수가 없었다. 그녀가 궁금했다. 그래서 더 속이
답답해지는 것인지도 몰랐다.

✳

무료한 오후 시간을 보내며 지아비의 옷을 짓느라 바느질을 하
던 효진이었다. 행랑채에 있던 하인이 다름이를 통해 친정에서 사
람이 왔다고 고해왔다.

효진은 바느질하던 옷가지들을 내려놓고 바깥으로 나섰다. 집
마당에는 오랜만에 보는 밀양댁이 초조한 듯이 서 있었다.

“아씨.”

밀양댁이 효진이 나서는 것을 보며 한달음에 달려왔다. 효진은
밀양댁을 보니 반가운 마음이 앞섰다. 울컥거리는 마음을 애써 진
정하며 담담하게 밀양댁의 안부를 물었다.

“잘 지냈는가?”

"저야 항상 똑같습니다. 아씨는 잘 지내셨는지요?"

"잘 지내고 있네. 한데 무슨 일인가, 갑자기 전갈도 없이?"

반가움도 잠시 밀양댁이 표정이 어두워졌다.

"대감마님께서 아씨를 잠시 모셔오라 저를 보내셨습니다."

"아버님께서? 무슨 일로?"

양부께서 자신을 찾는 일은 거의 없었다. 그 댁의 양녀로 들어갈 때부터 지금까지 그녀를 찾았던 일이라고는 손에 꼽을 정도였다. 거의 대부분이 양어머니 한씨 부인이 그녀에 관한 일들은 일임을 받다시피 하셨기에 이렇게 사람을 보내 찾는 일은 처음 있는 일이었다.

"이유는 말씀해 주지 않으셨습니다. 하지만 서둘러 가시는 것이 좋으실 듯합니다."

"알겠네."

효진은 밀양댁의 재촉에 간단히 차비를 하고는 다름이를 대동하고 길을 나섰다. 마당에는 집에서 보내온 가마가 가마꾼들과 함께 그녀를 기다리고 있었다. 하지만 그 가마를 타려 하는 효진을 청지기인 박 서방이 제지를 하고 나섰다.

박 서방은 마님이 출타하시는 것을 주인어른께 말씀도 못 올린 상황이니 급하게나마 집에 있는 가마를 타고 가시라고 하며 가마꾼들과 함께 다소 화려해 보이는 가마를 내어왔다. 효진은 그들이 내어온 가마에 기함을 했다. 겉으로 보기에도 구슬이며 각종 장식을 달아 무척이나 공들여 만든 가마로 보였다. 친정에 잠시 다녀오는 것인데 이렇게 화려한 가마를 타고 가는 것이 부담스러워 항상 타던 가마를 타려 했으나, 박 서방이 극구 말리며 내어온 가마로 다녀올 것을 당부했다.

"이 가마를 타고 다녀오지 않으시면 아마 나리께서 무척 화를 내실 겁니다."

"그러한가?"

"그렇습니다, 마님. 이미 출가를 하신 몸이니 이 가마를 타고 가시는 것이 좋을 듯합니다."

박 서방의 간곡한 부탁에 효진은 머뭇거리며 새로운 가마에 올랐다. 넉넉하게 앉을 수 있는 크기라 편하긴 했지만 마음 한구석에는 불편함이 감돌았다. 가마의 안 또한 하르르한 비단으로 장식이 되어 있어 그 화려함에 눈이 휘둥그레졌다. 과연 자신이 이 가마를 타고 가도 되는가라는 부담스러운 마음에 주눅이 드는 기분이었다.

효진은 가마에서 내려 마당을 지나 사랑채로 향했다. 몇 년을 이 집에서 살았지만 자신이 사랑채로 발걸음을 한 적은 처음이라 떨리는 마음이었다. 왜 자신을 보자고 했는지 모르고 온 상황이라 불안한 마음마저 들었다.

"대감마님, 아씨께서 오셨습니다."

"안으로 뫼시거라."

익숙한 음성이 들리고 효진은 방 안으로 들어섰다. 방 안에는 양아버지가 기다리고 있었다.

"그동안 평안하셨습니까, 아버님."

"오냐, 잘 지냈다. 앉거라."

평온한 표정의 양아버지의 얼굴을 보니 효진은 불안하던 마음이 살짝 가시는 듯싶었다.

"잠시 이 아이와 나눌 말이 있으니 주위를 물리거라."

"예, 대감마님."

양아버지는 문을 열어준 이에게 나직하게 말을 하고는 사람들의 발소리가 들리지 않을 때까지 침묵했다.

"네 지아비가 집에 안 들어온 지 며칠이나 되었더냐?"

주위 사람들이 다 물러가자 양부는 서늘한 노성으로 일갈했다. 효진은 갑작스런 호통에 깜짝 놀라 양부를 바라보았다. 잠시 전의 인자한 표정은 간데없이 무척이나 화가 난 얼굴이었다. 효진은 그가 집으로 들어오지 않은 날의 수를 세어 양부에게 털어놓았다.

"다, 닷새입니다, 아버님."

사실은 그보다 더 오래되었지만 일이 바빠 그런 것이려니 넘겼던 시간이었다. 한데 갑자기 그 일에 대해 물어오니 저도 모르게 그 시일을 줄여서 고했다.

"닷새? 너는 그동안 집에서 무얼 하며 지냈느냐?"

그녀의 말에 양부의 눈초리가 더욱 매서워졌다. 효진은 혹시나 자신의 거짓 고함이 들켰나 싶어 뜨끔한 기분에 기어들어 가는 음성으로 그간의 일을 고했다.

"간단한 소일거리를 하며……."

"지아비가 기생을 끼고 노닥거리는 동안 소일거리를 하고 있었다니! 이런 멍청한 것을 보았나!"

효진은 양아버지의 말에 숨이 콱 막혔다. 자신이 무엇 때문에 이런 말을 들어야 한단 말인가? 일이 바쁘다던 사람이었다. 집에 들어오지 않은 지 오래되었지만 항상 못 들어가서 미안하다는 서신을 보내오고 있었기에 당연히 상단의 일이 바쁜 줄로만 알았지, 기루를 드나드는지 어떻게 짐작이나 할 수 있었겠는가? 효진은 양아버지의 노성에 하늘이 무너지는 기분이었다.

"내가 뭐라고 했느냐? 쉽게 잡히지 않을 위인이라고 누누이 이르지 않았느냐? 얼굴만 반반하면 무얼 하느냐? 제 지아비 하나 잡지 못할 목석인 것을! 이럴 줄 알았으면 네 선생으로 네 지아비의 정인이라는 부용각의 월향이를 붙여줄 것을 그랬구나."

"……죄송합니다."

효진은 분노로 펄펄 뛰는 양아버지 앞에서 무릎을 꿇고 빌었다. 달리 방법이 없었다. 일단은 이 불같은 화를 잠재워 놓아야 무슨 말을 해도 할 것이 아닌가. 계속되는 질타에 정신이 하나도 없었지만 효진은 연신 죄송하다 빌고 또 빌었다. 한참 화를 내던 양아버지는 효진의 거듭된 사죄에 다소 누그러지는 듯했다.

"사내의 마음을 얻는 건 너 하기에 달린 일이다. 아양을 떨든 애교를 부리든 어떻게 해서든지 그 사람 마음을 잡아야지. 그래야 너도 살고 나도 살 것이 아니냐?"

"예, 명심하겠습니다."

"내 나랏일을 보는데 자금이 필요하여 은 천 냥을 좀 부탁했는데 이틀째 소식이 없구나. 한시가 급하게 필요한 것이니 네 남편을 잘 구슬려서 답을 달라 해라."

은 천 냥…….

효진은 숨이 막혀왔다. 양부의 말에 앉아 있던 땅이 무너지는 것 같았다. 은 한 냥도 평범한 양인 가족이 한 달은 먹고살 수 있는 있을 정도의 돈이었다. 한데 천 냥이라니, 가슴이 답답하고 숨이 막혀왔다. 큰 기와집 두 채는 너끈히 살 수 있는 큰돈을 자신의 남편에게 요구를 했다니, 수치심에 얼굴이 발갛게 달아올랐다. 그런 그녀의 심정을 아는지 모르는지 양부는 자신이 언제 돈을 요구하기라도 했냐는 듯 점잖게 낯빛을 바꾸고는 그녀가 항상 궁금해하던 일을 지나가듯 말하며 털어 놓았다.

"네 어미는 잘 지내고 있다. 네 혼인이 있고 며칠 고뿔이 걸려 고생을 하긴 했지만 잘 지내고 있으니 걱정하지 말거라."

양부의 말에 효진은 무릎이 휘청이는 것 같았다. 아픈 단어가 하나 떠올랐다.

'어머니……'

그것이 시초가 되어 눈앞이 뿌옇게 흐려졌다. 방문을 닫으며 효진은 소매로 눈물을 찍어냈다. 여기서 울 수는 없었다. 우는 모습을 보였다가는 또다시 자신을 곤란하게 만들었다며 진노하실 양부의 모습이 눈에 선해 애써 고개를 들어 하늘을 쳐다보며 눈물을 삭였다.

'참으로 모진 인생입니다. 어머니도, 저도 말입니다.'

✻

오랜만에 명에서 배가 도착한 날이었다. 준수는 포구에 나가 배가 도착하는 모습을 보며 안도의 한숨을 내쉬었다. 눈엣가시와도 같던 진가상단의 진해주를 해치우고 나니 십 년 묵은 체증이 쑥 하고 내려가 평온한 기분이 들던 차에 이렇게 무사히 배가 들어오는 것을 눈으로 보니 그 기분 좋음이 이루 말할 수가 없었다.

차곡차곡 포장되어 들어온 비단과 도자기들을 조심스럽게 나르는 상단의 일꾼들을 독려하며 준수는 선실로 발길을 옮겼다. 선장이 준수가 오기를 기다렸다는 듯 품에 품고 있는 작은 궤를 그에게 내밀었다.

“이번에 아주 좋은 물건을 구했습니다, 대행수님.”

“좋은 물건이라…….”

“비취가 아주 좋아서 바로 세공해서 가져온 겁니다.”

“그러한가?”

준수는 궤를 열어 안의 내용물을 확인했다. 진한 녹색의 투명한 비취의 자태를 보니 절로 흐뭇한 미소가 입가에 감돌았다.

“특상품이로군.”

“세공이 아주 잘되었습니다. 이 비녀 색을 좀 보십시오. 가락지와 함께 판매를 한다면 아주 금을 톡톡히 받을 수 있으실 겁니다.”

“수고했네.”

준수는 궤를 안고 배를 나오면서 설레는 심정이었다. 이 비취를 딱 보는 순간 효진에게 주면 어울리겠다는 생각이 들었던 것이다. 본래는 큰돈을 받고 팔려고 마련한 물건이었지만, 그 물건을 보자마자 생각나는 효진의 모습에 준수는 팔려던 마음을 얼른 접었다. 궤를 품에 안고 상단으로 향하는 준수의 발걸음이 가벼웠다. 자신이 선물한 이 비취를 받고 좋아할 효진의 모습이 눈에 선해 절로 미소가 배어 나왔다.

혼인을 하고 나서도 이렇다 할 선물을 준 적도 없었고 효진 또한 무엇이 필요하다고 이야기하지 않았기에 선물이라는 것은 생각지도 못했던 일이었다. 살결이 뽀얗고 투명한 부인이니 비취와는 더없이 잘 어울릴 것이다. 얼마나 어여뻐 보일지 생각하니 한시라도 빨리 전해주고 싶은 마음뿐이었다.

상단으로 돌아온 준수는 오늘에야말로 일을 대충 마무리하고서라도 집으로 얼른 들어가야겠다 싶은 마음에 서둘러 집무실로 향했다.

그가 집무실로 들어섬과 동시에 익숙한 하인의 모습이 보였다. 집에 있어야 할 만복이 이곳으로 온 것에는 아무래도 박 서방이 무슨 전갈을 전하러 보낸 것임이 틀림없었다.

"무슨 일인가?"

"나리, 마님의 일로 급히 전할 말이 있어 쇤네가 단숨에 왔습니다."

준수는 고개를 갸웃거렸다. 부인의 일이라니. 그것도 급한 전갈을 보내온 이유가 궁금했다.

"무슨 일인가? 말해보게."

준수는 방금 전 만복의 이야기를 듣고 화가 치밀어 올랐다.

'기가 차는군.'

얼마 전 장인어른으로부터 어이없는 서신을 받은 적이 있기는 했다. 하지만 그동안 일이 바빠 까맣게 잊고 있던 일이었다. 하루하루를 정신없이 지내다가 이제야 조금 진정되어 여유가 생긴 참에 장인어른이 벌인 일은 그야말로 기가 막혔다.

"내가 집에 없는 것을 틈타 출가한 부인을 집으로 불러들였다니! 이건 또 무슨 경우란 말인가?"

준수의 분이 섞인 말에 소식을 전해준 만복이 몸을 잔뜩 움츠렸다.

"그만 돌아가 보거라. 박 서방에게 일이 어찌 된 것인지 상세히 알아보라 전하고."

"예, 나리."

도망치듯 사라지는 하인을 보며 준수는 끓어오르는 화를 삭이려 애썼다. 준수는 서랍에서 얼마 전 장인어른인 윤정한 대감에게서 온 서신을 꺼냈다. 처음 보았을 때 어이가 없어 밀어두었던 서신이다.

준수는 다시 한 번 그 서신을 펼쳐 찬찬히 읽어 내려갔다. 형식적인 안부를 묻는 편지로 시작되었으나 읽어 내려갈수록 노골적으로 금전을 요구하는 내용으로 이어지던 서신이었다.

혼인을 하면서 그가 금전을 요구할 거란 건 어느 정도 예상을 하고 있었다. 아마 그가 아닌 다른 이의 여식과 혼인을 했어도 그 사실은 크게 달라지지 않았을 것이다. 하지만 막상 이렇듯 서신으로 돈을 요구하다니, 참으로 윤 대감다운 행동이라 하지 않을 수 없었다.

'그래도 그렇지. 어찌 출가한 여식을 그렇게 불러간단 말인가.'

일을 하느라 이미 여러 날 집에 들어가지 않았으니 오늘쯤 집으로 가야겠다는 생각을 하던 차에 이런 일이 벌어져 버린 것이다. 윤 대감이 도대체 부인에게 무슨 말들을 했을지 그 내용이 짐작은 되나 부인이 어찌 행동을 하고 받아들일지가 걱정이었다.

다행히 박 서방이 눈치가 있어 처갓집에서 보낸 가마 대신 집에 새로 들인 가마를 타고 갔다고 하니 가마꾼이나 다름에게 물어보면 대충 무슨 이야기가 오갔는지 알 수 있을 것이다.

"집으로 갈 것이다."

준수는 딱딱하게 굳은 얼굴로 집으로 향했다.

✳

효진은 집에 도착하자마자 다름이에게 자신이 찾을 때까지는 안채에 들지 말라 이르고는 방으로 들어갔다. 방으로 들어가자 참았던 눈물이 쏟아졌다. 가마 안에 앉아 있으면서 입술을 깨물고 또 깨물고 손가락을 아프도록 누르면서 참았던 눈물이었다.

한데 지켜보는 사람이 없어지자 자신도 모르게 눈물샘이 터져버렸다. 툭툭, 다홍치마 폭으로 떨어지는 눈물이 점점이 진해졌다. 양부에게 들었던 말들이 머릿속에 맴돌아 도무지 다른 어떤 것도 생각할 수가 없었다.

"지아비가 기생을 끼고 노닥거리는 동안 소일거리를 하고 있었다니, 이런 멍청한 것을 보았나!"

"내 나랏일을 보는 데 자금이 필요하여 은 천 냥을 좀 부탁했는데 이틀째 소식이 없구나. 한시가 급하게 필요한 것이니 네 남편을 잘 구슬려서 답을 달라 해라."

지아비, 기생, 멍청한 것, 은 천 냥이란 단어들이 머릿속에 태풍이 일 듯이 휘몰아 돌아쳤다. 이 일을 어찌하면 좋단 말인가. 혼인을 한 지 얼마 지나지 않은 지아비가 기생을 끼고 놀고 있다니, 어찌 이럴 수 있단 말인가!

투기 또한 자신에게는 사치라 혹여나 그가 소문에서처럼 기생 둘도 모자란다는 위인이라 할지라도 그저 참아야겠다고 생각했다. 하지만 막상 사실을 듣고 나니 자존심이 상하고 가슴이 무너지는 것 같았다. 이 일 하나만 해도 그녀에게는 충격이었다.

하지만 그 상처받은 마음이 아물기도 전에 그런 지아비에게 은 천 냥을 달라고 어찌 입이 떨어지겠는가? 그렇다고 친정까지 불려간 마당에 가만히 입을 다물고 있을 수도 없는 일이었다. 자신이 망설이는 사이에 시간이 더 지나면 다시 또 사람을 보내 집에 다녀가라 하실 텐데…….

이럴 수도 없고 저럴 수도 없는 현실이 너무나 힘겨웠다. 왜 이렇게 현실은 한 치 앞도 볼 수 없을 만큼 냉혹한지, 서러움이 밀려왔다. 어머니를 생각하지 않는다면 그 자리에서 당장에 거절했어도 될 일이었지만 어머니를 입에 올리니 마음이 약해지고야 말았다.

슬픈 일이었다. 아무리 몸부림을 친다 하더라도 양부의 양첩(兩妾)인 어머니를 어머니라 부를 수 없는 현실과 세상 사람들이 다 아는 대로 어머니의 딸이 아닌 먼 친척뻘 되는 조카로 자신의 신분의 굴레가 씌워져 이리 할 수도 저리 할 수도 없는 현실이 갑갑해 가슴이 터질 것만 같았다. 돌아가신 아버지가 조금만 더 오래 살아 계셨다면, 자신의 외숙부가 조금만 더 욕심이 적은 이였다면 과연 이런 일들이 일어났을까.

아마도 아버지가 아직 살아 계셨다면 어머니께서 저렇게 숨죽이며 마음에도 없는 첩살이를 할 일도, 자신이 이렇게 돈에 팔려 시집을 갈 일도 없었을 텐데. 현실이 너무나 원망스러웠다.

'언제쯤이나 이 지옥 같은 현실이 끝이 날까요, 어머니.'

효진의 숨죽인 오열이 끝없이 지속되었다.

어느 정도 마음이 추슬러지자 내내 울어 퉁퉁 부은 눈으로 동경을 바라보았다. 아마 이 모습을 보인다면 무슨 일이 있었구나 하고 짐작할 만한 상황을 만들어주는 것밖에 더 되겠는가. 아무래도 오늘은 피곤하다 하고 저녁 식사를 굶는 것이 나을 것 같았다. 이 모습으론 도저히 밖으로 나갈 자신이 없었다. 너무 울어서일까, 머리마저 띵하게 아파왔다.

그때 타닥타닥, 하는 조급한 다름의 발걸음 소리가 들렸다.

"마님, 나리께서 오셨습니다."

효진은 밖에서 들려오는 다름의 말에 심장이 바닥으로 쿵 떨어지는 것 같았다. 아직 마음의 준비도 되지 않았고 눈도 이렇게 울어서 퉁퉁 부은 못난 모습인데 아니 나갈 수도 없고 속이 바짝 탔다.

'어쩐다? 이 일을 어쩌지?'

효진은 급하게 흐트러진 옷이며 머리를 정리했다. 한참을 고민하던 효진은 마음을 의연하게 먹었다. 피할 수는 없는 일이었다. 어쩔 수 없이 그냥 정면 돌파를 감행하는 수밖에 없었다. 그녀는 애써 태연한 척 방문을 열고 나섰다.

멀찍하게 떨어져서 고개를 기웃거리는 모습의 다름이 보였다. 그녀는 고개를 살짝 숙여 시선을 피했다. 그녀의 모습을 빤히 보는 것이 실례인 줄 알고 하는 행동이었다. 그런 다름의 행동에 오히려 더 자신의 부은 눈이 자각되는 꼴이 되었지만 말이다.

"마님, 대답이 없으셔서 주무시는 줄 알았습니다. 주인나리께서는 지금 사랑채에 계십니다."

다름은 효진의 부은 눈을 보았음인지 애써 내색하지 않으려 명랑하게 말을 했다. 말투에 당황함이 묻어 나와 효진은 더욱 시선을 맞추기가 힘들었다.

"나리께서 마님께서는 어디 계시냐고 여쭈어보셔서 안채에 계시다 말씀드리니 식사를 함께하자 청해달라 하셨습니다."

식사를 함께하자 청하셨다니, 참 난감했다.

"다른 말씀은 없으셨고?"

"참, 마님께서 친정에 가셨던 일도 여쭈어보셨습니다."

“그래?”

“저는 행랑채에서 기다리고 있어서 그냥 마님을 기다리다 함께 돌아온 것밖에는 없다고 고했습니다.”

다름이 혹시나 효진의 기분이 상할까 조심스럽게 준수가 물었던 내용들을 미주알고주알 이야기하기 시작했다. 별다른 내용은 없었지만 준수가 자신이 친정으로 다녀왔다는 사실을 알고 물은 것이라는 건 분명했다. 효진은 한숨이 터져 나왔다. 최악의 상황을 미루려하면 할수록 꼬여만 가는 기분이었다.

사랑채로 들어서자마자 준수가 무엇에 화가 난 듯 효진이 자리에 앉기도 전에 물었다.

“장인어른입니까?”

효진은 무어라 대답하기 곤란한 질문을 하는 준수에게 차마 입이 떨어지지 않았지만 그래도 마음을 가라앉히고 차분하게 말을 했다.

“이틀 전에 친정에서 서신을 서방님께 보냈다는 말을 들었습니다.”

담담한 그녀의 음성이 방 안에 퍼졌다. 자신의 지아비는 사람을 많이 상대하는 사람이니 아마 그녀가 거짓을 말한다고 하더라도 금세 알아차릴 것이다. 사랑채로 오는 내내 고민하던 효진은 당연히 알고 있다는 듯 물어오는 그의 말에 피해서 될 일이 아니라는 것을 직감했다. 그냥 있는 그대로 털어놓자 마음을 먹었다. 오히려 그렇게 생각을 하고 말을 내뱉고 나니 마음이 한결 가벼워졌다.

“그래서요?”

그녀의 말에 대답을 하는 준수의 표정이 한 치도 읽히지가 않았다. 불안한 마음이 들었지만 효진은 이미 말을 하기로 마음먹은 일이라는 생각에 굴하지 않고 자신이 생각하는 바를 이야기하기 시작했다.

"이런 말씀 드리기 참 민망하고 힘들지만, 아버님께서…… 돈을 청하셨다 말씀하시더군요."

"어디에 쓰려고 하시는지 다소 과한 금액이긴 했습니다."

준수의 말투에 비웃음이 묻어나는 듯했다. 그의 냉소적인 태도에 효진은 마음이 아프게 저려왔다.

"그 돈, 보내지 마십시오."

효진은 단호하게 준수에게 말했다. 이 말을 하기까지 많이 고민하고 망설였지만, 막상 마음에 있는 말을 뱉어내고 나니 속이 시원한 기분이었다. 마치 어린 날 어미 없는 자신을 괴롭히던 외숙부에게 따져 물었을 때와 같은 시원한 기분이 들었다. 물론 모든 일에는 후 폭풍이 따르겠지만 지금 그녀의 생각은 자신이 믿고 말하는 것이 맞다 굳게 믿었다.

효진의 말에 준수의 호기심 어린 눈빛이 그녀의 얼굴에 꽂혀들었다. 그다음 대답을 기대하는 듯 그는 그녀의 말에 대답하지 않고 그녀가 말을 이어가길 기다렸다.

"인간의 탐욕은 끝이 없습니다. 지금은 은 천 냥이지만 다음번은 어떻겠습니까? 애초에 채워지지 않을 욕심을 채워주려고 하는 건 효가 아니라고 생각합니다. 하니 다음번에 또다시 이런 서신을 받으시게 된다면 태워 버리십시오."

"효라……."

효진이 바라본 준수의 표정은 무슨 생각을 하는지 더욱더 차가워지고 말투 또한 이죽거리는 듯했다. 마치 자신의 앞에서 거짓 따위 말하지도 말라는 듯 냉정한 모습에 효진은 이렇게 변명을 하는 자신이 서글퍼졌다.

'아, 내 말을 곧이곧대로 믿지 못하시는구나.'

하기야 이미 아버지께서 돈을 요구하는 서신을 보내는 것 자체가 도리에 어긋난 일이었다. 틀어진 마음일 텐데 그가 자신에게 이렇게 하는 것도 한편으로는 이해가 되었다. 어쩌면 그도 자신의 양부에게 상처받았을지도 몰랐다. 어렸을 때 조실부모했다고 하더니 어른이라 믿었던 장인어른에게 배신감이 클지도 몰랐다.

"이번 일로 심려를 끼쳐 드려 죄송합니다. 제가 아버님 대신 사죄드리겠습니다."

자신의 표정을 살피는 것인지 준수는 효진의 말에 한참이나 대답이 없었다. 효진은 충분히 준수에게 사과를 했음에도 불구하고 이렇게 자신을 바라보는 그의 시선이 불편했다. 마음속으로는 이런 불편한 상황과 양부로 인해 일이 이렇게 되어버려 그에게 상처를 준 것에 대한 부끄러움이 한데 엉켜 효진의 심사는 복잡하기만 했다. 잠시 생각을 하는 듯 가만있던 준수가 드디어 입을 열었다.

"……항상 모든 일에 이런 식으로 사셨습니까?"

"무슨 말씀이신지?"

"항상 홀로 모든 것을 감당하고 사셨냐고 묻고 있는 겁니다."

"……?"

뜬금없는 그의 말에 효진은 무슨 대답을 어떻게 해야 할지 감을 잡을 수가 없었다. 무얼 묻고 싶은 것인가? 자신의 살아온 생활을 묻고 싶은 것인지, 아니면 당신의 말이 참이냐고 묻는 물음인지 알 수가 없었다.

"마지막으로 보았을 때는 참으로 어여쁘시더니 지금은 개구리가 형님 하겠습니다."

준수의 손이 그녀에게 뻗어오는가 싶더니 그녀의 눈가를 쓸었
다. 눈빛에 안타까움이 묻어났다. 준수가 효진을 끌어당겨 품에 안
았다. 효진은 그의 품 안에서 그의 체향이 코끝으로 밀려오자 아까
양부에게 전해 들었던 말로 인해 비참했던 기분과는 반대로 그 품
이 따뜻해 울컥하는 심정이 되어 지아비를 어찌 대해야 할지 갈피
를 잡을 수가 없었다.

"상단의 일이 바빠 집에 못 들어오는 날이 많아 미안합니다."

효진은 머쓱하게 말을 하며 자신을 향해 궤를 내미는 준수를 얼
떨떨한 표정으로 바라보았다. 이건 또 무슨 일인가.

차마 궤를 받아 들지 못하는 그녀에게 준수는 궤를 열어 안의 물
건을 보여주었다.

"예뻐라."

효진은 자신도 모르게 안의 물건을 보고 탄성이 터져 나왔다. 색
이 이렇게 고운 비취는 태어나서 처음 보았다. 양어머니인 한씨 부
인도 많은 장신구를 가지고 있었지만 이토록 빛깔이 고운 물건을
가지고 있지는 않았다. 효진은 저도 모르게 비녀로 향하려는 손길
에 흠칫 놀라 뻗어가던 손을 멈추었다.

그런 그녀의 행동에 대한 의미를 알아채었음인지 준수가 손수
안의 가락지를 들어 효진의 손을 잡아 조심스럽게 손가락에 밀어
넣었다.

"부인 겁니다."

"제, 제 것이오?"

효진은 낯설기만 한 보석이 자신의 손가락을 감싸고 있는 모습
을 보며 얼떨떨한 마음이 들었다. 한 번도 보석이라는 것이 자신의

것이 될 거라 생각해 본 적이 없던 일이었기에 어떻게 이 감정을 표현해야 할지 몰라 준수를 바라만 볼 뿐이었다.

"예쁩니까?"

"……예, 너무 곱습니다."

"이제 부인의 손에 넘겨 드렸으니 부인의 것입니다."

"……어찌 감사를 드려야 할지. 이런 물건은 처음 받아봅니다. 고맙습니다."

효진의 말에 준수가 설핏 미소를 지었다.

"일이 바빠 항상 함께 있을 수 없어 미안한 마음에 사죄의 의미로 드리는 겁니다. 하니 너무 부담 갖지 마세요. 항상 바빠서 미안합니다."

'항상 바빠서 미안합니다.'

왜였을까? 그 순간 효진은 자신을 달래는 준수의 말에 그만 양부의 말이 떠올라 찬물을 뒤집어쓴 것마냥 정신이 번쩍 들었다.

선물을 주어 고마운 마음과는 별개로 상단의 일이 바빠 잘 들어오지 못했다는 그의 말에 폐부를 찔린 듯 통증이 일어 숨이 쉬어지지 않는 기분이 들었다. 하면 자신이 오늘 양부에게 들은 이야기는 무엇이란 말인가. 순간 머릿속을 스치는 '월향'이라는 이름이 그녀의 몸을 손끝부터 가닥가닥 얼어붙게 만들었다.

집에 들어오지 않는 시간 동안 자신의 남편은 부인인 자신이 아닌 기루를 전전하며 지냈다는 생각이 들자 갑자기 그에게 잡혀 있는 손이 불편하고 기분이 급속도로 나빠졌다. 하지만 효진은 지금 자신의 처지에 투기하는 것도 사치라는 생각이 들어 내색할 수조차 없었다. 그녀의 양부가 한 말들은 아마도 진실일 것이다. 그러니 그녀를 불러 야단까지 치지 않았겠는가? 돈이 나오는 화수분과 같은

사위이니 딸이 부디 잘 휘어잡아 자신의 원하는 돈이 척척 나와주
길 바라는 분이니 아마 그 말은 진실일 것이다.

효진은 그런 속내를 하고 있는 자신을 품에 안는 준수 앞에서 애
써 표정을 감추었다.

"상단 일은 잘되어가십니까?"

"최근에 상단들이 들썩일 만한 일들이 있어 그 일을 해결하느라
시일이 좀 걸렸습니다. 그 일 말고는 크게 변화는 없는 편입니다."

"그러하십니까?"

"부인께서 신경을 써주니 고맙습니다."

"당연히 제가 신경을 써드려야 할 일인걸요. 제가 언제 한번 들
러도 되겠습니까?"

"부인이 온다면 저야 대환영이지요."

"하면 조만간 상단에 들르겠습니다."

투기를 할 생각은 없었다. 그것도 기생에게 투기를 하는 것은 상
상할 수 없는 일이었다. 하지만 양부의 언질을 듣고 나서 자신에게
거짓을 말하는 준수에게 속상한 마음이 들었다. 해서 일부러 상단
으로 찾아가겠노라 미리 말을 흘린 것이다. 자신이 찾아가겠다 말
을 하였으니 아마 자신이 찾아가기 전까지는 기루로 가기 곤란하지
않겠는가.

대뜸 기루에서 일을 보시는 것이냐? 라고 따져 묻고 싶은 마음이
없는 것도 아니었지만 효진은 애써 올라오는 많은 말들을 마음속으
로 억눌렀다. 그의 행동을 자신의 눈으로 보고 잡아낸다면 모를까
들은 말로 그에게 화를 낼 수는 없는 일이었다. 자신이 고민하는 사
이 고물고물 옷고름을 풀어 내리는 준수의 손길에 효진은 저도 모
르게 움찔 뒤로 물러났다. 이대로 그와 잠자리를 하기엔 너무나 복

잡한 심경이었다. 그가 자신을 품고 싶어 하는 것은 그래도 그녀에게 관심이 있다는 말이니 좋은 일이었지만, 지금은 싫었다. 뒤로 물러나자 준수가 다시금 효진을 안아왔다.

"드, 등에 상처가 아직……."

"다 아물었습니다."

그녀의 말에 준수는 아랑곳하지 않고 그녀의 옷고름을 풀어 저고리를 벗겨내려 했다. 효진은 당황스러운 마음에 옷가지를 여몄다.

"지, 지금은 곤란합니다."

"제가 부인에게 허기가 져서 그럽니다."

마치 자신이 앙탈이라도 부리는 양 구는 준수의 능청스러운 말에 효진은 얼굴이 확 하니 달아올랐지만 다시금 저고리를 벗기려던 준수의 손을 떼어냈다.

"저기…… 제가 오늘이 곤란한 날이라 그렇습니다."

아직은 시작할 때가 되지 않았지만 효진은 월경이 시작되었다고 거짓말을 했다. 준수의 표정이 마치 먹을 것을 빼앗긴 어린아이마냥 불퉁하게 변했다. 효진은 그의 모습이 평소 준수의 모습과는 다르게 귀엽다 여겨져 웃음이 비어져 나올 것 같았지만 애써 미안한 척 고개를 돌렸다.

"뭐, 굳이 잠자리를 같이하기 위함이 아니라 내 피곤하여 일찍 부인과 잠을 자고자 해서 도와드린 것입니다."

"그럼 다름이에게 자리를 봐놓으라고 이르겠습니다. 다름이 게 있느냐?"

효진은 흐트러진 옷매무새와 머리를 정리했다. 그리고는 모르는 척 다름을 찾아 밖으로 나섰다. 준수는 이러지도 못하고 저러지도 못하는 심정으로 밖으로 나가는 효진의 뒷모습을 쳐다보았다.

오늘은 부인을 품에 안고 잘 수 있겠다 싶어 들떴던 준수였다. 그런데 부인을 품지 못하고 안고만 자야 한다니 준수는 억울한 기분이 들었다. 최근에 일이 벌어지고 나서 부쩍 자신의 눈에 어여뻐 보이는 부인이었다. 일만 아니었다면 사흘 밤낮을 품고도 모자랐을 부인인데 이렇게 집에 못 들어온 시간이 억울할 데가 있다니. 억울함에 기가 막혀 말도 못하고 끙끙 앓는 심정이었다.

부인에게 월경이 시작되었다고 하니 앞으로 며칠은 더 기다려야 한단 말인가. 준수는 잔뜩 성이 나버린 아랫도리를 보고는 허탈한 마음이었다. 게다가 자신의 입으로 피곤하니 얼른 같이 자자고까지 했으니 과연 보고만 있어도 탐이 나는 자신의 부인을 안고 이 밤을 편하게 보낼 수 있을 것인가가 문제였다. 게다가 저녁상도 받기 전이 아닌가. 저녁을 굶는 것도 모자라 욕구불만에 시달리는 밤이라니, 한숨이 절로 나왔다.

효진이 빨래를 해서 너는 모습을 본 다름이 부리나케 달려왔다.

"아이고, 마님. 저를 시키지 않으시고요. 왜 손수 빨래를 하십니까?"

다름에게 들킨 것에 화들짝 놀란 듯 고개를 돌려 다름을 보고는 황급히 빨래를 하던 것을 숨기는 효진이었다.

"아무래도 개짐(생리대)은 내가 빠는 것이 좋을 것 같아 그런 것이야."

"제가 해도 되는 일이온데……."

"거의 다 했으니 괜찮다."

효진은 햇빛이 좋은 마당 한편에 숨기듯이 자신이 한 빨래를 널었다. 혼인을 하기 전 친정에 있을 때만 하더라도 효를 핑계로 양어머니께서 항상 그녀의 옷은 효진에게 빨아 다려오도록 시킨 터라 이런 빨래라면 이골이 나 있었다. 게다가 남편인 준수는 여러 가지로 조심해야 할 사람이니 효진 자신이 거짓말을 하더라도 확실하게 할 필요가 있었다.

한 해 두 해 눈칫밥을 먹으며 살아온 세월은 그녀를 더욱 단단하게 만들었다. 무슨 일이든 책잡히지 않게 거짓말을 하려면 확실하게 만반의 준비를 해두는 건 이미 예전부터 들어온 버릇이었다. 그래서 다름이 오기 전에 가지고 있던 개짐을 빠는 시늉을 하며 물을 묻혀 얼른 햇빛에 말렸다. 아직은 다름이도 남편의 사람이라 믿을 수가 없으니 조심하는 것이 좋았다. 이럴 때 밀양댁이라도 있었으면 천연덕스럽게 그녀의 편을 들어줄 텐데, 여러모로 밀양댁이 그리웠다.

"간단히 요깃거리를 준비해야겠구나. 서방님께 상단으로 들르겠다 약조를 했으니, 오늘 한번 다녀와야겠다."

"예, 마님."

상단으로 걸음을 하는 것은 처음 있는 일이라 무얼 준비해야 할지 막막하긴 했지만 주방 아낙에게 물어물어 준비하면 상단 사람들이 좋아하는 음식 두어 가지는 할 수 있을 것 같았다. 밤새 자신을 만지작거리며 잠을 못 이루고 뒤척거리던 분이니 지금쯤이면 수면 부족으로 피곤해할 시간이었다. 어떻게 보면 밉기까지 한 남편이었지만 그래도 지금 기댈 곳이라곤 그 사람밖에 없었다.

*

"누가 왔다고?"

정한은 사위가 찾아왔다는 이야기를 듣기는 했지만 다시 한 번 되물었다. 다시 들어도 기분 좋은 말이었다. 어제 효진을 불러들인 보람이 있는 모양이었다. 흡족한 마음에 안으로 모시라 하인에게 명을 내리고는 의관을 정제했다. 오랜만에 보는 사위니 단단히 기선제압을 하는 것이 앞으로 두고두고 편할 것이라는 생각에 짐짓 근엄한 표정을 지어 보였다.

'제 녀석이 그럼 그렇지, 아직 세상 무서운 걸 모르는 애송이 같으니라고.'

"아버님, 김 서방입니다."

"들어오시게."

다소 피곤해 보이기는 하지만 말끔히 의관을 정제한 준수가 방 안으로 들어왔다. 윤기가 자르르 흐르는 말총갓에 청색의 도포를 걸친 모습이 멋들어졌다. 게다가 갓끈은 값비싸고 귀한 홍옥으로 드려놓아 안 그래도 영준한 얼굴이 더 해사해 보였다.

"그간 평안하셨사옵니까? 자주 찾아뵙지 못해 송구스럽습니다."

"상단의 일이 바쁠 텐데 이렇게 신경을 써주니 고맙구먼. 앉게. 그래, 그동안 잘 지냈는가?"

"네, 잘 지내고 있습니다. 아버님께서 신경 써주시는 덕분에 궐에 들어가는 물건도 까다롭지 않게 되어 일이 반은 줄어든 것 같습니다."

준수는 의자에 앉자마자 웃는 얼굴로 장인어른을 추켜세우기 시작했다. 그러자 기분이 좋아졌는지 처음 들어갈 때부터 근엄한 표정을 짓고 있던 정한의 표정이 봄눈 녹듯 녹아내렸다.

"내 아랫사람들에게 일러 특별히 신경을 써달라 했으니 크게 힘들이지 않아도 될 걸세."

"감사합니다, 아버님."

"허허, 이 사람, 감사는 무슨. 사위가 하는 일인데 당연히 장인인 내가 도와줘야 하는 일 아니겠나?"

준수의 거듭된 치켜세움에 정한은 자신도 모르게 우쭐해진 기분이었다. 안 그래도 요즘 조정에서 일을 보는 것이 상급자인 예조판서에게 눌려 영 마뜩찮았는데 오늘 준수가 이렇게 아들처럼 살갑게 구니 마음이 든든해지는 기분이었다. 게다가 자신을 정말로 존경한다는 듯이 바라보는 눈길에 자신도 모르게 어깨에 힘이 잔뜩 들어갔다.

"아 참, 그리고 부인께서 아버님을 만나면 전해달라 청한 물건이 있사온데 잠시만 기다려 주십시오, 아버님."

"효진이가?"

뜬금없이 효진이 보낸 물건이라 하자 정한은 눈이 휘둥그레졌다. 그 아이가 보낼 물건이 무엇인가?

"밖에 있는가? 가지고 온 물건 좀 들여와 주게."

"예, 대행수님."

준수의 말이 떨어지기가 무섭게 장정 두 명이 큰 궤를 가지고 방 안으로 들어왔다. 그들을 따라 상단의 중책을 맡고 있는 듯 조양상단 특유의 검은색 띠를 허리에 맨 중년의 사내가 들어왔다.

"대행수님, 물건은 어디로 드릴까요?"

"아버님께 드리시지요."

장정들은 들고 온 궤를 윤정한 대감 앞으로 척 내려놓았다.

"이게 다 무엇인가?"

정한은 자신의 앞으로 놓은 궤를 열어보고 싶은 마음이 굴뚝같았으나 애써 아무렇지 않은 척 의문스럽다는 듯이 준수를 향해 물었다. 준수는 아무 말 없이 미소를 짓더니 정한의 앞으로 와 궤짝을 열었다. 궤 안에는 그가 일전에 요구했던 은전이 곱게 포장되어 들어 있었다. 궤가 큰 것으로 보아 자신이 요구했던 금액보다 많은 금액임이 분명했다. 정한은 짐짓 부담스러운 표정을 지으며 자신의 사위를 바라보았다. 화수분, 화수분 하더니 이 사람이 바로 화수분이렷다.

"부인이 꼭 아버님께 직접 전해달라 청을 하더군요."

서로 돈을 주고받는 것이 타인들이 보기에 모양새가 빠지지 않게 그의 딸이 보냈다고 하니 정한의 표정이 득의양양해졌다. 준수는 그 탐욕스러움에 욕지기가 올라올 것 같았다. 하지만 자신이 언제 그런 생각을 했었냐는 듯 만면에 웃음을 띤 얼굴로 표정을 가렸다.

"허허, 이렇게 고마울 데가 있나. 안 그래도 내 사정이 생겨 꼭 필요한 물건이었는데 효진이에게 고맙다 전해주게."

"여부가 있겠습니까? 그럼 저는 상단에 물건이 도착할 시각이 되어 죄송하지만 가봐야 할 것 같습니다, 아버님."

준수는 정한의 얼굴에 미소가 떠오르는 것을 보고는 짐짓 급한 말투로 숫제 자리에서 일어나듯이 말을 했다.

"그런가? 차라도 한잔하고 가면 좋을 것인데."

"차는 다음에 부인과 함께 와서 하겠습니다."

"그럼 어쩔 수 없지."

정한은 준수가 황급히 나가는 것을 아쉽다는 듯 배웅하고는 부리나케 방 안으로 들어왔다.

'보면 볼수록 잘 얻은 사윗감이란 말이지.'

준수가 내려놓은 은전들을 만져 보며 정한은 흐뭇한 미소를 지었다. 이 정도의 금액이면 곧 지불하기로 한 물건 대금도 지불하고 얼마간의 여유도 생길 수 있을 것 같았다.

집에 있을 때는 마음에 탐탁지 않은 효진이었으나 혼인을 함으로 인해 이렇게 자신에게 득이 되니 참으로 고마운 존재가 아닐 수 없었다.

준수의 일행은 정한의 집 사랑채를 벗어나 급히 집을 나가기 시작했다.

"다시 방 안으로 들어가셨습니다, 대행수님."

"오늘 하루 기분은 날아갈 것 같으시겠군."

준수의 나지막이 읊조리는 말에 다분한 빈정거림이 녹아 있었다. 아무리 양부모라지만 그래도 그녀의 부모이기에 차마 매정하게 내칠 수 없어 싫지만 애써 걸음을 했던 것이었다.

하지만 장인어른의 의도에 맞춰 순순히 계속해서 돈을 넘겨줄 생각은 없었다. 계속 장인어른의 뜻대로는 되지 않게 할 참이었다.

일행이 마당을 가로질러 가던 차에 청색 비단 치맛자락에 호리한 여인의 모습이 보이자 준수는 자신도 모르게 시선을 올려 보았다. 중년의 늘씬한 여인이었다. 자신들 쪽을 향해 걸어오는 모습을 보면서 준수는 자신도 모르게 집에 있는 효진이 떠올랐다. 분명 이목구비는 달랐지만 전체적인 태가 부인을 닮은 여인이었다. 여인은 반대편에서 오는 준수를 발견했음인지 소리 없이 멈춰 그림으로 그린 듯 유려하게 고개 숙여 인사하고는 다시 빠른 걸음으로 뒤에 계집종을 동반하여 사랑채 쪽으로 가버렸다.

"이 댁에 윤 대감의 양첩이 있다고 하더니, 저분인 모양입니다.

소문으로는 마님의 고모뻘 되신다고 합니다. 그래서인지 많이도 닮으셨네요."

"사헌부 감찰(사헌부 정6품의 품계) 민기보의 누이라 했던가?"

"예, 대행수님."

"참으로 권력을 유지하기 위해 물불을 가리지 않는 양반들이로군, 쯧쯧."

준수는 재가까지 시켜 첩으로 혼인 관계를 맺었다는 이야기를 들었던 것이 얼핏 떠올라 혀를 찼다. 도대체 저 여인은 무슨 죄란 말인가? 권력의 수단으로 이용되는 여인들의 삶이 안쓰럽다는 생각이 들었다. 하기야 지금 자신의 부인인 효진도 어쩌면 그 희생양 중 한 명이기도 했다. 그렇게 생각하니 자신의 부인은 자신과 혼인을 할 때 어떤 마음이었을까? 라는 의문이 들었다. 워낙에 감정 표현이 서툴어 무슨 생각을 하고 있는지 가끔 궁금할 때가 있었는데 나중에라도 시간이 되면 한번 물어봐야겠다는 생각이 들었다.

✱

"어떻게 보셨습니까?"

상단 내 집무실로 들어서자마자 준수는 자신을 따라오던 철식에게 물었다. 철식은 이미 닫은 문을 살짝 열어 바깥의 동태를 보고는 입을 떼었다.

"앞으로 더는 그 댁에 돈을 주는 일이 없어야 할 것 같습니다. 마님께서도 그걸 바라지 않으실 겁니다."

"그렇게 보이셨습니까?"

철식의 말에 준수가 쓰게 웃었다.

"아무튼, 다음부터는 그 댁에 돈을 보내지 마십시오."

"참 어려운 일입니다. 사위가 돈으로 보이니 말입니다."

"대행수님, 더럽고 치사해도 그들은 양반입니다. 이 나라를 좌지우지하는 사람들이니 화가 나더라도 참으십시오. 대행수님도 이미 뼈저리게 당한 그들의 생리가 아닙니까? 자신들이 살기 위해서는 친구도, 가족도 없는 사람들입니다."

철식의 말은 틀린 것이 하나도 없었다. 애초에 그런 걸 신경 쓰고 혼인을 한 것은 아니었지만 막상 당하고 나니 속이 헛헛한 것은 어쩔 수 없는 사실이었다.

"하지만 저를 사람이 아닌 돈으로 보고 있지 않습니까? 궤를 열 때의 그 탐욕스러운 눈빛을 보고도 그러십니까?"

"어차피 사위로 보길 바라고 하신 혼인은 아니지 않습니까. 그리고 그 부분에 대해서는 저도 생각이 있으니 믿고 맡기십시오."

철식의 말대로 이 혼인이 이루어질 때 어차피 자신을 사람이 아닌 돈으로 볼 것이라 생각하고도 하고자 한 혼인이었다. 그만큼 혼인은 효진이라는 변수를 제외하고는 철저한 계산이었다. 좀 더 마음을 먹었다면 더 좋은 가문의 여식과 혼인을 할 수도 있었다. 예조참판이라는 장인의 벼슬은 높기는 했으나 정승판서보다는 높지 않았고, 그와 관련된 집안들도 혼인을 한다면 두고두고 도움이 될 만한 명문가였다. 그들의 집단에 들어가기 위해서는 혼인을 통한 신분 상승이 절대적으로 필요했다. 어차피 그것을 바라고 시작한 일이었다. 하지만 막상 생각했던 일이 현실로 다가와 윤 대감의 뜻대로 움직일 수밖에 없자 준수는 씁쓸한 마음이 들었다.

준수는 무슨 생각을 하는지 자신을 향해 고개를 숙인 철식을 바라보았다.

“대행수님, 본가에서 마님이 오셨다는 전갈입니다.”
준수는 철식과 이다음 일에 대해 상의하는 사이 뜻밖의 소식에
입가에 미소가 머금어졌다. 상단에 들르겠다고 한 부인의 말이 그
냥 스쳐 지나가는 말인 줄 알았는데 이렇게 찾아오리라고는 상상도
못했다.
“그렇게 좋으십니까?”
“아닙니다. 단지 약조를 한 일은 꼭 지키는 사람이라는 생각이
들어서…….”
“정략적인 혼인이기는 했습니다만, 부부 금슬이 좋아 나쁠 것은
없지요.”
철식은 자신이 훈수를 두어 진행한 혼인이었으나 준수의 최근
행동들을 곱씹어보며 다행이라는 생각이 들었다. 철식은 효진이 들
어올 것이라는 생각에 밖으로 나가려 주섬주섬 서류들을 정리했다.
“어딜 가려고 하십니까? 계십시오.”
“제가 이 자리에 있어 좋을 것이 없습니다.”
준수가 철식이 하려는 행동을 알아채고는 그의 팔을 잡았다. 그
가 생각하는 일이 무엇인지는 알고 있었다. 하지만 자신의 욕심이
그 상황을 그대로 흘려보낼 수가 없었다.
“마님을 안으로 뫼시거라.”
“왜 이러십니까, 대행수님?”
“서로 인사만 하고 나가시지요.”
전에 없던 준수의 강경한 태도에 결국 철식은 인사만 하고 나가
자 생각하고는 혹여 자신이 나가 버릴까 잡고 있는 준수의 손을 잡

아 내렸다. 마음의 준비를 할 사이도 없이 문이 열리고 해사한 얼굴에 맑은 눈망울이 반짝이며 효진이 보자기를 안고 들어왔다.

철식이 효진을 보자마자 황급히 허리를 숙였다.

"안녕하십니까, 마님?"

"어서 오세요, 부인."

"안녕하십니까. 일을 하는 중이셨군요. 제가 때를 잘못 골랐나 봅니다."

두 사람의 인사에 효진도 덩달아 고개를 숙여 인사의 말을 건넸다. 준수가 두 사람 사이에 끼어들어 어색해하는 두 사람을 인사시켰다.

"상단의 총책임을 맡고 있는 철식 어르신입니다. 제가 많이 믿고 의지하는 분이시지요."

"아, 일전에 집으로 찾아오신 적이 있으시지요? 그때는 경황이 없어 인사도 제대로 하지 못했습니다."

효진이 거리낌 없이 허리를 숙여 철식에게 인사를 했다. 그런 효진의 행동에 펄쩍 뛴 것은 철식이었다. 양반 댁 마님이 평민인 자신에게 고개를 숙여 인사를 하다니, 이렇게 황망할 데가 없었다. 하지만 효진은 개의치 않고 한술 더 떠 잘 부탁드린다며 웃는 얼굴로 말을 건넸다.

"안 그래도 다름이가 오기 전에 상단에 도착하면 꼭 뵈어야 할 분들이 있다고 언질을 주었는데 그중에서도 철식 어르신 성함을 제일 먼저 알려주었습니다."

인사를 마친 효진은 자신이 가지고 온 보자기를 탁자 위에 풀기 시작했다. 그녀가 풀어놓은 보자기 안에는 오밀조밀한 인절미며, 꽃이 살아 있는 것 같은 화전과 같은 간단한 음식거리들이 들어 있었다.

“점심 끼니때가 되어가니 출출하실 듯해서 몇 가지 준비해 보았습니다.”

“고맙습니다. 함께 드시지요.”

“저는 만들면서 조금 먹고 왔더니 배가 부릅니다. 어서 드십시오.”

“그럼 혼자 먹기는 적적하니 어르신께서 함께 드시지요.”

준수의 권유에 철식의 표정이 숫제 사색이 되다시피 했다. 철식은 준수의 돌발행동에 등 뒤로 식은땀이 흘렀다.

“아, 아닙니다, 대행수님. 저는 볼일이 있어 지금 나가봐야 합니다.”

“정성 들여 해온 음식인데, 나누어 먹는 것이 더 좋지 않겠습니까?”

“그리 하십시오. 넉넉하게 준비했사오니 사양 말고 함께 드시는 것이 좋겠습니다.”

효진까지 합세를 하자 철식은 못 이기는 척 탁자에 앉아 준수와 함께 음식을 먹기 시작했다. 자신에게 이런 날이 다 있다니, 목이 메어오고 눈앞이 흐릿해지는 것 같았다.

‘내가 사람은 잘 보았지…… 암만……’

어찌나 음식들이 찰지고 입에 달라붙는지 계속 손이 갔다. 그를 이토록 배부르게 하는 것은 비단 음식만이 아니었다. 두 사람의 따뜻한 배려로 가슴이 벅차올랐다.

효진은 준수와 함께 상단에서 등 떠밀리다시피 한 상태로 거리로 나왔다. 간식의 효과였는지는 모르겠으나 상단의 사람들이 준수를 거의 내몰듯이 마님과 시장을 둘러보고 오는 편이 나을 것 같다며 밖으로 내보냈다. 덕분에 같이 온 다름이도 상단에 남아 있게 되어 온전히 준수와 효진만이 시장으로 나왔다.

길을 걷고 있으나 어색한 기운이 둘 사이에 감돌았다. 그 어색함이 못내 못마땅해지는 준수였다. 둘이 함께 밖으로 나온 것은 처음이었다. 또한 이렇게 시전으로 나온 것 역시 처음 있는 일이었다. 하지만 둘은 부부인데 이렇게 어색하다니, 그것이 영 마음에 들지 않는 준수였다.

준수의 손이 갑작스럽게 효진의 손을 덥석 잡았다. 효진은 보는 눈들이 많아 당황스러워 준수에게 잡힌 손을 빼려 했으나 준수는 오히려 그 손을 더 꼭 잡고 효진을 자신 쪽으로 살짝 당겨 나란히 걷게 했다. 당혹스러운 마음이 컸다. 자신의 지아비가 무슨 마음인지는 모르겠으나 부쩍 자신을 대하는 태도가 달라지고 있었다. 그래서 효진은 더욱 당혹스럽고 마음의 갈피를 잡을 수가 없었다.

"이 손 놓으십시오. 사람들이 봅니다."

"보면 또 어떻습니까? 부부 사인데 가릴 건 또 뭐란 말씀이십니까?"

"아이 참, 놓아주십시오."

효진이 손을 빼려 할수록 준수가 더욱 손을 꼭 잡아왔다. 결국에는 효진이 포기를 해버리고 말았다. 어차피 오면서 실랑이를 하느라 사람들이 이미 다 보아버렸을 것이다. 부끄러움에 고개를 들 수가 없었다.

"그렇게 땅만 보고 가다가는 좋은 물건 다 놓치십니다. 가다가 가지고 싶은 물건이 있으면 이야기하세요. 내 열 개든 백 개든 다 안겨 드릴 테니."

평소와 다른 능청스러운 준수의 말에 효진은 더더욱 고개가 아래로 떨어졌다. 시장을 나오는 것도 정말 오랜만이었다. 그런데 이렇게 사내의 손을 잡고 나오는 것은 생전 처음 있는 일이라 사람들이 혹시나 무어라 이야기할까 싶어 가슴이 다 두근거렸다. 준수는 세상의 중심이 마치 자신인 양 당당하게 걷고 있지만 효진은 그럴 수가 없었다. 그런 효진의 마음을 준수는 아는지 모르는지 효진의 손을 잡고는 비단가게로 걸어 들어갔다.

"도무지 고르질 못하니 그럼 제가 골라 드리지요."

"아이고, 어서 오십시오, 대행수님."

가게에서 졸고 있던 아낙이 준수를 보자 반색하며 반겼다.

"내 부인에게 어울릴 좋은 물건 좀 추천해 주게."

"아이고, 마님, 안녕하십니까? 소문에 마님께서 보기 드문 미인이시란 말이 있더니 그 말이 참말이었네요. 호호호, 워낙 선남선녀시라 눈이 호강을 하는군요. 보자보자, 이런 고운 분께는 어떤 비단이 잘 어울리시려나?"

효진이 들어오면서부터 누구인지 살피던 아낙은 준수의 부인이란 말에 효진 앞에서 쓰러지다시피 반기며 갖가지 고운 빛깔의 비단을 대어주며 연신 좋다 좋다 하며 감탄을 연발했다. 효진은 정신을 쏙 빼놓는 장사 수완에 어찌할 바를 몰라 어떤 비단이 좋은지 쉽사리 정할 수가 없었다. 그녀가 머뭇거리자 준수가 곰곰이 보더니 손으로 짚으며 몇몇 개를 골라 상단으로 배달을 해달라 청했다.

"정말 정신이 없습니다. 장사 수완이 좋으신 건지 사람 혼이 쏙 빠지겠습니다."

비단가게를 나오며 효진이 숨을 내뱉듯이 말을 뱉어냈다.

"하하, 그랬습니까? 뭐, 당황하는 표정을 보고 짐작은 했습니다.

시장은 처음입니까?”

효진은 평소와 다르게 환하게 웃는 준수의 표정에 물끄러미 그 모습을 바라보았다. 그의 질문이 다소 난감하기는 했지만 담담하게 말을 이었다.

“간혹 다니기는 했지만 직접 물건을 산 적이 별로 없어서……. 그래서 정신이 없었나 봅니다.”

머뭇거리는 효진을 바라보며 준수는 그 간혹이라는 수가 과연 몇 번이나 되었을까라는 생각에 마음이 찡해졌다.

그다음의 상황도 비단가게에서와 별반 다르지 않았다. 준수는 장신구가게며, 화장품가게에 이르기까지 온 시장을 뒤지다시피 하며 효진과 함께 돌아다녔다.

“어머나, 이게 누구십니까?”

두 사람이 시장을 둘러보는 것이 지쳐 간단히 목을 축이고자 마실 것을 찾아 작은 주막으로 들어가 쉬고 있던 참이었다. 부드러운 음색의 여인의 목소리가 들려와 두 사람의 시선이 목소리가 난 쪽으로 돌려졌다. 구름같이 화려한 얹은머리에 노란색 바탕에 꽃무늬가 그려진 챙이 넓은 모자를 빗겨 쓰고 화려한 비단으로 옷을 입은 미인 셋이 그들을 바라보고 있었다. 얼굴에 환하게 지분을 바르고 입술을 빨갛게 칠한 것으로 보아 한눈에도 기생이라는 것을 알아볼 수 있는 이들이었다.

효진은 그들을 보는 순간 심장이 덜컥 내려앉는 것 같았다. 필시 자신의 지아비에게 용건이 있는 이들일 것이다. 그중에서도 가장 미색이 뛰어난 여인이 한달음에 달려와 효진의 앞에 섰다. 화려한 용모만큼 뽀얀 살결에 고운 여인이었다. 효진은 자신도 모르게 그 기세에 눌려 움찔했다.

"그동안 안녕하셨습니까, 대행수님. 처음 뵙겠습니다, 마님. 소인 부용각의 월향이라 하옵니다."

효진은 그녀의 말에 숨이 탁 막혔다. 여기서 이렇게 마주칠 줄 누가 알았겠는가? 효진은 자신을 바라보며 곱게 그린 듯이 인사를 하는 여인을 초조하게 바라보았다. 그녀의 기세가 등등한 것으로 보아 지아비가 이 여인을 귀애한다는 말이 참말인 모양이었다. 그러니 정실부인인 자신의 앞에서 이리 당당할 수 있는 것 아니겠는가? 게다가 한술 더 떠 이 여인은 지아비에게는 인사만 할 뿐 그 이후에는 효진에게 용건이 있는지 눈을 반짝이며 더 가까이 다가왔다. 효진은 자신이 어찌해야 좋을지 판단이 서지 않았다. 무례하다 화를 내자니 아무 트집거리도 없는데 화를 낼 수도 없고, 사람들이 신기한 구경거리 보듯이 자신들을 보고 있어 쉽사리 말이나 행동을 하기도 곤란했다. 자칫 잘못하다가는 우세스러운 꼴을 못 면할 상황이었다.

"무슨 일이냐?"

준수는 가까이 다가오는 월향을 경계하듯 막아서고 효진을 자신의 뒤로 반쯤 숨겼다. 월향은 그의 그런 행동에 무엇이 즐거운지 환하게 웃어 보였다.

"마님께서 항간에 화월용태에 침어낙안이시라는 소문이 자자해 소인 호기심에 대화를 나누어보고자 그런 것입니다. 마님, 혹여 무례하다 생각되셨다면 사과드리겠습니다."

월향의 나긋나긋한 사과와 함께 고개를 숙여오자 효진은 화를 낼 수가 없었다. 한눈에도 눈이 부신 미인은 허리를 숙여 사과를 청하는 자태까지 단아하니 고왔다. 만약 자신의 남편이 귀히 여기는

기생이 아니었다면 자신도 눈을 빼앗겼을 법한 여인이었다. 하지만
곱다는 느낌도 잠시 이 여인과 지아비를 두고 겨루어야 한다니 암
담해졌다. 자신은 이 여인이 추켜세우는 것처럼 화월용태에 침어낙
안인 미인도 아니었고, 이 여인처럼 나긋나긋하거나 다정다감하지
도 못했다. 참으로 사람을 여러 가지로 속상하게 하는 여인이었다.
하지만 보는 눈도 많으니 여기서 가만있을 수도 없는 노릇이었다.

"괜찮네. 자네 소문은 익히 들어 알고 있었네. 자네야말로 나라
안에 다시없을 명기라더니, 과연 그 소문이 참이었구먼. 지금 이곳
보다는 좀 더 나은 장소에서 보았으면 좋았을 것을 말일세."

상황을 직시하라는 듯 말을 하는 효진의 말투에서 월향은 무언
가 깨달은 듯 곤혹스러운 표정이 잠시 스쳐 지나가더니 곧이어 꽃
같은 미소를 지어 보였다.

"시장에 물건을 사러 나왔다가 두 분의 모습이 보여 인사는 드려
야겠다 싶어 달려온 것입니다."

"인사는 잘 받았으니 월향이 자네, 그만 가보는 것이 좋겠군. 저
두 사람이 기다리고 있지 않은가?"

준수는 무심한 말투로 월향에게 일행이 있음을 인지시켰다. 언
뜻 들으면 축객령 같은 말투라 사람들의 귀가 쫑긋하니 세 사람에
게 쏠렸다.

"어머, 제가 너무 반가운 마음에 일행이 있는 것을 깜빡하였습니
다."

월향은 진정 깜짝 놀랐다는 듯이 눈을 동그랗게 뜨더니 사둔사
푼 준수에게로 다가와 귓속말을 건넸다. 사람들의 시선이 그런 그
녀의 돌발행동에 꽂혔다.

"대행수님께서 이러시니 이 월향이 끈 떨어졌다는 소문이 도는

겁니다. 어찌하실 겁니까? 약조를 지키지 않으시면 두고두고 후회하게 만들어 드릴 겁니다.”

말의 내용은 준수의 등에 땀이 나게 할 정도로 살벌했으나 표정만은 연신 미소가 떠나지 않는 얼굴로 귓속말을 하고는 준수에게서 이내 떨어진 월향은 이미 표정이 창백해진 효진을 향해 예를 다해 인사했다.

“그럼 마님, 저는 이만 물러가겠습니다. 다음에는 좀 더 예의를 차려 찾아뵙겠으니 오늘은 노여움을 거두어주십시오.”

“그만 가보시게.”

효진의 다소 냉담한 말에 월향은 아랑곳하지 않고 미소를 지어 보이더니 그대로 뒤를 돌아 총총히 멀어져 갔다.

“가십시다. 가면서 이야기하도록 합시다.”

준수는 방금 전 상황으로 안색이 어두워진 효진을 보고는 얼른 그녀를 데리고 가게를 나섰다. 효진의 눈가가 화가 났음인지 파르르하게 떨리는 것 같았다.

낭패도 이런 낭패가 없었다. 준수는 월향을 그대로 보낸 것을 땅을 치고 후회했다. 아마 내일이면 도성 안에 김준수가 제 버릇을 못 버리고 설치더니 기어이 정실과 후실이 만나 다툼이 벌어졌다며 사실이 날조가 되어 일파만파 퍼질 것이 자명했다. 준수는 이렇게 상황을 꼬아버린 월향을 어떻게 혼을 내줄 것인가 이를 갈았다. 월향도 월향이지만 당장 자신의 부인은 어찌한단 말인가? 간식을 장만해서 상단까지 온 것이 너무나 고맙게 느껴졌던 준수였다. 이참에 그녀와 친해지기 위해 시장까지 나왔건만 상황이 이렇게 되었으니 아무것도 모르는 효진은 오해를 해도 단단히 할 것임이 분명했다.

속이 상한 것임이 틀림없었다. 이미 창백해진 얼굴이며 자신이 잡고 나온 손을 맵차게 빼는 것으로 보아 화가 나도 단단히 난 것 같았다. 하다못해 가까운 상단에 가서 이야기를 나누려던 준수는 계획과는 다르게 인적이 드문 골목길로 효진을 데리고 갔다. 주위에 사람이 없는 것을 확인한 준수는 효진의 양손을 꼭 부여잡았다.

"미안합니다, 부인. 정말 미안합니다."

효진은 숫제 준수의 시선마저 피했다. 아무 말도 하지 않는 효진에게 안달이 난 것은 준수였다. 말을 하지 않을 정도로 화가 난 것이니 어떻게 풀어야 할지 막막하기만 했다. 다른 양반들처럼 흔히 있는 일이라는 식으로 모르는 척 치부하기에는 그녀가 마음에 걸렸다. 하지만 그의 사과에 답하는 효진의 모습을 본 준수는 급하게 눈이 떠지는 기분이었다.

"사과는 되었습니다. 일을 하시다 보면 이런 일도 있고 저런 일도 있을 수 있는 거지요. 저는 이만 집으로 가는 것이 좋을 것 같습니다."

효진이 담담한 어조로 눈을 내리깔며 자신의 뜻을 전하고 있었으나 그 속에 미미한 분노와 서운한 기운을 다 감출 수는 없었던 모양이다. 화가 나는 것은 그렇다 치더라도 왠지 모르게 서운함이 묻어나는 말투가 그의 귀에 들리자 준수는 효진을 다시 한 번 바라보았다. 자신을 향해 살짝 고개를 비켜 돌리고 있기는 했지만 뭔지 모르게 그 느낌이 미묘했다.

'혹시 투기를 하시는 것인가?'

분명 자신의 귀가 잘못 듣지 않았다면 부인이 투기를 하는 것 같았다. 그런데 더욱 이상한 것이 그 말투가 그의 기분이 좋게 만들었다는 것이다. 새침하게 내리깐 부인의 속눈썹에 시선이 머물자 준수는 그 말에 대한 진실이 궁금해 더욱 애가 타는 기분이었다. 그

새침하게 내리깐 눈동자에 오롯이 자신만이 들어가 그 진실을 탐해 보고 싶었다. 감정 표현을 잘 하지 않는 효진이 이렇게 대놓고는 아니더라도 은근슬쩍 투기를 하는 듯 내비치는 감정을 보여주니 감질이 나 견딜 수가 없었다.

그녀에게 손이 뻗어 나갈 것처럼 근질근질했다. 하지만 섣부르게 손을 대었다가는 앵돌아져 버릴지 모를 일이었다.

'투기를 하는 것도 어찌나 고운지…….'

골이 난 듯 앙다문 입술을 꼭 베어 물고 싶어 견딜 수가 없었다. 하지만 효진은 그런 준수의 심정을 모르는지 그가 무슨 말을 하려고 하면 할수록 표정이 점점 굳어져 갔다.

준수는 묻고 싶은 말도 하고 싶은 말이 많았지만 꾹 눌러 참았다. 아마 자신의 부인도 할 말이 많을 테지만 보는 눈들이 있어 참는 것일지도 몰랐다. 진정 효진이 그렇게 생각하고 있는지는 모르겠지만 그렇다고 믿고 싶었다.

처음 시전에 나왔을 때 손을 잡고 다정하던 것과는 달리 두 사람 사이에는 미묘한 기류가 흘렀다. 분명 같은 길을 가고 있지만 마치 남남처럼 걸어가는 두 사람의 마음은 복잡하기만 했다.

✳

"호호호, 십 년 묵은 체증이 내려가는구나."

기루로 돌아오는 길에 월향은 그사이를 참지 못하고 웃음보가 터졌다. 준수의 떨떠름한 얼굴이 생각나 그렇게 고소할 수가 없었다. 아마도 지금쯤이면 이를 바득바득 갈면서 자신을 쥐 잡듯이 잡을 생각만 하고 있을 양반이었다.

"그 댁 마님 표정이 어찌나 안 좋아지시던지 제가 간이 다 콩알 만 해졌습니다. 만만한 분은 아니던데요?"

"미색이 뛰어나다 소문이 자자하더니 형님에 비할 바가 아니더 이다."

같이 시장을 다녀온 부용각의 기생인 명월과 미랑이 월향의 비위를 맞추려 맞장구를 쳤다. 하지만 그녀들의 예상과는 다르게 그녀들의 말에 월향의 표정이 싸늘하게 굳었다.

"그렇게 말을 할 때는 함부로 하지 말라 그리 일렀거늘 왜 그렇게 머리들이 나쁜 게냐?"

"에이, 그래도 오늘 왠지 모르게 고소했습니다."

미랑이 월향의 화를 내는 모습이 무안함을 감추려 한다 생각했음인지 한마디 더 거들었다. 월향은 그런 미랑을 삼킬 듯이 바라보았다.

"고소하더냐?"

"혀, 형님, 왜 그러십니까?"

"미랑이 너는 다 좋은데 말이다, 눈치가 없는 것이 흠이니라. 그 눈치를 가지고 어찌 부용각에 남아 있을 생각을 했누?"

"형님……."

"차후에 그 댁 마님을 뵈면 깍듯하게 예를 다해 대해야 할 것이다. 너희들은 입에도 못 올릴 분이시다. 알겠느냐? 이 말 다른 아이들에게 꼭 전달하도록 해라. 내 말을 거역한다면 그 즉시 부용루에서 짐을 싸야 할 것이야!"

싸늘한 표정으로 뒤를 돌아서서 가는 월향의 모습에 놀란 둘은 멍하니 월향의 뒷모습만 바라보았다.

❋

　상단에 도착한 준수는 집으로 갈 시각이 아님에도 불구하고 효진과 다름을 데리고 집으로 향할 차비를 했다. 철식이 무슨 일이냐고 물었지만 준수는 입을 꾹 다물고 오늘은 먼저 들어가겠다는 말만 했을 뿐이었다.

　효진이 가지고 온 물건들을 챙기기 시작했다. 그 모습을 보던 준수가 무언가 생각난 듯 상단 안쪽으로 걸음을 옮겼다.

　“태암, 태암 있는가?”

　준수는 내일 평양으로 보낼 물건들을 정비하고 있는 태암을 발견하고는 반색했다. 태암 또한 웬만해서는 이렇게 큰 소리로 자신을 찾은 적이 없는 준수가 자신을 목이 터져라 찾아다니는 것을 보고 의아하게 생각하고는 물품을 맞추어보던 장부를 덮었다.

　“무슨 일이신가? 웬만해선 큰 소리를 내지 않는 사람이.”

　“태암, 내 부탁이 있어 자네를 찾았네. 자네 오늘 저녁에 혹시 약속이 있는가?”

　“오늘 저녁에는 딱히 일이 없네만.”

　“그럼 내 부탁 좀 들어주게.”

　“뭐, 알겠네. 한데 무슨 일인데 이렇게 숨이 넘어가나?”

　태암은 별일 다 보겠다는 투로 수선스러운 준수를 나무랐다. 하지만 준수는 태암이 허락을 하기가 무섭게 탁자로 가 붓을 들어 일필휘지로 서신을 한 장 써 내려가더니 그것을 곱게 접어 태암의 손에 서신을 꼭 쥐어주었다.

　“이건 또 뭔가?”

　“내가 집안에 일이 있어서 그러니 이걸 부용각의 월향이에게 좀

전해주게. 그러면 월향이 아마 일을 줄 걸세. 원래를 내가 정리를
해야 하는 일이네만 집에 급한 일이 있어 그러니 좀 도와주게. 부탁
하네."

태암은 준수의 입에서 부용각, 월향이라는 이름이 나오자 인상
을 찌푸렸다. 겉보기에는 사내답고 단정하게 생겼지만 태암은 워낙
에 기루나 기생을 싫어하는 인물이었다. 해서 연회가 있을 때도 꼭
가야 할 자리가 아니면 나서지도 않는 인물이었다. 아버님이 대쪽
같은 분이시라 어릴 때부터 그렇게 교육을 받아서인지 남녀 관계에
있어서는 참으로 담백한 사람이었다. 오죽했으면 그의 지인들이 준
수와 어울리는 태암을 극구 말리며 같이하지 말라 경고를 했겠는
가? 그런 태암이었으니 혼자 부용각을 찾아가야 한다는 사실이 못
마땅한 것은 당연한 일이었다.

어찌 되었거나 친우의 부탁이니 안 들어줄 수가 없었다. 게다가
그냥 부탁도 아니고 집안에 일이 있다고 하니 내키지는 않지만, 연
회에 참석을 하는 것도 아니고 일을 하러 가는 것이니 그러마 하고
허락을 했다. 태암의 허락이 떨어지자마자 준수를 고맙다는 인사를
하고는 부리나케 밖으로 달려갔다.

'정말로 미안하네, 친구. 내가 자네를 월향이에게 이렇게까지 해
서 넘겨줄 생각은 전혀 없었지만 어쩌겠는가? 나도 살고 봐야 하지
않겠는가? 부디 몸 성히 돌아오길 바라네.'

✳

다름은 집으로 가는 내내 냉랭한 기운의 주인나리와 마님 사이
에서 숨도 제대로 못 쉴 지경이었다. 분명 상단을 나설 때까지는 분

위기가 그럭저럭 좋은 것 같았는데 무슨 일인지 상단에 돌아올 때는 둘 사이에 싸늘한 기운이 감돌았다. 게다가 상단에서 나오고 나자 말도 못 붙일 정도로 분위기는 더 얼어붙었다. 이리저리 눈치만 보던 다름은 집에 도착하자마자 그릇 보자기를 안고는 얼른 부엌으로 사라졌다.

'휘유, 죽는 줄 알았네. 그나저나 무슨 일들이신 게지? 오늘은 모르는 척하고 마님께서 찾으시기 전까지는 안채에 얼씬도 말아야겠구나.'

다름이 마당을 가로질러 부엌으로 사라지는 것을 확인한 준수는 문 앞에 있던 박 서방에게 눈짓을 하여 주위를 물렸다. 준수와 함께한 세월이 오래된 박 서방은 준수의 눈짓을 보고는 급하게 하인들을 주인 내외의 눈앞에 보이지 않도록 정리했다. 마님의 표정이 굳은 모양새를 보니 심상치가 않았다. 이럴 때 눈치 없이 주변을 얼쩡거리다가는 괜히 불벼락을 맞는 수가 있으니 박 서방은 사람들을 알아서 단속을 시켰다.

준수는 안채의 문을 넘자마자 효진을 안아 들었다. 효진이 그 행동에 기함을 했다.

"어머, 왜 이러십니까?"

효진은 갑작스러운 준수의 행동에 놀라 발버둥을 쳤다.

효진의 발버둥에 아랑곳하지 않고 안방으로 휘적휘적 들어간 준수는 방으로 들어서 효진을 내려놓자마자 갓끈을 끌러 갓을 벗어 던졌다. 그의 다소 급하고 거친 행동에 효진이 놀라 눈을 동그랗게 떴다.

"이게 무슨 행동…… 흡!"

준수는 효진을 단숨에 품에 당겨 안더니 그대로 그녀의 입술을 점령했다. 효진은 당황스럽고 기가 막혀 그의 품에서 벗어나려 발버둥을 쳤지만 워낙 단단히 옥죄고 있는 그의 품을 벗어날 수가 없었다. 이리저리 벗어나려 밀치는 사이 등에 무언가 딱딱한 것이 닿았다. 등이 벽에 부딪쳐 뒤로 더 갈 수도 없었다. 게다가 이리 격정적으로 입을 맞추어오니 효진은 화도 내지 못하고 그의 입술을 받았다. 그녀가 몸에서 힘을 빼자 촉, 촉, 하는 새털 같은 입맞춤이 눈가와 앙증맞은 코끝에 닿았다.

"미안합니다, 부인."

"아니, 이건 읍!"

효진이 입을 떼자마자 다시금 그의 입술이 그녀가 하려던 말을 막았다. 정신이 쏙 빠질 만큼 그녀를 탐하는 입술에 효진은 어질어질해졌다. 집에 도착할 때만 하더라도 오만 가지 생각이 그녀의 머릿속을 지배하고 있던 차였다. 그런데 막상 지아비의 손길이 닿으니 그렇게 고심했던 생각과 화가 언제 그랬냐는 듯 생각이 나지 않고 그의 손짓에 녹아내렸다. 자신이 지금 이럴 상황이 아니라는 것을 알면서도 어루만지는 손길과 입술에 저도 모르게 신음성이 터졌다.

실낱같은 인내력으로 정신을 차린 효진이 밀어내려 하자 준수는 오히려 더 가까이 다가왔다.

"쉿, 조용히…… 지금은 제가 하는 말을 들어주십시오. 부디 제 말이 끝나기 전까지는 부인께서는 듣고만 계셔야 합니다."

눈 바로 앞에서 이렇게 해사하게 웃으며 그녀의 뺨을 쓸어주는 건 반칙이었다. 이래서야 화를 낼 수도 없을 것 같았다. 효진이 그래도 이 상황에 자신을 탐하는 것은 옳지 않다고 입을 떼려 하자 준수는 엄지손가락으로 그녀의 입술을 살짝 누르고는 고개를 가로저었다. 말을 하지 말라 하니 답답한 마음에 효진의 표정이 뚱해지자 뭐가 그리 좋은지 웃으며 효진의 불만이 가득 찬 볼에 쪽쪽 입을 맞추는 준수였다. 입을 맞추는가 싶더니 어느새 그의 손이 가볍게 그녀의 가슴을 움켜쥐었다. 살살 어르듯이 그녀의 옷을 벗기는 손길이 바람처럼 빨랐다.

"오늘 일에 대한 변명은 나중에 할 테니 우선은 급한 불부터 꺼야겠습니다. 제가 너무 굶은 상태라서 말입니다."

눈 깜짝할 사이에 보료 위로 눕혀진 효진은 치맛자락을 파고드는 그의 손길에 놀라서 바둥거렸다. 바로 어제 그날이라 거짓말을 했는데 정신 줄을 놓고 있는 사이 상황이 이렇게 되어버렸다. 바둥거리는 그녀의 위로 그가 질이 나빠 보이는 미소를 지으며 올라와 그녀의 몸을 옭아맸다. 무언가 확인하듯 그녀의 아랫도리를 더듬는 그의 손길이 들떠 있었다.

"부인 또한 불청객이 지나간 것 같으니 참으로 다행한 일입니다. 오늘까지 굶으라 하면 진정 화가 날 뻔했습니다."

아…… 그 일…….

자신이 한 거짓말이 이렇게도 해석될 수 있구나 싶어 안심된 마음에 긴장된 몸이 이완되었다. 그 틈을 놓치지 않고 준수가 그녀의 가슴을 베어 물었다. 이내 샘을 찾아드는 그의 손길에 효진은 자신도 모르게 무릎에 힘이 들어갔다. 그가 핥아 내리는 가슴이 저릿하게 저려오며 아랫배가 조여왔다. 그의 손길에 반응을 하지 않으려 했지만 그녀의 꽃잎을 농염하게 만져 오는 그의 손길에 저절로 숨이 가빠졌다.

등 뒤로 닿는 그의 입술이 낯설면서도 뜨거워 몸이 자신도 모르게 움찔거리며 젖어 들어갔다. 그의 입술이 다시금 그녀의 입술을 찾아왔다. 맞닿은 입술이 뜨겁고 그의 몸도 뜨거웠다. 그가 그녀의 양팔을 들어 자신의 목에 감게 했다. 곧이어 그가 꽃잎에 남성을 잇대어 오는가 싶더니 안으로 밀고 들어왔다. 몸이 작살이라도 맞은 듯 떨려왔다. 자신의 팔 안에 있는 그를 끌어당겨 안았다. 그것이 신호였음인지 다소 거친 움직임으로 그가 자신을 점령해 왔다. 쉴 새 없이 만지며 그녀의 몸을 달구어대는 그의 손길에 자신도 모르게 흐느끼듯 신음이 터져 나왔다.

"아무도 들을 사람이 없으니, 참지 마시오. 읏!"

억눌린 듯 낮은 음성이 귓가에 속삭이자 효진은 무언가에서 해방된 기분에 본능에 충실해졌다. 하얗게 머릿속이 타오르는 듯 아무 생각도 할 수 없을 만큼 타오르는 흥분감이 그녀의 온몸을 지배했다. 그의 몸놀림이 거칠어지는가 싶더니 그녀를 꼭 끌어안으며 절정을 맞았다. 정신없는 와중에 쏟아지는 그의 입맞춤에 마음이 따뜻해지는 기분이었다.

그녀를 꼭 끌어안고 준수가 숨을 고르는 사이 효진은 멀리 떨어진 자신의 옷가지를 끌어오려 바동거렸다. 열기가 가시고 나니 몸을 보이는 것이 부끄러워 가릴 것이 필요했다. 세상에, 정말 정신이 없었던 모양이다. 몸을 가릴 것도 없는 이 보료 위에서 이렇게 혼이 쏙 빠지게 안기다니. 그에게 안길 때는 아무 생각도 할 수 없었는데 정사가 끝나고 정신이 들자 부끄러움이 밀려왔다.

"무얼 하는 겁니까?"

준수의 물음에 효진은 바동거리던 동작을 멈추었다. 눈을 감고 있기에 잠이 든 것이라 생각했는데 정말 이런 낭패가 없었다.

"추워서……."

"진작 이야기를 하지 그러셨습니까?"

　이런 세상에, 그 많고 많은 말 중에 하필이면 춥다는 이야기가 나올 건 또 뭐란 말인가? 준수는 애써 바동거리며 그의 품을 빠져나간 그녀의 행동에 보답이라도 하듯 단숨에 품으로 그녀를 당겨왔다. 그의 품에 폭 안긴 효진은 꼼짝도 하지 못하고 눈만 굴렸다. 어찌해서든지 이 몸을 가려야 덜 부끄러울 텐데 어떻게 또 나간단 말인가? 그런 효진의 마음을 아는지 모르는지 준수는 효진의 보드라운 손을 잡아 자신의 남성 쪽으로 가져갔다. 단단히 성이 난 그가 손에 잡히자 효진은 소스라치게 놀랐다.

　"에구머니!"

　"많이 굶었다 하지 않았습니까? 한 끼에 배가 부를 수는 없지요."

　효진의 그다음 말은 더는 들을 수가 없었다.

제5장

아직은 어린 도령이었다. 어린 나이에 장사를 하는 것이 제법이
라 소문이 나 있는 이의 모습치고는 참 앳되어 보이는 도령의 모습
에 진홍루의 수기생(首妓生:우두머리 기생)인 수련은 호기심에 눈을
반짝였다. 기생으로서는 퇴기인 서른이 넘은 이 나이가 되도록 이
토록 당돌하게 겁이 없는 도령은 처음 보았다. 하기야 양반의 신분
으로 그 도도한 자존심을 접고 장사에 뛰어드는 것 자체가 이미 보
통내기가 아니란 생각이 들게 하긴 했지만, 눈빛이 눈에 띄게 맑고
왠지 도도한 양반이라고 보기엔 어수룩해 보이는 그의 태도가 더
눈길을 끌었다.

"도련님께선 방금 뭐라고 하셨습니까?"

"이 기루에서 가장 영민하고 자색이 고운 동기(童伎)를 내어달라
청했습니다."

"이제 막 관례를 올리신 것 같기는 한데 어찌 동기를 찾으십니까? 혹여 마음에 둔 아이가 있으신 건지요?"

"그런 이는 없습니다. 제가 사람이 필요해서 그럽니다. 이 진홍루는 기생들이 자색이 곱고 영민하다 소문이 난 곳이니 수기생이신 분의 고견이 필요합니다."

수련은 당당하게 요구를 하는 도령의 말에 잠시 생각을 했다. 동기를 원하는 것을 보면 숫총각의 딱지를 떼려 하는 것도 아닌 것 같았다. 그럴 요량이었다면 경험이 많은 기생을 원했을 것이다. 표정이 진지한 것으로 보아 농도 아닌 것 같았다. 수련은 조심스레 셈을 했다. 그녀의 머릿속에 자신의 수양딸로 삼은 월향이가 떠올랐다. 본시 신분이 천하기는 했으나 자색이 어렸을 때부터 뛰어나고 총명한 것에 눈길이 가 얼마 전에 양딸로 맞이한 아이였다. 기명을 받고 연회에 나가기는 하지만 아직 화초머리를 올리지 않았으니 그 아이가 딱인 듯했다. 배포가 큰 아이니 이 도령에게 연결을 해준다고 하더라도 문제가 될 것 같지는 않았다. 화초머리를 올리는 거야 경험이 많은 사내가 좋겠지만 그래도 수양딸로 삼은 아이이니 애착이 갔다. 이왕이면 다홍치마라고 풍채가 준수한 이 도령도 괜찮을 것 같았다.

"월향이라 하옵니다."

진홍루의 동기들 중 단연 눈에 띄는 이가 있다더니 그 사람이 이 월향인 모양이었다. 아직 어려 보이기는 하나 자색이 곱고 행동거지 하나하나가 품위가 있었다.

"김준수라 합니다. 둘만 이야기를 하고 싶은데 수기생께서는 자리를 마련해 줄 수 있으시겠습니까?"

준수의 부탁에 수련은 월향에게 눈짓을 하고는 말없이 자리를 피해주었다. 수련이 밖으로 나가자 준수는 잠시 시간을 두어 월향을 관찰했다. 머리를 올리지 않은 것으로 보아 아직 화초머리를 올리지 않은 동기였다. 범상치 않은 외모이니 조만간 그녀가 기생으로서의 첫 관문을 겪어야 할 것임은 자명한 일이었다. 사전에 조사를 낱낱이 해온데다가 다행히 수기생이 자신과 생각이 같은지 월향을 내어온 것은 천만다행한 일이었다. 다른 기생이었다면 아니다 돌려보냈을 것이다.

"하문하십시오. 저를 보자고 하신 연유가 무엇입니까?"

"아직 화초머리를 올리지 않았다고 들었습니다. 혹 그 상대로 저는 어떠신지요? 금액이라면 부르시는 대로 내어드리겠습니다."

월향이 얼굴이 딱딱하게 굳어졌다. 마치 모욕이라도 당한 것마냥 얼굴이 발갛게 달아올라 손이 부들부들 떨리는 것이 보였다.

"저는 그런 기생이 아닐뿐더러 도령님과 그런 일 또한 하고 싶지 않습니다! 초면에 이건 무례한 일이니 지금 당장 저에게 사과하십시오!"

월향은 분한 듯 준수에게 호통을 쳤다. 준수는 그런 월향의 반응에 아랑곳하지 않고 다시금 말을 이어갔다.

"은자 오백 냥이면 어떻습니까?"

"아니, 뭐라구요?"

"적습니까? 그럼 은자 천 냥은 어떻겠습니까?"

은자 오백 냥이면 고래 등 같은 기와집이 한 채였다. 기생 화초머리를 올리는 것에 집이 한 채인 것도 모자라 그녀가 화를 내자 은자 천 냥은 어떻겠느냐 물어왔다. 큰 금액이긴 했지만 월향은 돈으로 자신을 사겠다는 사실에 기가 막힐 따름이었다. 물론 돈은 중요한 일이었다. 그만큼 자신의 값어치를 높이는 일이기는 했으나 돈이 전부는 아니었다. 언젠가는 자신의 화초머리를 올리는 날이 오겠지만 결코 돈에 휩쓸려 가지는 않겠다고 수기생인 수련에게도 신신당부한 바가 있었는데, 이 파락호 같은 양반이 자신을 희롱하고 있지 않은가?

"어머니! 밖에 어머니 계십니까? 당장 이 도련님을 기루 밖으로 내치시지요!"

월향이 거의 비명을 지르다시피 소리를 지르자 문이 덜컥 열렸다. 순간 준수는 오른손을 들어 방 안으로 들어오려고 하는 수련의 행동을 제지했다.

"가볍습니다. 아직은 동기라서 그런지 감정을 숨기지를 못하는 군요. 차후에 다시 오겠습니다. 그때는 부디 본얼굴을 숨기는 기술을 잘 연마해 두시기를 바랍니다."

준수는 허리춤에서 전대를 풀어냈다. 한눈에 보기에도 꽤나 많은 금액이 들어 있는 듯 무거워 보이는 비단주머니를 내려놓은 준수는 수련을 향해 주머니를 밀어주었다.

"이 아이의 화초머리는 이 돈을 담보로 아직은 올리지 말아주십시오. 그럼 또 뵙겠습니다."

자리를 털고 일어난 준수가 바람처럼 나가 버리자 월향도 수련도 아무 말 없이 준수의 뒷모습만 바라보았다.

"무슨 일이 있었던 것이냐?"

"저자가 저의 화초머리를 올려주겠다며 은자 오백 냥이면 되겠느냐 천 냥이면 되겠느냐 하며 저를 희롱하였습니다."

수련은 화가 난 월향의 볼멘소리를 들으며 준수가 놓고 간 전대를 열어보았다. 은자 오백 냥……. 수련은 말없이 주머니를 월향에게 밀어주었다.

“그 도련님의 말대로 넌 아직 가볍구나. 좀 더 감정을 다스리는 법을 배워야겠다. 이 돈은 넣어두도록 해라. 나중에 쓸 데가 있을 것이다. 그리고 오늘부터 연회에 더 참석하도록 하거라.”

수련이 준수를 두둔하자 월향을 분함에 더더욱 펄펄 뛰었다. 그래서 수련이 연회를 잡아주는 대로 그 분함이 바탕이 되어 죽을 듯이 노련해지기 위해 노력했다. 그러고 나서 반년쯤 지났을까? 월향의 몸값은 점점 뛰어올랐고 진홍루에 월향을 보기 위해 모여드는 사내들로 문정성시를 이루었다. 하지만 수련이 화초머리 올리는 것은 전적으로 월향의 뜻이라 이야기를 한 탓에 음흉한 마음을 가지고 접근하는 사내들을 상대하는 월향의 기술은 능수능란해졌다. 준수가 다시 한 번 진홍루를 찾은 것은 그로부터 두 달여가 더 흐른 다음이었다. 앳된 소년처럼 보이던 준수가 제법 사내 티가 나게 되고 혈기왕성하던 월향이 한창 무르익을 무렵이었다.

준수는 월향이 걸어 들어오는 모습을 찬찬히 살펴보았다. 이만하면 되겠다는 생각이 들었다. 자신이 꼴도 보기 싫을 것인데 자신을 바라보는 월향의 얼굴에서는 불쾌함의 흔적을 찾아볼 수가 없었다. 게다가 월향은 자리에 앉아 준수에게 나긋하게 말을 걸어왔다.

“어찌하여 다시 발걸음을 하셨습니까?”

“사내가 말을 꺼냈으면 책임을 지는 것이 당연한 도리가 아닙니까? 그래, 그동안 생각은 해보셨습니까?”

“아, 일전에 하신 말씀 말입니까? 그것에 대한 대답이라면 드려야지요.”

월향은 가지고 온 비단주머니를 준수의 앞으로 밀었다. 전에 준수가 두고 간 그 전대였다.

“이것이 저의 대답입니다.”

월향은 꽃 같은 미소를 머금고 나긋나긋하게 말했다. 준수는 자신의 앞으로 온 전대를 보고는 말없이 그 옆에 비단주머니 하나를 더 얹었다. 그전 주머니의 세 배쯤 되어 보이는 부피였다. 보통 사람들이 보았으면 능히 한달음에 채어갔을 법한 부피임에도 불구하고 월향은 그것이 돌덩이라도 되는 양 무심하게 바라보았다.

"부족하십니까?"

"전혀 저의 흥미를 돋우지 못하는군요."

"욕심이 많으신 분이군요."

욕심이 아니라 월향은 진심으로 눈앞에 이 도령이 가진 돈에 흥미가 돌지 않았다. 애초에 돈 욕심은 없는지 그 돈 덩이가 진심으로 돌덩이로 보였다.

"욕심이 아닙니다. 전혀 흥미가 없습니다. 용건이 이것이 전부라면 돌아가 주십시오. 억만금을 주신다고 하더라도 제 대답은 한결같을 겁니다."

그때였다. 오만한 표정으로 월향의 앞에 앉아 있던 준수가 그녀의 앞에 무릎을 꿇었다. 월향은 그의 돌발행동에 놀라 자신도 모르게 자리에서 일어났다.

"이 무슨 행동이십니까?"

"제 스승이 되어주지 않으시겠습니까?"

"이, 이보십시오. 사람을 잘못 보셨습니다. 아직 머리도 올리지 못한 기생이 어찌 도령님의 스승이 되어드린단 말입니까?"

양반이 기생에게 무릎을 꿇는다는 말은 들어본 적도 없는 일이었다. 월향은 당황했지만 준수의 표정은 진지했다. 단정하게 무릎을 꿇고 앉아 월향을 올려다보는 눈빛이 진실해 보였다.

'이 도령은 지금 진심이시다.'

월향은 그의 눈빛에서 진심을 본 것 같았다. 말로써 자신을 시험하고 희롱하는 것이 아닌 진심을 담은 눈빛이 마음을 움직였다.

"제가 어려서 조실부모하여 양반가의 법도를 모릅니다. 일가친척 또한 어린 나이에 부모를 잃어 찾을 길이 없으니 지금으로서는 막막할 따름입니다. 일찍이 상단 일에 뛰어들어 돈은 벌었으나 참된 친구도 없고 양반들 무리에 낄 수도 없습니다. 부디 저의 스승이 되어주십시오."

그는 월향 앞에 담담하게 자신의 고민을 토로했다. 세가 모이지 않으니 공격을 받기 쉽고, 그렇다고 무리 속으로 들어가자니 책잡히기 쉬운 상태로 그들의 호구 노릇을 해야만 하는 신세임을 너무나 양반답지 않은 모습으로 그녀에게 털어놓았다. 그리고 그녀가 필요하다는 이야기까지 묘하게 설득력 있는 말이었다.

"매매를 하듯이 화초머리를 올리는 것이 싫지 않습니까? 지금은 나이가 어려 그냥 넘어가실 테지만 곧 나이가 차고 미색에 물이 더 오르면 하기 싫어도 해야 할 일일 겁니다. 하니 그 고민 제가 해결해 드리겠습니다. 저와 약조를 몇 가지 해준다면 기녀로서 원하는 삶을 살 수 있도록 제가 도와드리겠습니다. 그러니 부디 절 도와주십시오. 이 일은 서로에게 이득이 될 것입니다."

월향은 도령의 말을 들으며 잠시 생각에 잠겼다. 기생에게 있어 처음이라는 것은 그다지 중요하지 않은 문제였다. 기생이라는 삶에 발을 들이며 포기해 버린 일이기도 했다. 하지만 막상 그 처음에 대한 직접적인 언급이 도령의 입을 통해 나오자 저도 모르게 혹하는 생각이 들었다. 자신은 초월했다고 생각하고 있었지만 그녀 안에 있는 또 다른 여인은 포기할 수 없었던 부분이었던가 하는 생각이 들었다.

　월향은 저도 모르게 도령의 말에 동조하는 마음을 다잡았다. 처음이라는 것이 여인으로서 중요한 부분이기는 하나 그런 이유 하나만으로 어떤 사람인지도 모를 도령의 손을 잡을 수는 없는 일이었다.

　월향은 다소 당돌한 미소를 입가에 머금으며 표독스럽게 쏘아붙였다.

　"단지 이유가 그것뿐입니까?"

　월향의 말에 준수가 빙그레 미소를 지었다.

　"저는 구역질나는 양반들이 주축이 되는 세상을 뒤집고 싶습니다. 저와 함께 세상을 손안에 넣고 주물러 보지 않으시겠습니까?"

　"본인도 양반이 아니십니까? 이렇게 되나 저렇게 되나 같은 양반인 것을요."

　"양반이라……. 사람들이 양반이라 인정해 주지 않는 양반은 양반이 아니외다. 그대와 다를 것이 없는 인간일 뿐이지. 나의 제안을 허락한다면 세상은 나의 손안에, 그리고 그대의 치마폭에 휘감아 버릴 것입니다. 이왕 태어난 인생, 좀 더 그럴듯하게 살아보지 않으시겠습니까?"

　그날 밤, 진홍루에 파란이 일었다. 그 콧대 높은 월향이 모든 권세가의 양반들을 뿌리치고 나이 어린 조양상단의 대행수 김준수라는 애송이에게 화초머리를 올린 것이다. 월향을 눈독 들이던 양반들은 하나같이 혀를 차며 아쉬워했다. 도대체 그 김준수라는 자가 누구인지 궁금해했고 그의 얼굴을 보고자 했다. 그래서 그를 보기 위해 이리저리 열리는 연회 자리에 연일 불려가다시피 한 준수는 월향의 도움으로 상단의 입지를 탄탄히 다지고 자의반 타의반으로 밤의 제왕이라는 별명까지 얻게 되었다. 물론 그 별명에 월향의 상당한 농간이 있었음은 나중에 알게 된 일이었다.

＊

월향은 조양상단의 조태암이 자신을 찾아왔다는 하인의 말을 전해 듣고는 어안이 벙벙해졌다. 그 당하고는 절대 못 사는 김준수가 자신이 온 것이 아니라 태암을 보냈다고? 월향은 애써 두근거리는 마음을 내리누르고는 도도한 표정으로 접객실로 향했다.

준수의 꿍꿍이가 궁금하긴 했지만 오랫동안 보지 못한 태암을 본다는 사실에 마음이 들떠 버렸다. 태암, 그가 누구던가? 혹자는 너무 대쪽 같은 샌님이라며 싫어하는 이도 간혹 있었지만, 월향은 준수의 손에 마지못해 이끌려 그녀가 있는 진홍루 안으로 들어오는 그를 본 순간 첫눈에 반해 버렸다.

준수처럼 눈에 띄게 잘난 얼굴은 아니었지만 단정하고 사내다운 생김새가 마음에 쏙 들었다. 처음에는 생김새가 마음에 들었는데 범인들과는 달리 기생인 자신을 경시하지도, 희롱하지도 않는 담백한 모습에 더 마음이 갔다.

월향은 점점 커져 가는 마음을 표현하고 싶었지만 차마 할 수가 없었다. 준수와의 약조로 말미암아 이미 자신은 온 나라 안에 조양상단 대행수인 김준수의 정인이라 소문이 난 마당이라 그 마음을 꺼낼 수조차 없었다. 그건 준수와의 약조에도 어긋나는 일이었다. 처음 준수를 가르치기 시작하면서 그와 약조한 것 중에 그가 원할 때까지 표면적인 연인 관계를 유지하는 것이 포함되어 있었던 것이다.

'이런 빌어먹을 약조 같으니라고!'

덕분에 태암을 처음 본 순간 반했으면서도 1년가량은 가슴앓이 만 했다. 이 말을 준수에게 차마 할 수가 없어 혼자서만 끙끙 앓고 있던 중에 준수가 넌지시 물어왔었다.

"혹시, 태암에게 마음이 있습니까?"
"……어찌 아셨습니까?"
"최근 그 사람에 대해 질문이 많더군요."
"제가 그랬습니까?"
"태암은 저와 당신의 관계를 아는 사람 중 하나입니다. 워낙에 대쪽 같은 친구라 처음에는 소문이 누구 덕분에 지저분하게 난 저 와 말도 섞으려 하지 않던 이였는데 어쩌겠습니까? 반한 것이 죄라 고 이실직고하였지요. 모든 이들이 생각하는 그런 사이가 아니라고 말입니다. 하니 넘길 수 있으면 넘겨보시지요."
준수의 말에 월향의 눈이 날큼하게 올라갔다. 알고 있었으면서 이제야 말을 하는 준수의 행동에 기가 막힐 따름이었다.
"알고 있으면서도 저에게 이야기하지 않으셨다 이 말씀이시지 요? 하, 오늘은 또 어떤 소문을 써서 저잣거리에 소문을 풀어볼까 요?"
준수는 월향에 말에 기겁을 했다. 저번에 퍼뜨린 소문도 여파가 가시지 않은 마당에 이 여인이 정녕 자신을 파락호로 만들 작정인 가 싶었다.
"저번에 방에 기생 둘을 넣었더니 그 곱던 기생들이 아침에 초주 검이 되어 나왔더라는 소문은 좀 약했지요?"
"화초머리도 안 올린 여인이 못 지어내는 말이 없습니다!"
준수는 짐짓 화가 난 듯 월향을 노려보며 못마땅한 표정을 지었다. 그 표정을 보고는 월향이 까르르 웃었다. 저번의 소문이 조금 짓궂긴 했다. 그 소문을 내고 난 뒤 중년의 양반들에게 도대체 비결이 뭐냐며 준수가 한참을 시달렸던 것을 생각하면 웃음이 절로 나왔다.

월향은 한참 준수와 작당을 하여 소문을 생산하고 양반들을 좌지우지하던 일들이 떠올라 설핏 미소가 지어졌다. 그런 그가 혼인을 하고 나서는 누구보다 안정적으로 변했으니 월향은 더욱 쓸쓸해졌다. 준수의 조양상단은 이미 나라 안에서 제일 큰 상단으로 성장해 큰돈을 좌지우지하고, 월향 역시 그 위세에 힘입어 조선 최고의 기루인 이 부용각을 가지고 나라 안에 모든 정보가 이곳을 들고다니 세상에 부러울 것이 없었다.

하지만 목표가 달성되고 나니 외로워졌다. 그러던 차에 자신의 눈에 들어온 것이 태암이었다. 태암은 양반이었다. 양반과 기녀와의 사이는 서로 은애할 수는 있으나 혼인을 할 수도, 맺어질 수도 없는 것이 이 나라의 법도였다. 그래서 처음에는 그 감정을 피해보려 했다. 하지만 억누를 수 없는 것이 누구를 은애하는 감정이지 않은가. 태암이 그녀를 바라보지 않을수록 월향은 애가 달고 갈증이 심해졌다. 보고만 있어도 좋으니 이만하면 상사병도 중증이었다.

월향은 여느 때와 다름없이 예의 바른 몸짓으로 자신이 오는 것을 보고 인사하는 태암에게 떨리는 마음으로 말을 걸었다.

"오랜만에 오셨습니다."

"그렇군요. 잘 지내셨습니까?"

"저야 늘 그렇듯이 잘 지내고 있습니다."

월향이 형식적으로 묻는 태암의 말에 방긋 웃으며 대꾸했다. 좀 더 말을 이어보려는 월향의 앞에 태암은 서신을 하나 내밀었다.

"대행수께서 전해주라 하시더이다."

"대행수께서요?"

월향은 별일이다 싶어 서신을 꺼내 펼쳐 보았다. 혹시 태암이 볼세라 재빠르게 글을 읽어보고는 단숨에 확 서신을 구겼다. 눈물이 핑 돌았다. 그녀의 행동에 태암이 의문스럽다는 듯 물었다.

"왜 그러십니까?"

"아닙니다. 긴한 내용이라 읽은 후 태워 버리란 명이 있었기에……."

월향은 옆에 있던 호롱불로 서신에 불을 붙여 태웠다.

"대행수께 전달받은, 나리께서 하실 일을 알려 드리겠습니다."

월향은 갑자기 무엇인가 즐거워진 듯 환하게 웃어 보이더니 차분한 발길로 태암을 인도했다. 세상에 이런 일도 있구나 싶어 자신도 모르게 배어 나오는 웃음을 참느라 등 뒤로 땀이 흘렀다.

─월향, 보십시오. 약조를 늦게 지켜 미안합니다. 사죄의 의미를 담아 태암을 보내니 이왕이면 이 밤에 명에서 건너온 미약을 시험해 보는 것도 좋을 듯합니다. 태암이 일을 하러 왔다 할 것이니 이왕이면 사람들의 눈이 적고 들어오기 힘든 곳이 좋지 않겠습니까? 그럼 좋은 밤 되십시오.

월향은 총총한 걸음으로 하인에게 그를 항상 준수가 애용하던 연못 안에 지어진 모란정으로 안내시키고는 정성 들여 차를 만들기 시작했다. 물론 준수가 특별히 언급해 준 약은 일종의 양념으로 치는 것을 잊지 않았다.

✱

비몽사몽 잠결에 자신을 만지는 손길에 효진은 잠투정을 부렸다. 몸이 힘들어 손도 까딱할 힘이 없는데 누가 자꾸 건드리는지 신경질이 올라왔다. 밤새 지아비에게 시달렸더니 곤해서 눈이 떠지지가 않았다. 쿡— 하고 웃는 소리가 들리더니 자신을 괴롭히던 손길이 없어졌다. 이제야 편히 잘 수 있겠다는 생각에 효진은 다시금 잠에 빠져들었다.

"아직도 주무시는 게냐?"
"예, 많이 곤하셨던 모양입니다."
준수는 효진이 아직 일어나지 못했다는 다름의 말에 안채 마당을 서성였다. 지금 자신이 들어가면 부인이 깰 수도 있는 일이었다. 지난밤 자신을 온전히 받아내었으니 곤할 법도 했다. 그녀에게 묻고 싶었던 말도, 또 듣고 싶었던 말도 다 들을 수 없었던 밤이지만 그래도 부인을 안고 있다는 것만으로도 왠지 모르게 가슴이 벅찼던 밤이었다.

어젯밤, 아니면 그전부터인가 무언가 내면에서 깨지고 있다는 생각이 든 준수였다. 아니, 이미 깨지고 있는 것을 직감을 하고 있으면서도 일부러 모르는 척 시간을 보내며 넘기고 있었던 것일지도 몰랐다.

새가 지저귀는 소리가 났다.

눈을 들어 마당에 심어놓은 감나무를 보니 참새 두 마리가 붙어 지저귀는 모습이 보였다.

'사이가 좋은 한 쌍이구나.'

무엇을 보아도 좋아 보이는 것을 보니 자신이 많이 변한 것이라고 생각했다. 그동안의 삶이 삭막한 삶은 아니었지만 요즘은 무언가 채워져 있다는 생각이 들어 기분이 좋아지는 것 같았다.

어쩌면 어제의 일이 계기라면 계기가 된 것인지도 몰랐다. 아니, 어쩌면 그 이전이었을지도 모를 일이었다. 곤히 자고 있는 효진의 모습을 보면서 문득 부인에 대해 알고 싶다는 생각이 들었다. 단편적인 사정이야 수소문을 해서라도 알려고 든다면 알 수 있겠지만 그렇게 알아가고 싶지는 않았다. 참 신기한 일이었다. 이전의 자신이라면 이런 생각을 하지도, 하고 싶지도 않았겠지만, 자신도 모르게 서서히 그녀에게 마음이 열려가고 있었다.

부인을 보고 있으면 안고 싶고, 안고 있으면 말을 나누고 싶고, 그녀에 대해 알고 싶어졌다. 그것은 정말 낯선 감정이었다. 하지만 피할 수도 없는 감정이었다. 확실한 것은 그가 생각하는 것처럼 자신의 부인인 효진이 그렇게 차가운 이도 의뭉스러운 이도 아니라는 사실이었다. 자신의 양부의 꼭두각시처럼 자신의 마음에 들어 집으로 돈을 빼어낼 수도 있던 일을 돈을 보내지 말라 무 자르듯 자르던 여인이었다.

준수는 자신의 손에 든 비단보자기를 바라보았다. 자신의 선택이 옳다는 확신이 있었다. 지금은 서먹한 사이일지 모르나 아마 자신이 행하려 하는 일을 끝나고 나면 서로에 대해 좀 더 알고 가까워지지 않을까라는 생각이 들었다.

효진은 잠결에 두런두런 말소리 들리자 이제 일어나야지 싶어 눈을 반짝 떴다. 그와 동시에 문이 열리는 소리가 들리더니 준수가 들어왔다. 효진은 순간적으로 얼굴이 확 붉어졌다. 어젯밤 일이 생각나 고개를 들 수가 없었다. 효진의 태도가 보였는지 작게 웃는 소리가 들리더니 준수가 다가왔다.

"이제 일어나십시오. 조금 있으면 저녁을 드셔야겠습니다."

"예에?"

자신이 그렇게 오래 잤단 말인가? 이렇게 게으르던 사람이 아닌데 그에겐 항상 늦잠 자는 모습만 보여주니 민망하기 그지없었다.

"제가 오늘 저녁에 급히 평양으로 가는 상단 행렬과 합류해야 해서 조금 일찍 왔습니다."

"평양에 가신다구요?"

"예, 원래 가기로 했던 친우가 사정이 생겨 당분간 상단으로 나올 수가 없게 되어서 제가 대신 가게 되었습니다."

효진은 급히 이불 속에서 팔을 뻗어 옆에 다름이 개어둔 치마와 저고리를 잡아 들었다.

"같이 가시겠습니까?"

"제가요?"

준수의 갑작스러운 말에 효진은 자신이 말을 잘못 들었나 싶어 그에게 눈을 동그랗게 뜨고 다시 물었다. 그 모습에 준수가 설핏 웃으며 그녀에게 대답했다.

"이대로 가면 한 보름은 못 돌아올 텐데 혼자 적적하지 않겠습니까? 같이 가시지요."

"하, 하지만 평양 가는 길에 제가 누가 되지 않겠습니까?"

준수가 자신에게 하는 말은 정말 당혹스러운 말이었다. 그와 함께 낯선 곳을 간다니 한 번도 생각해 보지 못했던 일이었다. 하지만 솔깃하기도 했다. 평양은 볼거리도 많고 살기 좋은 곳이라 소문이 난 곳이니 가보고 싶기도 했던 곳이다. 그렇지만 막상 이렇게 갑자기 가자고 하니 어떻게 해야 좋을지 갈피를 잡을 수가 없었다. 준수는 손에 들고 있던 보자기를 내밀었다.

"여인의 치마 차림으로는 무리니 이 옷을 입으시지요."

효진은 준수가 내민 보자기를 받아 들고는 조심스럽게 풀어보았다. 옥색의 도포와 구슬이 달린 말총갓이 나왔다. 이 옷을 입으란 말인가?

"어여쁜 모습으로 가는 것도 좋겠지만 길이 험할지 알 수가 없으니 조심하는 것이 좋습니다. 다소 불편하겠지만 여인들의 치마에 비해서는 편할 터이니 갈아입으십시오."

"하지만, 서방님……."

"부인은 이제 제 사람이지 않습니까. 하루 이틀 자리를 비우는 것이면 모르겠으나 보름이면 긴 시간입니다. 혹시 무슨 일이 벌어진다면 제가 같이 있어줄 수 없으니 혹시 모를 일이 걱정되어서 말입니다. 혹시 저와 같이 가기가 싫으십니까?"

"아, 아닙니다."

준수의 말에 무어라 가기가 곤란하다 말을 하려던 효진의 말이 쏙 들어갔다. 그의 말이 틀린 것도 아니었다. 자신의 지아비만 하더라도 사내의 몸에 호위무사가 둘이나 붙어 다닌 상태에서 그런 변을 당할 줄 누가 알았단 말인가. 그런 지아비가 한양을 비운다면 다른 무슨 일이 벌어진다 해도 이상할 것이 없었다.

"아, 너무 두려워하지는 마십시오. 그래도 이번 일을 계기로 당분간은 헛된 생각을 할 사람들이 없을 것이기는 하나, 만에 하나 일어날 수 있는 일이라 걱정되는 것뿐입니다."

"예."

준수는 말을 마친 다음 효진이 편하게 옷을 갈아입으라고 배려해 밖으로 나갔다. 효진은 무엇엔가 홀린 듯이 눈앞에 있는 옷을 쳐다보았다. 복잡한 심정이었다. 그가 불안하다고 하는 것은 그만큼 자신을 걱정한다는 말인가 싶어 괜스레 가슴이 두근거렸다. 하지만 아무리 그렇다고 하더라도 팔자에도 없는 남복이라니. 자신의 혼인 생활은 여러모로 놀라움의 연속이었다.

처음에는 자신에게 냉랭하기만 하던 이가 표창에 부상을 당해 사람을 놀라게 하지 않나, 어제는 자신을 향해 그토록 해사하게 웃어주지 않나. 도대체 그 모습이 몇 가지인지 짐작이 되질 않았다.

효진은 놀란 마음에 차마 도포를 입어볼 생각도 하지 못하고 고운 비단옷을 쓸어보았다.

'내가 과연 이 옷을 입어도 되는 것일까?'

고민이 되긴 했지만 자신의 지아비가 권한 것이기에 효진은 망설이다가 이내 마음을 굳게 정하고는 하늘한 느낌의 비단 속옷을 걸친 다음 그 위에 옷을 덧입기 시작했다.

＊

아침에 부용각에서 온 태암의 전갈을 받고 준수는 피식 웃음이 났다. 매우 급한 사정이라……. 태암이 적어 보낸 서신은 그의 성격답게 군더더기가 없었다.

―준수, 보시게. 내 일신상에 매우 급한 사정이 있어 당분간 상단에 나갈 수 없을 듯하네. 평양으로 출발할 상단을 만반의 준비는 다 해놨으니 부디 내 사정을 헤아려 해결해 주길 바라네.

늦게 배운 도둑질이 무섭다더니, 어째 출근을 못한다 이리 당당하게 서신을 보내는지 원. 겉보기에는 말이 없어 강한 듯 보이지만 누구보다 여린 태암을 손에 쥐고 쥐락펴락하고 있을 월향이 새삼 무서워졌다.

처음 만났을 때부터 동류인 것을 알아 여인으로서는 다가오지 않았던 월향이었다. 겉모습이야 세상에 보기 드문 미색에 교태까지 더해져 눈은 즐겁지만 실상 성격을 알고 나면 피하고 싶어지는 게 월향이었다. 그 성격이 꼭 자신 앞에서만 드러나는 것이 문제였지만 말이다. 태암은 죽었다가 깨어나도 모를 성격이니 마음속으로나마 그에게 심심한 사과를 표했다.

'부디 잘 지내시게.'

처음 보았을 때 태암은 진정 대쪽 같은 그의 부친의 성품을 그대로 이어받아 준수 자신과는 접점이 없을 것 같은 사내였다. 월향이 자신에게 양반들의 은밀한 사생활과 예절에 대한 교육을 담당했다면, 태암은 그야말로 자신에게 양반처럼 생각하는 법을 가르쳐 준 벗이었다. 그랬기에 누구보다 소중한 친우였다. 월향과 태암 사이에 우열을 가리기는 쉽지 않은 일이나 같은 사내라서인지 태암에게 더 정이 가는 것도 사실이었다.

양반과 기생의 사이이니 월향으로서도 더 바라지는 않겠지만 부디 두 사람 서로 상처받지 않길 바라는 것이 친우인 준수의 마음이었다.

하지만 막상 태암에게 이런 서신을 받으니 고민이 하나 더 늘었다. 그동안 상단에서 나가는 물품을 인도하던 믿음직스러운 태암이 이렇게 자리를 비우니 대체할 사람이 마땅히 없었다.

"역시 내가 가야 하는가?"

준수는 자신이 움직임으로써 얻게 될 이익과 잃게 될 것들을 생각하며 재빠르게 머리를 굴렸다. 여러 가지 상황을 생각했을 때 자신이 움직이는 것이 여러 마리 토끼를 잡을 수 있는 일임을 알고는 있으나 그리 하자니 걸리는 일이 한두 가지가 아니었다.

"잘만 한다면 여우사냥도 할 수 있겠군."

곁에 있던 무연이 그의 말뜻을 알아들었음인지 그의 말에 고개를 끄덕였다. 둘만이 알아볼 수 있는 눈빛이 오갔다. 준수는 피식 웃으며 앞으로 어떻게 일을 진행해야 할 것인지 생각하기 시작했다.

평양은 큰 도시였다. 거기에 평양으로 보내는 물품들이 결코 적지 않은 물품들이라 중간에 문제라도 생기면 큰일이었다. 먼 거리는 아니지만 평양에 도착해서 여러 가지 일을 처리하다 보면 근 보름은 집을 비우게 되는데, 그것이 문제였다.

집이라는 생각이 듦과 동시에 부인의 모습이 떠올랐다. 어제 효진에게 미안하다 사과를 하긴 했지만 어물쩍 넘어가기에는 사안이 사안인지라 시일이 지나면 곪아터지는 상처가 될 수도 있었다. 게다가 보고만 있어도 어여쁜 부인을 보름이나 못 본다는 것도 영 내키지가 않았다. 어제만 하더라도 집에 들어감과 동시에 자신이 통제가 되지 않을 정도로 그녀를 탐하지 않았던가? 많이 힘들었는지 아침나절에 한 번 더 지분거리다가 힘든 듯 잠결에 투정을 하는 모습에 아쉽지만 포기하고 나온 참이었다. 이대로 그냥 평양으로 떠날 수는 없었다. 무엇보다 이것은 또 다른 기회라는 생각이 들었다.

'그렇다면 방법이 없지. 함께 가는 수밖에……'

충분히 심사숙고하여 내린 결정이었다. 자신과 부인 사이는 아무래도 서로의 감정보다는 필요에 의해 맺어진 관계였다. 그랬기에 모르는 것도 오해의 여지도 많아질 수밖에 없다는 것이 준수의 생각이었다. 자신이 그녀와 함께 평양을 가겠다고 결정한 것이 둘 사이의 관계에 있어서 독이 될지, 아니면 좋은 약이 될지는 알 수 없었다. 하지만 서로를 위해 노력이 필요하다는 생각이 들었기에 쉽지 않지만 결정할 수 있었다.

상단 사람들과 함께 이동을 하는 것이니 준비가 필요했다. 바느질 솜씨가 좋은 아낙 셋을 구해 급히 효진의 옷을 짓고 솜씨 좋은 장인에게 갓을 준비시켰다. 다행히 조금 수고롭기는 했지만 이렇게 남장을 한 색다른 부인의 모습을 볼 수 있으니 수고를 한 보람이 있었다.

준수는 뭔가 어색한 듯 고개를 갸우뚱거리는 효진을 바라보았다. 처음 입는 도포와 갓이 어색한 모양이었다. 준수는 자신감 없는 얼굴로 옥색 비단 도포에 구슬로 장식된 갓을 쓴 아내의 모습을 보고는 그 모습을 품평하듯 한 손으로 턱을 괴고는 생각에 빠졌다.

'의외로 귀엽군.'

아무리 요리조리 둘러봐도 그의 눈엔 어여쁘고 귀여웠다. 몸의 선이 여인이라 다소 여리기는 하나 생각보다는 잘 어울리는 차림새였다. 막 관례를 올린 듯 뽀송뽀송한 미소년처럼 보이는 효진의 모습에 자기도 모르게 웃음이 새어 나올 것 같았다. 또랑또랑한 눈망울은 빛이 났고, 분가루가 묻어날 듯 두 뺨이 탐스러웠다. 게다가 어제 일의 여파로 살짝 부푼 붉은 입술이 유독 시선을 잡았다.

"같이 마련해 드린 무명옷은 안에 입으셨습니까?"

"예, 한데 그 두꺼운 무명옷은 어찌 입으라 하십니까?"

효진은 안 그래도 옷을 입다가 발견한 비단 도포에 안 어울리는 무명 저고리를 보며 다소 의아한 생각이 들었다. 얇은 무명을 여러 겹 겹쳐 누비를 지어 만든 옷이라 다소 무겁기는 했으나 이 또한 무슨 곡절이 있어 준비를 한 것이라는 생각에 혹시나 싶어 도포 안에 입은 상태였다.

"먼 길을 가시는 것이니 안전에 만전을 기해 나쁠 것이 없다 생각해서 챙겨 드린 것입니다. 얇은 무명을 여러 겹으로 누비를 지어 만든 것이니 혹시나 불미스러운 일이 생긴다 하더라도 어느 정도 보호해 드릴 겁니다. 물론 무연과 진양이 함께 가고 상단 일꾼들도 신경을 써서 골랐으니 별문제는 없을 테지만 조심해서 나쁠 것은 없지요."

효진은 준수의 대답을 듣고 그제야 고개를 끄덕였다. 자신의 지아비는 무척이나 세심한 사람이었다. 무엇을 준비하는 데 어느 것 하나 허투루 하는 법이 없어 절로 감탄이 나오게 만들었다.

그녀가 눈을 반짝이며 붉어진 얼굴로 자신을 향해 고개를 끄덕이는 모습을 보자 준수는 자신도 모르게 효진을 품에 당겨 안고는 그녀의 입술을 훔쳤다. 바동거리는 다소의 반항이 느껴지기는 했으나 그의 집요함에 결국 효진이 입을 열어주었다. 달디단 그녀의 입술을 맛보니 헤어 나올 수가 없었다. 그녀의 옷 안으로 뻗어 나가려던 손을 애써 멈추고는 아쉬운 듯 그녀의 입술에 쪽 소리가 나도록 입을 맞췄다 떼었다. 생각 같아서는 평양으로 떠나기 전에 그녀를 한 번 더 갖고 싶었지만 상단에서 자신이 오기만을 눈이 빠져라 기다리고 있을 사람들이 생각나 억지로 참았다.

"흠흠. 혹시 말을 탈 줄 아십니까?"

“안장 위에 앉아 있을 정도밖에는…….”

효진은 조금 전 준수와의 입맞춤으로 다리에 힘이 하나도 없었지만 그렇다는 티를 낼 수 없어 다소 빠르게 대꾸했다. 말을 탈 수 있다고는 했으나 그나마도 휘청이며 앉아 있을 수 있는 정도의 승마 실력이라 차마 말은 못하고 말끝을 흐렸다. 이럴 줄 알았으면 잠시 배운 것일지라도 선생을 붙여주었을 때 열심히 할걸 후회가 되었다.

“일단은 말을 타고 출발을 하고 중간에 힘이 들면 짐을 끄는 수레에라도 옮겨 타십시다. 여행을 하는 길이라면 가마를 타고 가는 것이 좋겠으나 상단 사람들의 눈도 있고 하니 그러는 것이 좋겠습니다.”

“정말 말을 타야 합니까?”

효진은 그 먼 길을 어찌 가야 하나 근심걱정이 늘어졌다. 몸이라도 성하면 모를까 밤새 준수에게 시달린 탓에 온몸이 안 아픈 곳이 없었다. 그런데 또 움직이자 하니 앞이 막막하기만 했다.

“많이 힘드실 것 같으면 집에 계시겠습니까?”

효진의 난처해하는 표정을 본 준수는 효진의 눈치를 보며 조심스럽게 물어왔다. 효진은 집에서 쉬는 것도 나쁘지 않다는 생각이 잠시 들었지만 그래도 평양에 가지 못하는 것도 아쉬울 것 같아 잠시 고민을 했다.

“아마도 평양을 다녀오려면 못해도 꼬박 보름이 지날 것이고, 혹시 평양에 있는 상단에 일이라도 생기면 달포가 걸릴지도 모르겠습니다.”

준수는 그런 효진의 고민을 아는지 모르는지 지나가는 말투로 무심히 흘리듯이 말을 건넸다. 한 달이면 꽤 오랜 시간이었다. 그동안 집에서 마음을 졸이며 그가 돌아오길 기다리는 것도 그리 편하고 좋을 것 같지는 않았다.

"……가겠습니다."

"그리 하시겠습니까? 그럼 지금 당장 출발하도록 합니다. 아마도 일행이 기다리고 있을 겁니다."

준수는 효진의 대답이 떨어지기가 무섭게 그녀의 손을 잡고 대문밖을 나섰다.

"저…… 아무리 그래도 이 손은 놓으시는 것이 좋지 않을까 싶습니다."

효진이 난처한 듯 준수에게 잡힌 손을 빼내려 했다. 준수는 그런 효진의 행동에 마음이 상했는지 한쪽 눈썹이 올라가며 표정이 굳었다.

"아무리 그래도…… 제가 남복을 하여 사내끼리 그, 혹시 사람들이 오해를 할까 싶어서……."

효진은 차마 자신이 내뱉는 말이 민망하여 말끝을 흐렸다. 그제야 준수는 효진이 하려던 말을 알아채고는 머쓱한 듯 미소를 지으며 손에 힘을 풀었다.

그녀는 얼른 자신의 손을 빼내고는 고개를 돌려 주위를 휘휘 살폈다. 보는 이가 없어 다행이었다. 준수는 그런 효진의 모습이 귀여워 자신도 모르게 웃음이 났다. 어떻게 그런 생각까지 했는지 보면 볼수록 그녀의 생각이 궁금했다.

"뭐, 어떻습니까? 사내끼리 손도 잡을 수 있는 게지요."

"아무리 염문이 많은 지아비이긴 하나 그 염문에 사내까지 추가할 순 없지 않겠습니까?"

준수의 농에 효진이 진지한 표정으로 그의 말을 받아쳤다. 준수는 그런 효진의 반응에 아차 하는 생각이 들었다. 바로 어제도 월향 때문에 그녀가 곤란한 일을 겪게 만들었는데 오늘 일마저 잘못 알려지게 된다면 하는 생각이 들자 그 뒤를 상상하고 싶지도 않았다. 더 이상의 소문이 탄생을 한다면 정말 효진을 볼 낯이 없어질 것 같았다.

"미안합니다, 부인. 하지만 월향이의 일은 정말 오해입니다. 차차 그 오해를 풀어드리도록 하지요. 이제부터 시간은 많으니 말입니다."

준수는 마음을 급하게 먹지 않으려 했다. 어차피 보름이라는 시간 동안 그녀와 자신은 떨어지려야 떨어질 수가 없으니 그간의 오해를 정리하고 서로에 대해 천천히 알아가는 것 또한 나쁘지 않을 것이다. 그렇게 마음을 먹으니 마음이 한결 여유로워졌다.

같이 길을 떠날 무연과 진양이야 효진이 여인인 것을 안다 해도 상단의 일꾼들이 문제였다. 아무리 사정이 그렇다고는 하나 상단의 일꾼들에게는 차마 부인이라 소개할 수 없어 효진에게 먼저 부인이라 소개할 수 없음에 대한 양해를 구했다. 그래서 그녀를 자신의 부인의 사촌 동생이라 소개를 한 후 효진을 상단에 합류시켰다. 마음 같아서는 당당하게 소개를 시키고 싶었지만 일행에 여인이 끼어 간다는 사실은 상단 사람들에게 매우 부담스러운 일이었다. 게다가 대행수의 부인이라고 한다면 사람들이 두 사람에 대해 반감을 가질지도 모를 일이었다. 그래서 준수는 사전에 일행에게 그녀에 대해 몇 가지 당부의 말을 전달했다. 젊은 도령이 몸이 매우 약한데다가 오래 여행을 하는 것은 처음이니 양해를 바란다는 사전 공지를 해 중간에 여유를 두며 갈 수 있도록 신경을 썼다.

상단에 도착한 효진이 사람들과의 사이에서 자신이 타고 갈 말을 배정받아 말과 친해지고 있는 사이 준수는 건물 안으로 발걸음을 옮겼다.

부탁할 말이 있어 철식을 찾아다니다 이내 발견하고는 그에게 다가갔다.

"제가 없는 사이 장인어른인 윤정한 대감 댁을 좀 살펴주셔야겠습니다. 되도록 정보가 많으면 많을수록 좋습니다. 필요하다면 부용각을 통하셔도 좋습니다. 최대한 많은 정보를 모아주십시오."

"여부가 있겠습니까. 부디 마님과 함께 몸 건강히 다녀오십시오. 가는 길목에 혹여나 산적들이 있을지 모르니 무기를 정비해 가시는 것이 좋을 듯합니다. 이번 길은 혼자의 몸이 아니시지 않습니까?"

"네, 그럼 다녀오겠습니다. 상단을 잘 부탁드립니다."

"걱정 말고 다녀오십시오."

"아, 그리고 혹시나 집에 일이 생기면 다름이라는 아이가 찾아올 터이니 섭섭지 않게 챙겨주십시오."

"알겠습니다, 대행수님. 부디 몸 건강히 다녀오십시오."

자신과 효진이 없는 사이 혹시 참판 댁에서 집으로 접촉을 해올까 싶어 미리 다름이를 통해서도 단단히 일러둔 참이었다. 당장이야 필요한 것을 주었으니 잠시 참을 수 있겠지만 오래가지는 못할 것이니 그의 눈과 귀와 정신을 빼어놓을 것이 필요했다.

✻

정한은 오랜만에 여유롭게 독서를 즐기고 있었다. 사치스러운 부인이 저지른 일은 사위를 통해 해결을 보았으니 그전에 없던 여유가 생겼다.

　정말 크게 망신을 당할 뻔하지 않았던가. 부인이 자신도 모르는 사이에 명나라에서 수입된 비단을 스무 필이나 주문하고 외상 해결을 하지 못해 돈을 독촉하러 사람이 집에까지 찾아오게 만들다니. 화가 나는 것은 둘째 치고 당장 급전이 필요하던 차였다. 당장 그 큰돈을 마련하러 전전긍긍하던 차에 때마침 민기보가 어떻게 사정을 알았는지 좋은 방법을 귀띔해 주었다. 그 바람에 생각보다 일의 정리가 쉽게 되었다. 일이 정리되고 나서 부인에게 화가 나는 마음이 들기도 했지만 정한은 애써 마음을 가라앉혔다. 평소 정이 없는 부인이기는 하지만 어찌 보면 불쌍한 이였다. 가슴에 맺힌 것이 많은 사람이었다. 그런 한을 당사자에게 풀지 않고 저리 물건을 사는 것으로나마 감정을 해소하니 그나마 다행이었다.

　책장을 넘기는 차에 밖에서 하인이 자신을 불렀다.

　"대감마님, 별채마님 오셨습니다."

　"뭣이라?"

　정한은 밖에서 자신에게 고하는 소리에 믿을 수가 없어 다시금 되물었다. 지금 밖에서 들리는 말이 과연 맞는 것인가? 이 집에 그들이 별채마님이라고 부를 이는 한 사람뿐인데, 설마 그 사람이 이곳까지 왔다는 말인가? 전혀 그럴 사람이 아닌데라는 생각이 들자 들리는 말을 귀로 듣고도 믿을 수가 없었다.

　"별채마님께서 오셨습니다, 대감마님. 안으로 뫼실까요?"

　"뫼, 뫼시거라."

　정한은 자신도 모르게 자리에서 벌떡 일어났다. 직접 눈으로 보아야지, 그녀가 왔다는 것이 믿어질 것 같았다. 효진이 집에 양녀로 들어온 다음부터 제 발로는 별채를 벗어나지 않던 사람이었다. 그런 사람이 이곳까지 걸음을 하다니 이상한 일이었다. 정한은 밖에 있는 사람이 문을 열기도 전에 방문을 열었다. 댓돌을 딛고 올라오던 연화의 모습이 보였다.

'정말 연화가 왔구나.'

아무리 봐도 질리지 않는 사람이 있다더니 그 말은 이 사람을 두고 하는 말이었다. 정한에게는 그저 보고만 있어도 좋은 이였다. 물론 자신이 그녀를 많이 귀애하는 것에 비해 그녀는 항상 차갑기만 했지만 그 또한 연화가 가진 매력이었다. 오늘도 저렇게 단정하게 옥색 저고리에 남색 치마를 곱게 차려입은 그녀의 모습을 보니 보고만 있어도 흐뭇하고 좋았다. 워낙에 물과 같은 사람이라 별채를 찾아가지 않으면 자신의 집 사람이 아닌 것같이 조용히 생활했다. 그리고 가끔 소일거리로 꼼꼼하면서도 세심한 바느질 솜씨로 그의 옷을 지어주는 등 정한의 마음을 풀리게 하는 일들을 하기도 했다.

그런 그녀가 근래에 효진을 출가시키고 나더니 조금씩 더 나아진 것도 같았다. 가끔씩 바깥으로 출타를 하기도 하고 떡이며 전 같은 간식거리도 곧잘 보내오는 통에 요즘만 같으면 참으로 좋겠다는 생각이 들던 차였다. 드디어 내 사람이 되는가 싶은 마음에 그녀를 생각하는 마음이 더 깊어졌다. 그러던 차에 연화가 자신을 만나러 사랑채까지 와주니 가슴이 벅찼다.

"어찌 그리 저를 보십니까?"

단정한 남색 치마에 옥색 저고리를 걸친 모습이 단아해 정한은 자신도 모르게 미소가 지어졌다. 과하지 않은 장식을 한 그녀의 차림은 세월의 흔적을 따라 눈가에 주름이 생기긴 했지만 여전히 아름다웠다.

"부인이 이렇게 찾아온 것이 처음이라 신기하구려."

“원, 대감도 별말씀을 다 하십니다.”

방 안에서 차를 마시며 소소한 이야기를 나누던 중 연화가 조심스럽게 입을 떼었다.

“저, 대감. 실은 청이 하나 있사온데…….”

“무슨 청이오?”

“실은…… 효진이도 출가를 하였고, 이제는 안방마님의 눈치를 참을 수가 없기도 하고……. 해서 청이 하나 있습니다.”

조심스럽게 말을 하는 연화의 목소리가 미묘하게 떨려왔다. 정한은 연화의 말에 눈에 불꽃이 튀어 올랐다. 안방마님이 눈치를 준다니, 얼마나 심하게 대했으면 그녀가 미미하게 떨기까지 하는가? 정한은 안채에 있을 본부인을 생각하니 화닥화닥 가슴과 머리에 열이 났다. 자신이 연화를 귀애하는 만큼 부인이 연화에게 시샘을 하고 또 그 여파가 효진에게까지 미치는 것을 알고 있기는 했지만 이렇게 직접적으로 눈치를 준다고 연화가 말한 적은 없었다. 분명 연화에게만큼은 손대지 말라 그렇게 일렀음에도 불구하고 그녀의 입에서 이런 말까지 듣게 하다니 화가 치밀어 올랐다.

“부인에게 눈치를 받았다는 이야기를 왜 지금에서야 하십니까? 그전에 하셨다면 더 좋았을 것을요.”

“……그때는 또 효진이가 서러움을 당할까 겁이 났습니다.”

“부인은 자나 깨나 그 아이 걱정뿐입니까?”

“제 하나밖에 없는 여식이 아닙니까, 대감.”

그녀의 쓸쓸함이 느껴지는 말에 정한은 더 하려던 말을 멈추었다. 애석하게도 그렇게 바랐지만 정한과 연화의 사이엔 자식이 생기지 않았다. 그게 항상 마음에 걸리고 아픈 일이기는 했지만 그걸 직접적으로 언급하니 정한은 달리 할 말이 없었다.

이렇게 아픈 사람이다, 이 사람은. 정한은 연화의 말에 또다시 마음이 아파왔다.

자신의 친우인 민기보의 누이인 연화를 보자마자 눈에 담고 마음에 담았다. 상처한 지 얼마 되지 않은 사람이라 안 된다는 민기보를 설득하고 설득하여 받아낸 허락이었다. 비록 자신에게는 정실부인이 있었지만 눈에 차지 않는 이였다. 그래서 더 연화에게 마음이 갔는지도 몰랐다. 그녀가 원하는 것이라면 뭐든 다 해주고 싶은 심정이었다.

그래서 눈물로 청하는 연화의 청에 효진을 양딸로 맞았다. 친아비와 같지는 않았지만 연화를 보아 정을 많이 주려 했던 아이였다. 하지만 자신의 피가 섞이지 않아서인지 볼 때마다 그녀의 전 지아비가 생각나 자신의 새파란 질투를 불러일으키던 아이였다. 그래서 효진을 볼 때마다 화가 났다. 분명 연화의 딸이라 닮은 부분도 많아 예쁜 아이이긴 했지만 그러면서도 동시에 매우 탐탁지 않기도 했다. 한데 이렇게 연화가 쓸쓸하게 그 아이가 하나밖에 없는 아이다라고 하니 자신도 모르게 모든 일에 약해져 버렸다.

"그래서…… 이제는 밖에서 살고 싶습니다, 대감."

"밖이라니요?"

"다른 소실들 중에는 밖에서 기거하는 이들도 많다고 합니다. 자유롭기도 하거니와 집안의 눈치를 보지 않고 대감을 모실 수 있을 것이니 그것 또한 좋을 듯해서 말입니다."

"하면, 나에게 좋은 일이다?"

"제가 마음이 편할 테니 그렇지 않겠습니까?"

살포시 미소를 짓는 모습이 이렇게 마음을 동하게 하니 안 들어줄 수가 없는 부탁이었다. 그녀가 자유롭게 기거하며 부인의 눈치를 안 보게 된다면 자신 또한 본부인에 대해 신경을 덜 써도 될 테니 분명 좋은 방법이었다.

"생각해 보도록 하겠습니다."

정한의 긍정적인 대답을 듣고는 미소를 짓던 연화의 표정이 차를 마시고 별채로 가기 위해 사랑채를 나서며 문을 닫고 나자 언제 미소를 지었냐는 듯이 차갑게 얼어붙어 무표정해졌다.

*

평양으로 향하는 길은 효진의 예상과는 다르게 강행군이었다. 하룻밤 유할 객관에 도착할 시각을 맞추기 위해 정말 필요한 휴식 이외에는 계속 이어지는 상행길에 효진은 그야말로 온몸이 반나절도 되지 않아 만신창이가 되었다. 말에서 떨어지지 않으려 온몸에 힘을 주고 가는 덕분에 팔다리가 찌르르하게 저려왔다. 하지만 그나마 자신은 말이라도 타고 있어 사정이 나은 편이었다. 걸어서 가는 일꾼들도 있으니 자신은 정말로 편하게 가는 것이었다. 자신의 뒤쪽으로는 땀을 흘리며 일꾼들이 부지런히 걷고 있었다.

'상인으로서 물건을 팔면서 돈을 버는 것이 거저 얻어지는 것은 아니었구나. 이렇게 힘들게 뙤약볕에서 움직이며 여러 일꾼을 독려하며 무사히 일행을 인도하는 것도 쉬운 일은 아닐 테지.'

시선을 돌려보니 비교적 여유로운 모습으로 말을 몰며 일행의 뒷부분까지 살뜰히 챙겨가는 준수의 모습이 보였다. 다들 지친 기색이기는 하나 유달리 기운 넘쳐 보이는 준수의 모습을 보니 대단하다는 생각이 들었다.

"많이 힘드십니까? 조금 쉬어갈까요?"

그녀가 잠시 딴생각을 하고 있는 것을 본 것인지 준수가 그녀에게 다가와 말을 걸었다.

"아닙니다. 참을 만합니다."

"조금만 힘내십시오. 한 시진 정도만 더 가면 상단에서 운영하는 객관이 있으니 거기서 오늘은 쉬도록 합니다."

"예에."

힘든 그녀를 독려하듯 어깨를 두드리며 그녀의 기를 북돋아준 그가 다시 뒤쪽 행렬로 이동을 했다. 효진은 고개를 끄덕이기는 했지만 한 시진을 더 가야 한다는 말에 등에 식은땀이 흐르는 기분이었다.

'한 시진이라니, 아직도 이 길을 더 가야 한단 말인가?'

효진은 말고삐를 쥔 손이 떨려왔다. 못 가겠다 강짜를 놓을 수도 없는 노릇이니 꿋꿋이 참고 다시금 허리를 꼿꼿하게 세워 말을 몰았다. 엉덩이도 아프고 허벅지도 아파왔다.

이제 더는 참기 힘들다 생각할 무렵 원평군(原平郡:지금의 파주)의 입구에 도착하였다. 늦게 출발한 탓에 많이 움직이지는 못했다. 이제 쉴 수 있다는 생각이 들자 효진은 마음이 놓였다. 제법 큰 도시답게 사람들 또한 많았다.

조양객관.

효진이 생각했던 것보다 더 깔끔한 객관의 외관에 안도의 한숨이 절로 나왔다. 객관에 도착을 하자마자 그녀는 얼른 말에서 내렸다. 엉덩이에 불이 나는 것 같았다. 내일은 도저히 못 타겠다고 하고 수레에 함께 타던지 해야 할 것 같았다. 눈길을 돌리니 가지고 온 짐을 객관의 한편에 고이 모아놓고 삼삼오오 모여앉은 일꾼들의 모습이 보였다. 여독을 풀기 위함인지 다리를 주무르며 푸는 그들의 모습을 보니 힘들다는 말이 쏙 들어갔다. 그래도 자신은 말을 타고 왔으니 편하게 온 편이었다. 그러니 힘들다는 말을 차마 입 밖으로 꺼낼 수가 없었다. 일행이 도착했다는 소식이 닿았는지 객관의 책임자로 보이는 중년의 사내가 빠른 걸음으로 뛰듯이 그들의 앞으로 왔다.

"대행수님께서 직접 오신다는 전갈을 이제야 받았습니다. 오시는 길이 힘들지는 않으셨는지요?"

"아…… 오랜만일세. 먼 거리를 온 것은 아니라 그렇게 곤하지는 않네. 우선은 씻어야 하니 물을 좀 준비해 주게."

"예, 대행수님. 한데 이분은 뉘신지?"

사내는 준수의 옆에 있던 효진을 바라보며 물었다.

"아, 소식을 들었는지 모르겠지만 얼마 전에 내가 혼인을 하였네. 이 도령은 내 부인의 친척 동생일세. 평양에 갈 일이 있어 동행하게 되었네."

"아, 그렇습니까? 안녕하십니까, 도련님. 처음 뵙겠습니다. 소인은 객관을 책임지고 있는 관주 송유라 합니다."

다소 서글서글하게 인사를 건네는 송유에게 인사를 건넸다. 효진은 얼떨결에 꾸벅 인사를 했다. 효진과 인사를 나눈 송유는 준수에게 급히 할 말이 있다며 준수를 거의 끌다시피 객관의 집무실로 인도했다. 뭔가 심각한 말을 나누며 집무실로 들어가는 그들의 모습을 그녀는 무슨 일인가 싶어 멀뚱히 지켜봤다.

'무슨 일이 있으신 건가?'

"금방 돌아오실 겁니다. 어차피 원평군이 목적지가 아니시니 간단한 보고라도 받으실 테지요."

무연이 궁금해하는 효진의 심정을 알기라도 했음인지 지나가는 말처럼 효진의 궁금증을 풀어주었다. 무연이 묘하게 상단 일꾼들 사이에서 그녀를 지키듯 에워싸는 모습이 어색하긴 했지만 그래도 불편하지는 않았다.

효진이 배정받은 방 안으로 들어가 아픈 허벅지며 엉덩이를 풀어주는 사이 밖에서 헛기침 소리가 들렸다. 준수가 온 모양이었다.

"들어오십시오."

효진은 의관을 정제하며 준수를 맞았다. 방을 들어서는 준수의 표정이 많이 곤란해 보이는 얼굴이었다.

"부인, 원평군의 군수께서 직접 연회 자리를 마련하셨다고 하니 가야 할 것 같습니다. 혹시 같이 가시겠습니까? 곤란하다 생각하신다면 굳이 강요하지는 않겠습니다만."

효진은 난처한 듯 그녀의 의향을 물어보는 그의 말에 잠시 고민을 했다. 연회 자리는 한 번도 참석해 본 적이 없었다. 말만 들어보았지 자신이 참석할 만한 자리는 아니었기에 가야 하는가 고민이 되었다.

하지만 보통의 연회라 하면 새벽까지 이어지는 경우도 있다고 하니 그가 오길 기다리는 것보다는 같이 가는 것도 좋을 듯싶었다. 어차피 대내외적으로는 사내로 알려져 있으니 못 갈 것도 없겠다는 다소 대담한 생각이 들었다. 이때가 아니면 언제 또 가보겠는가? 그녀가 가겠다고 하자 준수는 알 듯 말 듯한 표정을 지으며 고개를 끄덕였다.

*

원평군의 관저로 향하는 효진의 발걸음에 호기심이 절로 묻어났

다. 집 밖으로 나와 이렇게 다니는 것이 거의 처음이다시피 한 효진
이었으니 관청으로 들어와 보는 것도 처음이었다. 초행길이긴 하나
든든한 호위무사 둘과 이곳 객관의 책임자인 송유가 동행하니 새로
운 환경에 무서울 것도 없었다. 그들의 일행은 관저의 뒤쪽으로 안
내가 되었다. 뒤 건물로 들어서자마자 색색의 고운 비단옷을 입고
곱게 단장을 한 기생들의 모습이 보였다. 흐드러진 얹은머리를 한
기생들은 자태도 고왔다.

"도련님께서는 모든 것이 신기하신가 봅니다. 연회 자리는 처음
이십니까?"

낯선 광경에 효진이 넋을 놓고 보고 있는 것을 본 송유가 그 모
습이 귀여워 보였는지 농을 걸었다.

"아마도 처음이실 걸세."

그런 효진이 신경 쓰였는지 대답을 가로챈 준수의 말이 다소 딱
딱했다.

"이곳 기생들이 자색이 곱기로는 평양 기생에 못지않으니 심심
하지는 않으실 겁니다."

연회 자리에 들어서니 원평군의 군수와 지역 부호들이 한자리에
모인 상태였다. 의례적인 인사말이 오간 뒤 준수와 효진은 비어 있
는 상석으로 안내가 되었다.

그들이 자리에 앉자마자 미리 무언가 준비된 듯 군수가 손짓을
했다. 그에 따라 가야금 소리가 들리며 나풀나풀 날아갈 듯 화려한
비단옷을 걸친 기생들이 곱게 단장을 하고 안으로 들어왔다. 그러
고는 미리 약속이라도 한 듯 사내들의 옆자리에 한 사람씩 차지하
고 앉았다.

효진은 처음 대면한 이 상황이 당황스러워 어찌할 바를 몰라 안

절부절못했다. 불안하게 앉아 있던 효진의 옆에도 다소 어려 보이
는 기생이 턱 하니 앉으며 살포시 미소를 지으니 숨이 탁 하고 막혔
다. 효진은 시선을 둘 곳이 없어 자신도 모르게 옆에 있던 남편의
자리로 눈이 갔다. 무심코 본 남편의 자리였는데 기가 막히게도 그
의 옆에는 꽃 같은 기생이 하나도 아닌 둘씩이나 있는 것이 아닌
가? 게다가 기생들의 용태 또한 입이 딱 벌어질 만큼 하나같이 어
여뻤다. 그런 기생들을 둘이나 옆에 앉히고도 표정 관리를 하는 것
인지 아무 표정 없이 앉아 있는 그의 모습에 효진은 기가 찼다. 이
상황에 저런 모습을 할 수가 있단 말인가? 항상 연회 자리에서 이
렇게 하시는 것은 아닐 테지라는 일말의 희망을 가져보았지만 곧이
어 들려온 군수의 말에 효진은 침착하려고 했으나 눈에 불꽃이 튀
었다.

"허허, 내 송 관주에게 여인은 필요 없다는 말을 듣기는 했지만
이렇게 대행수님께서 오신다는 전갈을 듣고 가만있을 수가 있어야
지요. 그래서 급히 군내에서도 유명한 기생들로만 추려 준비를 해
보았습니다. 어떻게 마음에 드십니까?"

맙소사, 자신이 투기를 하는 것은 그 상대가 월향에 국한된 것만
은 아닌 것 같았다. 지아비의 양옆에 앉아 있는 기생을 보는 것만으
로도 속이 바짝 타는 것 같았다. 이렇게 타는 효진의 속도 모르고
군수는 너털웃음까지 터뜨렸다. 그 웃음에 효진은 화가 나 울화통
이 터질 것 같았다. 그리고 자신이 이런 생각을 한다는 것에 대해서
도 속이 상했다.

담담하게 생각하자고 마음먹었던 다짐이 언제 그러했냐는 듯이
파사삭 깨어지는 것 같았다. 기대를 하지 말자. 그냥 그렇게 다른
여인들처럼 그렇게 마음먹고 살자고 다짐을 했던 것이 불과 얼마

전의 일이었다. 하지만 자신의 지아비가 자신에게 손을 내밀어올수록, 자신에게 웃어줄수록 그 다짐이 점점 작아지기만 하니 이 마음을 어찌해야 좋을지 알 수가 없었다.

"생각해 주시는 마음은 감사합니다만, 기생들이 없었다면 더 좋았을 것 같은 자리로군요."

"아니, 무슨 말씀을 그리 하십니까? 항간 소문에 계집이 둘도 모자라다는 소문이 있는 분께서. 허허허."

최대한 예의를 차려 사양하는 준수의 말에 받아치는 군수의 말이 더욱 기가 막혔다.

'기생이 둘도 모자란다고?'

효진은 군수의 말에 어이가 없어 자신의 옆자리에 앉은 그를 쳐다보았다.

'도대체 평소에 어찌 행실을 하고 다니셨기에 기생이 필요 없다는데도 이리 양옆으로 기생을 앉게 만드셨단 말입니까?'

효진은 자신이 그를 쳐다보는 것을 알고 있으면서도 보란 듯이 좌측에 앉아 있는 기생에게서 술잔을 받는 준수를 보곤 팩 하니 고개를 돌려 버렸다.

속이 탔다. 이럴 줄 알았으면 방 안에서 쉴 걸 잘못했다는 생각이 들었다. 차라리 안 보는 것이 낫지, 저렇게 여인들에게 둘러싸인 모습이 전혀 어색하지 않는 건 또 뭐란 말인가? 혼인 전에 여색을 그리 좋아한다고 소문난 것이 헛말은 아닌 모양이었다. 그렇게 지난밤에 자신을 탐해놓고 어찌 저렇게 또 다른 여인이 옆에 오자 아무렇지 않게 함께 있는단 말인가.

"나리, 무슨 근심이라도 있으십니까? 표정이 어찌 그렇게 어두우십니까?"

효진의 표정이 안 좋아 보였는지 옆에 있던 기생이 나긋나긋한 목소리로 달래듯이 물어왔다. 효진은 자신도 모르게 기생의 말에 슬쩍 그녀를 피했다. 아무래도 자신이 여인이다 보니 너무 가까이 있으면 정체가 탄로날 수도 있었다. 그럼 또 그건 무슨 망신이란 말인가? 얇고 가는 여인의 목소리로 말을 많이 할 수도 없고, 이래저래 불편한 자리였다.

"몸이 좀……."

"몸이 불편하시다면 이 밤에 약주는 무리시겠습니다. 따뜻한 차라도 올릴까요?"

일부러 목소리를 굵게 내어 작게 읊조리긴 했지만 옆에 있던 기생은 그녀가 하려던 말을 알아듣고는 다정하게도 술 대신 차를 올리겠다고 청해왔다. 효진은 고개를 끄덕이며 대답을 대신했다. 중간에 한 부탁이었음에도 따뜻한 차가 기생의 손을 통해 효진의 손으로 술 대신 전해졌다. 효진은 그런 그녀의 배려가 고마워 웃으며 감사를 표했다.

한편, 준수는 좌불안석의 자리에서 어떻게 하면 빨리 이 자리를 모면하고 객관으로 돌아갈 수 있을까 열심히 궁리를 하고 있었다. 이미 군수의 말 한마디로 정신이 혼미한 마당이었다. 이런 자리에 왜 굳이 효진을 데려오고 싶어 했던 것인지 자신의 세 치 혀가 저주스러울 따름이었다.

처음 효진을 연회에 데리고 온 의도는 이런 것이 아니었는데, 상황이 자승자박이라고, 이렇게 더 미움을 사고 말았으니 효진에게는 입이 열 개라도 할 말이 없었다. 이전의 소문들이 모두 진실은 아니지만, 모두 거짓도 아니기에 변명을 한다고 하더라도 뒤가 켕기기는 마찬가지였다. 그래도 일부러 준비한 연회를 초장부터 빠져나갈

수는 없어 내색도 못하고 억지로 자리에 앉아 이야기를 하는데 효
진이 눈에 들어왔다.

'아니, 저 사람이 나에게는 웃어준 적도 몇 번 없으면서 처음 본
저 기생에게는 어찌 저리 웃어준단 말인가?'

불안한 표정으로 들어오던 처음과는 달리 아주 기생이 따라주는
술잔을 받으며 환하게 웃는 그녀의 모습을 보자 준수는 은근히 분
한 마음이 울컥 분이 솟아올랐다. 저렇게 예쁘게 웃을 수 있으면서
자신에게는 왜 그런 모습을 보여주지 않는지 몰랐다.

"처남께서는 처음 오시는 연회 자리가 마음에 드시나 봅니다. 아
니면 옆에 있는 여인이 마음에 드십니까?"

살짝 비꼬는 듯도 싶은 준수의 말이 효진의 귀에 들어왔다.

'지금 나 들으라고 하는 말씀이신가?'

효진은 아예 자신의 쪽을 향해 몸을 틀고는 말을 건네는 준수를
멀뚱하게 쳐다보았다. 지금 준수가 한 말이 자신에게 시비를 거는
듯 들리는 것은 자신이 잘못 들은 것인가 잠시 고민했다. 왠지 거들
먹거리는 듯 보이는 준수의 행동에 그가 했던 말을 같이 묶어 생각
해 보니 이건 자신에게 시비를 거는 것임이 분명했다.

'나 참, 기가 막혀서. 지금 누가 누구에게 시비를 거는 것인가?'

"이런, 제가 처남에게 술을 한 잔 권해 드리지도 않았군요. 늦게
권했다 서운하게 생각하지 마십시오."

준수는 자신의 상에 있던 술병을 들어 효진에게 다가왔다. 효진
은 왜 이러는 것이냐며 그를 제지하고 싶었지만 보는 사람이 많아
그럴 수도 없었다. 어찌 되었든 그녀는 표면적으로 그의 처남이었
으니 일단은 참는 수밖에 없었다.

준수의 권주에 효진은 들고 있던 차가 담긴 술잔을 한입에 털어

넣었다. 그러고는 뭔가 비틀린 듯 불편한 표정을 짓는 준수의 모습을 보며 잔을 받았다. 준수가 자리에서 움직이고 그의 손에서 효진이 잔을 받자 사람들이 시선이 모였다. 효진은 사람들의 눈치를 보며 눈을 딱 감고 한입에 들이켰다. 입안에 퍼지는 쓴맛과 목구멍이 타들어갈 것 같은 통증이라니, 몇 번을 마신다고 하더라도 전혀 적응을 하지 못할 맛이었다. 옆에 앉아 있던 기생이 잽싸게 나긋하게 안주를 집어 입가에 가져다주었다. 효진은 기생이 건네준 전을 곱씹으며 울컥 올라오는 화를 애써 가라앉히려 노력했다. 한데 준수가 그런 효진을 보고도 갈 생각을 하지 않는 것이 아닌가? 효진은 왜 그러냐는 눈빛으로 준수를 바라보았다.

"저에게도 한 잔 주지 않겠습니까? 처남께서 이런 술자리가 처음이라 주도를 아직 깨치지 못하신 것 같습니다."

'어머나, 갈수록 점점 더?'

준수는 효진의 손에서 잔을 빼앗아 들었다. 효진은 화를 가라앉히느라 떨리는 손으로 자신의 상 위에 올려진 술병을 들어 준수의 잔에 따라주었다. 준수의 얼굴을 보면 화가 더 날 것 같아 효진은 잔을 따르는 데 열중하여 시선을 아래로 깔았다. 준수가 효진의 잔을 받아 그녀가 입술을 대었던 곳에 자신의 입술을 대고 보란 듯이 술을 삼켰다.

시선이 그녀에게 고정이 되어 있어 그녀를 삼켜 버릴 듯이 쳐다보는 그의 눈빛에 몸을 옴짝달싹할 수 없었다. 마치 술잔에 술을 마시는 것이 아니라 그녀를 집어 삼키는 것 같은 시선에 심장이 두근거렸다. 술을 넘기는 그의 목울대가 움직이는 모습을 보며 효진은 왠지 모르게 다리 사이가 뜨거워지는 것 같으면서도 화가 나 화를 억누르며 그런 그의 모습을 바라보았다. 옆에 앉아 있던 기생이 안주를 집어 권했으나 준수는 씩 웃으며 과하지 않게 거절했다. 효진의 술이 오르는 것도 오르는 것이거니와 복잡한 심정으로 얼굴과 목이 붉어졌다.

"즐겁게 있다가 가도록 하십시다."

돌아서서 자신의 자리로 돌아가는 준수의 모습을 보면서 효진은 안도의 한숨을 내쉬었다.

"참, 대행수님도 나리 몸이 안 좋으신 것도 모르고 술을 권하십니다. 괜찮으십니까? 얼굴이 붉어지셨습니다."

"괜찮소."

효진은 오지랖 넓게 자신의 안부를 묻는 기생의 걱정에 다소 맵차게 대꾸했다. 얼마간의 시간이 지나자 준수는 먼 길을 오느라 몸이 고단하다며 연회에서 작별을 고하고는 효진과 함께 자리에서 일어났다. 객관으로 가는 두 사람 사이에는 어색한 냉기가 흘렀다.

두 분 다 무슨 생각을 하시는지 갈 때는 서로 화기애애했던 분위기가 착 가라앉아 각자 다른 생각에 빠진 듯 어색해지자 중간에서 영문도 모르고 숨죽이고 있던 송유가 그 어색한 분위기를 없애고자 둘 사이를 끼어들었다.

"두 분, 연회 자리에서 무슨 일 있으셨습니까?"

"아무 일도 아니네."

"그런 일 없습니다."

동시에 아무것도 아니라는 대답이 터져 나왔다. 송유는 괜히 끼어들었다는 생각에 그 말을 끝으로 입을 꼭 닫았다. 이럴 때는 가만있는 것이 상책이었다. 송유는 어찌했거나 내일까지만 이 분위기를 버티자고 생각했다.

하지만 그의 바람은 이루어지지 않았으니, 일은 객관에 들어가서 발생했다. 잠시 연회로 자리를 비운 사이 객관의 관리를 맡겼던 이가 덜컥 보부상 다섯 명을 받아버린 것이었다. 대행수가 오신다고 하여 방을 미리 빼두었건만 전달이 되지 않았던 모양이다. 일꾼의 방은 양해를 구하고 사람을 한 사람씩 더 방에 들어가게 하여 정리를 하였는데, 문제는 두 사람이었다. 남은 방은 효진이 들어갔던 방 하나밖에는 없었다. 준수에게 내어준 방은 준수가 짐을 방 안에 두지 않은 탓에 이미 온 손님들에게 내어준 다음이었다.

"저…… 대행수님, 정말 죄송합니다. 뭐라 드릴 말씀이 없습니다. 남은 방이 하나밖에 없으니 다소 불…… 아니, 좁으시더라도 두 분이 함께 쓰시는 것이 좋을 듯합니다."

송유는 입이 열 개라도 할 말이 없었다. 이렇게 냉랭한 두 사람에게 한방을 쓰라 권해야 하는 자신도 난감했다.

"정녕, 남는 방이 없습니까?"

"그러도록 하지."

어린 도령은 싫다는 듯이 반대를 했지만 대행수가 고개를 끄덕이며 별일 아니라는 듯 말하자 송유는 그제야 숨이 쉬어지는 듯했다. 송유는 준수의 대답에 다행이라는 듯이 웃으며 어린 도령을 달래었다.

"도련님, 죄송하게 되었습니다. 차후에는 이런 일이 없도록 할 터이니 부디 오늘 하루만 양해 부탁드립니다. 제가 다음에 들르실 객관에도 미리 연통을 드리겠습니다. 죄송합니다, 도련님."

객관의 관주가 저리 사정을 하는데 효진은 무턱대고 화를 낼 수만도 없었다. 좀 전의 일을 생각하면 정말 같이 있기도 싫은 준수였지만 어찌할 도리가 없었다. 효진은 눈치를 보다가 먼저 방으로 냉큼 들어가더니 한숨을 포옥 내쉬었다. 혼자 쓸 것이라 생각했던 방을 준수와 같이 쓸 것이라고 하니 낭패라는 생각과 달리 심장이 두근거렸다.

원평군 관저에서 객관까지 오는 짧지 않은 시간 동안 쉼 없이 생각한 결론이 다시금 떠오르자 마음이 복잡해졌다. 그의 행동에 일일이 반응하는 자신이었다. 인정하고 싶지 않지만, 아마도 자신이 자신의 지아비인 준수를 마음에 담아버린 모양이었다.

'어쩌자고 그리되었을까.'

그가 자신의 지아비라는 것을 자각한 것은 오래되지 않았다. 그런데도 그의 행동 하나, 그와 관계된 상황 하나하나에 가슴이 오그라들었다가 두근거렸다가 하는 것을 보니 자신도 모르는 사이에 그를 마음에 담은 것이 분명했다. 참으로 가시밭길일 것이 뻔했다. 지금 당장은 신혼이라 최근 들어 지아비인 준수가 자신을 어여삐 여기기는 하나, 어여쁜 꽃들이 자신의 지아비 곁을 맴돌면 또다시 눈길이 돌아갈 것이 뻔한 일이었다. 어쩌면 첩을 들일 수도 있는 일이고. 그것을 참으며 인내하는 것이 얼마나 힘든 일일지 뻔히 알면서도 그를 마음에 담아버린 것이었다.

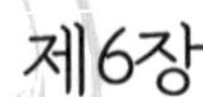

제6장

　태암은 눈을 뜨자마자 달콤한 향을 풍기며 자신의 품 안에 있는 월향을 발견하고는 어안이 벙벙해졌다. 머리 또한 깨질 듯이 아팠다. 도대체 무슨 일이 일어난 건가라는 생각에 이리저리 주위를 둘러보았다.

　여긴 분명 자신이 어제 준수 대신 장부며 서류를 정리하기 위해 온 전각이었다. 한데 왜 월향이 자신의 품 안에서 새근거리며 자고 있고, 왜 둘 다 알몸으로 자신이 입었던 장포를 덮고 자고 있는지 이해가 되지 않았다. 분명 월향이 피곤해 보인다며 준 차를 마시고 일을 하다 보니 졸음이 몰려온 기억까지는 났다. 근데 나는 기억은 거기까지였다. 아무리 곱씹어 생각을 해보아도 거기까지가 전부였다. 그런데도 월향과 자신이 왜 이런 모습으로 있는 것인지에 대해서는 도무지 기억이 나지 않았다. 월향을 깨워 물어볼 수도 없고,

난감한 일이었다.

그 일도 일이지만 아침이라 안 그래도 아랫도리가 성이 나 있는 마당에 보드라운 감촉의 여인이 안겨 있자 이것 또한 난감한 일이었다. 평소 누구보다 여인과의 관계에 대해서 담백하다고 자부하던 자신이었는데 제 주장을 해대는 아랫도리가 혹시나 월향의 몸에라도 닿을세라 엉덩이를 뒤로 뺐다.

워낙 여자 보는 눈은 없는 막눈이지만 평소에도 월향이 미인이라는 생각을 가지고 있던 차였다. 한데 이렇게 자신의 품 안에 누워 새근거리며 자는 모습을 보니 감탄이 절로 나왔다. 뽀얀 살결에 코도 예쁘고 단정한 입매도 예뻤다.

‘이거 큰일인데…….’

어째 점점 몸이 달아오르는 것 같은 기분이 들어 더욱더 난감해졌다. 안 그래도 난감하던 차에 월향이 눈을 떴다. 비록 눈가에 졸음이 가득하긴 했으나 그녀가 눈을 뜨자 태암은 얼음처럼 몸이 뻣뻣하게 굳었다.

“나리…… 일찍 일어나셨습니다.”

그녀는 태암의 얼굴을 바라보자마자 부끄러운 듯이 눈을 내리깔았다. 목 아래 있는 저 멍든 자국이 자신이 생각하는 그 자국은 아니겠지라는 생각도 잠시, 월향이 몸을 가리려는 듯 오른손으로 그의 장포를 자신 쪽으로 당겨 탐스러운 가슴을 가렸다. 그 바람에 자신의 알몸이 드러나자 태암은 화들짝 놀라 그녀에게 끌려가는 자신의 옷을 잡아당겼다.

“에그머니!”

태암이 너무 힘을 주어 당겼음인지 월향이 딸려와 안겨들었다. 첩첩산중이라더니 지금 모양새가 딱 그 짝이었다. 어떻게든 자신이 흥분한 모습을 들키지 않고자 한 일인데 월향이 자신을 타고 위로 올라왔으니 뭐라 할 말이 없었다.

"아이, 아침부터 너무 격하십니다, 나리."

"아, 아니, 저는 그게 아니고……."

"쉿!"

월향이 아무 말도 하지 말라는 듯이 태암의 입술을 검지로 꼬옥 눌렀다. 그녀의 손가락이 닿은 입술이 마치 제 살덩이가 아닌 것같이 느껴졌다. 월향이 이리 다정하게 구는 것으로 보아 어젯밤에 만리장성을 쌓기는 쌓은 것 같은데 자신의 기억에는 없으니 태암은 황당할 따름이었다.

"저도 마음은 굴뚝같사오나 간밤에 너무 무리를 하신 것 같아 다음을 기약하지요."

월향은 부끄러운 듯이 고개를 떨어뜨리더니 매끈하고 뽀얀 등을 내보이며 자신의 옷을 집어 들었다. 잘록한 허리며 복숭아 모양의 탐스러운 엉덩이와 쭉 뻗은 다리가 눈에 들어와 태암은 정신이 혼미했다. 느릿하게 뒤태를 보이며 한 겹씩 옷을 입는 모습이 이성을 앗아가는 것 같았다.

'저 사람은 월향이다. 이 부용각의 주인이고 내 친우인 김준수의 동업자다.'

몇 번이고 각인시키듯 그 사실을 머릿속으로 생각하는 사이, 옷을 다 입고 단장을 한 월향이 뒤돌아섰다. 환하게 웃는 모습까지 저리 예뻤었나? 하는 탄성이 절로 나왔다.

"참, 아침에 상단에서 대행수님의 소식이 도착했사온데 금번에 평양으로 가는 길은 대행수님께서 간다고 하시면서 부디 당신이 없는 동안 상단을 잘 꾸려달라 당부의 말씀을 전하셨습니다."

"왜 갑자기 그런 일이……."

"저도 그건 잘 모르겠사옵니다. 조반을 들여오라 할 것이니 의관을 정제하십시오."

월향이 사뿐히 방을 나가자 태암은 부리나케 옷을 꿰어 입었다. 꼭 구미호에게 홀린 기분이었다. 옷을 주섬주섬 입으며 혹시 덜 입은 것은 없나 자신이 누워 있던 자리를 둘러보자 웬 면포에 피가……. 태암은 머리를 한 대 맞은 듯이 멍해졌다.

'그럼…… 월향이 아직 숫처녀였단 말인가? 간밤에 무슨 일이 어떻게 일어난 것이란 말인가?'

문밖을 벗어난 월향이 입술을 삐죽거리며 웃음을 터뜨렸다. 태암이 어제 부용각으로 왔을 때만 하더라도 이렇게 일을 만들 것이라고는 생각하지 못한 상태였다. 다만 쇠뿔도 단김에 빼랬다고 준수가 멍석을 깔아줬으니 이 밤에 태암을 넘겨보고자 차에 미약을 타 만반의 준비를 해둔 참이었다. 혹시나 싶어 깨끗한 면포를 준비하고, 꽃잎을 띄운 온수에 목욕재계까지 하며 준비를 하고 찻상을 들고 길을 나섰다. 한데 너무 오래 목욕을 했음인지 아니면 기대감으로 다리에 힘이 풀려서인지 치맛자락에 발이 걸려 철퍼덕 넘어질 건 또 뭐란 말인가? 덕분에 애써 준비한 찻물도 다 쏟아지고 잔이며 주전자까지도 깨져 그 길로 왼쪽 손목 안쪽으로 상처까지 입고 말았다. 다행히 많이 쓰는 오른쪽이 아니었지만 상처가 깊은지 핏물이 뚝뚝 떨어졌다. 월향은 급한 마음에 상과 함께 떨어져 있던 면포를 집어 얼른 지혈을 했다.

"에이 참, 이리 쓰려던 물건이 아닌데…… 가 아니지?"

아픈 팔은 아픈 팔이었지만 핏물이 묻어난 면포를 보자 월향은 재빠르게 머리를 굴렸다. 아무리 이론에는 따라올 자가 없는 자신이라도 미약에 취해 인사불성인 태암과 일을 치르기보다는 그래도 맨 정신에 자신에 대한 애정을 가득 담아 첫 경험을 치르고 싶은 것이 솔직한 마음이었다. 그것이 힘든 일일 것 같아 일을 급하게 진행을 한 것인데 갑자기 상황이 벌어지고 나니 좋은 방법이 생각났다. 월향은 재빨리 쏟아진 찻상을 정리하여 다시 부엌으로 들어갔다.

잘만 하면 그렇게 힘들이지 않고 태암의 마음을 얻을 수 있을 것 같았다. 월향은 부산스럽게 차를 다시 준비하며 그녀가 아까 잡은 병이 아닌 옆에 있던 다른 병을 집어 들었다. 그 병은 아까 차에 양념으로 넣었던 미약이 아닌 기루에서 술에 취해 난동을 부리는 사내들을 재우기 위한 수면제였다. 약을 타는 월향의 눈동자가 반짝였다.

＊

효진은 기어이 방 안으로 들어온 준수와 눈이 마주칠세라 그를 본체만체 눈을 깔고는 잘 준비를 했다. 답답하던 갓도 벗고 치렁치렁한 도포도 벗어 잘 개어놓았다. 그러고는 이불을 펼쳐 안으로 쏙 들어가 벽을 보고 옆으로 누웠다. 그와 최대한 오늘은 말을 섞지 않는 것이 나을 것 같다는 판단에서였다.

하지만 그는 그런 그녀의 심정을 모르는 것인지 뜬금없는 말을 퉁명스럽게 건넸다.

"지금 저에게 시위를 하는 겁니까?"

그가 하는 말은 또 무슨 말인가? 시위를 하고 있냐니. 그 무슨 가당치 않은 말인가. 상황만 따지자고 한다면 지금 자신이 화를 내야 할 마당에 그가 화를 내고 있다니, 어이가 없어도 이렇게 없을 수가! 효진은 자신도 모르게 한숨을 내쉬었다. 어차피 입씨름을 한다고 해서 해결될 문제가 아니었다. 효진은 그의 말에 그냥 받아넘기자 싶어 무겁지 않게 그의 말에 대답했다.

"무슨 시위를 한단 말입니까? 제가 시위를 할 주제가 되어야 시위를 할 것이 아닙니까?"

"하면, 그 자리에서 기생과 그렇게 노닥거린 것이 잘한 일이란 말입니까?"

준수의 입에서 나온 기생이라는 말과 노닥거림이라는 말에 효진은 참고 있던 억울한 마음이 터져 나왔다. 지금 누가 누구와 노닥거렸다는 것인지.

그렇게 이야기하는 준수도 월향과의 일로 그 사람 많은 곳에서 자신이 수모를 당하게 하지 않았던가? 자신의 지아비는 그 일은 까맣게 잊었는지 자신의 심정도 모르고 들쑤셔 대고 있었다. 서러움과 분노가 밀려와 평소의 자신답지 않게 말이 터져 나왔다.

"왜 이러십니까? 한 명도 아닌 두 명씩이나 옆에 끼고 계셨던 분이 하실 말씀은 아니지요, 적어도!"

"그럼 그 자리에서 되었다 사양을 했어야 옳은 일이었겠습니까?"

그녀의 말에 오히려 더 화가 난 듯 목소리가 낮아지는 준수였다. 효진은 그야말로 화가 나서 팔짝 뛰고 싶은 심정이었다.

"뭐, 뭐라 하셨습니까?"

효진은 준수의 말에 자신도 모르게 뒤를 돌아보았다. 이건 또 무슨 말인가? 진심으로 화가 난 듯 모든 상황에 그녀의 탓을 하는 준수의 말에 효진은 화가 나 자리에서 벌떡 일어나 앉았다. 그 일이 왜 자기 혼자만의 탓이란 말인가? 게다가 저 책망하는 것 같은 말을 왜 자기가 들어야 하는지 이해할 수가 없었다. 자신은 감정도 없는 사람이란 말인가? 아무리 여인들과의 관계가 복잡한 사람이기는 하나 자신의 지아비였다. 같이 살을 섞고 한평생을 함께해야 하는 사람인데 어떻게 저리도 아무렇지 않게 부인의 앞에서 여인들과 노닥거려 놓고는 자신에게 화를 낸단 말인가? 자신은 되고 부인은 안 된다는 저 논리는 어디서 나온 논리인지 몰랐다.

"저는…… 저는 제 지아비가 기생들의 품에 싸여 있는 것이 싫었습니다!"

효진이 참고 참았던 말이 터져 나왔다. 싫었다. 항상 가는 곳마다 소문을 달고 다니는 것도 싫고, 열 계집 마다하지 않을 것 같은 그의 태도 또한 싫었다.

"……그것만 싫으십니까?"

그녀의 말에 준수의 대답이 오묘했다. 방금 전까지만 해도 자신을 잡아먹을 듯이 화를 내던 것과는 달리 그의 목소리가 마치 폭풍 전야인 듯 차분하게 가라앉았다. 효진은 그 목소리가 더 신경 쓰였다. 하지만 기왕지사 말해 버린 것이었다. 투기하는 감정을 내비친 것이니 더는 숨길 것도 없었다.

"마치 제 지아비가 제 사람이라도 되는 양 구는 월향이란 기생도 싫습니다."

"또요?"

뭔가 즐거운 듯 상기된 그의 얼굴이 더 기분이 바빴다. 효진은 또 뭘 이야기해야 하는지 잠시 생각하는 차에 준수가 자신을 끌어안으며 웃자 화가 팩 하니 올라왔다. 이야기를 시켜놓고 이렇게 어물쩍 자신을 끌어안으며 웃다니, 자존심이 상해도 보통 상하는 것

이 아니었다. 효진은 욱하는 마음에 그의 품에서 빠져나오려 양손
으로 그를 밀었지만 그는 밀리지가 않았다.

"지금 부인이 얼마나 어여뻐 보이는지 아마 모르실 겁니다."

"이거 놓으십시오!"

씨근덕거리며 준수의 품에서 빠져나가고자 이리저리 움직이는
효진을 준수는 획 하니 뒤로 눕혔다. 그리곤 어깨를 잡고 그 움직임
을 차단했다.

"지금 투기를 하시는 겝니까?"

반짝이며 흥미를 드러내는 준수의 얼굴을 보자 효진은 숨이 탁
막혔다. 자신을 바라보는 눈빛을 보니 거짓으로 대답을 하려던 마
음이 쑥 들어갔다. 아니, 오히려 이왕지사 밝혀진 것, 모두 털어내
어 버리자는 생각이 들었다. 어차피 시간이 지나 숨기려고 해야 숨
길 수 없는 것이 사람의 마음이 아닌가. 외면하려 하면 할수록 거짓
말만 늘어나게 될 테니 마음에 담은 것을 그냥 털어내는 것도 나쁜
일은 아닐 것이라는 판단이 들었다.

"네! 투기를 하는 겁니다. 그러니 이 손 놓으십시오."

효진은 자신의 몸 위에서 그녀의 몸을 사이에 두고 양팔로 몸을
지탱하며 자신을 못 빠져나가게 하는 준수의 팔 밑으로 빠져나갔으
나 이내 허리를 잡혀 버렸다.

준수는 효진의 말에 기분이 좋아져 소리 내어 크게 웃고 싶은 심
정이었다. 투기를 하는 것이다 인정하며 자신을 향해 눈을 부릅뜬
모습이 어찌나 고와 보이는지 그녀에게 손을 대지 않고는 견딜 수
가 없었다. 항상 서툰 표정을 지어 헷갈리게만 하던 그녀의 마음이
었다. 그런데 이렇게 당당하게 자신을 향해 자신의 감정을 표현하
는 효진의 모습은 정말이지 눈에 넣어도 아프지 않을 것같이 어여

뻤다. 그녀의 고백 아닌 고백에 준수 또한 슬그머니 꽁꽁 옭아매었
던 자신의 마음 한 자락을 풀어놓았다.

"저 또한 기생에게 웃어주는 부인을 보며 투기를 하였습니다. 제
게는 그리 웃어준 적이 없지 않았습니까? 얼마나 기분이 나빴는지
안주도 거절하지 않았습니까?"

부끄러웠는지 그의 품을 벗어나려 하는 그녀를 뒤에서 바짝 안
아 당긴 그가 효진의 귓가에 속살거리며 입을 맞췄다. 효진의 몸이
준수의 말에 뻣뻣하게 굳어졌다. 지금 자신이 들은 말을 믿을 수가
없었다. 항상 냉랭하던 지아비의 입에서 이런 말이 나올 것이라고
는 생각도 못했던 일이었다.

'투기를 하였다니…… 내 옆에 있는 기생에게 투기를 하였다니,
이건 무슨 말인가.'

하지만 그가 뒤에 이어서 한 말들은 더욱 충격적이었다.

"투, 투기라니요."

"그리고 언젠가는 이야기하려고 했지만, 월향이는 제 정인이 아
닙니다. 그 사람은 제 일의 동업자이자 제게 양반의 생활을 알려준
스승이지요. 부인께서 생각하는 그런 관계가 절대 아닙니다."

그의 말을 믿어야 하나 말아야 하나 하는 판단에서마저 갈팡질
팡하게 만들었다. 도무지 그가 이런 말들을 자신에게 쏟아내듯 털
어놓는 진정한 의미를 몰라 더욱 불안했다.

"무슨 말씀이십니까?"

"부인이 점점 제 마음속에서 커지고 있는 것 같습니다. 그래서
부인이 저에 대해 오해하고 있는 것이 싫습니다."

그가 자신을 마음에 담고 있다는 것을 이리 직접적으로 듣다니
얼떨떨하고 현실감이 들지 않았다.

"서두르지 맙시다. 아직 시간이 많으니 서로 천천히 알아가는 것이 좋을 것 같습니다."

"……제가 지금 들은 말들이 모두 진실이겠지요?"

뺨에 닿는 그의 입술과 자신의 머리를 쓸어내리는 그의 손길이 무척이나 따뜻하게 느껴졌다. 자신과 그 사이에 이런 말들이 오갈 것이라고 누가 상상이나 했을까.

"부인께서 한 말이 진심이듯, 저도 진심입니다."

두근거리는 밤이었다. 누가 먼저랄 것도 없이 닿은 손이 떨렸다.

*

연화는 부지런히 손을 놀려 빛깔 좋은 푸른색 비단을 빠르게 바느질해 가기 시작했다. 내일까지 완성하기로 약조를 한 옷이니 손을 재게 놀리면 아마도 저녁 무렵에는 마무리할 수 있을 것 같았다. 삯바느질을 주문한 댁이 우의정 댁이라 하니 특별히 바느질을 하는 손끝에 정성이 들어갔다. 이 일만 얼추 마무리가 되면 이제 다른 주문을 받아도 되니 얼른 마무리하기 위해 부지런히 움직였다.

참 신기한 일이었다. 바느질에 있어서는 따라올 자가 없다는 종로의 정씨 부인이 자신임에도 불구하고 그 오랜 세월 동안 들키지 않고 일감이 지속되는 것이 정말 다행한 일이었다. 민씨라는 성이 흔한 성이 아니다 보니 신분을 숨기기가 쉽지 않아 죽은 지아비의 성을 따 바느질감을 구한 것이 이제는 굳어져 종로의 정씨 부인이 되었다. 게다가 단 한 번도 들킨 적이 없으니 분이가 일거리 빼돌리는 솜씨가 보통이 아닌 것은 인정하고 봐야 했다. 이곳에 와서 분이를 만나 수족처럼 자신을 잘 따르니 이만한 복도 없었다.

그녀가 바삐 손을 놀리는 사이 타닥타닥 하는 빠른 발걸음 소리가 들렸다. 연화는 여종 분이의 발소리임을 알고 얼른 바느질하던 것을 정리하여 병풍 뒤로 밀어 넣었다. 분이가 저렇게 달려오는 것으로 보아 분명 별채로 누군가 오고 있는 것임이 틀림없었다. 연화는 작은 한숨을 쉬며 이 일을 또 어찌 마무리를 짓나 고민에 빠졌다.

“마님, 안채 큰 마님께서 이리 오고 계십니다. 준비하십시오.”

문밖에서 작지만 빠른 말투로 말을 전달하는 분이의 소리가 들렸다. 연화는 재빨리 수틀을 가져다 앞에 놓았다. 혹시 덜 치운 것이 있나 주위를 둘러보는 것도 잊지 않았다. 다른 이도 아니고 한씨 부인에게 자신이 삯바느질로 유명한 종로의 정씨임을 들킨다면 치도곤을 당할 수도 있는 일이었다. 그녀에게 바느질삯을 다른 이에 비해 많이 받은 것이 마음에 켕기는 이유이기도 했다.

수틀 위에 노란색 비단실로 자아낸 나비가 날아오를 듯 피었다. 정실인 한씨 부인이 오는 날은 그야말로 별채가 불안불안한 긴장감 속에 숨을 죽이는 날이었다. 오늘은 또 무슨 강짜를 부리러 오시는 건가 싶어 연화는 한숨이 절로 나왔다.

“마님, 주인마님 오셨습니다.”

분이가 그사이 숨을 골랐는지 평소와 다름없이 밖에서 고해왔다. 연화는 분이의 말이 들리자마자 부리나케 문을 열고 밖으로 나갔다. 무언가 기세가 등등해 보이는 한씨 부인이 얼마 전까지 효진의 수발을 들던 밀양댁을 대동하고 서 있었다. 연화는 혹시나 불똥이 튈세라 빠르게 마당으로 내려갔다.

“오셨습니까, 마님.”

“내 자네에게 할 말이 있어 왔네. 안으로 들어가지.”

그녀를 지나쳐 방으로 들어서는 한씨 부인의 뒷모습에 연화는 묵묵히 따라 들어갔다. 날카롭게 그녀가 자리에 앉는 것을 상석에 앉아 지켜본 한씨 부인은 그제야 표독스러운 표정을 지었다. 집 안에서야 워낙 윤 대감이 싸고도는 소실이라 목소리 한번 크게 낼라치면 아랫것들이 일러바치는 통에 할 수 없었지만 오히려 이 별채는 달랐다. 별채가 넓기도 넓었지만 연화가 사람을 많이 두는 것을 싫어해 몇 명 되지 않는 하인들이 전부였다. 게다가 그들 또한 입이 무거워 지금까지 이곳에서 연화가 사는 동안 그녀와 있었던 일 한마디 새어 나간 적이 없었다.

"밖으로 나가서 살겠다고?"

연화는 예상은 하고 있었지만 벽에도 귀가 있다는 말을 실감했다. 대감과 조심스럽게 나눈 이야기임에도 불구하고 한씨 부인이 알고 자신을 찾아온 것이다. 그녀가 이렇게 날카롭게 기세등등한 것으로 보아 아마도 윤 대감이 집을 알아보고 있기는 한 모양이었다. 연화는 한씨 부인의 서슬 퍼런 기색에 급히 말을 내뱉었다.

"미리 이야기를 드렸어야 했는데 송구합니다. 대감께서 아직 확답을 주지 않으셔서 아직 마님께 말씀을 올리지 못했습니다."

"자네, 내가 만만해 보이나? 도대체가 몇 년을 이 집에서 살았는데 그런 중한 일을 나에게 고하지 않고 쪼르르 대감에게 달려가 먼저 말을 하는 것은 무슨 법도인가?"

연화는 화가 나서 부들부들 떨리는 손을 슬그머니 치마 속으로 감추었다. 그녀가 집을 나가겠다고 하는 것이 괘씸해 어깃장을 놓으러 온 것이 분명하게 보였다. 하지만 아직 분가를 하는 것에 대해 아무것도 정해진 것이 없는데 어찌 일일이 안채에 고한단 말인가? 연화는 버릇처럼 눈을 내리깔려다가 그러면 조금 더 폭력적으로 변할 한씨 부인을 피하고자 고개를 떨어뜨리지는 않았다.

"뭘 잘했다고 눈을 똑바로 뜨고 나를 보는가? 왜? 이제 집을 나 간다고 생각하니 거리낄 것이 없다 이건가?"

"그렇게 생각한 적 없습니다, 마님."

연화의 대답에 한씨 부인도 태도가 수그러지기는 했으나 심술이 가득한 표정은 풀리지가 않았다.

"자네도 딸 생각은 해야지. 안 그런가? 어미가 이렇게 버르장머 리라고는 눈을 씻고 찾아봐도 없는데 딸이 잘 지낼 것이라 생각이 되는가?"

폐부를 깊이 찔린 듯 아파왔다. 잊을 만하면 효진을 들먹이는 한 씨 부인을 한두 번 겪는 것도 아니었다. 주의한다고 했는데 효진이 보고 싶어 담 너머 그 아이를 훔쳐보던 것을 들킨 것은 일생일대의 실수였다. 아무리 보고 싶어도 다른 이들의 눈을 피해 참아야 했는 데 그러지 못한 것이 자신과 효진의 발목을 잡게 될 줄은 상상도 못 했던 일이었다. 그 아이를 한 번이라도 더 보고 싶어 기웃거리다가 한씨 부인의 눈에 걸린 것이 잘못이었다.

피를 말릴 듯한 집요한 추궁 끝에 그녀의 입에서 효진이 친딸임 을 알아낸 한씨 부인은 자신이 뭔가 잘못 보일 때마다 효진이를 들 들 볶아댔다. 말리고 싶어도 말릴 수가 없었다. 말리기에는 한씨 부 인이 놓은 으름장이 너무나 감당하기에는 부담스러운 것이었다.

"나 하나만 입을 다물면 될 것이 아닌가? 그럼 모든 게 편해지지 않겠는가? 자네 딸은 그저 내 양녀인 것으로 말이야. 첩의 딸이 아 닌 수양딸이라는 신분이 그 아이에게는 훨씬 더 좋을 것이야. 자네 만 내 말을 잘 들으면 모두가 편해지는 게지. 안 그런가?"

　분할 만큼 얄미운 여인이었지만 참으로 고맙게도 효진이 자신의
딸이라는 사실만큼은 발설하지 않았다. 하나 하인들이나 할 법한
일들을 효진이에게 시키고 시시때때로 아이를 부린다는 사실을 하
인들을 통해 들었을 때는 아무리 마음을 단단히 먹은 자신도 그것
이 너무도 분해 그녀에게 대들어볼까 하는 생각이 들기도 했었다.
하지만 만약 그렇게 된다면 만천하에 효진이 그녀의 딸임을 알리고
이 집에서도 내쳐 버리겠다는 한씨 부인의 엄포에 차마 그럴 수 없
어 참고 지내는 수밖에는 없었다.

　속이 뒤틀리는 일이었지만 능력 있는 배필을 만나게 해서라도
이 굴레를 벗어던지게 하고 싶은 어미의 욕심이었다. 지금은 그나
마 효진이 출가를 하였으니 사정이 나아진 편이었다. 그 아이가 출
가를 함과 동시에 안채에서 자신을 찾아오는 일도 눈에 띄게 줄어
든 것이다. 이렇게 한씨 부인이 자신을 찾아와 강짜를 부릴 때는 억
울하더라도 굽히는 것이 상책이었다. 이미 출가를 한 효진이었지만
한씨 부인이 딸아이의 어머니니 아이를 괴롭히려 한다면 얼마든지
그녀만의 방식대로 괴롭히려 들 것이었다. 연화는 치밀어 오르는
불덩어리를 삼켰다.

　"……잘못했습니다, 마님. 용서해 주십시오."

　앉은자리에서 꿇어앉아 허리를 숙이고 머리를 조아렸다. 연화는
눈을 질끈 감았다. 아마도 자신을 교만하게 내려다보며 득의양양한
미소를 짓고 있을 한씨 부인의 모습이 눈앞에 떠올랐다.

　'조금만 참자…… 조금만…….'

　"앞으로 한 번만 더 이런 일을 벌이기만 하게, 내 성정을 잘 알고
있을 테니 조심 또 조심하는 것이 서로에게 좋을 걸세!"

엎드려 사죄를 청하는 그녀의 옆으로 휙 하니 빠른 걸음으로 한 씨 부인이 나갔다. 툭, 하고 눈물이 떨어졌다. 그녀의 협박에 가슴이 무너져 내리는 것 같았다.

'다 자업자득이구나. 그 아이에게 참으로 못할 짓을 하는구나.'

재가를 하고 나서 얼마 지나지 않아 오라버니와 새언니가 집 안에서 효진이가 천덕꾸러기 취급을 당한다는 사실을 알았을 때는 어찌 되었던 간에 그 아이를 데려오고 싶은 마음뿐이었다.

"네가 윤정한 대감 댁 소실로 들어간다면 내 효진이를 내 친딸처럼 키워주마."

자신의 손을 꼭 잡고 부탁하는 오라버니 기보의 말에 그녀는 반신반의했다. 그녀가 집에서 도망치기 전에 그렇게 자신을 늙은 사헌부 장령(掌令:정4품의 사헌부 관직명)의 후처로 들이기 위해 노력했던 오라버니였다. 그만큼 권력 욕심이 강하던 사람이었지만 지금은 이미 십 년이란 세월이 흐른 뒤였다. 그렇게 강하던 권력 욕심은 아무리 노력을 해도 사헌부의 감찰에밖에 이르지 못했으니 십 년 세월이 오라버니를 많이 변화시켰구나 하는 생각이 들기도 했다.

하지만 소실 자리라고 하니 숨이 턱 막혀오는 것도 사실이었다. 오라버니의 녹봉은 뻔했고 그녀가 삯바느질해 힘을 보탠다 치더라도 효진과 둘이 곧 태어날 아이까지 여섯 명이 있는 집에서 같이 지낸다는 건 힘든 일이었다. 그나마 대대로 관직에 몸을 담았던 집안이라 유지하고 살아온 기와집만 덩그러니 껍데기처럼 남은 곤궁한 가족이었다. 연화는 몇 날 며칠을 고민했다. 남편을 여읜지 얼마나 되었다고 재가를 생각을 해야 하는가라는 자괴감이 밀려왔다.

미망인(未亡人), 아직 죽지 않은 사람…….

남편을 여의고 나서 삶을 포기할까라는 고민을 해보지 않았던 것은 아니었다. 너무 젊은 나이에 세상을 떠난 남편이 너무 그리웠고 원망스럽기도 했다. 아마도 자신이 이렇게나마 살아 있는 것은 어린 효진 때문이었다. 그 아이가 아니었더라면 자신은 살아 있지도 않은 목숨일지도 몰랐다. 하지만 세상 풍파에 너무나 조숙해져버린 딸아이를 보면서 내가 참 아이에게 못할 짓을 하는구나 싶어 길이 아닌 줄 알았지만 친정으로 돌아왔다. 하지만 결과는 마찬가지였다. 홀로 살 수 없는 현실의 벽이 너무나 두터웠다. 여전히 살아남는 것에 대한 걱정이 따라다녔다.

'미안합니다. 재가를 한다면 죽어서도 당신을 볼 낯이 없겠지요? 그 벌은 제가 죽어서라도 받겠습니다. 하지만 우리 효진이…… 당신과 나의 아이만큼은 이렇게 힘들지 않게 살아야 하지 않겠습니까? 그게 부모가 된 책임이 아닐는지요.'

오라버니의 안배에 따라 평소에는 발라보지도 못했던 새언니의 분으로 단장을 하고 얹은머리에 장식을 몇 가지 빌려 올리니 세월이 흐르기는 했으나 젊고 어여뻤던 시절이 생각났다. 급히 마련된 비단옷으로 갈아입고 한 걸음씩 운명을 향해 나아가는 발걸음이 천근의 추가 달린 것처럼 쉬이 떨어지지가 않았다.

"오라버니, 다과상을 준비했사옵니다. 잠시 들어가도 되올는지요?"

사랑채 댓돌 위에 올려진 두 쌍의 태사혜를 보면서 연화는 흔들리는 마음을 다잡았다. 자신을 놓아버리는 것이 여러 사람의 목숨을 살리는 일이다 마음을 굳게 먹었다. 지금 손님으로 온 윤정한 대감은 비록 예조에서 관직은 아직 높지 않으나 집안이 대대로 잘사는 집이라 했으니 오라버니의 뜻대로만 된다면 자신도 효진도 그리 힘들게 살지 않아도 될 것이라 믿었다.

방 안으로 다과상을 들고 들어가자 자신에게 꽂히는 시선이 느껴졌다. 애써 모르는 척 눈길을 마주치지 않으려 했지만 눈이 마주치는 건 어쩔 수가 없었다. 연화는 마주친 윤정한의 시선에서 자신에 대한 욕망을 읽었다. 훑어 내리듯이 머리부터 발끝까지 내려가는 시선이 끔찍했다. 그나마도 그 와중에 다행이라 생각된 건 정한의 나이가 그전에 오라버니가 후처로 보내려 하던 사헌부 장령보다는 훨씬 젊다는 것과 당사자인 정한의 지대한 관심을 받았다는 것이었다. 아마도 오라버니가 원하는 대로 자신은 이 사람과 혼인을 하게 될 것이다. 그래서 더욱 슬퍼졌다.

'내가 아닌 나로 사는 겁니다. 살아도 산 것이 아닌 듯 그렇게 말입니다.'

차를 잠시 내리고 온 사이 어머니를 기다리다가 잠이 든 아직은 작은 효진을 보며 연화는 혹시나 아이가 깰세라 숨죽여 울었다.

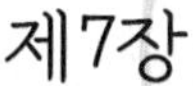

제7장

　무연은 미약한 살기가 집요하게 자신들의 행렬을 따라붙는다는 것을 알면서도 일부러 모르는 척 상단의 행렬 안에서 자신이 맡은 소임을 다할 뿐이었다.

　언제나 대행수님의 선택을 옳았다. 여러 날을 수소문을 해도 알아낼 수 없던 자객의 흔적이었다. 왜인일 것이라는 추측은 있었지만 그 실체가 잡히지 않아 계속해서 속을 끓이고 있던 차에 담대하게도 이번 행렬을 계획한 준수의 선택이 정말 현명한 선택이었음을 부정할 수가 없었다.

　'설욕(雪辱)을 할 수 있겠군.'

　이건 명백한 오욕(汚辱)이었다. 조선제일검인 무연 자신이 그까짓 자객 하나를 발견하지 못하는 것이 이상했다. 처음에는 진가상단의 소행인 줄로만 알았는데 그 수괴들이 귀양을 가고 나머지는 충성

서약을 한 상태였다. 그런데도 자객의 실체를 잡아낼 수 없다는 것이 이상한 일이었다.

대행수인 준수도 이 일을 이상하게 여기고 있던 차에 여우사냥을 해야겠다는 의미로 벌인 일이었다. 그의 판단이 옳았음인지 이 미세한 살기가 무척이나 반가웠다. 아직은 같은 놈인지 알 수 없으나 잡아보면 실체가 판명이 날 터. 시기를 잘 잡는 것이 중요한 일이었다.

어제부터 따라붙은 이 살기의 주인은 어떤 행동도 하지 않고 그들을 관찰하기만 했다. 어제만 하더라도 술을 마신 준수를 공격할 수도 있었는데 그전과는 다르게 그냥 관찰만 하고 있었다. 시간이 지날수록 무연의 신경이 알알이 곤두서 있었다. 진양도 고개를 갸웃거리며 무언가 이상한 것을 느낀 듯 그와 시선을 마주쳤다. 무연은 진양과 시선이 마주치자 고개를 끄덕였다. 예의 주시하는 시선이었지만 아직은 섣불리 움직일 수가 없었다.

"내 한 몸은 간수할 수 있으니 만약에 이상한 낌새가 보이면 마님을 먼저 보호하게. 나머지는 상단 사람들이 대신해 줄 것이야. 만전을 기해 고른 이들이니 자네들만큼은 아니더라도 제 몫은 톡톡히 해낼 것이네."

서로 약속이나 한 듯 눈에 띄지 않을 정도로 마님을 호위하는 그들이었다. 열심히 상단 일꾼들을 챙겨가는 듯 보이나 실상 한곳에 머물지 않아 주위를 흩트리는 준수의 모습을 보며 무연은 조만간 끝을 보아야 하겠다고 생각했다.

"잠시 쉬어가도록 하겠습니다."

숲길이 끝나고 냇가가 나오자 준수가 말을 세워 사람들에게 쉬어가겠다고 전달을 했다. 그제야 등에 지고 있던 짐이며 힘들게 달려온 말들에게 물을 먹이는 등 사람들이 하나둘 바닥에 앉아 쉬기 시작했다.

주위 풍경이 좋은 곳이었다. 골이 깊지 않으나 주위를 에워싸듯 둘러진 산세가 제법이었다. 준수는 무연을 향해 고개를 끄덕였다. 주인의 눈빛을 알아본 무연이 아무도 모르게 자신의 자리를 이탈했다.

"자, 우리 처남께서 함께 떠나는 길이니 그래도 사람들과 통성명은 해야 하지 않겠습니까? 하루 이틀 볼 이들도 아니고 말입니다. 이리 오십시오. 서로 서먹하면 가는 길이 힘드니 쉬는 김에 서로 얼굴을 익히도록 합니다."

그동안 상단 일행에 동행하면서 드문드문 사람들이 하는 이야기를 들어 일꾼들의 이름은 몇 명 정도 익힌 효진이었다. 한데 무슨 바람이 불었는지 웃으며 일꾼들과 통성명을 시키겠다는 지아비의 뜻이 이해가 되지 않았지만, 그의 상단만의 사람 사는 방법이다 생각하고 잠자코 그의 의견에 따랐다. 일꾼들은 그의 이야기에 흥미를 느꼈음인지 준수의 손짓에 두 사람을 에워싸듯이 몰려왔다. 어색하기는 했으나 상단 사람들 특유의 밝음으로 인해 그리 힘들지 않게 통성명이 오갔다. 사람들의 모습을 확인한 진양도 적당히 그들 사이에 끼어들어 준수와 효진의 곁을 엄호했다.

무연은 짐들 사이를 빗겨 숨어들어 기회를 엿보고 있었다. 때마침 준수가 행동에 나서준 덕택에 사람들이 뭉치다시피 한곳으로 몰려들어 준수와 효진을 둘러싸고 있는 것을 확인한 무연이 주위를 살폈다.

제깟 놈이 아무리 날고 긴다고 해봤자 이곳 지리는 몇 년 세월 동
안 이 길을 오간 자신만큼 알지 못할 것이었다. 이 계곡은 산세가 험
하고 앞뒤로 길이 하나밖에 없으니 오늘 이 자리에서 자객이 죽던지
아니면 자신이 죽던지 끝을 봐야 상단의 휴식이 끝이 날 것이다.

떠들썩한 상단 사람들의 말소리 사이로 바스락거리는 나뭇가지
밟히는 소리가 들리자 무연은 재빠르게 소리가 들린 쪽으로 몸을
날리듯이 움직였다.

숨을 죽이고 소리가 난 쪽으로 거의 따라붙은 상태였다. 주위를
둘러보아도 나무들뿐 아무것도 눈에 들어오지 않자 무연은 나무 뒤
로 몸을 숨겼다.

'내가 쫓는 것을 알고 몸을 피한 건가?'

무연이 상대의 움직임을 계산하는 사이 목 쪽으로 선뜩한 기운
이 날카롭게 다가왔다. 무연은 본능적으로 허리를 틀어 칼을 피했
다. 검은 야행복을 입고 얼굴을 가린 자객의 모습이 보였다. 그가
피할 것을 예상이라도 한 듯 애초에 공격을 하려 했던 반대 손에 잡
힌 칼이 다시금 무연의 목을 향해 찔러왔다. 무연은 허리에 차고 있
던 검을 발검하여 그 움직임을 제지했다.

챙그랑!

두 검이 마주치는 소리가 요란하게 울렸다.

'역시 네놈이었군.'

무연은 자신감에 찬 미소를 지었다. 아무리 쌍검을 사용한다고
한들 이 조선제일검을 우습게 보지 말았어야 했다.

"타핫!"

기합 소리와 함께 거세게 밀어붙이는 무연의 몸놀림에 처음에는

우세하던 자객의 검이 서서히 밀려갔다. 무연의 쉴 새 없이 거듭된 공격에 왼손에 있던 검이 날아가 저만치 있는 소나무에 박히자 자객의 눈빛이 더욱 날카로워졌다.

서로를 향해 검을 겨눈 채 팽팽한 기싸움으로 주위 공기가 터질 듯 부풀어 올랐다.

"네놈의 정체는 무엇이냐? 누구의 사주를 받았느냐?"

자객이 호통에도 말이 없자 무연은 몸을 낮추어 공격 태세를 잡았다.

"곧 제 입으로 모든 것을 말하게 될 터. 오랜만에 호적수를 만났군그래."

이번에는 무연이 먼저였다. 검의 움직임이 화려하지는 않았으나 정확하게 상대의 급소를 찔러 들어가는 공격에 상대의 칼날이 흔들림을 보였다. 무연은 그 기회를 놓치지 않고 자객의 오른쪽 어깨에 검을 박아 넣었다. 그러고는 이내 몸을 밀어붙여 자객의 뒤에 있던 나무에까지 검을 밀어 넣어 움직임을 제지했다. 힘을 잃었으나 끝까지 검을 놓지 않는 모습을 보며 무연은 발로 검을 차 멀리 밀어버렸다.

"지금 움직인다면 내 검이 너의 어깨를 잘라낼 것이다. 움직이지 않는 것이 좋아."

행동에 제지를 당한 자객이 그제야 참았던 거친 숨을 몰아쉬며 새파랗게 안광을 흩뿌리며 무연을 죽일 듯이 노려보았다.

"내 물음에 답을 하지 않는다면 쌍검은 고사하고 오른쪽 팔을 아예 못 쓰게 만들어줄 수도 있다. 무인에게 검을 들 수 없다는 것은 그야말로 죽음과 다를 것이 없겠지."

"……."

무연은 자객의 얼굴을 확인할 겸 얼굴을 가리고 있던 복면을 벗겼다. 하관이 좁고 작은 얼굴이 드러났다. 체구가 작아 혹시 여인이 아닐까 오인을 했었지만 턱 주위의 푸릇한 수염이 그가 사내임을 증명하고 있었다.

"차라리, 죽여라."

조선의 말이기는 하나 어눌한 발음으로 또박또박 자신이 생각하는 바를 이야기하는 자객의 모습을 보고 무연은 절로 눈에 힘이 들어갔다. 역시 모든 이들의 가설대로 내국인은 아니었다. 좁은 하관과 고르지 못한 치열, 그리고 작은 체구가 그가 어디에서 온 사람임을 짐작하게 했다.

"누구의 사주를 받았느냐?"

"죽이라 했다."

불리한 입장에서도 죽지 않은 기도로 무연과 팽팽해 맞서던 자객이 일순간 진한 미소를 지었다.

"너는 알아낼 수 없을 것이다."

무연이 미처 무엇이라고 대답하기 전 그의 입가를 타고 핏물이 흘러내렸다. 안색이 파랗게 변해가는 것을 보니 입안에 독을 품고 있었던 것이 분명했다.

"이, 이런 지독한."

몇 번 경련하듯 몸을 뒤틀던 자객의 숨이 멎어 고개가 아래로 떨어졌다. 설마 자결할 줄은 생각도 못했던 일이었기에 이 상황이 당황스럽기만 했다. 맥을 짚어보니 뛰지 않았다. 깨끗하게 자결을 하고 만 것이다.

아무것도 밝혀내지 못했다. 단지 그가 왜인이라는 것만 확인한 것이 전부였다. 혹시나 몰라 그의 몸을 샅샅이 살펴보았지만 약간

의 돈만 나왔을 뿐 신분을 증명할 그 어떤 것도 가지고 있지 않았
다. 실로 지독한 인물이었다.

낙담을 하고 있던 차에 자객이 들고 있었으나 자신이 모두 그의
손에서 날려 버린 검이 눈에 들어왔다. 조선의 검과는 달리 검신이
휘어진 것이 전형적인 왜국의 검이었다.

[風林火山]

혹시나 단서가 될까 싶은 마음에 그전에 날려 버린 검도 찾아 나
무에서 빼냈다. 똑같은 네 글자가 적혀져 있는 검이었다. 마치 쌍둥
이와 같이 똑같은 검 두 자루를 집어 든 무연은 죽은 시신으로 시선
을 옮겼다. 이대로 두고 가는 것은 망자에 대한 예의가 아니었다.
그래도 검을 겨누었던 상대였기에 무연은 작게나마 근처의 땅을 파
기 시작했다.

준수는 무연이 가져온 소식과 검 두 자루를 보며 복잡한 심정이
되었다.
자결이라…….
생각하지 못했던 변수였다. 왜인일지도 모른다는 보고가 있기는
했지만 그래도 자객을 잡는다면 실마리 정도는 잡을 수 있을 것이
라는 생각했는데, 이렇게 어이없이 단서를 놓쳐 버리다니 이렇게
허탈할 수가 없었다. 그 자객을 사주한 이가 이대로 가만있을 것인
가도 문제였다. 될 수 있는 한 빨리 실마리를 잡아야 할 텐데 남은
것이라고는 이 두 자루의 검이 전부라니 막막했다.
풍림화산(風林火山).

어떤 단체이거나 그도 아니면 이 자객의 집안과 연관이 되어 있지는 않을까라는 추측이 들었다. 하지만 설사 맞다 하더라도 그것을 밝혀내는 데 시일이 얼마나 소요가 될 것인지는 누구도 짐작하지 못할 사안이었다.

준수는 왜와 통할 수 있는 이가 과연 누구인가를 떠올렸다. 몇몇의 조정 관리들이 떠올랐으나 딱히 줄을 대어 알아낼 만한 이가 없었다. 왜국에 통신사로 다녀온 이가 몇 있기는 하나 과연 이 단서만으로 찾아낼 수 있을 것인가가 문제였다.

'그나저나, 한양에 갈 때까지 무슨 일이 없어야 할 텐데 걱정이군.'

혹시 다른 불미스러운 일이 있을지도 몰라 겸사겸사 데려온 효진이 걱정이었다. 가뜩이나 여인의 몸으로 사내들과 함께 길을 나서는 것이 안타깝고 미안해 차마 손을 댈 수조차 없는 부인이었다. 가끔 사람들과 이야기를 하며 미소를 짓는 모습이 고와 보여 몇 번이나 충동이 일기는 하지만 꾹꾹 눌러 참고 있는 참이었다.

'갈수록 일이 미궁 속으로 빠져드니 마음을 놓을 수가 있어야지.'

일단은 일단락된 일이니 당분간은 안심을 할 수가 있지만, 여차하면 효진을 먼저 한양으로 돌려보내야 할지도 모른다는 생각이 들자 가슴이 갑갑해지는 준수였다.

이런 사실도 모르는 채 상단 사람들과 대화를 나누며 웃는 효진의 모습을 보자 그녀에게 미안하고 더욱 간절해지는 마음이 들었다.

'그래도 안전하게 지켜 드릴 겁니다. 하니 부디 부인께서는 이 일을 여행이다 마음 편히 생각하시고 한양에 도착하는 그날까지 부디 편하게 지내시길 바랍니다.'

자신을 향해 돌아보는 효진과 시선이 마주쳤다. 준수는 자연스럽게 그녀를 향해 미소를 지어 보였다. 화악 붉어진 얼굴로 고개를 돌리는 효진의 모습을 보니 잠깐이나마 근심이 사라지는 것 같은 기분이 드는 준수였다.

*

벌써 사흘째였다. 효진은 자신의 뒤통수에 따갑게 따라붙는 시선을 애써 외면했다. 그토록 투기에 넘치는 말을 하고 나자 그를 제대로 볼 수가 없었던 효진이다. 서로의 마음 자락을 엿보았던 첫날도 그러했지만 그녀는 고된 여정에 숙소에 도착만 하면 씻기가 무섭게 쓰러지다시피 잠이 들었다.

첫날 자고 일어났을 때 죽을 것 같았던 엉덩이와 허벅지의 통증은 사흘이 지나자 만성이 되어가는지 첫날보다는 훨씬 덜했다. 말을 포기하고 짐수레에 옮겨 탄 것도 통증이 줄어든 큰 이유 중 하나였다.

도포에 갓까지 쓰고 짐수레를 얻어 타는 것이 모양이 빠지기는 했지만 그래도 비교적 편하게 갈 수 있어서 다행이었다. 수레를 모는 짐꾼 중의 한 명인 두성과 처음에는 다소 어색했지만 친해지고 나자 가는 여행길이 심심하지는 않았다.

"아, 그래서 내 나이 서른에 처음 상단 일을 시작하지 않았겠습니까? 처음에는 이 일이 어찌나 힘이 드는지 아주 궁둥이가 떨어져 나가는 줄 알았지요. 수레를 처음 끄는데다가 오래 앉아 가본 적이 없으니 궁둥짝이 너덜너덜해지더라 이겁니다."

"어이쿠, 저도 첫날은 죽는 줄 알았습니다. 아예 걷지도 못하겠더군요."

이제는 익숙해진 굵은 목소리로 적당히 그의 말에 맞장구를 쳐 주는 변죽까지 늘었으니 이제는 제법 여행을 즐기는 태가 났다.

"나이 서른에도 그렇게 힘들었는데 도대체 대행수님께서는 관례를 치르자마자 상단 일에 뛰어드셨다니 놀랄 일이지 뭡니까? 역시 양반이라 생각이 다르셔서 그런가?"

"관례를 치르자마자 상단 일을 하셨다고요?"

두성과 함께 수레를 타고 가면서 준수가 언급된 것은 처음이었다. 그래서 더 귀가 쫑긋해지는 효진이었다.

사내에게 있어 관례라 함은 대개 15세를 시작으로 행해지는 남자로서의 성인식이 아닌가? 그 어린 나이에 자신의 지아비가 이렇게 험한 길을 다니고 일을 했다는 말을 듣자 효진은 자신도 모르게 멀찌감치 떨어진 준수를 쳐다보았다. 겉보기에는 전혀 세상 고생 모르고 살았을 것 같은 모습이었다.

효진이 멍하니 그를 보고 있는 사이 그와 시선이 마주쳤다. 그녀와 시선이 마주쳤다는 것을 알았는지 준수가 효진을 바라보았다. 효진은 애써 우연히 눈을 마주친 것마냥 자연스럽게 고개를 옆에 있는 두성에게 돌리며 그의 말에 과하게 맞장구를 쳤다.

"매형은 참 대단한 분이셨군요. 겉보기에는 안 그렇게 보이시는 데……."

효진의 과한 반응에 두성은 신이 나서 자신이 알고 있는 그에 관한 일들을 거침없는 입담으로 쏟아내기 시작했다.

"참 즐거워 보이십니다."

오늘 묵기로 한 객관에 도착을 하자마자 쪼르르 씻으러 달려가는 효진을 언제 따라붙었는지 준수가 뒤따라오며 삐딱하게 말을 걸었다. 준수는 자신이 두성의 이야기를 듣느라 정신 없이 고개를 끄덕이며 맞장구를 치는 것이 못마땅해 보였던 모양이다.

"생각보다는 평양을 가는 여정이 힘들지는 않습니다."

"이제 수레 타는 것에도 어느 정도 적응을 하신 모양입니다?"

"처음보다는 많이 좋아졌습니다. 같이 가는 일행도 입담이 좋아 심심하지는 않습니다."

뭔가 못마땅한지 효진의 또랑또랑한 대답에 준수의 표정이 굳어졌다. 그러더니만 효진이 홀로 씻으러 들어가는 것을 보고는 입을 꾹 다문 채로 객관의 사무실로 향했다.

"묵을 방이 없단 말입니까?"

객관의 직원과 이야기하는 준수는 한숨을 내쉬었다. 요 이틀 동안은 그나마 연통을 미리 넣어 방을 잡아둔 탓에 그리 힘들지 않게 상단이 묵을 수가 있었지만, 오늘 당도한 곳은 평양에 들어가기 위해 마지막으로 들른 객관이라 그런지 도시로 들어오는 사람들이 많았던 모양이다.

효진은 방이 없는 관계로 상단 사람들이 옹기종기 모여 자야 하는 상황이 되자 준수와 따로 잡았던 방을 함께 쓰자고 청했다. 자신이야 그냥 곁가지로 가는 것이지만 상단의 일꾼들은 먼 길을 쉼 없이 물건을 정비하면서 가는 길이니 조금이라도 공간이 넓어야 편하게 잘 수 있지 않을까라는 생각에서였다.

효진이 방을 포기하면서 다섯 명씩 들어가기로 했던 방에 네 명씩으로 인원이 줄게 되자 상단 사람들도 효진에게 지나가며 고맙다는 말을 했다. 사실 방을 함께 쓰는 일이 대단한 일은 아닌데 사람들이 고마워하자 그녀는 앞으로도 사람들에게 더 신경을 써야겠다고 다짐했다.

지금은 비록 준수의 처남 신분으로 함께하는 것이지만 그래도 자신은 이 상단의 안주인이 아니던가? 민폐만 끼치는 것 같아 미안한 여정이었는데 사람들이 좋아해 주니 힘이 솟아나는 기분이었다.

사람들과 함께 저녁 식사를 하고 뿔뿔이 흩어져 자신의 방으로 향했다. 짐을 풀고 난 효진이 간단히 세안을 하러 나가는 사이 객관의 밖으로 빠져나가는 준수의 모습이 보였다. 항상 객관에 도착을 할 때마다 밀린 일들을 해결하러 다니고 근처 조양상단에서 물건을 받고 있는 점포들을 일일이 순시를 하러 다니느라 바쁜 준수였다.

'여전히 바쁘시구나.'

효진은 그의 뒷모습을 보면서 자신도 씻기 위해 걸음을 옮겼다.

"저기, 도련님."

짐수레를 함께 타고 다닌 탓에 익숙해진 두성이 쭈뼛거리며 효진에게 다가왔다. 조금 떨어진 곳에 상단 일꾼들 셋이 상황의 추이를 지켜보려는 듯 두 사람에게 시선이 고정되어 있었다.

"무슨 일입니까?"

"이 객관 근처에 술맛이 기가 막힌 집이 있는데 혹시 같이 가지 않으시렵니까? 상단 사람들이 도련님도 함께 가시는 것이 좋지 않을까 청해서 말입니다."

혹시나 효진이 기분이 상하지는 않을까 걱정이 묻어나는 두성의 말에 효진은 설핏 웃음이 났다. 아무래도 대행수의 처남이라는 신분이 그들에게는 무척 다가서기가 힘들었던 모양이다. 그나마 오늘 방을 양보를 한 것이 그들에게는 좀 더 쉽게 자신에게 접근하는 계기가 된 것 같아 기분이 좋아진 효진이었다.

지금이야 한양으로 올라와 신분의 구애를 받지만 어릴 때 살던 곳에서는 그렇지 않았다. 반상의 구별을 딱히 규정짓는 것을 싫어

하시던 아버님의 영향도 있었지만 그때의 아이들은 그런 것에 구애받지 않는 다 같은 어린아이였기에 양민의 아이들과 함께 개울가며 산과 들로 놀러 다니곤 했던 효진이었다. 이번 일을 계기로 그들이 먼저 손을 내밀어주니 효진은 그것이 고마울 뿐이었다.

함께 행동하기에 앞서 아녀자 된 몸으로 같이 따라가도 될까라는 고민이 살짝 되기는 했지만 어차피 남장을 한 상태였고, 그들 또한 예의를 지킬 것이니 상단 사람들과 친해지기도 할 겸 따라나서는 것도 나쁘지 않다 판단이 되었다. 준수가 객관을 나섰으니 늦은 저녁 무렵에야 돌아올 것이다. 생각이 거기에까지 미치자 효진은 시원하게 그들의 청에 응했다.

"갑시다. 제가 술을 잘하지는 못하지만 사람 구경을 하는 것도 좋겠지요."

효진은 씻으러 가려던 걸음을 틀어 방으로 들어왔다. 한양에서 출발하기 전 혹시나 필요할지 모른다며 준수가 쥐어준 붉은 비단 전대를 챙겼다. 돈을 쓸 일은 없을 거라 생각했는데 이렇게 쓸 일이 생길 줄이야. 그래도 계속 고생하는 상단 일꾼들의 술값으로 쓸 것이니 허투루 쓰는 것이 아니라는 생각에 효진의 발걸음이 가벼웠다.

늦은 저녁, 객관으로 복귀한 준수가 텅 빈 방 안을 보고 효진을 이리저리 찾아 헤매다가 결국에는 발견을 못하자 걱정스러운 마음에 애가 탔다. 혹시나 무슨 변이나 당하지 않았을까 더럭 겁이 나기도 했다. 앞이 캄캄해지는 심정이었다.

'아니, 도대체 어디로 갔단 말인가? 처음 오는 곳인데 겁도 없지.'

그녀의 행방을 애타게 찾던 준수는 혹시나 하는 마음에 상단 일꾼 중 가장 나이가 지긋한 사람에게 다가가 조심스럽게 물었다.

"혹시 제 처남이 어디로 갔는지 아십니까?"

"아아, 젊은 도련님 말씀이십니까? 아까 두성이와 같이 다니는 일꾼들과 근처 주막으로 가는 것 같던데, 젊은 사람들이라 그래도 의기투합이 잘되는 모양입니다. 도련님도 전혀 개의치 않으시고 따라나서셨습니다."

그들과 함께 나가는 효진의 모습이 썩 마음에 들었음인지 웃으며 이야기하는 일꾼의 말을 듣자 준수는 눈앞이 핑 도는 것 같았다. 주막이라니, 게다가 상단 일꾼들이랑 밖으로 나섰다 하니 이 일을 어찌 보아야 한단 말인가? 담대한 성격이라는 생각이 들기는 했지만 이렇게까지 겁이 없는 부인이라니. 준수는 어이가 없기도 하고 화가 나기도 해 그 길로 상단 사람들에게 물어 효진이 있다는 주막으로 향했다. 주막으로 향하는 발걸음이 혹시나 모를 상황에 걱정이 되어 빨라졌다.

주막에서 사람들이 권하는 술에 한 잔 한 잔 받아마시다 보니 어느새 술이 얼큰하게 오른 효진이었다. 같이 간 사람들에게 자신은 한사코 술은 잘 못한다고 손사래를 치기는 했으나 그래도 안 받아 주시면 섭섭하다는 말에 탁주를 한 잔씩 받다 보니 알딸딸하게 술이 올랐다.

이렇게 술을 마셔본 적이 없었던 효진이라 저도 모르게 경계가 풀어진 상태였다. 그래도 혹시나 실수를 할까 싶어 정신을 똑바로 차리고 최대한 말을 아껴 여인인 티가 안 나도록 심혈을 기울이며 사람들의 말에 맞장구를 쳐주고 있던 참이었다. 그래도 사람들이 자신의 존재를 의식했음인지 험한 말들은 오가지 않았지만 나이가 꽤나 찬 사내들끼리 모인 자리니 대화가 걸어지고 술이 한 잔씩 들어가니 분위기가 편해졌다.

"어이쿠, 그러니 내가 뒷구멍으로 빠져나가 불이 나게 줄행랑을 치지 않았겠는가? 과부라고 감쪽같이 속이더니 아주 그날 내가 그렇게 숨차도록 달아나기도 처음이었네. 그 자리에서 그 여편네 서방과 마주쳤어 봐. 어이구야, 서서 오줌이나 눌 수 있었겠는가?"

"예끼! 이 사람, 과부랑 유부녀도 구분을 못하니 그런 사단이 난 게지. 그래도 그 물건 간수했으니 용하네."

"어허, 끼가 철철 흐르는데 누가 유부녀라고 짐작이나 했겠나?"

대화는 걸판지게 상단 일꾼 중 돌쇠의 무용담 아닌 무용담으로 분위기가 후끈 달아오르고 있었다. 효진은 등에 식은땀이 흐르는 것 같기는 했지만 그래도 자신이 정색하면 분위기를 망칠까 싶기도 하고 말을 잘하는 돌쇠의 뒷이야기가 이상하게 궁금하기도 해 귀를 쫑긋 세우고 듣고 있던 참이었다. 돌쇠는 어린 도련님이 자신의 이야기에 지대한 관심을 표하자 더욱 신이 나서 그다음 말을 이어갔다.

"해서 내가 그 다음날 다시 찾아갔지 않겠나? 암만 생각해도 당한 것이 억울해서 말이지."

"여기에 계셨습니까, 처남?"

그때 후끈 달아오른 분위기에 찬물을 끼얹는 목소리가 들렸다. 효진은 준수의 목소리에 그야말로 얼굴이 홍당무처럼 발갛게 달아올랐다. 그도 모르게 술을 마신 것으로도 모자라 이런 음담패설을 듣고 있는 모습마저 보였으니 입이 열 개라도 할 말이 없었다. 하지만 그런 효진의 반응보다 일꾼들의 반응이 더 과하게 나타났다. 자신들의 술자리에 대행수님께서 오시니 참 좋던 자리가 어색해졌다.

"대행수님, 오셨습니까?"

"어, 어쩐 일로 여기까지……."

사람들이 불편해하는 기색을 읽은 준수가 그들의 술판에 넌지시 끼어들었다.

"아, 처남이 어디 있나 찾던 중이었네. 술을 워낙에 못하는 사람이라 많이 마시면 내일 일정에 차질이 있을까 해서 말이네. 이왕 이곳까지 왔으니 내 술 한잔 사겠네."

번뜩이는 그의 눈빛이 그녀의 안색을 하얗게 만들었다.

'세상에, 이 일을 어찌하면 좋단 말인가? 금방 있다가 들어가려고 했거늘, 어떻게 이렇게 빨리 돌아오셨단 말인가?'

그런 효진의 안색에는 상관없이 좌중을 돌아보며 사람 좋은 미소를 지은 준수는 그들의 술판에 끼어들었다. 그가 술병을 들어 사람들에게 술을 한 잔씩 따라주니 받은 이들은 이게 꿈인가 생신가 하는 얼굴로 그를 넋을 놓고 바라보았다.

상단 일꾼인 자신들로서는 양반에 대행수인 그가 하늘의 별과 같은 존재이기도 했다. 물론 양반입네 하고 행세를 하는 분은 아니었지만 그래도 자신들의 세경이 그에게서 나오는 것이니만큼 그의 존재는 항상 어려웠다. 그런데 이렇게 자신들의 초라한 술자리에 아무렇지도 않게 들어와 받기도 힘든 술잔을 채워주니 그야말로 이 일이 꿈인가 싶었다. 효진의 잔을 가로채어 자신의 잔에 술을 따른 준수가 일꾼들에게 술을 권했다.

“자, 한잔하세나. 평양이 코앞이기는 하지만 이 밤에 너무 무리해서 들지는 마시게.”

“감사합니다, 대행수님.”

“감사합니다, 대행수님.”

술을 한 잔 시원하게 들이켠 준수가 안절부절못하는 효진에게 그만 일어나라 눈빛으로 재촉했다. 효진은 아무 말도 못하고 냉큼 그 자리에서 일어났다. 일꾼들이 아쉬워하기는 했으나 준수가 웃으며 술값을 하라며 술상 위에 엽전을 올려놓으니 그들의 아쉬움은 게눈 감추듯이 사라졌다. 내일 아침에 보자는 인사의 말을 한 다음 준수는 효진을 데리고 주막 밖으로 벗어났다.

“저기…… 송구합니다.”

“참 겁도 없으십니다.”

준수의 말 한마디에 효진이 제 발이 저려 하려던 변명들이 쑥 들어갔다. 자신의 지아비가 저렇게 화를 내는 것이 무리는 아니었다. 이럴지도 모를 상황이 걱정되어 술을 권할 때 마시지 않으려 부단히 노력했었는데 결국 상황이 이렇게 되어버렸다. 술자리에서 모두 자신에게 술을 권하니 안 마시고는 버텨낼 수가 없었기에 조금만 하고 입에 댄 것이 그만 취기가 돌 정도로 마셔 버리고 말았으니 저리 화를 내는 그의 심정이 이해가 갔다.

“앞으로 다시는 이런 일 만들지 않겠습니다.”

“……다른 특별한 일은 없으셨는지요?”

그가 화를 누그러뜨리려 노력했음인지 처음보다는 나아진 목소리로 그녀의 안부를 물었다. 뭔가를 살피듯 바라보는 그의 시선에 효진은 고개를 살짝 비켜 돌렸다. 지은 죄가 있으니 눈도 못 마주칠 것 같았다.

그런 그녀의 태도가 못마땅했음인지 준수가 그녀의 턱을 들어 자신과 시선을 마주쳤다. 어스름한 저녁이기는 했으나 그녀와 시선이 마주치자 준수는 더 화를 내려던 마음이 사라졌다. 그녀의 안위를 확인하기 전까지는 다시는 이런 일이 벌어지지 않게 만나기만 하면 혼을 내어주어야겠다고 생각했던 자신이었는데, 막상 그녀의 모습을 확인하고 나니 질책하려던 말이 입 밖으로 나오지가 않았다. 그래도 다음에 또다시 이런 일을 만들 수는 없기에 준수는 짐짓 엄한 표정을 지으며 자신의 시선을 피하려 하는 효진에게 경고를 주었다.

"상단 사람들이라고는 하나 험한 일을 하는 사내들입니다. 그런 자리에 다시는 혼자 갈 생각 하지 마십시오. 그러다 정말 큰일이 날 수도 있습니다. 아시겠습니까?"

"예…… 송구합니다. 잠시만 다녀오겠다고 생각한 것이 시간이 길어져 심려를 끼쳤습니다."

효진이 남복을 하지 않았다면 당장 저 오물거리는 입술을 삼켜버리고 싶었다. 조근하게 변명하며 사과를 하는 저 입술에도 몸이 다는 것을 보니 그동안 그녀와 떨어져 잔 탓에 욕구불만이 많이 쌓인 것이라고 그는 생각했다. 더는 못 참겠다 싶은 마음에 그는 그녀의 말에 고개를 끄덕였다.

"알겠습니다. 차후에는 이런 일 다시는 하지 않으시길 바랍니다."

"예."

그녀의 대답이 떨어지기가 무섭게 몸을 돌려 객관으로 향하는 준수의 걸음이 빨라졌다. 효진은 차갑기만 한 그의 행동에 속상하긴 했지만 본인이 잘못한 것이니 어찌 변명할 도리가 없는 터라 그의 걸음을 쫓아가느라 혼이 났다.

'내가 다시는 술을 입에 대나 봐라. 절대로 마시지 않을 것이다. 이게 무슨 망신이냔 말이다.'

헐레벌떡 그를 따라 객관에 도착한 그녀는 준수가 관리하는 이를 만나 이야기를 나누는 사이 씻고 오겠노라 쭈뼛거리며 말을 하고는 냅다 줄행랑을 쳤다. 그 모습을 바라보는 준수의 눈에 빛이 나는 것은 보지 못한 상태였다.

'아이고, 정말 죽는 줄 알았네. 어찌 저렇게 무섭게 야단을 치시는지. 걸음은 또 어찌 저렇게 빠르신지. 상단 사람들과 친해지려고 했다가 혼쭐만 났네.'

효진은 간단히 몸을 씻고는 방 안으로 먼저 들어왔다. 준수는 아마도 상단 일행이 모두 자신의 자리로 가는 것을 보고서야 들어올 것이니 효진은 당장은 마주치기 곤란하니 먼저 잠이 들어야겠다는 생각에 냉큼 자리에 누웠다. 몸이 피곤하기도 하고 술을 마셔서인지 알딸딸한 기분에 잠이 소록소록 오는 것 같았다.

수면에 들기 위해 이불을 덮고 누워 몸을 이리저리 뒤척이는데 방문이 열리는 소리가 들렸다. 효진은 그 소리에 깜짝 놀라 얼른 눈을 감고 자는 시늉을 했다. 사각사각 비단 자락이 스치는 소리가 나는 것으로 보아 그가 잘 준비를 하는 모양이었다.

효진은 눈을 감고 그가 옷을 벗는 소리를 들으니 왠지 준수의 모습이 상상이 되는 터라 얼굴이 달아오르는 것 같았다. 술을 마셔서 그런 것인지, 아까 술자리에서 사람들이 걸판지게 하던 이야기를 들어서인지 눈을 감고 있음에도 귓가를 자극하는 소리에 준수의 단단하던 어깨도 떠오르고 탄탄하던 허리도 떠오르는 것이 얼굴이 확 달아올랐다. 사내가 옷을 벗는 소리가 이렇게 자극적일 수도 있다니, 이건 전혀 생각지도 못한 일이었다. 그 소리에 따라 가슴이 두근거리고 아랫배가 조여오듯 긴장이 되었다.

"부인, 주무십니까?"

작게 자신을 부르는 소리에 가슴이 덜컥 내려앉았지만 그녀는 못 들은 척하고 가만있었다. 효진이 잠든 것이라 생각한 모양인지 준수는 이불을 들춰 안으로 파고들었다. 분명 자신의 자리 옆에 한 자리를 더 깔아두었건만 너무나 자연스럽게 효진의 이불을 들추어 안으로 들어와 그녀를 꼭 끌어당겨 안아버렸다. 효진은 진퇴양난이었다. 잠든 척을 했으니 일어나 뭐라 따질 수도 없고, 가만있자니 이곳저곳 몸을 쓸어대는 손길이 심상치가 않았다. 분명 평양 가는 길에는 같이 잠자리를 하지 않겠다고 했는데 자신의 지아비는 이 밤 전혀 그럴 생각이 없는 듯했다. 옷 속으로 손이 들어와 집요하게 몸을 만져 댄다 싶더니 이제는 숫제 옷을 벗겨낼 듯 풀기 시작했다.

'이제는 잠든 척도 하시니 귀엽기도 하지.'

자신이 그녀에게 야단 아닌 야단을 쳤다고 그사이 토라진 모양이구나라고 생각한 준수는 그녀를 더욱 농밀한 손길로 어루만져 갔다.

그녀는 그의 손길에 불이라도 지펴진 듯 온몸이 반응을 하자 큰일이다 싶어 등에 식은땀이 흐르는 것 같았다. 술기운인지 아니면 그가 만지는 것에 정말 흥분을 해서인지는 모르겠지만 난감하기 이루 말할 수가 없었다. 그래서 상황을 모면하고자 잠결에 몸을 뒤척이는 척 옆으로 굴러가려 했다. 하지만 그가 그녀의 생각을 어찌 알았는지 탁 하니 막는 손길에 반쯤 굴러가다가 말았으니, 그야말로 독 안에 든 쥐나 다름없었다.

그의 입술이 효진의 입술을 삼켰다. 효진은 반응하지 않으리라는 심정으로 끝까지 버티려 했으나 그의 입술과 손길은 집요했다. 그가 만지는 손길 하나하나에 앓는 소리가 절로 날 것만 같았다. 항상 낯설기만 하던 그의 손길이었는데 이제는 만져 주는 구석구석마다 저릿저릿 오금이 저렸다.

그녀의 가슴을 만지고 훑어 내리자 효진은 자신도 모르게 촉촉하게 젖어갔다. 그녀는 자신의 허벅지를 파고드는 그의 손길을 막아보려 했지만 속수무책이었다. 어느새 그의 손길이 그녀의 샘을 파고들었다. 들키지 않으려 노력했지만 반응하는 것을 들키고 말았으니 이제는 자는 척도 할 수 없겠단 생각에 효진이 눈을 뜨고 준수를 바라보았다.

"피, 피곤하실 텐데 그만 주무시는 것이 좋을 듯합니다."

당황한 그녀의 말투에 준수가 그제야 웃으며 입을 맞추어왔다. 술을 한잔하더니 하는 말투도 귀여워진 것 같았다. 그녀에게 다시는 이런 일을 벌이지 말라 경고를 하기는 했으나 이렇게 다소 경계가 풀리고 느끼는 감도가 좋아지는 그녀라면 조금쯤은 술을 마시는 것도 나쁘지 않다는 생각이 드는 준수였다.

안 그래도 강제로 굶어 허기가 져 불이 타는 마음에 기름을 끼얹은 그녀는 그 사실도 모르는 채 또다시 도망을 가려 슬금슬금 몸을 뒤로 빼고 있었다. 그녀의 허리를 냉큼 잡아챈 준수가 자신의 품으로 그녀를 또다시 끌어당겼다.

"부인이 탐스러워서 가만있을 수가 있어야지요. 가만히 보고만 있어도 욕심이 나는데 이렇게 만지니 더 욕심이 나서 말입니다."

"그래도 이건……."

그의 농밀한 손길이 그녀를 떨게 만들었다. 거부하려고 했지만 그의 집요한 손길이 이성적인 판단을 할 수 없을 만큼 그녀를 몰아갔다.

자신의 품에서 자신의 손길에 피는 꽃이 이리 아름다워 보일 것이라고는 상상해 보지 못했던 일이었다. 그래서 마음이 더 동해 버린 준수가 효진을 어르고 달랬다.

"제 부인인 분께서는 안 된다고 했지만 저는 지금 제 정인인 윤효진을 가지고 싶어 미치겠으니 이 밤은 부인 몰래 윤효진을 안아야겠습니다."

정인(情人)인 윤효진이라…….

효진은 그녀의 귓가에 속살거리는 그의 말에 뾰족하게 솟아오른 말들이 쑥 들어갔다. 그가 은근슬쩍 자신의 마음을 내비춰 보인 적이 있기는 했지만 이렇게 직접적으로 구애를 해오는 것은 처음이었다. 그가 자신을 정인이라 칭하는 말에 가슴에 울컥하는 뜨거운 무언가가 올라오는 것 같았다.

그의 입에서 정인이란 말을 들을 것이라고는 생각해 본 적이 없었다. 한데 이 밤, 어두운 가운데 정인인 윤효진을 가지고 싶어 미치겠다는 그의 말을 들으니 가슴이 벅차올랐다. 눈가에 그의 입술이 닿고 여린 목덜미를 쓸어내리는 손길을 받으니 그가 지나가는 모든 곳이 달아오르는 기분이었다.

"처음 보았을 때도 그리 제 마음을 설레게 하시더니 요즘은 만개한 꽃같이 반짝반짝 부인에게선 빛이 납니다."

속살거리는 그의 말에 정신이 혼미했다. 분명 미운 사람이고 두 사람 사이에 청산해야 할 일들이 많이 남아 있지만 그런 것 따위 아무것도 생각나지 않았다. 단지 자신을 안고 싶어서 안달이 난 사내의 숨소리와 구애의 손길이 그녀의 가슴을 젖어 들게 했다.

"제 이름을 불러주시겠습니까?"

그의 입술이 귓가에 닿았다. 그녀의 귓불을 흡입하듯 빠는 소리에 짜릿한 기분마저 들었다. 효진의 그의 요구에 자신도 모르게 그의 이름을 불렀다.

"준, 준수."

"잘 들리지 않습니다. 다시 한 번만 불러주십시오."

부끄러운 마음과 벅찬 마음이 같이 들어 입이 잘 떨어지지 않았다. 그의 손가락이 그녀의 꽃잎을 가르고 자신의 갈 길을 확인했다. 소중한 듯 조심스럽지만 대담한 손길에 효진은 절로 신음성이 터졌다.

"다시 한 번만."

"훗, 김준수!"

"예, 그 이름이 그대의 정인의 이름입니다. 이 밤은 마음껏 불러주십시오."

그녀가 그의 이름을 부르자 그녀의 꽃잎에 잇대어진 그의 분신이 노도와 같이 밀려들었다. 숨이 턱 막혀 그녀가 따라가지 못할 만큼 그의 움직임이 거셌다. 그녀는 정신을 차릴 수 없을 정도로 밀려오는 그의 움직임에 전에 그와 나누던 때와는 다르게 감정과 쾌감이 고조되어 눈앞이 하얗게 터지는 것 같았다. 그에게 닿는 모든 곳이 달큰하게 녹아내리는 기분이었다. 그의 움직임이 고조됨에 따라 효진은 절로 몸에 힘이 들어가 그의 목을 끌어안았다. 그녀의 열락을 좌지우지하던 그가 마지막으로 깊게 파고들자 효진은 그를 자신의 가슴으로 꼭 끌어안았다.

'다행이다, 이 사람이 내 품에 안겨 있어서.'

안도의 한숨을 내쉬며 피곤해 잠이 든 효진을 끌어안는 준수였다. 그녀가 없어졌다는 것을 아는 순간 느꼈던 그 암담함과 아찔함이 다시 떠올라 머릿속이 어질했다. 연거푸 고비를 넘기고 있어서

일까. 그녀와 마주하는 순간순간이 그전과는 달리 소중하게 다가오는 것 같았다. 부디 이 얼음장 같은 현실을 빨리 해결해야 자신의 불안감도 사라질 텐데 하루하루가 살얼음을 걷는 것 같았다.

일단은 지금의 사안에 대해 철식 어르신께 연락을 띄웠으니 무슨 소식이 들려도 들릴 것이다. 그때까지는 자중하자 생각하며 잠을 청했다.

효진은 새벽이 되자 눈이 떠졌다. 숙취 때문에 머리가 띵하게 아픈 것 같아 몸을 뒤척거리며 구르다가 등 뒤로 따뜻한 준수의 온기가 닿았다. 효진은 자신의 등을 보이고 있음에도 불구하고 그녀의 뒷모습을 보는 자세로 잠이 든 준수를 바라보았다.

이렇듯 잠에서 깨어 그를 보는 것은 처음이었다. 항상 같이 잠자리에 들어도 아침나절에 그가 다시 자신에게 달려들고 나면 힘이 들어 일찍 일어나기 힘드니 항상 배웅을 못해주기 일쑤였다. 그가 눈을 감고 있는 모습을 찬찬히 보니 평소보다 어려 보이는 모습이기도 했다.

새벽이라 주위가 조용했다. 하니 생각할 시간이 많아졌다. 지아비의 자는 모습을 보며 효진은 그 모습을 눈에 담았다.

'처음엔 혼인만 하게 해달라 청했는데 사람의 욕심이라는 게 참 그렇습니다. 하나를 가지면 둘을 가지고 싶고, 둘을 가지면 세 개, 네 개를 원하니 말입니다. 나를 좀 더 봐주셨으면 좋겠고, 그 눈동자에 나만 담겨 있으면 좋겠고……'

준수를 처음 보았을 때부터 그는 자꾸만 그녀의 속을 상하게 하는 참으로 미운 사람이었다. 하지만 그녀의 손짓 하나 눈짓 하나에 항상 신경 쓰는 그를 보면서 마음이 서서히 열려가는 것도 사실이었다. 물론 그가 좋았다. 하지만 그처럼 자신을 정인이다 어여쁘다 표현할 수 있을 만큼 자신은 변죽이 좋지 못했다. 하지만 그의 그런 말에 가슴 설레고 기분이 좋아지는 건 아마도 자신이 남편을 많이 은애하기 때문이라고 효진은 생각했다.

그에게 안겨 있으니 따뜻했다. 전에는 몰랐던 따뜻함이었다. 누군가 자신을 귀하게 여겨주고 보듬어주는 것이 얼마나 오래된 기억이던가. 아비를 일찍 여의어 일찍 철이 들었고, 외숙부 집에서는 눈치를 보느라 하루하루가 고달팠다. 화는 고사하고 자신이 느끼는 감정조차 제대로 이야기하지 못하는 날이 많았다.

양부의 집에서는 또 어떠했던가? 말만 양녀지 딸다운 대접이라고 부르기엔 민망스러울 만큼 자잘한 일들이 모두 그녀의 차지였고, 혹시나 어머니께 누가 될까 싶어 큰소리, 투정 한 번 못 부리고 지나온 세월이었다. 그렇게 감정을 숨기다 보니 어떻게 감정을 표현했는지 그 방법도 잊어버리고 살았었다. 그런데 이토록 따뜻한 다정함이 그녀의 삶 속으로 들어오자 자신의 가슴 안에 내재된 감정들이 왈칵왈칵 올라왔다.

혼인 전의 자신이라면 생각조차 못했을 말이며 행동이 이상하게 그의 앞에서는 나왔다. 무뚝뚝한 듯도 하고 제멋대로인 듯도 한 준수였지만 묘하게 그녀에게 안정감을 주었다.

"왜 이렇게 일찍 일어나셨습니까? 조금 더 주무십시오."

그녀가 잠에서 깬 것을 알았는지 그가 잠에서 깨어 잠긴 목소리로 물었다.

"그냥 저절로 눈이 떠졌습니다."

"아직은 새벽입니다. 먼 길을 가야 하니 조금 더 자두시지요."

새벽이라 생각이 많아져서일까? 효진은 쉽사리 다시 잠들 수가 없었다.

"잠이 오지 않습니까?"

아까보다는 비교적 분명한 발음의 준수의 목소리가 들렸다. 잠이 든 것에 방해하지 않으려 했는데 그래도 자신이 깨어 있는 것이 신경이 쓰였는가 보다.

"잠이 오지 않으시면 저랑 날이 밝을 때까지 담소나 나누시겠습니까?"

효진을 돌려 마주 안은 그가 가만히 그녀의 머리카락을 쓸어내렸다. 오롯이 자신을 바라보는 눈동자가 참 좋았다. 이렇게 마주 보고 대화를 하는 것은 거의 처음 있는 일인 것 같았다. 효진은 몸과 마음이 고단하긴 했지만 그래도 이 여행길에 따라오길 잘했다는 생각이 들었다.

"무슨 이야기부터 할까요? 저는 부인에 대해 궁금한 것이 많으니 저부터 부인에게 물어볼까요? 어떤 질문이 좋겠습니까?"

"어떤 이야기가 듣고 싶으십니까?"

"흠, 예조참판 댁 양녀로 들어가기 전까지는 어떻게 사셨습니까?"

담소를 나누자고 하더니 처음 하는 질문 자체가 가볍지는 않았다. 아무도 보고 듣는 이가 없고 방 안에는 둘만 있는 새벽이었다. 효진은 새벽이라 그런지 마음 자체가 평소보다는 진지하고 가벼워지는 것 같았다. 그래서 다소 무거운 준수의 질문에 짧게나마 대답했다.

"……외숙부 댁에서 자랐습니다."

효진은 대답을 하면서도 날카롭던 기억들이 떠올라 기분이 가라앉았다.

"외숙부는 어떤 분이셨습니까?"

"글쎄요. 사실 그분을 생각하면 무서웠던 기억밖에는 없습니다. 언제 불호령이 떨어지지는 않을까, 항상 노심초사하였지요."

'그렇지요, 항상 불안했답니다. 나를 천덕꾸러기 취급하는 외가 식구들도 싫었고, 그런 나를 보면서 항상 질책만 하시던 외숙부는 더 미웠답니다.'

그의 손이 그녀의 볼에 눈가에 닿았다. 가만가만 쓸어주는 손길이 마치 위로의 말을 건네는 것 같았다.

"그랬습니까? 많이 힘드셨겠습니다. 한데 왜 외숙부 댁에서 지내셨습니까? 부모님은 일찍 돌아가셨다 들었는데 친가 쪽으로는 다른 친척이 없으셨나 봅니다."

가만가만 물어오는 준수의 물음에 효진 또한 나지막하게 답을 했다. 양친이 일찍 돌아가셨다 준수가 알고 있으니 차마 어머니가 계시다는 말이 입에서 떨어지지가 않았다. 혼인 전에 미리 양부에게 언질을 받은 터라 쉽게 이야기할 수가 없는 문제였다.

'이렇게 또 숨기게 되는구나.'

"제 나이 열 살에 홀로 되었습니다. 아버지 쪽은 어떤 집안인지 잘 모릅니다. 제 기억으로는 양반이시고 선비이시긴 했으나 일가친척을 본 기억은 없습니다."

효진은 에둘러 대답했다. 열 살 이후로 어머니를 제대로 보지 못했으니 홀로 된 것은 맞았다. 차마 그에게 거짓으로 말을 할 수 없어 적당한 말을 골라 사실과 함께 대답을 했다.

"그러셨습니까? 참 외로우셨겠습니다. 부인께서는 저에게 궁금한 것이 없으십니까?"

무슨 질문을 어떻게 해야 하나 효진은 잠시 망설였다. 이렇게 궁

금한 것을 물어보라 하니 물어보고 싶은 말은 많았지만 막상 입이
떨어지지 않았다.

"제가 궁금하지 않으십니까?"

"아닙니다. 단지 어떤 질문부터 해야 할지 몰라서 주저했을 뿐입
니다."

"당장에 할 질문이 생각나지 않으시면 부인에게 여쭈어본 것에
준해서 저도 대답을 하겠습니다. 그래야 공평하지 않겠습니까?"

살짝 미소 지으며 사람을 편안하게 하는 준수의 모습에 효진은
고개를 끄덕였다.

"제가 말을 할 터이니 부인께서는 그다음에 묻고 싶은 것에 대해
생각해 보십시오. 만약에 질문은 못하시겠다 한다면 저는 무척 섭
섭할 것 같습니다. 저는 묻고 싶은 것이 참 많은데 부인이 저에 대
해 궁금해하지 않는다는 건 참 억울한 일이지 않겠습니까?"

"제가 질문에 주저한 것이 그렇게 속상하십니까?"

"글쎄요, 속상하다기보다는 조금 서운하긴 합니다. 부인이 저에
게 관심이 별로 없으신 것 같아서요. 한 번도 저에 대한 질문을 한
적이 없지 않습니까?"

"그랬던가요?"

효진은 가만히 생각을 해보니 그런 것도 같다는 생각이 들었다.
사실 그에게 관심이 없었다기보다는 그가 궁금해 그것에 대해 질문
을 한다는 것 자체를 생각해 보지 못한 일이었다. 그만큼 주눅 들어
시작한 혼인이었기에 그냥 참고 사는 것이 전부라 생각했던 생활이
었다.

"저는 제 나이 여덟에 혼자되었지요. 일곱 살쯤 아버지께서 돌아
가시고 그 뒤를 이어 1년여쯤 후에 어머니께서도 돌아가셨습니다."

"많이…… 가슴 아프셨겠습니다."

"충격을 많이 받기는 했었지요. 그러다 보니 철이 일찍 들긴 했지만 말입니다."

"어찌 홀로 사셨습니까?"

질문을 어떤 것을 하나 고민했던 효진은 저도 모르게 준수의 말에 공감을 하며 조근하게 그녀가 궁금한 것을 물어보았다. 준수는 소극적이기만 하던 효진이 자신에 대해 물어오자 조금은 신이 난 듯 그간의 삶에 대해 속 시원히 털어놓았다.

"그때 만난 것이 철식 어르신이었지요. 비록 양반이 아니시기는 하나 저에게는 어찌 보면 아버지와 같은 분이십니다."

도란도란 아침나절 조용한 가운데 두 사람의 담소가 끊임없이 이어졌다. 자고 일어난 모습이라 무방비한 상태가 오히려 서로를 알아가는 좋은 기회가 된 것 같아 효진은 준수에게 감정이 쌓여 좋지 않았던 기분이 풀렸다. 이렇게 마주 누워 서로의 이야기를 하고 있으니 정말 몇 년을 산 부부 같다는 생각이 들었다. 사연이 없는 삶이 없듯이 자신도 힘든 인생이었지만 더 어린 나이에 혼자가 된 준수를 생각하니 얼마나 아팠을까 싶어 자신도 모르게 손을 들어 준수의 머리를 쓰다듬었다.

"무엇을 하시는 겁니까?"

"힘든 세월, 참고 잘 살아오셨다 싶어 서방님의 어린 시절을 칭찬해 드리고 있는 겁니다."

효진의 손길이 닿자 준수는 처음엔 얼굴 쪽으로 올라오는 손에 경계심이 들다가 표정이 풀리며 웃게 되었다. 자신의 부인은 참 종잡을 수 없는 사람이었다. 따뜻한가 싶으면 차가웠고, 차가운가 싶으면 한없이 따뜻했다. 여린 것 같지만 강단이 있기도 했다. 참 질

리지 않는 사람이었다. 그래서 더더욱 이 사람의 마음을 얻고 싶은
건지도 몰랐다. 자신을 향해 질투하는 말도 좋지만 한 번쯤은 이 고
운 입술로 자신에게 은애한다는 말을 듣고 싶었다. 분명 자신에게
빠진 듯이 보이는 효진이었지만 그 마음을 표현하는 것에는 약했
다. 좋아한다, 은애한다는 말을 밤새 자신이 속살거렸음에도 한마
디 말도 해주지 않던 효진이 아쉽기만 한 준수였다.

제8장

준수는 꿈을 꾸었다. 잃어버린 기억인 줄로만 알았던 꿈이 생생하게 눈앞에 그려졌다.

지금은 기억조차 나지 않는 어머니의 모습이 눈앞에 희미하게 보이는 듯했다. 워낙 어렸을 때 헤어졌던 어머니의 모습이라 사실 잘 기억이 나지 않아 이 또한 희미하게 보이는 것이리라. 준수는 담담하게 마치 그림을 보듯 눈앞에 펼쳐지는 광경을 멀찌감치 떨어져 바라보았다.

어머니의 모습이 더더욱 희미해져 사라지는가 싶더니 철식의 뒷모습이 보였다. 그의 뒤를 따라가는 어린 자신의 뒷모습이 보였다.

"아버님."

"어이쿠, 도련님, 아버님라니요. 나리께서는 이미 돌아가셨습니다."

"그분은 제 아버님이 아니십니다."

"아니, 아버님이십니다. 김씨 문중의 독자이신 김준수. 그것이 도련님이십니다."

"아닙니다. 왜 아버님께서는 저를 계속 밀어내려 하십니까? 저는 양반도 아니고, 아버님께 도련님 소리를 듣기는 더더욱 싫습니다."

철없이 하는 준수의 말에 난처한 표정을 짓는 철식의 모습이 보였다. 눈물이 맺힌 그의 모습도 보였다. 철식이 어린 그에게로 가까이 다가왔다.

"저는 도련님의 아버님이 아닙니다. 지금 이 시간 이후로는 그 사실을 한시도 머릿속에서 지우지 마십시오. 그러지 않으신다면 저도, 도련님도 위험합니다. 저는 항상 도련님 곁에 있을 것이니 너무 걱정하지 마십시오. 그러니 도련님께서는 지금 모습 그대로 장성해 주시면 됩니다. 아시겠습니까? 저희 둘 사이의 일은 무덤까지 가지고 가야 할 약속입니다."

철식의 나지막한 목소리가 준수의 귓가에 한마디 한마디 새겨지듯 들려왔다. 차갑게 들리기도 하고 다정하게 들리기도 하는 철식의 말에 준수는 울음을 삼켰다.

"부디 잊지 마십시오, 도련님은 뼛속까지 양반의 자제라는 것을."

철식의 말이 온 정신에 울려 퍼지듯 한마디 한마디가 일렁이듯 다가오는 것 같았다.

준수는 잠에서 깨어났다. 눈을 뜨니 낯선 방 안의 풍경이 보였다. 갑작스러운 꿈이라 아직은 혼란스러웠다.

자신의 품 안에 뭉클한 감촉을 느끼고서야 준수는 안도의 한숨을 내쉬었다. 효진이 새근새근 자고 있는 모습이 보이자 준수는 그제야 마음이 놓였다.

'아, 역시 꿈이었구나.'

꿈이라고는 하나 만약 자신이 잠결에라도 꿈속의 말을 내뱉는 것을 효진이 듣기라도 했다면, 하는 생각이 들자 아찔해지는 기분이었다. 잠들기 전에 효진의 어린 시절을 듣고자 그리 노력했더니 꿈에서는 자신의 어린 시절이 보이는 것 같았다.

'저조차도 무의식중에야 생각나는 진실이지만 부인께서 이 사실을 안다면 아마 저를 두 번 다시 보려고 하지 않으시겠지요? 제가 제일 믿고 따르는 철식 어르신이 제 친아버지임을, 이 허울 좋은 양반이라는 껍데기도 금전으로 사 뒤집어썼음을 말입니다. 그것은 무덤까지 안고 가야 할 비밀. 저를 아는 모든 이들을 위해서도 지켜야겠지요.'

준수는 단잠에 빠진 효진의 볼에 가볍게 입을 맞추었다. 혼인을 하고 가정이 생기니 그동안 생각 속에 봉인해 두었던 진실이 풀어진 마음에 움찔거리는 모양이었다. 그만큼 그의 마음도 해방을 원하고 있는 것인가 싶은 생각에 준수는 피식 웃음이 나왔다.

'이제는 꿈에서도 무장해제를 시키시렵니까.'

＊

다름은 윤 참판 댁에서 마님을 찾아왔다는 청지기의 말에 얼른 설거지를 하던 손을 닦고는 밖으로 나섰다. 마당에는 전에도 본 적이 있는 윤 참판 댁의 하인인 밀양댁이 서 있었다.

"밀양댁 아주머니 아니십니까? 마님께서는 며칠 동안 절에 불공을 드리러 가시겠다며 출타하셨는데 무슨 일이십니까?"

다름은 주인나리인 준수가 마님과 떠나기 전에 자신에게 신신당부하던 말을 토시 하나 틀리지 않고 안타깝다는 듯이 밀양댁에게 말을 했다. 마님이 집에 안 계시다는 소식에 밀양댁의 안색이 하얗게 질렸다.

"이런 낭패가 있나? 어느 절로 가셨습니까? 당장 아씨를 찾아뵈어야 하는 일인데."

"무슨 일이시옵니까? 나리께서 시주를 하시는 곳이라 여기서 이틀은 꼬박 걸리는 거리입니다. 지금 출발하셔도 왕복으로 닷새를 걸리는 거리라 다녀오시기 힘들 것이옵니다. 그리 오래 걸리시지는 않는다 하셨으니 많이 급하신 일이 아니시라면 며칠 기다려 보십시오."

"큰일이로구만, 큰일이야!"

밀양댁은 숫제 발을 동동 구르다시피 했다. 다름은 밀양댁의 애간장을 담뿍 태우고는 다시금 준수가 일러주던 말을 사실인 양 자연스럽게 밀양댁에게 전했다.

"마님께서 혹시 마님의 친정에서 사람이 찾아오면 상단으로 가보라 하셨습니다. 미리 일러둔 것이 있다고 하시던데. 말씀을 전해드리면 아실 것이라고도 하셨습니다."

"그리 말씀하셨단 말입니까? 아이고, 다행이다."

다름의 말에 밀양댁의 얼굴은 화색이 돌았다. 다름의 말을 듣기가 무섭게 밀양댁은 가봐야겠다고 말을 하며 그 길로 집을 나섰다. 멀어지는 밀양댁의 모습을 보면서 다름은 급히 주인나리께서 마님의 친정에서 집으로 사람이 다녀가면 그 길로 상단의 철식 어르신께 전하라던 서신을 품에 꼭 안고 상단으로 출발했다. 우선은 집으로 간다고 하고 밀양댁이 길을 나섰으니 자신이 느릿느릿 걸어가도 밀양댁보다는 빨리 도착할 수 있을 것이었다. 거짓말을 한 것이 마음에 걸리지 않는 건 아니지만 그래도 주인어른의 명이니 따라야 하는 것이 자신의 도리가 아닌가? 만약 시키는 대로 일을 잘해준다면 돌아와 포상을 해준다고 약조를 하셨으니 양심의 가책이 느껴지긴 하지만 다름의 걸음걸이엔 포상에 대한 기대감이 묻어났다.

한편 철식은 준수의 본가에서 하인이 자신을 찾아왔다는 소식에 서둘러 나왔다. 접객실 안에는 한눈에 보기에도 영민한 듯 보이는 어린 계집종 하나가 자신을 기다리고 있었다.

"안녕하십니까? 총책 어르신. 저는 다름이라 하옵니다."

"아, 그래, 마님을 모시고 있다는 아이로구나. 한데 무슨 일로 나를 보자고 했느냐?"

다름은 슬쩍 주변을 다시 살펴 사람이 없는 것을 확인한 다음 품에 잘 갈무리해 온 서신을 철식에게 내밀었다.

"주인나리께서 만약에 두 분께서 출타하신 사이 마님의 친정에서 사람이 찾아오면 상단으로 찾아가 보라 일러주라 하셨고, 그 길로 사람들이 떠나면 빨리 어르신께 이 서신을 전달하라 하셨습니다."

"그래?"

철식은 자신에게도 귀띔을 하지 않고 일을 안배하고 간 준수가 의아하긴 했으나 일단은 고개를 끄덕이며 서신을 받아 품 안에 갈무리했다.

"그럼 소인은 가보겠습니다요."

"잠깐만 기다리거라!"

철식은 혼자 사실을 안고 있기도 버거웠을 텐데 이렇게 일을 잘 수행해 준 다름이 참으로 기특했다. 해서 최근에 유통하기 시작한 유밀과 한 바구니를 다름의 손에 쥐어주었다.

"아이고, 이렇게 귀한 걸 제가 받아도 됩니까?"

"수고했다."

"감사합니다요, 어르신."

유밀과를 한 바구니 안고 집으로 가는 걸음이 가벼웠다. 아무리 준수의 집이 부자이긴 하나 어린 종의 신분으로 이 비싼 유밀과를 구경만 했지, 먹어보지는 못했다. 일을 잘하면 포상을 해주시겠다 약조한 주인나리도 주인나리지만, 상단 어르신도 이렇게 통이 크신 분이니 준수의 집으로 팔려서 온 종이기는 했으나 참말로 자신은 복받은 것이라 생각했다.

✳

윤정한은 집으로 퇴청하자마자 손님이 찾아왔다는 말에 서둘러 옷도 갈아입지 못하고 사랑채로 향했다. 최근에 찾아오는 사람들이 모두 자신의 머리를 아프게 하는 이들이라 이제 손님이 왔다는 소식만 들어도 근심이 되었다.

"손님을 안으로 뫼시거라."

하인의 안내에 따라 사랑채로 들어온 사람은 뜻밖에도 낯이 익은 얼굴이었다.

"그간 강녕하셨습니까? 소인, 조양상단의 총책을 맡고 있는 철식이라 합니다."

"아, 일전에 본 적이 있는 사람이로구만. 그래, 내 집엔 어쩐 일인가?"

"다름이 아니라, 마님의 일로 찾아뵙게 되었습니다."

"내 딸아이를 말함인가?"

"아닙니다. 이 댁 마님의 일입니다."

정한은 고개를 갸우뚱했다. 부인의 일로 사위의 상단에서 사람이 찾아오다니, 이건 또 무슨 일인가? 정한은 설마 하는 생각이 들며 떠오르는 일이 있었으나 철식의 말을 기다렸다.

"마님께서 은 오백 냥을 요구하셨습니다."

"뭣이라? 은 오백 냥?"

정한은 철식의 말에 기가 막혔다. 사위의 도움으로 부인이 사들인 물건에 대한 값을 치르고 셈을 한 지 불과 며칠 되지 않았건만, 자신에게 한마디 상의도 없이 독단적으로 사위에게 금전을 요구하다니, 이 사람이 실성한 것이 아니면 무어란 말인가?

철식은 민망해하면서도 꼿꼿이 앉아 평정심을 유지하는 척하는 정한의 모습을 보니 절로 한심한 생각이 들었다. 아무리 높은 벼슬을 하면 무엇 하는가? 가장 근본인 집안마저 못 다스리고 부인이 이렇게 남편 몰래 독단적으로 일을 만드는데. 참 세상일은 알다가도 모를 일이라는 생각이 들었다. 굳은 안색의 정한은 뭔가를 생각하는가 싶더니 이윽고 힘들게 입을 떼었다.

"그래서 내 안사람에게 돈을 내주었단 말인가?"

"그 일로 뵙자고 한 것입니다. 대행수님께서 평양으로 떠나시기 전에 미리 언질을 주신 것이 있으셨기에 대감마님을 찾아뵌 것입니다."

"하면 아직 돈을 건네지는 않았다는 말인가?"

“준비는 했사오나, 어찌 대감마님께서도 모르는 상태에서 드릴 수 있겠습니까?”

철식은 이 댁 마님인 한씨 부인이 보냈던 서신의 내용이 떠올라 기가 찼지만, 겉보기에는 사무적인 표정을 유지하는 것을 잊지 않았다. 이 댁 마님이 이렇게 일을 쉽게 풀리게 해주실 줄이야, 한편으로는 고마운 일이었다.

“허, 참!”

정한은 철식의 말을 듣고는 깊은 한숨을 내쉬었다. 정이 없는 부부 사이이긴 했지만 이렇게 자신도 모르게 일을 벌이고 다니는 자신의 부인을 더는 감당할 수가 없었다. 아무리 자신의 집이 선조 때부터 풍족하게 살아오긴 했으나 부인의 사치는 점점 더 도를 넘어서고 있었다. 처음에 물건을 하나둘 사 모을 때야 그 가짓수도 많지 않아 부담이 되지 않았지만, 아들을 하나 낳고 나서는 그 정도가 점점 더 커졌다. 그에 비례해 안 그래도 소원하던 부부 사이가 더 멀어져만 갔다.

하지만 어찌 되었거나 아들의 어머니였고, 어떻게 보면 혼인을 하여 지아비의 사랑을 못 받으니 불쌍한 여인이라는 측은지심으로 부인의 사치를 처음에는 그리 문제 삼지 않았다. 하지만 시간이 지날수록 그 정도가 덜해지기는커녕 점점 더 심해져만 갔다.

한데 이제는 하다못해 사위에게까지 돈을 요구하다니.

정한은 가슴이 답답하여 한숨이 절로 나왔다. 자리를 가리는 정한임에도 상민인 철식의 앞에서도 감출 수가 없는 깊은 탄식이었다.

철식은 그런 정한의 모습을 세세히 관찰하고는 품 안에 갈무리해 두었던 어음을 꺼내 정한의 앞으로 밀었다. 정한은 철식이 앞으로 내민 어음을 확인했다. 은자 오백 냥이라는 금액과 함께 조양상단의 이름으로 나온 어음이었다.

"이것을 왜 나에게 주는가?"

정한은 영문을 모르겠다는 얼굴로 철식에게 물었다. 정한의 물음에 철식은 무표정한 얼굴에 사무적인 말투로 대답했다.

"이유는 저도 잘 모릅니다. 저는 명을 받아 행동으로 옮길 뿐입니다. 나중에 대행수님께서 돌아오시면 그때 연유를 여쭈어보십시오."

"흠."

근심이 깊은 한숨이 나오는가 싶더니 정한은 아무 말 없이 어음을 자신의 몸 가까운 탁자의 한편에 갈무리했다.

"일단은 받겠네만, 사위가 오면 한번 찾아가겠다 전해주게."

"예, 알겠습니다. 대감마님, 그럼 소인은 이만 상단으로 돌아가보겠습니다."

철식은 윤 대감에게 인사를 고하고는 방 안을 나섰다. 이 댁의 사정이 보이는 것과는 달리 매우 궁할 것이라고 하더니 모든 것이 준수의 말대로 흘러가고 있었다.

철식은 처음에는 혼인이 싫다던 준수가 막상 혼인을 하고 나니 부인에 대해 신경을 쓰고 있어, 그 모습이 좋아 보였다. 혹시나 자신이 권했던 상대가 아들 녀석의 마음에 차지 않는다면 그것처럼 불행한 것도 없었을 것이다. 한데 부인인 효진을 보기 전에는 관심 없는 듯 굴었으면서 막상 그녀를 대면하고 나자 언제 관심이 없었냐는 듯 부인의 일거수일투족에 촉각을 곤두세우는 것이 보였다.

오늘 이 집의 방문으로 말미암아 금전은 손해를 보았지만 다른 여러 가지로 얻은 것이 컸다. 아까의 대면에서 윤 대감이 자신에게 그의 표정을 들키지 않기 위해 철저히 관리하긴 했지만 평생을 사람 상대를 한 철식의 예리한 눈에는 그의 분노와 당황함이 엿보였다. 아마도 준수가 의도하는 바가 자신의 생각과 같다면 그 계획은 벌써 한 계단 올라선 것이 틀림없었다. 준수가 한양에 도착하면 다른 일들도 같이 진행할 터이니 그의 계획대로 되는 것은 시간문제였다.

✳

밀양댁은 조양상단에서 온 사람이 안채가 아닌 사랑채로 향했다는 소식을 주인마님에게 부리나케 전했다. 새로 마련한 머리장식이 도착해 즐거운 마음으로 이것저것 꽂아보던 그녀의 표정이 삽시간에 굳어졌다.

"사랑채로 향했다 했느냐?"

"네, 마님."

"서신을 똑바로 전하기는 한 것이냐? 왜 나를 만나지 않고 대감을 만나러 갔단 말이냐?"

"저도 영문을 잘 모르겠습니다요, 마님. 분명 마님께서 적어주신 서신은 상단의 총책 어르신께 전달해 드렸습니다."

"에잇!"

그녀는 밀양댁의 말에 들고 있던 머리장식을 방 안에 있는 힘껏 던졌다. 날카로운 금속성과 함께 진주 장식들이 이리저리 튀었다.

자신의 사위가 장모를 우습게 보지 않고서야 어떻게 이따위 일을 벌인단 말인가? 처음 효진과 혼인을 할 때는 꼭 무슨 보물이라도 싸가는 양 상단에 남편 몰래 밀린 대금을 탕감을 해주는 것도 모자라 자신 앞으로 명에서 들여온 귀한 도자기며 비단들을 눈이 돌아갈 정도로 보내주어 근처에 있던 대가댁 부인들의 부러움을 한몸에 받게 하지 않았던가? 한데 이제 그 마음도 다 했단 말인가?

'효진이 그것이 부인 노릇을 제대로 하지 못하니 내게 이런 대접이 돌아오는 것이 아닌가? 혹시 그래서 마음이 심란하여 절에 불공을 드리러 간 것이 아닐까? 아무짝에도 쓸모없는 것 같으니라고. 제 어미를 그리 닮았으면 사내 후리는 법도 닮아야 할 것이 아닌가?'

한씨 부인은 분한 마음에 입술을 꼭 깨물었다. 마침 준수가 평양으로 일을 보러 갔다 하여 그가 없는 사이에 효진을 불러내어 자신이 원하는 것을 얻어내려 했는데 집에 없다고 하니 짜증이 나던 참이었다. 하지만 가만히 생각해 보니 그 아이가 없는 것이 더 다행한 일이다 싶었다. 그래서 처음엔 그 말에 화가 왈칵 났다가 다시 웃으며 손수 서신을 적어 보냈건만 일이 이렇게 될 줄이야.

한씨 부인은 자신의 예상과 전혀 다르게 빗겨가는 일에 짜증이 치밀었다. 이래 가지고서야 자신이 계획했던 일들이 모두 수포로 돌아가게 생기지 않았는가. 눈앞에 머리를 조아리고 있는 밀양댁의 모습이 보였다. 엎드려 있는 모습조차도 마음에 들지 않고 꼭 효진을 보고 있는 것마냥 속에서 천불이 올라왔다.

처음에는 출가한 효진이 밑에 두었던 하인이라 혹시나 그 아이를 이용하는 데 뭔가 쓸모가 있을까 싶어 가까이 두고 부리려 했는데 이제 보니 그럴 필요도 없겠다 싶었다. 당분간은 찾을 일이 없어질 여인이었다.

"알겠으니 썩 나가거라."

밀양댁은 그녀의 말에 허둥지둥 방 안을 빠져나왔다. 밀양댁은 방을 벗어나자마자 놀란 가슴을 쓸어내렸다. 십년감수한 기분이었다. 마님이 까다로운 것은 진즉에 알았지만 저렇게 한눈에도 귀해 보이는 것을 바닥에 던져 기어이 깨뜨리는 것을 보니 저도 이제 죽었구나 싶어 그 순간 앞이 캄캄해졌다. 말로만 듣던 일들이 자신에게도 닥칠 것 같다는 생각에 온몸이 사시나무 떨리듯이 떨렸다.

집안 종들에게 가끔 패악을 부리기도 한다는 이야기를 듣긴 했지만 막상 눈으로 확인하니 오금이 저렸다. 몇 년을 온순한 효진과 함께 지내다 보니 마님의 저런 행동이 무섭게만 다가왔다.

'내 저러실 줄 알았지. 그래서 무슨 일이 있어도 아씨를 모셔오려 했던 것인데…… 아씨가 돌아오시면 또 무슨 일로 괴롭히시려는 건지. 에구, 아씨!'

밀양댁은 그저 안타까운 마음에 눈물이 절로 났다.

＊

준수는 한양에서 사람이 왔다는 말에 주위를 휘둘러 살피고는 방 안으로 들어갔다. 한눈에 보기에도 말을 타고 쉬지 않고 달려온 것이 분명해 보이는 사내가 준수를 보자마자 품 안에 갈무리해 두었던 서신을 전했다.

"그래, 출발은 언제 했던가?"

"어제 통금을 해제하는 파루가 치자마자 출발했습니다, 대행수님."

"피곤하겠군. 푹 쉬다가 내려가시게, 내 상단에는 말을 해둘 터이니."

"감사합니다, 대행수님."

준수는 그만 나가보라 손짓을 하고는 사내가 나가는 것을 확인하자 즉시 서신을 펼쳐 보았다. 서신은 철식이 보낸 것이었다.

―서신을 받아보았습니다. 미리 언질을 주셨으면 좋았을 것을 그리하셨습니다. 아마도 마님께서 저에게 밉보이실까 저어되어 그런 것이라 그 뜻은 짐작하겠습니다.

대행수님의 말씀대로 윤 참판 댁에서 사람이 왔었습니다. 대감마님이 아니라 그 댁 마님께서 보낸 서신이었습니다. 대행수님 말씀보다 더 대담한 분이시더군요.

딸아이에게 부탁한 은 오백 냥을 보내라는 내용이셨습니다. 대행수님 분부대로 그 길로 윤 참판께 찾아가 그 돈을 건네 드렸습니다. 그러자 받으시더군요. 그 댁 사정이 많이 좋지 않은가 봅니다. 최근에는 집을 알아보고 있다는 소문이 있는 것으로 보아 그랬던 것 같습니다.

그 집이 어떤 용도인가에 대해 소상히 알아보겠습니다. 그리고 함께 적어 보내주신 그 겁에 적힌 문구는 사람을 동원하여 은밀히 한양의 양반 댁들을 뒤지고 있으니 조만간 소식이 있을 듯합니다. 하니 너무 심려치 마십시오. 항상 몸조심하시고 건강히 돌아오시길 바랍니다.

추신, 조태암 나리께서 아직 복귀하지 않으셨습니다. 월향이에게 듣자 하니 이틀 후에야 복귀하신다고 하니 그 내용 또한 알아보아 전해 올리겠습니다.

준수는 썩 만족스러워 보이는 웃음을 지으며 철식이 보낸 서신을 태워 없앴다. 생각보다 일들이 재미있게 돌아가고 있었다. 평양에 도착하여 물건을 전달하는 일을 무사히 잘 끝났으니 이삼 일 정도는 여유를 부려도 좋을 듯싶었다. 계속 자신들을 따라붙던 감시의 눈초리도 많이 느슨해졌다. 아마도 자신을 친 자객이 평양에 오는 길에 죽은 것이 그들의 행동에 영향을 주었음인지 그들의 움직임이 더욱 조심스러워졌다. 하니, 아직은 여유가 있었다. 모든 일은 여유가 있을 때 진행하는 것이 맞는 것이었다.

이제 막 효진에 대해 알아가고 있는 참이니 남은 시간 또한 최선을 다해 투자할 생각이었다. 앞으로 벌어질 일에 그녀가 흔들리지 않으려면 최대한 많이 친밀해지는 수밖에는 없었다. 오롯이 그녀가 자신을 믿어야만 헤쳐나갈 수 있는 일이기에 남은 시간들이 더 중요했다.

✳

태암은 며칠째 상단도 나가지 않고 두문불출하는 중이었다. 그날 아침 조반을 들자마자 상단으로 가려 했으나, 이대로 자신을 버리는 것이냐며 눈물바람을 하는 월향 때문에 이러지도 못하고 저러지도 못하는 심정으로 상단은 고사하고 집에까지 일 때문에 잠시 부용각에 있노라 거짓 소식을 전해둔 상태였다. 아마도 그 소식을 전해 들으신 아버님께서는 눈살을 찌푸리며 싫어하셨을 테지만 그건 차후에 생각할 일이었다.

"무슨 생각을 그리 골똘히 하십니까? 차가 식겠습니다."

다소곳하게 말을 건네며 자신이 일하는 맞은편에 앉아 있는 월향이 더 문제였다. 아무리 생각해도 생각이 나지 않는 며칠 전 밤에 일어난 일은 그녀에게 묻기도 애매했다. 혹여나 그녀가 상처받을까 싶어 물어볼 수도, 그렇다고 모른 척할 수도 없는 노릇이라 평소라

면 이렇게 자신이 일하는 데 찾아왔다면 방해가 된다며 축객령을
내렸을 것이나 이제 그리 할 수가 없었다. 게다가 진정 자신에게 마
음을 준 것마냥 저렇게 살갑게 구는 것을 보니 마음이 더 무거워지
는 것은 당연했다.

"내일은 상단으로 나가볼까 합니다."

"벌써 가시는 겁니까?"

"준수 그 사람도 없으니 저라도 나가야지요. 아무리 철식 어르신
이 있다고는 하나 그래도 하나보다는 두 사람이 낫지 않겠습니까?"

월향의 두 눈에 눈물이 그렁한 모습을 보니 마음이 좋지가 않았
다. 자신 또한 이렇게 가는 것이 속 편한 일만은 아니었다.

"일이 있으시니 가셔야지요. 어차피 저는 기생입니다. 길가의 버
드나무요, 담 밑의 꽃이라 누구든지 쉽게 만지고 꺾을 수 있는 인생
인데 제가 너무 욕심이 많았습니다."

"그런 마음은 없었습니다."

누구든지 쉽게 만지고 꺾을 수 있다는 월향의 말에 태암은 심장
이 바닥으로 뚝 떨어지는 것 같았다. 기생을 싫어하고 가까이하지
않던 자신이기는 했으나 한 번도 월향을 그런 식으로는 생각해 본
적은 없었다.

"이미 동기 시절부터 대행수님과 소문이 퍼진 탓에 아무하고도
연분을 맺을 수가 없었으니 태암 나리가 제 첫정입니다. 그냥 가슴
속 깊이 간직하겠습니다. 하니 부담스러워하지 마십시오. 그러면
제가 더 가슴이 아픕니다."

숫제 떨어질 것만 같은 눈물이 큰 눈에 맺힌 채 애처롭게 이야기
하는 월향의 모습을 보자 태암은 저도 모르게 그녀를 끌어안았다.
실로 충동적인 행동이었다. 부드러운 몸이 품 안에 쏙 들어왔다. 그

녀의 향긋한 체향이 뭉클 올라왔다. 왠지 화려한 외모만큼이나 진한 향일 거라 생각했는데 잔잔한 체향이 올라오자 마음이 진탕되는 것 같았다.

"청이 있습니다. 저에게는 소중한 추억이니 부디 잊지 말아주십시오. 나리께는 그냥 하룻밤의 꿈이었을지는 모르지만 저에게는 오랜 소원이던 하룻밤이었습니다."

말을 마친 월향은 소매를 들어 양쪽 눈에 흐르는 눈물을 닦은 뒤 그 자리에서 조용히 양손을 모아 마치 지아비에게 하듯 큰절을 올렸다. 그러고는 애써 웃으며 방을 나섰다. 태암은 귀신에게라도 홀린 듯 바라보는 사이 월향이 방을 나가자 정신이 번뜩 들었다.

'저에게는 오랜 숙원이었던 하룻밤이었다니……. 하면 월향이 나를 사모하고 있기라도 했다는 말인가?'

점점 미궁 속으로 빠지는 생각에 태암은 일이라도 해서 머리를 식혀야겠다는 판단이 들어 정리하고 있던 서류들을 챙겨 상단으로 향했다. 죽도록 일을 하면 이 기분이 잊혀질까 싶은 마음에 상단에 도착하자마자 밀렸던 일에 매진하기 시작했다.

며칠 만에 등장한 그를 보며 철식이 고개를 갸웃거리기는 했지만 일을 나오지 않은 자신을 나무라지는 않았다. 저녁에 상단이 문 닫을 시간이 지나고서도 퇴근을 하지 않는 태암을 보았는지 아무 말 없던 철식이 앉아서 일하고 있던 그의 옆으로 다가왔다.

"무슨 일이라도 있으셨는지요? 댁에도 안 들어가시고 부용각에서 지금까지 계셨다고 하던데, 혹시 그 일 때문에 지금 심란하신 겁니까?"

"심란이라니요. 단지 밀린 일이 있어 일을 하고 가려 하는 겁니다. 먼저 퇴근하시지요, 어르신."

"벌써부터 잡고 계신 장부가 아닙니까? 평소라면 한두 시진이면 해결하실 일을 이리 오래 잡고 계시니 드리는 말씀입니다."

철식은 태암이 잡고 있는 장부를 손으로 가리켰다. 태암은 그제야 자신이 하고 있는 일을 직시했다. 이렇게 오래 하고 있을 일이 아닌데 일이 끝나지 않는다 생각했더니 자신이 집중하지 못하고 있었던 모양이다. 일에 매진하고 있다고 생각했는데 머릿속으론 끊임없이 월향과의 일이 떠올라 떨쳐 내지 못했던 모양이다. 태암은 보고 있던 장부를 덮었다. 이대로는 도무지 일이 될 것 같지가 않았다.

"혹시 부용각에서 무슨 일이 있으셨던 겁니까?"

"……제가 아무래도 무엇에 홀린 것 같습니다."

"그건 또 무슨 말씀이신지요?"

태암은 말을 할까 말까 고민하다가 평소 믿고 의지하는 철식이었기에 어렵사리 말을 털어 앉았다.

"월향이 저에게 마음이 있는 듯합니다."

"아니, 그걸 모르고 계셨단 말입니까?"

"네에? 어르신은 어찌 알고 계신단 말씀이십니까? 저도 듣기 전에는 몰랐던 것을요?"

이런 답답한 양반을 보았나. 항상 월향이 상단에 올 때면 태암을 찾고, 말을 못 걸면 잡아먹기라도 할 듯이 쳐다보고 있는 것을 왜 눈치를 못 챈단 말인가? 도가 지나칠 때는 자신이 나무란 적도 몇 번이나 있었던 일인데 이 둔감한 양반은 그걸 여태 모르고 있었다는 사실에 철식은 가슴이 답답해졌다.

며칠 동안 부용각에서 두문불출한다기에 드디어 월향이 태암을 넘겼나 싶었는데 이 도련님은 아무것도 모르고 있는 모양이었다.

한편, 태암은 그런 철식의 말에 가슴이 뜨끔했다. 다른 이도 알고 있는 것을 자신만 월향의 마음을 모르고 있었던가 싶은 마음에 괜히 월향이 하던 말들이 떠올라 가슴이 뜨끔뜨끔했다.

"아니, 부용각에서 월향이와 계셨던 것이 아닙니까?"

"흠흠, 그렇기는 했습니다만."

"하면, 월향이가 꽃값은 받던가요?"

"꽃값이라니요?"

해웃값은 생각도 못했던 일이었다. 월향이 진정 정인이라도 되는 양 구는 통에 기생을 품고 나면 해웃값을 주어야 한다는 사실도 잊고 있었다. 그녀가 요구하지도 않았으니 전혀 생각을 못한 것이었다.

'하, 이 일을 어찌한다.'

기생이 머리를 올릴 때는 그들의 수준에 따라 그 값이 천차만별이었다. 기생으로서의 값어치가 처음 매겨지는 것이 그들의 화초머리를 올리는 값이었다. 월향은 이 도성 안에서도 명기 중의 명기라 할 수 있으니 그 값은 셈을 할 수가 없을지도 몰랐다. 그런 그녀가 태암에게 해웃값에 관한 말을 일절 하지 않고 부디 함께한 밤을 잊지 말아달라 했으니 그녀가 보기에 태암은 얼마나 옹졸하고 졸렬한 인간이었겠는가.

태암은 한숨이 절로 나왔다.

철식은 한숨을 내쉬는 태암을 보면서 자신이 생각하는 일이 일어나지 않았던가 하는 생각이 들어 몇 가지 더 물을까 하다가 나중을 기약했다. 지금 무언가 태암에게 일어난 일이 있는 것 같으니 괜히 여물기 전에 찔러보는 것이 더 안 좋을 수도 있었다. 철식은 태암에게 정리하고 집으로 가시라 몇 마디 말을 더 한 뒤 방에서 나갔다.

태암은 철식의 이야기를 듣자 머리가 더 복잡해졌다. 아무리 생각을 해보아도 심란해지는 마음에 태암은 월향을 한 번 더 만나보아야겠다고 생각했다. 자신이 무어라 그녀에게 할 말은 없는 위인이기는 했지만, 그래도 이 답답한 가슴이 그녀를 만나면 뭔가 해답을 줄까 싶은 마음에 태암은 주섬주섬 일을 정리한 다음 부용각으로 향했다.

"아이고, 조태암 나리 아니십니까? 연회에 참석하신다는 전갈은 못 받았사온데 혹시 무슨 약속이 있으신지요?"

자신이 부용각에 며칠 머물렀다는 사실을 모르는지 부용각의 청지기가 나와 태암을 반겼다. 태암은 자신이 기루를 찾는 일이 그리 좋은 일도 아닌지라 말을 아꼈다.

"혹시, 월향이 어디 있는지 아는가?"

"수기생님께서는 좌의정 대감 연회 자리에 드셨습니다요."

"그런가?"

"평소에는 연회 자리에는 얼굴만 비추고 나오시던 분이 무슨 일이신지 벌써 두 시진째 들어 계십니다요. 아무래도 상단 대행수님께서 혼인을 하시고 난 다음에는 다른 생각이 있으신지 오늘부터 갑자기 연회를 나가십니다."

믿을 만한 태암이어서 그런지 부용각의 청지기는 아무 의심도 없이 자신이 느끼는 생각을 여과 없이 태암에게 드러내며 걱정을 했다. 태암은 월향이 두 시진째 연회에 들었다는 말에 기가 탁 막혔다.

자신에게 그렇게 애절하게 작별 인사를 하고는 어찌 하루도 지나지 않아 웃음을 팔며 연회 자리에 들었단 말인가? 게다가 자신의 품에 안겨오던 보드라운 그녀의 촉감과 맑은 미소가 떠오르자 더더욱 기분이 나빠졌다. 게다가 좌의정 대감이라면 색을 밝히기가 여간이 아닌 사람이었다. 연회 자리에서 기생이 어떤 역할을 하는지 아는 태암으로서는 속에서 불이 나는 것 같았다.

처음 청지기의 말을 들었을 때는 괜한 걸음을 했구나 싶은 마음에 집으로 가야겠다 생각했는데, 막상 월향이 그 자리에 들어 있을 생각을 하니 속이 끓어올라 그냥 갈 수가 없었다. 그녀를 보고 무슨 말이라도 한마디 해야 마음이 풀릴 것 같았다.

"앞장서시게. 내 급한 일이 있어 월향이를 보고 가야겠네."

"예, 따라오시지요."

청지기의 뒤를 따라가는 태암의 머릿속은 엉망진창이었다. 냉정하게 생각하고는 싶었지만 그럴 수가 없었다. 생각을 하면 할수록 더욱 엉망이 되는 머릿속은 더 이상의 생각을 거부했다.

"아이, 이러지 마십시오, 좌의정 대감."

"그동안 그리 콧대가 높더니 월향이가 이리 나긋할 줄 어찌 알았더냐?"

"아니, 어디로 손이 이렇게 들어오시는 겝니까? 이러지 마십시오."

"좋으면서 앙탈을 부리는구나. 오늘 내 수청을 들라는데도 그러는구나."

"아직은 아니 되옵니다. 소인이 그렇게 쉬운 여인이 아닌 걸 아시면서 그러십니다. 급하시긴."

태암은 연회 자리가 있는 건물 마당에서 안에서 지분거리는 소리를 듣자 기분이 급강하했다.

‘나에게 다정하게 속삭이던 그 목소리로 지금 저 자리에서 무얼 하고 있단 말인가? 내가 자신의 첫정이라 소중하다 했으면서 지금 그 곱던 몸을 누구에게 탐하게 하고 있느냔 말이다.’

청지기가 심상치 않은 태암의 표정을 보고는 그 단정한 성품에 참기 힘든 연회 자리에 와서 그런 것이라 생각하고 얼른 월향을 부르러 건물 안으로 들어갔다.

월향은 가뜩이나 좋지 않은 기분인데 좌의정 대감이 지나치게 끈적이며 들어대자 기분이 상할 대로 상한 참이었다. 가뜩이나 준수의 혼인으로 월향이 끈이 떨어졌다는 둥, 조양상단에서 손을 뗄 것이니 이제 부용각에 볼 용무도 줄어들 것이라는 말들이 나돌며 넘치던 연회 자리도 줄어들어 자신이라도 나서야 할 것 같은 마음에 겸사겸사 나온 자리였다.

물론 그 계산의 이면에는 혹시나 태암이 부용각을 나간 후 자신이 안 나가던 연회 자리에 나간다는 소식이라도 들으면 혹시라도 마음이 조금이나마 움직여질까 싶어 내키지 않았지만 나온 이유도 있었다. 연회 자리를 벗어나고 싶던 차에 청지기가 자신을 찾아 들어오자 월향은 반색을 했다.

“손님이 찾아오셨습니다.”

“그래? 누가 찾아오셨더냐?”

“조양상단의 조태암 나리께서 지금 기다리고 계십니다.”

“누가 찾아오셨다고?”

“조태암 나리께서 지금 건물 마당에서 기다리고 계십니다. 힘든 걸음하셨으니 얼른 만나보시는 것이 좋을 듯합니다.”

월향은 청지기의 말에 등에서 식은땀이 쭉 흐르는 것 같았다. 태암이 건물 마당에서 기다리고 있다면 방금 전까지 오간 실랑이며 좌의정 대감의 수청을 들라는 말까지 다 들었을지도 몰랐다.

월향은 일이 꼬여 버리자 머리가 어질어질했다. 님을 불러오려다가 님을 도망하게 만들게 생긴 상황이라니. 우선은 만나지 않는 것이 나을 것 같았다. 변명을 한다고 하더라도 나중에 잠잠해지고 난 다음에 울며불며 사정하고 변명을 해야 할 일이지 당장은 아무리 목석 같은 사내라도 지금 이 상황을 만약 다 들었다면 자존심에 상처를 받을 것이 분명했다.

아침에 그렇게 심금을 울리며 헤어진 지 하루도 안 된 터였다. 그 시간도 못 참고 자신이 이렇게 냉큼 연회 자리에 들어 있는 것을 본다면 태암의 그 성정에 다시는 자신을 안 보겠다 할지도 몰랐다.

"지금은 곤란하다 말씀드린 뒤에 내가 찾아뵙겠다고 전하시게."

"급한 일 같았사온데."

"그래도 그리 전하시게."

청지기와 태암을 만나는 것에 대해 실랑이를 하던 사이 방문이 벌컥 열리며 태암이 들어왔다. 연회 자리에 있던 좌중들이 놀라 태암의 일거수일투족을 바라보았다. 사람들도 문제거니와 문을 열어젖히고 들어온 태암의 표정이 딱딱하게 굳은 것으로 보아 지금 화가 나도 단단히 난 모양이었다. 태암은 월향이 있는 쪽을 힐끗 보더니 차분하게 갑자기 들어온 것에 대해 사과를 했다.

"연회 도중에 이리 불쑥 끼어들어 죄송합니다, 좌의정 대감."

"아이고, 조양상단의 조태암이 아닌가? 오랜만일세. 그래, 무슨 일로 오셨는가? 평소엔 연회라고는 질색을 하던 양반이."

좌의정 대감은 한창 물밑작업을 하던 월향이 청지기와 무슨 일인지 실랑이를 하고 있자 심기가 불편하던 차에 태암까지 아무런 말도 없이 문을 벌컥 열고 등장을 하자 심기가 상해도 단단히 상한 모양이었다.

"상단의 일로 잠시 수기생과 의논할 일이 있어 들렀습니다. 급한 사안이온데 시간이 지체되어 이리 무례를 무릅쓰고 들어오게 되었습니다. 죄송합니다, 대감."

좌의정 송익은 조양상단과 인연이 끊어진 줄 알고 눈독을 들이던 월향을 그 조태암이 직접 찾으러 오자 헛기침을 하며 자세를 고쳐 앉았다. 상단과의 사이가 좋지 않아 좋을 일이 없었다. 최대한 예의를 지키는 것이 서로를 위하는 일이었다.

"월향이는 나가보게. 급한 일이라 하니 자네가 나서야지."

좌의정 대감이 아까의 태도와는 다르게 짐짓 거드름을 피우며 점잖게 말을 하자 월향은 이러지도 못하고 저러지도 못하는 상황이 되었다. 그 점잖던 태암이 이렇게 방문을 벌컥 열어젖힐 것이라고 누가 생각이나 했겠는가. 월향이 머뭇거리는 사이 태암이 자신을 쳐다보는 것이 느껴졌다. 월향은 차마 발걸음이 떨어지지 않아 시선을 피했다.

"그럼, 이만 실례하겠습니다. 연회 계속하십시오. 무례를 범했으니 오늘 술값은 제가 사죄의 의미로 대접하겠습니다."

말을 간결하게 마친 태암이 성큼성큼 월향을 향해 걸어오더니 그녀의 손목을 낚아챘다. 그러더니 당황해서 바짝 얼어 있는 그녀를 끌고는 방 밖으로 나섰다. 그 모양을 눈을 가늘게 뜨고 지켜보던 좌의정 대감은 안타까운 마음에 혀를 끌끌 찼다.

"명기는 명기야. 저 대쪽 같은 조태암을 도대체 언제 구워삶았을꼬. 뭐, 아깝기는 하지만 오늘 술값을 낸다 했으니 아주 단단히 즐겨야겠군. 안 그런가?"

좌의정 대감은 어안이 벙벙한 채 상황을 지켜보던 사람들에게
웃으며 술을 권했다.

월향은 화가 많이 난 듯 자신의 걸음에 아랑곳하지 않고 성큼성
큼 자신을 끌고 걸어가는 태암의 뒷모습을 보며 이 상황에서도 그
화가 난 뒷모습마저 멋들어져 보이는 자신의 눈이 원망스러웠다.
게다가 자신을 만나기 위해 그 어려운 상황을 박차고 들어오는 사
내다운 박력이라니⋯⋯. 자신이 조태암에게 반한 것은 어쩔 수 없
는 일이었다고, 그래서 운명인 것이라고 생각했다.
"아픕니다, 놓아주십시오."
태암은 그녀의 아프다는 말에 손목을 쥐는 힘을 많이 풀기는 했지
만 놓아주진 않고 월향을 향해 뒤돌아보았다. 휘영청 달도 밝은 밤
이었다. 부용각 안에 인공 연못 가까이에 쳐진 둘레 담을 등 뒤로 두
로 자신을 바라보는 태암이 화가 난 모습이 아니라 자신을 은애하는
눈빛으로 보았다면 원이 없을 것 같다 생각되는 월향이었다. 애석하
게도 그는 진심으로 화가 많이 난 모습이었다. 이런 모습을 바란 것
이 아니었는데 일이 이렇게 되어버린 것이 진심으로 안타까웠다.
"본인의 입으로 한 말은 모두 거짓입니까?"
다소 높고 큰 음성으로 화를 토해내는 태암의 모습에 월향은 무
어라 대답을 해야 할지 머뭇거렸다.
"잊지 말아달라 내게 청하지 않았습니까? 한데 그 말은 나를 홀
리기 위한 것이었습니까? 단지 그뿐이었습니까?"
"그것이 아닙니다. 단지 거절할 수가 없는 자리였습니다. 대행수
님의 혼인으로 연회 자리가 많이 줄어들어 어쩔 수가 없었단 말입
니다."

"아무리 그래도 꼭 오늘이어야 했습니까? 제가 떠나자마자 꼭 그러셔야 했습니까?"

태암의 말에 월향은 좋아해야 할지 말아야 할지 감이 오질 않았다. 화를 내는 것 같으면서도 묘하게 서운함이 느껴지는 말투에 월향은 가슴이 두근거렸다. 일말의 희망을 가져 보아도 될까? 이 사람이 화를 내는 것이 진정 사내로서 자존심이 상해 그러는 것만이 아니라고 생각해도 될까라는 기대감에 가슴이 터질 것 같았다.

"그럼 어찌합니까……. 부용각에 딸린 식구들이 얼마인데요. 저는 어찌해야 합니까?"

월향이 왠지 슬퍼 보이는 아련한 눈동자로 바라보자 태암은 이성이 날아갔다. 여인이 아니라고 생각했던 마음은 온데간데없고 오롯이 그녀만 보이고 그녀의 눈동자만 가슴에 와서 박혔다. 그녀를 품에 안고 그녀의 보드라운 입술을 삼켰다. 이 작은 입술이 이리도 따뜻하고 좋다니 믿을 수가 없었다. 탐하고 탐해도 끝이 없을 것 같았다. 적극적으로 입술을 열어오는 월향이 그의 목을 팔로 감고 더더욱 안겨들었다.

＊

준수는 나들이를 나가자는 말에 눈꼬리가 휘어지도록 웃으며 좋아하는 효진을 보며 미안한 마음이 들었다. 저녁에는 항상 같이 있었지만 평양에 도착해서 3일 정도는 이리저리 일을 보러 다니느라 효진을 객관에만 머무르게 했더니 그사이 답답했던 모양이었다. 내색을 하지 않아 자신도 마음 편히 일을 보러 다녔지만 저렇게 좋아

할 정도로 심심해했을 그녀를 보니 미안한 마음이 컸다. 하지만 나들이를 가기 위해 말을 가져오자 효진은 사색이 되었다.

"또 말을 타야 한단 말씀입니까?"

"걸어 다니는 것이 더 힘드실 텐데요. 평양은 그리 좁은 곳이 아닙니다."

"아, 예……. 그럼 말을 타는 것이 좋겠습니다."

"빨리 말을 타는 것에 익숙해지셔야지요. 그래야 저와 함께 다닐 수 있지 않겠습니까?"

효진이 말을 타기 싫어하는 속마음을 드러내는 것이 적지 않게 귀여웠다. 하지만 아무리 그렇더라도 앞으로 한양을 갈 때도 그렇고 말을 타는 것에 익숙해질 필요가 있었기에 준수는 모른 척 효진에게 말고삐를 건넸다.

생각 같아서는 효진이 편하도록 같이 말을 타고 싶었지만 사내들끼리 말을 타는 것도 가히 보기에 좋은 광경은 아니라 준수는 내심 자제를 했다.

"하면, 저희는 어디로 가는 것입니까?"

"경치로 따진다면야 모란봉이나 을밀대같이 여기에서는 조금 멀리 떨어진 곳도 괜찮으나 그리 가신다면 아마 저녁에는 너무 피곤해서 일어나지도 못하실 겁니다."

"경치는 보지 않아도 됩니다."

피곤해서 일어나지도 못할 정도라면 큰일이었다. 말을 탄 엉덩이도 저녁이 되면 남아나지 않을 텐데라는 생각에 효진은 고개를 도리도리 흔들었다. 힘든 건 한양을 오가는 것만으로도 족했다. 며칠 뒤엔 한양으로 다시 떠날 것이라고 하니 그 중간에는 사양하고 싶었다. 자신의 말에 준수가 왠지 모르게 웃고 있는 것 같다는 생각이 들기는 했지만 효진은 애써 모르는 척했다.

그가 효진을 데리고 나가면서 어디로 가는지 이야기를 해주지 않고 움직이는 것으로 보아 갈 곳이 있는가 보다 생각하고 그녀는 입을 꼭 다물었다. 왠지 말을 걸면 자신이 손해를 볼 것 같다는 기분에 아무 말 없이 준수의 뒤를 따랐다.

점점 안쪽으로 자신을 이끌고 가던 준수는 평양의 도심으로 더 깊이 들어가 시장이 열리는 곳으로 향했다. 한양보다는 그 규모가 작지만 그래도 쭉 늘어선 상점들을 보니 평양이라는 곳이 크기는 크구나 생각이 들어 자신도 모르게 호기심에 눈이 반짝였다. 사람들과 섞여 가느라 말에서 내려 휘적휘적 걸어가는 준수의 뒤를 쫓아 따라갔다.

얼마쯤 갔을까? 준수는 작은 상점 앞에서 멈추어 섰다. 상점은 여인들의 장신구를 파는 곳이었다. 효진도 여자인지라 갖가지 색깔의 비녀며 화장품들이 작은 가게임에도 불구하고 즐비하게 놓여 있어 호기심을 감추지 못했다.

"어서 오십시오, 나리. 뭐 찾으시는 물건이라도 있으십니까?"

"내 부인에게 선물할 것을 찾고 있네만."

준수가 아무렇지도 않게 물건들을 골랐다. 효진은 이렇게 작은 상점에서 여인네의 장신구를 고르는 준수가 얼핏 이해가 되지 않았지만 그의 눈길을 끈 무언가가 있었던 거라고 생각되어 그가 하는 양을 바라보았다. 한데 뭔가 장식을 고르는 손길이 건성인 것 같기도 하고 크게 의욕이 있어 보이지도 않았다.

한참 그가 가게 주인과 말을 주고받으며 하는 모양새를 지켜보던 효진은 그가 고르는 물건이 미심쩍었다. 물론 그가 사주는 것이라면 뭐든지 좋기는 하겠지만 그래도 저렇게 큰 머리꽂이만큼은 사양하고 싶어 주먹만 한 물건을 집어 드는 준수의 손을 저지했다.

"매형, 그것은 누님이 싫어하실 듯합니다. 너무 크군요."

"아, 그런가, 처남? 그럼 처남이 보기엔 어떤 물건이 좋아 보이는가? 내가 좀 서툴러서 말이지."

별로 서툴러 보이지도 않는 얼굴로 서투르다 표현을 하니 효진은 한숨을 내쉬며 본인이 가지고 싶은 것들을 두어 가지 골랐다.

"누님은 많이 가져다주면 틀림없이 돈을 허투루 썼다 하실 터이니 몇 가지만 사셔도 될 듯합니다. 나중에 누님과 함께 나오시지요. 그래야 착용도 해보고 사용도 해보아 마음에 드시는 것을 선택할 것이 아닙니까?"

"내 몰랐으이. 처남과 함께 오길 정말 잘했군. 아니었으면 물건을 사가고도 바가지를 긁힐 뻔하지 않았나? 주인장, 이것 좀 싸주시게."

준수는 효진의 타박에도 사람 좋은 미소를 지으며 물건 값을 계산했다. 가게를 나오며 효진은 준수에게 조심스레 말을 걸었다.

"한데, 저 가게는 단골가게이십니까?"

"단골이라……. 부인 지금 저를 의심하시는 겝니까?"

준수가 기분 상한 표정을 지으며 효진을 바라보는 통에 그녀는 아무 생각 없이 던진 말이었는데 어찌 들으면 그렇게 해석될 수도 있다 싶어 미안한 마음에 웃으며 변명을 했다.

"아니, 그것이 아니오라 너무 가게에 대해 잘 아시는 것처럼 보여서 말입니다."

그녀의 변명에 준수는 작게 미소 지으며 효진을 바라보았다.

"저곳은 제가 처음 장사를 시작한 곳입니다."

"예에? 이곳에서 처음 장사를 시작하셨다구요? 원래 한양 분이 아니셨습니까?”

“저곳에서 장사가 잘되어 이 정도면 한양에 가도 되겠다 싶어 가게 된 것이지요.”

“저는 처음부터 물건을 잔뜩 팔아서 이문을 내는 상인이라 생각했습니다.”

“처음부터 대상인 장사치가 누가 있겠습니까? 물론 종자돈이 적었던 것은 아니었으나 뭐든 차근차근 밑바닥부터 올라가야 실수를 덜하게 되는 것이니 경험이 필요해 그리 했었습니다. 그때도 저 자리에서 저 상인처럼 여인들을 상대로 장신구며 화장품을 파는 것으로 시작을 했지요.”

효진은 정말 자신의 남편에 대해 모르는 것이 많다는 생각이 들었다. 평양으로 오면서 상단 일꾼인 두성에게 몇 가지 말을 듣기는 했지만 대행수인 남편을 마치 장사의 신이라도 되는 양 부풀리는 통에 정말 갑자기 대상이 된 것이라 생각했던 것도 사실이었다. 그가 이렇게 낮은 곳부터 차곡차곡 밟아 지금까지 올라왔을 것이라고는 미처 생각하지 못한 사실이었다.

효진은 자신도 힘든 삶이다 생각했는데, 양반이, 그것도 갓 관례를 치른 나이에 장사를 하는 것에 인생을 거는 것이 얼마나 심신이 고단한 일이었을까 생각하니 목이 메었다. 아까의 장사치가 하던 행동들이 떠올라 어린 준수가 장사를 하는 모습이 그 위에 덧입혀 생각되어 마음이 아팠다.

“어쩌면 아플 수도 있는 과거이온데 왜 다시 오신 겁니까?”

준수가 그녀의 말에 걷던 길을 멈추고 그녀를 바라보았다. 시선이 마주치니 그 시끄러운 시장의 소음은 들리지 않고 오롯이 효진의 모습만 보였다. 준수는 그녀를 보며 자신이 하고자 했던 말을 털어놓았다.

"여기가 새로운 제 삶의 시작점이기 때문입니다. 비록 당신과 살아온 세월은 다르지만 저는 여기에 꼭 한 번 함께 다녀가고 싶었습니다. 그 이유는 앞으로의 날들을 위해 마음을 다지기 위해서입니다. 그리고 어쩌면 가장 초라했을 모습이지만 제 부인이라면 이 모습을 보고 같은 마음으로 저와의 남은 인생을 함께 마음을 다져 주셨으면 좋겠다 싶었습니다."

효진은 그의 말에 마음이 울컥했다. 그의 삶의 시작점에 함께 와 있으니 진정으로 그와 다시 무언가를 시작하는 것 같았다. 그녀는 괜스럽게 목이 메어와 아무 대답도 할 수 없었다.

"그리고 이것, 제가 팔기는 많이 팔아보았지만 여인에게 주기 위해 이런 물건들을 산 것은 부인에게 주기 위한 것이 처음이자 마지막일 겁니다. 하니 괜한 오해는 하지 말아주십시오."

준수는 방금 가게에서 산 물건을 효진의 손에 건네주었다. 마음이 따뜻해지는 기분이 들어 괜히 눈가가 발갛게 달아올랐다.

민망한 듯이 돌아서는 뒷모습을 보니 와락 안아주고 싶은 마음이 들기도 했다. 하지만 지금 이 상황에서는 그녀가 그런 행동을 하는 것이 서로 곤란한 상황이 될 것 같아 효진은 애써 뻗어 나가려던 손을 멈추었다.

조용히 그의 뒤를 따라가는 길이었다. 평소와 다름없이 도란도란 말을 이어가던 두 사람이었다. 올 때는 멀기만 한 것 같던 길이 가는 동안에는 언제 지나갔나 싶게 빨리 돌아왔다. 그녀와 웃으며 말을 하던 준수가 지나가는 투로 가볍게 그녀에게 질문을 던졌다.

"고모님은 어떤 분입니까?"

효진은 갑자기 물어보는 준수의 고모라는 말에 잔뜩 긴장했다.

자신의 생각대로라면 아마 준수가 묻고 있는 것은 자신의 어머니를 지칭하는 것이리라.

"고모님이라니요? 혹시 제 친정에 계신 고모님을 말씀하시는 겁니까?"

"아, 촌수가 멀다고 하시더니 다른 고모님이 계실 수도 있겠군요. 제가 그 생각을 못했네요. 그냥 같은 집에 기거를 하셨으니 그래도 많이 위안이 되셨을 것 같아 여쭈어본 것뿐입니다."

효진은 준수에게 무어라 이야기를 해야 할지 난감했다. 사실을 털어놓자니 그를 속인 것이 되는 것이고, 그렇다고 거짓말을 늘어놓을 수도 없는 노릇이었다. 그래서 잠시 뜸을 들이던 그녀는 있는 그대로 이야기하되 그의 의심을 불러일으킬 만한 내용은 빼기로 했다. 그래야 마음이 덜 불편할 것 같았다.

"사실, 양녀로 들어가고 나서는 한 번도 뵙지 못했습니다."

"한 번도 못 뵈었다니요?"

준수가 다소 의외라는 듯 되물었다. 하기야 그런 준수의 반응은 당연했다. 먼 고모뻘이라 알고 있는 그임에도 한집에서 살고 있는 사람들이 얼굴을 못 본다는 것은 상상도 할 수 없는 일일 것이다. 하지만 그녀에게는 그것이 진실이었다.

"……고모님께서 바깥출입을 하지 않으셔서 뵌 일이 없습니다."

"그래요? 얼마 전에 장인어른 댁에 일이 있어 찾아뵈었을 때 잠시 인사를 나눈 적이 있습니다만 그런 내색은 전혀 없으시던데."

"바깥으로 나오시는 것을 보셨단 말씀이십니까?"

효진은 준수의 말에 놀라 자신도 모르게 말을 하고 있던 준수의 팔목을 잡고 물었다. 자신은 몇 년 동안 얼굴 한 번 못 뵌 어머니였다. 그런데 그런 어머니를 남편이 잠시 다녀간 사이 뵈었다니 이렇게 당황스러울 수가 없었다. 별채 밖으로는 한 걸음도 나오시지 않을 것 같았던 어머니셨는데 자신이 출가를 하고 나서는 마음이 바뀌신 건가 싶어 가슴이 두근거렸다. 그의 말대로라면 자신이 친정을 드나들다 보면 어머니를 만날 수 있을지도 모를 일이었다.

"하도 고모님에게서 풍기는 기운이 부인과 닮아서 깜짝 놀랄 정도였습니다. 그런데도 못 보셨다니, 그럼 지금까지 한 번도 고모님을 뵌 적이 없다는 말씀입니까?"

"양녀로 들어가기 전에는 뵌 적이 있지요."

효진은 어머니 생각에 가슴이 먹먹해졌다. 준수에게 사실을 털어놓고 싶은 마음이 굴뚝같았으나 그렇게 되면 자신은 그야말로 첩의 딸이 되는 것이니 준수가 그것을 허용할지 알 수 없어 차마 입을 뗄 수가 없었다. 어쩌면 그 사실이 밝혀지는 순간 지금까지 품었던 마음들이 산산조각 나버리는 상황이 될 수도 있다는 생각에 효진은 진실을 끝내 밝힐 수가 없었다.

연화는 안채에서 한바탕 소동이 있었다는 분이의 말에 하던 바느질을 멈추고 그녀의 말에 귀를 기울였다.

"쌤통입니다요, 마님. 대감마님이 큰 마님을 아주 혼쭐을 내셨다는 말입니다요. 바깥에 있던 하인들까지 다 들었답니다. 조용조용하시던 두 분이 어찌나 거세게 다툼을 하시던지 그 소리가 쩌렁쩌렁했답니다."

정한이 큰 소리를 내었다니, 연화는 분이가 하는 말이 믿기지가 않았다. 말이 많은 성격은 아니었지만 그래도 그렇게 분별없이 행동하실 분이 아닌데 그리 사단이 났다니 한씨 부인이 큰 잘못을 했는가 보다 지레짐작이 되었다. 오늘 그녀가 별채로 다녀간 사실이 문제가 되었나 싶어 연화는 가슴이 철렁 내려앉았다.

"혹시 무슨 일로 그러셨는지 아느냐? 오늘 마님께서 별채로 다녀가신 것 때문은 아니겠지?"

"아이고, 마님. 별걱정을 다하십니다. 별채에서는 그런 사실을 입 밖으로 낼 사람이 없지 않습니까? 다 마님의 사람인데. 큰 마님께서 또 물건을 사시다가 된통 걸리셨나 봅니다. 요번에는 그 액수가 많았나 봅니다. 언뜻 은자 이야기가 오간 것 같다고 안채의 솜이가 일러주었습니다요. 정말 쌤통이지 않습니까? 별채에 줄 생활비도 다 끌어다가 쓰던 분이 아니었습니까? 오죽했으면 마님이 삯바느질을 다 하시고."

"그만하거라."

분이는 신나게 하던 이야기를 연화가 한마디 하자 단박에 멈추고는 하던 바느질에 시선을 떨어뜨렸다.

"송구합니다요, 마님. 쇤네는 그저 큰 마님께서 꾸중을 들으셨다는 소리에 너무도 가슴이 후련하여 그랬습니다요."

"내 분이 너의 마음 잘 안다. 그래도 좋은 일이 아닌데 그렇게 말하는 것은 아니란다."

"그래도요, 마님. 이 별채 살림이 그나마도 돌아가는 것이 마님의 바느질 덕분 아니겠습니까? 큰 마님을 뭐 그리 감쌀 게 있으셔서 감싸십니까?"

"그만하래도 자꾸 그러는구나."

연화의 말에 분이는 속이 상했는지 애꿎은 옷감을 쿡쿡 찌르며 마음 상한 것을 행동으로 대신했다. 연화는 그런 분이의 모습을 보면서 마음속 깊이 한숨을 내쉬었다. 두 분의 부부 관계가 또 원만해지지 않을 테니 자신의 입장만 난처하게 되었다 싶어 근심이 깊었다. 그녀의 입장에서는 한씨 부인이 자신이 있는 이 별채에 신경을 끊어주었으면 싶었기에 그녀가 상한 마음에 별채로 와서 패악을 부리거나 안채의 하인들을 닦달하지 않기만을 바랄 뿐이었다.

저녁 무렵, 분이에게 일을 끝낸 옷을 보자기에 잘 싸서 심부름을 보내고는 한시름 놓아 쉬고 있을 참이었다.

"부인, 안에 계시오?"

연화는 정한의 목소리에 놀라 한달음에 방문을 열었다. 잠시 분이가 자리를 비운 틈에 그가 찾아올 줄이야. 괜히 분이만 혼나게 생겼다는 마음에 문을 여는 손길이 급했다.

"오셨습니까? 분이를 잠시 심부름을 보낸 차에 오셔서 오신 줄을 몰랐습니다. 안으로 드십시오, 대감."

연화는 속사포처럼 변명을 쏟아내며 정한을 방 안으로 들였다. 상석에 앉은 정한은 다정하게 연화의 손을 잡았다.

"일전에 내게 청을 한 집 말입니다. 며칠 뒤면 구할 수 있을 듯합니다."

"참말이십니까? 저는 말씀이 없으셔서 안 될 줄 알았습니다."

"내가 그 부탁 하나 못 들어줄까 봐 그러십니까?"

"그런 것이 아니오라, 제가 밖으로 나가 살게 되면 대감께서 찾아오시는 것이 불편해지시니 그럴 수도 있겠다 싶어 마음을 비우고 있었습니다."

"가지고 갈 짐은 하인들이 오면 정리해 두세요. 집이 마련되는 대로 바로 이사를 나가셔도 무방하니 말입니다."

은근슬쩍 그녀의 허리를 감아오는 정한의 손길에 연화는 날이 아직 밝다 타박을 했지만 어쩔 수 없이 가만히 있을 수밖에 없었다. 절망적인 상황에서도 아무것도 모르고 길을 터준 정한에게 복잡한 마음이 들었다. 그녀를 받아준 것은 고마운 일이지만, 그녀의 인생을 이렇게 바꾸어 버린 것도 그라는 생각에 미운 마음도 들었다. 그 이외에도 정체를 알 수 없는 여러 감정들이 휘몰아쳐 그녀의 머릿속은 복잡하기만 했다.

제9장

　평양에서 한양으로 오는 길은 생각보다 빨랐다. 짐을 모두 평양에 내려놓고 지역 특산물만 싣고 가는 터라 가는 데 걸리는 시간의 반절도 걸리지 않은 것 같았다.

　집 앞에 도착하자 준수는 일을 마무리해야 한다고 말한 뒤 밤에 보자며 왠지 소름이 오소소 돋는 웃음을 날리며 멀어져갔다.

　효진이 집 안으로 들어서니 다름이가 미리 연통을 받았는지 한달음에 달려왔다. 청지기인 박 서방과 다름이가 마치 사전에 약조라도 한 듯 효진이 안채로 무사히 들어가는 것까지 주위를 살피며 대동했다. 안채로 들어서자마자 다름이가 기대감에 눈을 반짝이며 효진에게서 도포며 갓을 넘겨받았다.

　"마님, 평양 여행은 즐거우셨습니까? 바깥세상은 참으로 좋을 것 같습니다."

"잘 타지도 못하는 말을 타느라 죽을 뻔했단다. 아고, 허리야."

"뜨거운 목욕물을 받아놓겠습니다. 그래도 목욕을 하시면 좀 몸이 풀리실 겁니다."

"그전에 이것 받거라."

효진은 봇짐 안에서 분첩과 연지를 꺼냈다. 다름의 눈이 화등잔만 하게 커졌다.

"평양이 기생들이 곱기로 소문난 곳이라 화장품이 좋아 오늘 길에 하나 사봤구나. 마음에 들는지 모르겠구나."

"아이고, 마님. 고맙습니다요. 세상에, 제 팔자에 이런 분이랑 연지를 다 받아보고……. 마음에 듭니다요. 쏙 듭니다."

효진은 연신 고맙다며 인사를 하는 다름에게 웃으며 알았으니 그만 나가보라 하고는 그녀가 나가자마자 피곤함에 바닥에 털썩 누웠다. 집이 최고였다. 이렇게 누워 있으니 살 것 같았다.

전에 그녀라면 이렇게 채신머리없이 이불도 깔지 않고 눕는 것을 상상도 못했겠지만 며칠간 남복을 하고 다니고 객관에서 쓰러지듯이 잠드는 일이 허다했으니 그런 것에 대한 생각 또한 많이 바뀌게 되었다. 이번 여행은 정말 많은 것을 얻고 돌아오게 된 것 같아 효진은 마음이 뿌듯했다. 내일은 날이 밝는 대로 친정인 윤 참판 댁에 다녀와야겠다고 다짐을 했다.

'내일 혹시라도 어머니를 뵐 수 있을지도 모른다. 어머니를 뵙게 된다면 어떤 말을 해야 좋을까?'

기대감과 불안감의 사이에서 마음이 두근두근했다.

✳

준수는 상단에 도착하자마자 철식을 찾았다. 그간의 일이 어떻게 진행되었는지 궁금증이 일었다. 그 문제 먼저 해결해야 무엇을 해도 일이 손에 잡힐 것 같아, 저 멀리 면포의 수를 셈하고 있는 철식에게 다가갔다. 자신의 모습에 철식은 하던 일까지 멈추고 반갑게 맞았다.

"다녀오셨습니까, 대행수님. 어디 상한 곳은 없으십니까?"

다정하게 자신의 안위를 살피는 철식의 눈길을 받으며 준수는 잠시 하려던 말을 멈추었다. 자신이 없는 동안 얼마나 무사히 돌아오길 바랐을 분인가. 철식은 그가 무사한 것을 확인하자 그제야 환한 표정을 지으며 안도의 한숨을 내쉬었다.

"제가 없는 동안 너무 바쁘게 해드린 것 같아 죄송합니다."

"아닙니다. 별말씀을요."

"혹시 일전에 부탁한 일은 어찌 되었습니까? 진척이 있습니까?"

"아직은 일의 윤곽이 잡히지 않습니다. 워낙 흔하지 않은 일인데다가 단서가 너무 적으니 시일이 좀 걸릴 듯합니다."

"큰일이군요."

"그래도 뒷골목 정보꾼인 양이에게도 연통을 넣어놓았으니 조만간 소식이 있긴 할 겁니다."

"부디 빨리 단서를 잡았으면 좋겠군요."

"최대한 노력하겠습니다, 대행수님."

두 사람이 속삭이듯 이야기하는 사이 태암이 걸어오는 모습이 보였다. 준수는 급히 환한 표정을 지으며 태암에게 안부의 인사를 건넸다.

"잘 있었는가, 태암?"

"아, 잘 다녀왔는가?"

준수의 말에 대답을 하는 태암의 표정이 썩 좋아 보이지 않았다. 준수는 직감적으로 그간의 일로 월향과 태암 사이에 문제가 생겼다는 것을 눈치챘다. 여러 가지로 급한 마음에 친우인 태암을 월향에게로 밀어주기는 했지만 그래도 미안한 마음이 들어 돌아오는 내내 태암을 보면 어떻게 해야 하나 일말의 걱정이 되기도 했던 것이 사실이었다.

"이 사람, 표정이 왜 그런가? 혹시 무슨 일이 있었는가?"

"자네, 나 좀 보세."

준수는 그동안 월향과 있었던 일을 부끄러워하면서도 이야기하는 태암의 말을 가만히 듣고 있다가 혀를 끌끌 찼다.

'월향이에게 당한 것 같구만. 이 답답한 사람.'

"내 일단은 월향이를 만나 그 사람 마음을 떠보도록 하지. 그래도 내가 같이 지낸 세월이 기니 속내를 들어볼 수 있지 않겠는가?"

"그래 주겠나?"

"그리 하겠네. 그리고 자네, 오늘 저녁에 같이 어딜 좀 가야겠네. 하니 지금 이 의복으로는 곤란하니 집에 가서 격식에 맞는 옷으로 갈아입고 오게."

"내 옷이 어때서 그런가?"

준수는 자신의 옷차림이 어떠하냐며 당당하게 묻는 친우의 얼굴과 그가 걸친 옷을 번갈아 가며 바라보았다. 아무리 검소한 집안에서 교육을 받았다고는 하나 명색이 조선 최고 상단의 웃전인 사람이 면으로 된 도포가 다 뭐란 말인가? 아무리 옷차림이 중요하다 말을 하면 무엇을 하는가? 정작 본인이 어떤 몰골인지 모르는 것을.

'쯧, 고지식한 사람 같으니라고.'

그가 이러는 것은 아무래도 그의 부친의 영향이 컸다. 일생을 양반으로서 소박하고 청빈한 삶을 사신 분이니 그가 이렇게 행동하는 것도 무리가 아니었다.

태암을 집으로 잠시 돌려보낸 준수는 월향의 콧대를 어찌 꺾어 놓아야 할까 고민하기 시작했다. 일단은 월향이를 만나 마음을 좀 떠보는 것이 중요할 것 같아 준수는 월향이 있는 부용각으로 향했다.

"벌써 다녀오셨습니까? 오래 걸리실 줄 알았더니 역시 부인이 계신 분이라 그런지 빨리 집으로 돌아오고 싶어 하시는군요."

준수가 돌아왔음에도 왠지 시큰둥한 반응을 보이는 월향이었다. 얼굴이 수척해진 것을 보니 그간 태암 못지않게 마음고생이 심했던 모양이었다.

'그러게 왜 시키는 대로 하지 않고 머리를 굴려가지고는……. 태암이 고지식한 사람이라 미약에 취해 일을 벌였으면 그 성정에 책임을 지겠다고 덤벼들었을지도 몰랐을 것을. 쯧쯧.'

"바라던 대로 되게 해줬건만 얼굴이 왜 그럽니까? 무슨 고민 있는 사람마냥 축 처져서는."

준수는 그간의 일을 태암에게 들어서 알고는 있었지만 모르는 척 시치미를 뚝 떼고 그녀에게 물었다. 그녀는 그의 말에 한숨을 푹 내쉬고는 말을 할까 말까 망설였다.

"그만 머리 굴리고 털어놓으시지요. 왜 그러는 겁니까?"

준수의 구슬리는 것 같은 말투에 월향은 가슴이 철렁 내려앉았다. 그렇게 자신의 얼굴에 마음고생을 한 티가 많이 났단 말인가. 이제 이 월향이도 생각을 숨길 수가 없으니 다된 것인가 싶어 아찔해졌다.

"무슨 말씀이십니까?"

"상단에 먼저 들렀다가 오는 길입니다."

준수의 말에 월향은 발뺌을 하려던 생각을 접었다. 어차피 상단에 들렀다면 자신과 태암에 관한 일이 궁금해서라도 알아내었을 양반이었다.

"사실은 말입니다, 제가 실수를 했습니다."

준수는 그간의 일을 월향이 털어놓자 혀를 쯧쯧 차며 안타까워했다. 그러기에 곱게 넘겨줄 때 모르는 척 받을 것이지 뭣 하러 이리저리 계산을 해서 일을 이렇게 만들었단 말인가?

준수는 월향이 미주알고주알 털어놓는 말을 고개를 끄덕이며 다 듣고 난 뒤 무릎을 탁 치며 마치 방법을 찾았다는 듯이 그녀의 기대감을 한껏 고조시켰다.

"이왕지사 내가 그대에게 태암을 밀어주기로 한 것, 확실히 밀어주겠습니다. 내 오늘 밤 태암과 술자리를 마련할 테니 슬쩍 끼어드시지요. 술을 좀 과하게 들게 할 터이니 그때를 맞추면 될 것이 아닙니까?"

준수의 말처럼 태암에게 술을 먹여보려고도 했으나 자신의 앞에서 흐트러지지도 않았을뿐더러 자신이 술을 마시는 것도 싫어하니 쓰려야 쓸 수 없는 방법이었다. 그나마 지금은 준수가 돌아와 술자리를 같이해 준다고 하니 그것처럼 반가운 말은 없을 것 같았다.

"고맙습니다. 내 이 은혜는 잊지 않겠습니다."

"뭐, 우리 사이에 그런 일을 가지고 고맙다고 하시기는. 참, 내가 접대를 할 일이 있어서 그러는데, 부용각에 있는 아이 중 자색이 빼어난 아이 세 명 정도 준비해 줄 수 있겠습니까?"

"그것쯤이야 어렵지 않습니다. 오늘 연회가 있긴 하지만 다른 아이들로 내보내고 가장 빼어난 아이들은 빼도록 하지요."

"외부로 아이들을 데려가야 할 것 같으니 준비를 좀 해주십시오."

"여부가 있겠습니까? 하면 저녁에 술자리는 어디로 준비해 드릴까요?"

"아, 집에 자리를 마련할 것이니 유시쯤 집으로 오시면 될 듯합니다. 참, 먼저 제 안사람에게 들러서 저번 일을 사과해 주셨으면 합니다. 월향 때문에 속이 많이 상했으니."

"아, 사과야 당연히 드려야지요. 제가 그때 좀 과하기는 했지요? 안 그래도 돌아오시면 허락을 구하고 자택에 들러 사과를 드리려 했습니다."

준수는 자신의 말에 당연하다는 듯 대답하는 월향을 보니 잘만 하면 재미있는 구경거리를 보게 생겼다 싶었다.

준수는 신시가 되기 전에 일을 정리하고 집으로 향했다. 미리 주안상을 준비해 놓으라고 전갈을 보냈으니 월향이 오기 전에 사람들의 입을 단속하는 일만 남았다.

빛깔 좋은 옷으로 갈아입고 온 태암은 옷태가 차르르 사는 것이 인물이 더 훤해 보였다. 집으로 들어서자 오랜만에 성장을 한 효진이 자신과 태암을 발견하고는 단정하게 허리를 숙여 인사를 건넸다.

"정식으로 인사를 하는 것은 두 사람 다 처음이지요? 제 친우인 조태암이라 합니다. 상단에 없어서는 안 될 중요 인사지요."

"조태암이라고 합니다, 부인."

"처음 뵙겠습니다, 나리."

두 사람이 인사를 하고 나자 청지기인 박 서방이 다가왔다.

"박 서방, 손님을 별채로 모시게. 주안상도 그쪽으로 준비해 달라 이르고. 참, 네 명이 더 올 것이니 넉넉히 준비하라 이르게."

태암이 박 서방의 인도에 따라 별채로 향하자 준수는 주위를 살피더니 냉큼 효진을 끌어안았다.

"왜 이러십니까? 하인들이 봅니다."

"보라 하지요. 내 부인을 내가 안는데 누가 뭐가 그럽니까?"

"아이 참."

효진은 바동거리다가 안채로 준수를 살살 인도했다. 안채의 문을 닫자마자 입술을 삼켜대고 혼을 쏙 빼놓는 통에 효진은 준수를 타박할 말이 쏙 들어갔다. 한 번으로 만족하지 못했는지 요리조리 효진의 몸을 조몰락거리며 입을 맞춰대는 통에 효진이 그의 손등을 찰싹 치고서야 준수가 웃으며 떨어졌다.

"집에 손님을 모셔두고 어쩌려고 이러십니까?"

"그러게 부인이 좀 탐스러워야지요."

"그만하시라는데도 그러십니다."

효진이 준수의 말과 행동에 당황했는지 얼굴이 발갛게 되어 여간 보기 좋은 것이 아니었다.

"집에 손님이 올 겁니다. 월향이 그전의 일을 사죄하러 온다고 했습니다."

"워, 월향이요?"

"사실은 다른 일도 있습니다만 공식적으로는 그 일로 오는 것이지요. 참, 그리고 별채에 기생 셋이 들 겁니다. 절대 저를 위하거나 놀려는 목적이 아니니 오해하지 마시길 바랍니다. 마무리 지어야 할 일이 있어 그러니 차후에 말씀드리지요. 조금 늦을지도 모릅니다. 제 욕심은 곤하시더라도 부인이 저를 맞아주었으면 좋겠습니다."

"무슨 복잡한 일이신가 봅니다. 박 서방이 집에서 이렇게 크게 주연을 여는 것은 처음 있는 일이라 하시더군요."

"아, 저도 제 집이 조용한 것이 좋지만 친한 친우들의 일 때문에 그런 것이니 부인께서는 다소 시끄럽더라도 이해해 주시길 바랍니다."

말을 마친 준수가 다시 한 번 쪽 하고 입을 맞추고는 별채로 향했다. 효진은 준수가 가자마자 월향이 온다는 말이 퍼뜩 떠올라 후다닥 안방으로 들어가 경대를 펼쳐 자신의 흐트러진 머리며 옷을 정리했다. 월향의 그 화려하고 당당하던 모습이 떠올라 좀 긴장되긴 했지만 그전의 일을 사과하러 오는 것이라 하니 그래도 기분이 조금 낫기는 했다.

준수가 다녀간 지 얼마 지나지 않아 다름이가 밖에 손님이 왔다고 고해왔다. 효진은 손님을 안으로 뫼시라 하고는 자리를 잡고 앉았다. 문이 열리고 한껏 치장을 한 화려하고 아름다운 월향이 들어왔다. 월향은 효진을 보자마자 그 자리에서 엎드렸다.

"소인의 무례함을 용서해 주십시오, 마님. 제가 어리석어 생각이 짧아 그리 행동한 것이니 너그러운 마음으로 용서해 주십시오."

"이렇게까지 안 하셔도 됩니다. 일어나시지요."

그렇게 도도해 보이던 사람이 이렇게까지 하니 사과를 받는 효진이 오히려 민망했다. 월향이 하는 사과는 진정이 묻어났기에 효진은 얼른 일어나시라 거듭 권했다. 효진이 한 번 더 권한 다음에야 월향은 자리에 앉았다. 다소곳하게 앉아 있는 품새가 그림 같은 여인이었다. 자신의 남편은 이런 그녀를 보고는 정말 아무렇지도 않았을까 하는 의구심이 들 정도였다. 여인인 자신이 보기에도 이리 아름다운 이인데 사내들이야 오죽할까 싶은 마음에서 드는 생각이었다.

"무슨 궁금하신 것이라도 있으십니까?"

"아, 아닙니다. 이렇게 앉아 계시니 여인인 제가 보기에도 너무 고와서요……."

효진이 말끝을 흐리자 월향이 그녀의 속내를 알아차렸음인지 살포시 손으로 입을 가리고 웃었다.

"마님, 마님께서 어떤 소문을 들으셨는지는 모르겠사오나 전 아직 사내와 정이 통한 적이 없사옵니다. 이리 말씀드리면 믿으시겠습니까?"

"네?"

"믿기지 않으시겠지만 진실입니다. 제 마음속에 정인은 따로 있으니 걱정하지 않으셔도 된답니다, 마님."

꽃같이 곱게 웃는 월향의 모습을 보니 효진은 마음이 스르르 풀리는 것 같았다. 누군지는 모르겠지만 그 마음속의 정인은 복받은 것임이 틀림없었다. 저렇게 고운 사람이 은애한다는데 마음이 흔들리지 않을 사내가 누가 있단 말인가?

"시간도 아직 남고 하니 제가 재미난 이야기 하나 들려 드릴까요? 들으시면 무척 흥미로우실 이야기입니다."

월향은 자신을 경계하던 효진의 시선이 풀리자 이대로 환심을 더 사야겠다는 생각에 입을 떼었다. 마침 준수가 오라고 이른 시간도 남았고 하니 효진과 친해지는 것도 나쁘지 않을 것 같다는 판단에서 그녀는 효진이 모르는 준수의 이야기를 풀어놓았다.

＊

별채로 들어서 잘 차려진 주안상을 받자마자 준수가 태암을 붙잡았다.

"월향이 오기 전에 약조하나만 하게."

태암은 난데없이 진지한 준수의 태도에 의아한 표정을 지었다.

"무슨 일이기에 약조씩이나 하라 하는가?"

"지금부터 무슨 일이 일어나던 간에 절대 당황하는 모습을 보이지도, 그렇다고 물러서지도 말게."

"그건 또 모슨 말인가?"

"내가 하라고 하는 대로만 따라오면 좋은 일이 있을 걸세."

"도무지 무슨 말인지 통 모르겠구만. 일단은 알겠으니 술이나 들게."

연회에 앞서 단단히 약조를 하라 이르는 준수의 말에 태암이 허허 웃으며 대꾸했다. 준수는 앞으로 일어날 상황을 기대하며 밖에 일러 준비한 기생을 별채로 들였다. 화려하게 단장한 기생들이 가야금이며 장구 등을 안고 등장하자 태암의 얼굴이 일그러졌다. 원체 이런 생활과는 담을 쌓고 사는 사람이니 이런 반응은 당연한 일이었다.

"어서들 오시게. 태암 자네, 나랑 한 약조 잊지 말게."

태암은 준수의 말에 애써 고개를 끄덕였다. 준수는 기생들이 들어오자마자 가야금을 들고 온 기생에게 가야금을 청했다. 그리고 나머지 기생은 자신과 반대편에 앉은 태암의 옆으로 가라 명한 뒤

태암에게 술을 권했다. 당황한 기색이 역력한 태암은 헛기침을 하며 불편한 상황에 좌불안석이었다.

"내 이 나리의 옷고름을 푸는 사람에게 큰 상을 내릴 것이다. 잘들 도전해 보거라. 잘하면 집이 한 채 떨어질 것이야."

"참말이시옵니까?"

"어허, 이 사람, 속고만 살았나? 내 친우를 위해 특별히 명기라는 자네들을 불렀으니 그 말이 허명이 아니라는 것을 보여주게."

"이 사람, 준수!"

"호호호, 나리, 왜 그렇게 화를 내고 그러십니까?"

기생들의 나긋나긋한 손길이 준수의 말을 기점으로 다가오자 태암의 표정이 딱딱하게 굳었다. 무언의 반항을 하는 시선이었지만 준수는 그 시선을 모른 척한 채 기생들을 통해 태암에게 술을 권했다.

'잘만 하면 그 콧대 높은 월향이 펑펑 우는 걸 볼 수 있을지도 모르겠군.'

이리저리 머리를 굴리며 태암의 애를 태우는 월향의 못된 버릇을 고치고, 서로 헛물을 켜고 있는 답답한 두 사람을 위해 준비한 자리이니 준수는 부디 자신의 친우가 잘 헤쳐나가 주길 바랐다.

✳

효진은 월향이 하는 이야기들을 가만히 듣고 있었다. 결코 월향이 아니었으면 듣지 못했을 준수의 소년 시절 이야기를 듣고 있으니 평양에서의 그의 모습과 처음 만났을 때의 모습들이 떠올랐다. 때로는 그의 시련에 가슴 아프기도 했고, 때로는 그의 실수담에 웃

어가며 시간이 어찌 가는 줄도 모르고 월향의 이야기에 흠뻑 빠져
들었다.

"마님, 당돌하다 여기실지도 모르겠으나 질문 하나만 드려도 되
겠습니까?"

한창 이야기를 하던 중 월향이 갑자기 그 맥을 끊고는 물었다.
효진은 갑작스러운 질문에 다소 당황스러웠지만 이내 고개를 끄덕
였다.

"물어보십시오."

"마님께서는 대행수님을 은애하십니까?"

"월향이 보시기엔 어떻습니까?"

효진의 미미한 반격에 월향이 슬며시 웃었다.

"소인의 이야기를 듣는 마님의 모습을 보니 꼭……."

"꼭?"

월향이 말꼬리를 흐리자 효진은 더욱 그녀의 입에서 나올 말이
궁금해졌다. 그녀의 마음이 눈에도 보였는지 월향은 살포시 웃으며
말을 이었다.

"연모하는 정인의 이야기에 푹 빠진 여인 같아 보여서 말입니
다."

연모하는 정인이라…….

효진은 그녀의 말이 틀린 말이 아니라 생각했다. 어느새 자신도
모르게 그를 연모하는 감정이 자라나고 있음을 알고 있었지만 차마
입 밖으로 꺼낸 적은 없었다. 그 상대인 지아비 준수에게조차 연모
하고 있다고, 은애한다고 말하지 못했다. 이미 그를 연모하는 것은
그녀 역시 자각하고 있었던 일이기에 효진은 그녀의 말에 웃으며
담담하게 대답했다.

"……맞습니다. 전 그분을 연모하고 있습니다."

"어머나!"

월향이 마치 대단한 비밀이라도 들은 것마냥 자신이 부끄러워하는 것 같았다. 그러더니 잠시 생각을 하는지 가만있었다. 그녀의 표정이 어두워졌다가 다시 밝아지며 효진 앞으로 슥 다가왔다. 그러고는 그녀의 손을 자신의 두 손으로 덥석 부여잡더니 곧 눈물이 떨어질 것 같은 눈으로 그녀를 바라보았다.

"이 고마움을 어찌 표현해야 할지 모르겠습니다, 마님. 소인 정말로 마님의 그 담백하고 꾸밈없는 성격이 부럽습니다. 저도 마님과 같은 성격을 가졌다면 이리 힘들게 돌아가지도 않았을 텐데 말입니다."

"부럽다니요, 전 월향의 그 당당함과 유려한 말솜씨가 훨씬 더 부럽다 느껴지는 것을요."

"아닙니다. 제가 오늘 마님을 만나뵙고 나니 막혔던 생각이 시원하게 뚫린 것 같습니다."

"아니, 무슨 힘든 일이 있으셨기에 그러는 것입니까?"

월향의 다소 어두워 보이는 모습에 효진은 순수하게 의문이 들었다. 세상에 걱정 없을 것만 같은 월향도 무언가 그렇게 고민할 일이 있는가 생각하니 그 내용이 궁금하기 그지없었다.

"그건 제가 일이 좀 정리된 연후에 다시 말씀드리도록 하겠습니다. 지금은 아직 말씀드릴 일이 아닌지라 제가 좀 조심스러워서 그렇습니다."

월향은 다소 신중한 모습으로 말을 아꼈다. 아마도 효진이 짐작하지 못할 굉장한 비밀을 가지고 있는 듯한 모습에 더 묻고 싶었으나 묻지 않았다.

"아참, 마님께서 이렇게 솔직하게 이야기를 해주시니 제가 좋은 방법 하나를 알려 드리고 가겠습니다."

"좋은 방법이요? 무슨……?"

"제가 기녀이다 보니 실전은 약해도 이론은 참 강하지 않겠습니까? 제가 알려 드리는 방법을 한번 써보십시오."

그러더니 월향이 효진의 귀에다 대고 소곤소곤 귓속말을 하는데, 그녀의 말을 듣는 효진의 얼굴이 터질 듯이 붉어졌다. 그러곤 그녀의 말에 놀라서 입이 저절로 벌어졌다.

"에구머니, 어, 어찌 그런 것을……."

"호호호, 불리할 때 쓰시면 아주 특효약이 될 것입니다."

효진은 월향을 아예 쳐다보지도 못하고 고개를 떨어뜨렸다.

"벌써 시간이 이리되었군요. 마님, 저는 가보아야겠습니다. 마님과 이야기를 나누느라 시간이 이리 흐른 줄도 몰랐습니다."

"그러합니까? 별채로 가시는 것이지요? 어서 가보십시오. 기다리시겠습니다."

"그럼 마님, 또 찾아뵙겠습니다."

안채를 나가는 월향을 배웅하고 난 뒤 그녀의 말이 생각나 효진은 또다시 얼굴이 발갛게 달아올랐다. 상기된 볼을 손으로 감싸도 쉬이 식어지지가 않았다.

'에효, 아무리 그래도 그렇지, 그런 행동을 어찌한단 말인가?'

효진은 고개를 저으며 생각을 떨쳐 버리기 위해 방 안으로 얼른 들어갔다.

✳

월향은 별채로 향하던 도중 효진의 말이 생각났다.

"……맞습니다. 전 그분을 연모하고 있습니다."

올곧은 눈동자로 자신의 감정을 솔직하게 밝히는 그녀의 모습을 보는 순간 앞이 반짝하며 계속 고민하던 생각이 모두 녹아내리는 것 같았다. 자신이 고민하던 그 모든 생각과 거짓을 덮기 위해 또 다른 거짓을 그 위로 덮던 자신의 모습이 떠올라 순간 부끄러워졌다.

왜 자신은 항상 모든 것을 태암의 앞에서 꾸미려고만 했을까? 왜 그것이 그를 가질 수 있는 방법이라 생각했던 것인가를 생각하자 그녀의 눈동자 앞에서 부끄러워졌다.

"월향이 자네, 왜 이렇게 늦게 오는 겐가?"

별채에 막 발을 들이니 자신을 기다리기라도 한 듯 밖에 서 있는 준수의 모습이 보였다. 그리고 보니 가야금 소리가 들리는 듯도 했다.

가야금이라니. 게다가 이 가야금 소리는 부용각의 연홍이의 소리가 아닌가? 음을 잡는 솜씨가 화려한 것이 딱 연홍이가 뜯는 가야금 소리 같았다. 월향은 뭔가 예사 술자리가 아님을 직감했다. 외부로 접대를 보낸다기에 차출해서 보냈던 기생 셋 중 연홍이 끼어 있었으니 혹시 저 자리에 다른 아이들도 들어 있는 건가 싶었다.

'설마 그 접대를 한다던 이가 태암은 아니겠지?'

월향의 시선이 다소 날카롭게 준수에게 꽂혔다. 준수는 월향의 시선에 웃으며 유유자적하게 그녀의 곁을 스쳐 지나갔다.

“그럼 또 다른 주인공이 나타났으니 난 이만 사라지겠습니다.”

“거기 서시지요!”

준수의 움직임에 월향의 말이 날카롭게 그의 발목을 잡았다. 준수는 그녀의 말에 아랑곳하지 않고 가던 길을 멈추지 않았다.

“어허, 저는 빠져 드린다는데도 그러시는 군요.”

“일을 이렇게 해놓으시고 빠지면 어쩌신단 말입니까?”

그녀의 말에 그제야 준수가 뒤를 돌아보고는 빙긋 웃었다.

“이럴 때가 아닐 텐데요? 지금 안에 있는 아이들이 서로 그 사람의 옷고름을 풀어보겠다고 난리입니다. 그럼 잘해보십시오.”

“옷고름?”

월향의 눈에 빛이 반짝였다. 보나마나 이런 수작을 할 사람은 준수밖에 없었다. 월향이 따지려고 했지만 이미 준수는 별채를 벗어난 뒤였다.

‘내 이 빚은 두고두고 갚아드리고 말겠습니다. 두고 보시지요.’

월향은 가만히 준수의 가던 길을 분에 차서 응시하다가 안에 있을 태암의 생각에 부리나케 별채로 들어갔다.

“어, 어맛!”

“형님, 여긴 어쩐 일로…….”

월향은 자신의 눈앞에 벌어진 상황에 그야말로 속에서 천불이 올라올 것 같았다. 어찌나 들볶였는지 태암의 그 깔끔하던 품새가 엉망으로 흐트러져 있는데다가 꽤나 상황이 곤혹스러웠는지 얼굴마저 붉어져 어쩔 줄을 몰라 하는 모습이었다. 준수가 어떤 일을 벌였는지는 모르겠지만 태암이 가만있었다는 것에 대해 더 화가 났다. 평소라면 이런 상황을 무슨 수를 써서라도 만들지 않으셨을 분인데 어찌 이런 모습을 자신에게 보일 수가 있단 말인가?

"모두들 나가거라!"

"형님……."

"부용각을 떠나고 싶다면 계속 남아서 하던 일을 하든지!"

싸늘한 월향의 말에 기생들이 질겁하여 자신들의 짐을 주섬주섬 챙기더니 인사도 하는 둥 마는 둥 하고는 얼른 별채를 벗어났다. 월향은 그들이 나갈 때까지 서서 아무 말도 하지 않았다. 태암은 그녀들이 자신에게서 손을 떼자마자 즉시 흐트러진 옷을 추슬렀다.

"약주는 많이 하셨습니까?"

월향이 표정 없이 물으며 자리에 앉았다. 태암은 그녀를 바라만 볼 뿐 아무 말이 없었다. 흐트러진 자세를 정갈히 하고 앉아 있는 것만 본다면 무슨 일이 일어났는지도 모를 정도였다.

"왜 대답이 없으신지요?"

"지금 기생들과 함께 있었다고 투기를 하시는 겁니까?"

태암이 담담한 음성으로 물었다. 월향은 가만히 바라보는 그의 눈빛이 묘하게 가라앉아 보여 자신이 잘못 보고 있는 것인가라는 생각이 들었다. 오늘은 그가 이상하게 낯설었다. 저 무표정함이나 하는 행동이 평소의 태암과 달랐다. 태암은 자신에게 이런 말을 물을 사람이 아니었다.

"예, 투기를 하고 있는 것입니다."

월향의 말투가 자못 도전적이었다. 한 번도 태암의 앞에서 속내를 드러낸 적이 없던 월향이었다. 그런 그녀의 반응이 이전과는 달라서일까? 그녀를 바라보는 태암의 눈에 흥미로움이 떠올랐다.

"천하의 월향이 투기라……."

"천하의 월향이 투기를 하면 안 된다는 법이 있는 것도 아니지 않습니까? 제 정인이 다른 이의 손을 탔으니 투기가 이는 것은 당연하지요. 저도 정인이 다른 여인에게 눈길을 주면 투기가 일어나고, 저만 바라봐 주셨으면 좋겠다고 생각하는 여인일 뿐입니다.”

태암이 그녀를 물끄러미 바라보았다. 그토록 그에게 표현을 하고 그의 정을 갈구 하였음에도 어찌 이리 차가우시단 말인가? 마치 한꺼풀 가면을 뒤집어쓴 것인양 무표정한 얼굴로 그녀를 바라보는 태암의 모습에 월향은 애가 탔다.

그녀는 이 순간 온 마음을 다해 그에게 전하기 위해 사력을 다했다. 그 간절함에 대한 보답이었을까? 태암이 일어나 월향 쪽으로 걸어왔다.

“하면, 왜 이렇게 나를 몰아세운 겁니까? 도대체 왜요?”

월향은 태암의 말에 그가 느끼기엔 다소 모질다 느껴졌을지도 모를 자신의 행동들을 떠올렸다. 그가 자신을 품고 싶어 애가 달아 있는 것은 알고 있었다. 하지만 자신이 해버린 거짓말 때문에 혹여 열린 마음이 닫혀버리지 않을까 전전긍긍했었다. 차라리 속 시원하게 나리를 처음부터 은애했노라, 그래서 나리의 온전한 정을 받고 싶었노라, 당당하게 이야기 해 볼 것을. 괜히 두려운 마음에 거짓말을 만들어 내었더니 결국 그 여파가 자신에게 돌아오는 건가 싶었다.

월향은 이제야 자신이 처음부터 잘못 했구나하는 후회가 되었다.

‘내가 내 꾀에 넘어 갔구나. 이렇게 돌고 돌아서 가야 할 것을.’

“제가 그리 하지 않았다면, 나리께서는 제가 눈에 들어오기는 하셨겠습니까?”

한참 월향을 응시하던 태암은 갑자기 꽤나 멋쩍은 미소를 지었다. 그런 그의 변화에 월향은 어리둥절한 표정으로 바라보았다.

"역시 말입니다, 대행수는 저와는 다른 사람인가 봅니다. 저는 도무지 참고는 못 배길 상황인데 말입니다."

"아니, 그럼……?"

어쩐지 평소의 태암의 모습과는 많이 다르다 싶었다. 꼭 김준수의 모습이 묘하게 묻어나는 것이 의심쩍기는 했지만 준수가 무어라 몇 마디 자신이 오기 전에 거들었던 모양이다. 월향이 울컥하는 마음에 입을 떼려 했지만 태암이 더 빨랐다. 그는 월향의 말이 채 끝나기도 전에 그녀를 당겨 안아 그녀의 입술을 삼켜 버렸다. 그의 저돌적인 움직임에 월향은 자신의 팔로 태암의 목을 감고는 더욱 밀착해 그에게 닿고자 했다. 정신이 쏙 빠질 만한 입맞춤이 끝나자 그녀가 정신을 차릴 틈도 없이 태암이 그녀를 가뿐히 안아 들었다.

"내, 내려주십시오."

"이제 방해꾼도 없고, 우리 두 사람만의 시간이 아닙니까?"

"네에?"

태암의 말에 부끄러운 마음이 들어 월향은 얼굴이며 목덜미까지 빨갛게 물들었다. 일말의 불안감도 들었다. 만약 그가 속았다는 것을 알게 된다면 그것도 난감할 일이었다. 그러나 월향의 불안함도 잠시였다. 뭐, 들통이 나면 그야말로 눈물을 쏟아내며 몸으로 부딪치는 수밖에는 없었다.

'뭐, 그것도 나쁘지 않은 방법이군.'

별채를 나와 뒤편의 비밀스러운 숲으로 향하는 길, 그들의 초야를 밝히기 위한 청사초롱이 점점이 걸려 불을 밝히니 그들이 가는 길이 어둡지 않아 서로를 바라보는 눈빛이 깊어갔다.

✱

효진은 준수의 헛기침 소리에 얼른 방문을 열었다. 술자리가 길어질 것이라 해서 다름이에게 일찍 들어가라 이야기하기까지 했건만 준수는 생각보다 일찍 온 것이었다.

"손님들은 모두 다 가셨습니까?"

"아아, 그 손님들 말이오? 이유가 있는 자들은 남을 테고 이유가 없는 자들은 떠날 테지요. 부인은 제가 빨리 돌아온 것이 싫으십니까?"

"아닙니다. 제가 왜 지아비께서 오시는 것이 싫겠습니까? 어서 안으로 드시지요."

준수의 농에 효진의 얼굴이 붉어졌다. 효진의 낭창한 허리를 준수가 자신의 팔로 감아 앞으로 당겼다. 짓궂어 보이는 웃음이 입가에 걸려 장난기 가득한 눈빛으로 효진을 응시하던 그는 난감해하는 그녀의 턱을 들어 자신과 마주 보게 했다.

"부인이 많이 고팠습니다."

"네에?"

"오늘 길 내내 한 번도 품지를 못했으니 병이 날 지경이다, 이 말입니다. 해서 오늘은 부인을 샅샅이 맛볼 것입니다."

그의 입술이 효진의 입술에 닿았다. 매끄럽고 따뜻하고 촉촉한 느낌의 그의 입술이 닿는가 싶더니 그녀의 숨을 앗아갈 듯 가쁘게 입안을 누비고 다녔다. 빨리듯 흙아지는 느낌에 효진은 저도 모르게 신음이 흘러나왔다. 언제 벗겨졌는지도 모를 저고리와 치마는 저만치 떨어진 지 오래고, 그의 손에 나신이 되어가며 그녀는 떨리는 손으로 그의 옷고름을 풀었다. 그가 자신의 옷을 풀어헤치는 그녀의 손을 눈치챘는지 한 손으로 그의 앞섶을 잡고 있는 그녀의 손을 잡았다.

"부인께서 지금 저를 말려 죽이시려는군요."

"말리다니요."

"부인 손길에 피가 마른단 말입니다. 그리 제가 탐이 나셨습니까?"

효진이 그의 말에 놀라 굳은 사이 그는 옷을 벗어 내렸다. 효진의 얼굴이 확 하니 붉어졌다. 옷자락 하나 벗어 내리는 아무렇지 않은 동작임에도 이렇게 야해 보일 수가 있다니, 눈을 뗄 수가 없었다. 게다가 그녀의 눈길이 자신에게서 떨어질 줄 모르는 걸 아는 사람마냥 눈웃음을 치며 허리끈을 풀어가는 손길에 효진은 마치 자신이 그의 옷을 벗기고 있는 것마냥 가슴이 터질 것 같고 아랫배가 조이는 듯하고 숨이 가빠왔다.

"이렇게 피를 말리셨으니 책임지십시오."

"그런 억지가 어디 있습니까?"

효진의 볼멘 목소리에 준수는 쿡 하고 웃음이 터졌다. 못 견디게 유혹적이다가도 저렇게 귀여워 보일 때도 있으니 자신이 그녀에게서 헤어나지 못하는 것은 당연한 일이었다.

준수의 입술이 새털처럼 효진의 입술로 날아들었다. 나긋하게 안겨드는 몸과 따뜻한 입술이 하루의 피로를 풀어주는 것 같았다. 터지는 효진의 작은 신음 소리에 두 사람의 밤은 깊어져 갔다.

제10장

　　연화는 그동안 있었던 모든 일들을 이제는 정리할 때가 되었다는 생각을 했다. 조금만 더 조금만 더 하면서 버틴 세월이 십 년이었다. 그중 자신을 위해서 산 세월은 없었다. 오직 자라나는 효진이를 보면서 버텨왔던 세월이었다. 그토록 은애하던 지아비와의 사이에서 난 아이였기에 차마 그 어린아이를 두고 그를 따라갈 수도 없었다. 그가 힘없이 스러져 가던 날 밤 그녀의 다리를 베고 단잠을 자던 아이의 모습이 눈에 밟혀 죽지도 못하는 인생이었다. 자신의 의지대로라기보다는 현실을 좇아 운명에 순응하며 산 인생이었다.

　　그녀의 인생은 욕심 많은 오라버니의 탐욕을 피해 도망치듯 혼례를 올리고, 효진이를 낳고, 또다시 그녀의 지아비가 먼저 세상을 등짐으로써 다시 원점으로 돌아왔다. 그토록 피하고 싶었던 정략혼

을 세월이 지나 아이가 딸린 과부가 되어서도 해야만 했고, 재가를
한 처지에 후실로 들어가 본부인의 모진 구박에도 참고 지내야만
했다.

'운명이 나에게 왜 이렇게 잔인한 것인가?'

스스로 고민을 해보기도 했다. 하지만 고민을 하고 마음을 다스
림에도 그것은 이상일 뿐 현실은 아니었다.

"연화야, 이대로 소실 자리에만 머물 것이냐? 그토록 윤 대감이
너를 귀애하는데 정실이 되지 못할 이유는 또 무엇이냐?"

힘들게 버티고 있는 그녀에게 차마 인간으로서는 하지 못할 일
을 하자 하는 오라버니의 제안에 혹했던 적도 있었다. 하지만 그건
아니었다. 그런 자리까지도 필요하지 않았다. 단지 연화와 효진이
모진 세상 풍파를 피할 길을 찾아왔을 뿐이었다.

더는 욕심도 부리고 싶지 않았다. 하지만 그러기에는 너무나도
모진 세월이었다. 연화는 이제야 모진 인생, 그 잔인하던 인생도 여
기서 끝을 내고 말리라 다짐했다. 이제 효진이도 출가를 하여 자신
의 지아비가 생겼기에 굳이 그녀가 남아 있을 이유가 없다 생각했
다.

'하지만 그 사람이 어떤 사람인가는 알아볼 필요가 있지 않을
까?'

들은 풍문으로만 보자면 사내로서는 최고일지 모르나 지아비
로서는 최악의 사내였다. 그런 사내에게 딸을 시집보낸 연화의
심정은 복잡했다. 아직은 잘 모르는 김준수가 어떤 사람인지 알
아볼 필요가 있었다. 과연 자신이 효진을 맡기고 이곳을 떠나가

도 아무 탈 없이 그 아이를 지켜줄 수 있는 사람인지 확인을 해야
만 했다.

이제는 자신의 일거수일투족을 일일이 간섭할 한씨 부인도 곁에
없기에 연화의 행동이 자유로워졌다. 그녀는 마음먹은 김에 일을
실행에 옮기기로 했다.

'어차피 이 나라를 떠나기 위해서는 누군가의 도움을 받아야 할
것이 아닌가? 이왕이면 일이 잘 풀려서 김준수의 도움을 받으면 좋
겠지만, 그래도 사람 일은 혹시 모르는 일이니 조심 또 조심해서 접
근을 해야겠구나.'

밖으로 출타할 차비를 하는 연화의 손길이 신중해졌다.

철식은 마당에서 물건을 이송하기 위해 물품을 분배하느라 정신
이 없었다. 대행수와 조태암 나리가 둘 다 짜기라도 한 듯 이틀을
출근하지 못했으니 철식이 바빠지는 것은 당연했다. 대행수님이야
평양까지 다녀오셨으니 여독이 풀리지 않아 그렇다 치더라도 태암
은 무슨 일이기에 며칠 동안 출근을 하질 않는지, 속 시원히 물어볼
수도 없고 답답할 노릇이었다.

그래도 그나마 대행수님은 이틀을 쉬시더니 여독이 풀린 뽀얀
얼굴로 오늘 출근을 하신 덕분에 그나마 일이 바쁘기는 하지만 제
대로 돌아가고 있는 참이었다.

"저 말씀 좀 여쭙겠습니다."

어디선가 낯이 익은 여인이 몸종인 듯한 계집종을 데리고 상단
으로 들어와 철식을 잡고 물었다. 철식은 어디선가 본 것 같은 얼굴

에 기억을 더듬다가 그 여인의 모습이 효진과 어디가 모르게 많이 닮았다는 생각까지 이르렀다. 그 생각이 들자마자 그녀가 예전 윤 참판 댁에서 마주쳤던 그 여인임을 알고는 예의를 차려 응대했다.

"무슨 일이십니까?"

"이 상단의 대행수님을 만나뵈러 왔습니다. 혹시 만나뵐 수 있을 는지요."

봄에 밴 정갈한 말솜씨와 단정한 옷차림이 암만 보아도 소실로 는 보이지 않는 여인이었다. 하기야 본래 양반이었으니 그 태가 몸 에 배었겠지만 그래도 효진과 닮아서인지 괜히 함부로 대할 수는 없는 기도의 여인이었다.

한데 이 여인이 무슨 일로 대행수를 찾는단 말인가? 철식은 혹시 나 하는 불안감에 여인을 탐색하는 눈길로 쳐다보았다. 돈을 건넨 지 얼마 되지 않았는데 예조참판과 그 처로도 모자라 이제는 소실 까지 동원하려 하는 건가라는 의심의 눈초리였다. 여인이 다소 불 편해하기는 했으나 딱히 타박의 말을 늘어놓지도 않았다.

"대행수님께서는 지금 안에 계시기는 합니다만, 혹시 사전에 약 조된 것이 있으신지요?"

"약조는 미리 하지 못했습니다. 그래도 한 번만 말씀을 올려줄 수는 없으시겠는지요?"

여인의 사정하는 눈빛이 간절하여 철식은 차마 안 된다 자를 수 가 없어 일단은 고개를 끄덕였다.

"누구시라 전해 드릴까요?"

"저는…… 대행수님 부인 되시는 분의 먼 친척 고모입니다. 그 리…… 전해주십시오, 드릴 말씀이 있노라고."

'참, 여인의 눈빛이 왜 저렇게 끊어질 듯 애처로워 보인단 말인

가?'

왠지 위태로워 보이는 모습이라 철식은 일말의 불길함을 느꼈지만 안에 있는 준수에게 말을 전했다.

"대행수님, 일전에 윤정한 대감 댁에서 보았던 윤 대감의 소실 말입니다. 마님의 먼 친척 고모뻘 된다는 그 여인이요. 그분이 대행수님을 뵙겠다며 찾아왔습니다."

"윤정한 대감의 소실이라구요?"

준수도 다소 의외의 인물의 방문에 적지 않게 놀란 모양이었다. 하지만 이내 무슨 생각인지 안으로 모셔달라 한 뒤 접객실로 향했다.

보통의 볼일이라면 자신이 집무를 보는 방에서 만났겠지만 그녀가 자신을 찾아온 사안이 무엇인지 몰랐다. 왠지 그 말이 밖으로 새어 나가면 안 될 것 같다는 생각이 들어 좀 더 은밀한 곳으로 그녀를 안내하라 일렀다. 그래서 타국에서 온 상인들과의 회의에서나 사용되는 접객실로 장소를 옮겼다. 상단의 안쪽에 위치한 곳이라 조용했고, 무엇보다 들어오고 나가는 것이 은밀히 진행될 수 있는 곳이었다.

자박이는 여인의 작은 발소리가 들리더니 문 앞에 와서 멈춰졌다.

"안에 계십니까?"

"들어오십시오."

접객실 안으로 들어서는 여인의 모습이 일전에 장인어른 댁 마당에서 보았던 모습과는 사뭇 다른 분위기였다. 무언가 위태로워 보이는 모습에 준수는 속으로 여러 가지 가능성을 타진했다.

"처음 뵙겠습니다. 조양상단 대행수 김준수라고 합니다. 저를 만나고자 하셨다 들었습니다, 마님.”

“……혹시 기억하실지 모르겠으나 일전에 집 마당에서 인사를 나눈 적이 있습니다. 민연화라 합니다.”

그녀가 누구라는 것쯤은 잘 알고 있었다. 하지만 통성명조차 하지 않았던 그날의 자신을 알고 있다고 말을 하는 연화의 저의를 짐작하기 힘들었다.

준수는 그녀의 의도를 파악해보고자 일부러 연화를 기억하지 못하는 척 미안한 미소를 지으며 말을 던졌다.

“아, 그런 적이 있었던가요? 워낙 많은 사람들을 만나다 보니 제가 가끔 놓치는 기억도 있습니다. 하하!”

“워낙 많은 사람을 만나시는 분이니 그날 짧게 목례만 하고 지나갔던 터라 기억을 못하실 수도 있으시겠습니다.”

연화는 그의 말에 기분나빠하기는 커녕 그럴 수도 있었겠다며 한수 접고 들어갔다. 그러자 준수는 연화의 의도를 더욱 파악하기가 힘들었다. 보아하니 돈이 궁해서 온 것 같지는 않았다. 최근에 장인어른의 본가에서 나와 따로 집을 얻어 살고 있는데다가 외양을 보니 그다지 사치스럽다 칭할 만한 장신구를 하고 오지도 않았다.

“저를 찾아오신 연유가 무엇인지 여쭈어보아도 되겠습니까?”

“저, 드릴 말씀이 있습니다.”

“말씀하시지요.”

“저…… 혹시 명나라로 건너갈 배편을 마련해 줄 수 있으시겠습니까?”

“명으로요?”

준수는 다소 의외인 연화의 말에 자신도 모르게 유지하던 무표정한 얼굴 위로 감정이 그대로 다 드러날 뻔했다. 억지로 혼인을 한 것도 아니었고, 듣자 하니 윤정한 대감의 애정을 독차지하고 있다고 들었는데 갑자기 명나라라니? 외국으로 밀항이라도 하겠다는 말인가? 이렇게 비장하게 찾아온 것을 보니 무슨 일이 있기는 한 것 같은데 도무지 알 수 없는 여인이었다.

"제가 이 나라를 떠나고자 합니다. 배편을 마련해 줄 수 있으시겠습니까?"

"밀항을 하는 배를 찾아오셨다면 잘못 오셨습니다. 저희 상단은 그런 일은 하지 않습니다."

연화의 표정이 너무도 간절해 보였지만 준수는 밀항이라는 얼토당토 않은 이야기에 두말할 것 없이 그녀의 말을 잘랐다.

"정실이 아니라는 것 말고는 그다지 부족한 것이 없어 보이는 마님께서 무엇이 아쉬워 그런 생각을 하십니까? 밀항을 하다가 들키기라도 하는 날이면 밀항을 하던 마님은 물론이거니와 이 상단도 풍비박산이 납니다. 안 될 말입니다."

"정녕 길이 없는 것입니까?"

넋이 나간 듯 여려 보이는 그녀의 반응에 오히려 놀란 것은 준수였다.

효진의 먼 친척이라서일까? 그녀의 용모가 아내인 효진과 닮은 것 같으면서도 다른 느낌이 들었지만 왠지 모를 친근감이 드는 듯도 했다. 장사꾼에게 있어서 정에 이끌리는 것은 금물이었다. 그럼에도 눈을 뗄 수 없게 만드는 무언가가 그녀에게는 있었다.

소싯적에 미인으로 명성이 자자했다 하더니 그 풍문이 허풍은 아니었던가 싶다. 그런 의미에서 그녀를 다시 보니 잘 구슬려서 그녀가 협조만 잘해준다면 서로 좋을 일을 만들 수도 있을 것 같았다.